BASTEI
LÜBBE

Patricia Wentworth

DIE FRAU IN SCHWARZ

Aus dem Englischen übersetzt
von Bodo Baumann

BASTEI
LÜBBE

BASTEI-LÜBBE-TASCHENBUCH
Band 10 901

Deutsche Erstveröffentlichung
Titel der Originalausgabe: ETERNITY RING

Printed in West Germany 1987
Einbandgestaltung: Loermann & Schrödter
Satz: ICS Communikations-Service GmbH, Bergisch Gladbach
Herstellung: Ebner Ulm
ISBN 3-404-10901-5

Der Preis dieses Bandes versteht sich
einschließlich der gesetzlichen Mehrwertsteuer

KAPITEL 1

Maggie Bell streckte eine Hand aus und nahm den Hörer ab. Es war eine dünne, knochige Hand mit knotigen Gelenken, die sich ruckartig bewegte. Maggie machte alles ruckartig. Sie war neunundzwanzig Jahre alt, jedoch nicht mehr nennenswert gewachsen seit ihrem ›Unfall‹, wie man das sie an der Entwicklung hemmende Ereignis mit einem gewissen Familienstolz zu bezeichnen pflegte. Im Alter von zwölf Jahren hatte ein Auto sie auf der Dorfstraße überfahren.

Sie lag den ganzen Tag auf einer Couch, die im Zimmer über Mr. Bissets Laden ans Fenster geschoben war. Obwohl Mr. Bisset als Kolonialwarenhändler firmierte, verkaufte er eine Menge Sachen, die man eigentlich nicht im Sortiment solcher Fachgeschäfte vermutete. Zwar konnte man die hausgemachten Lakritze, die von Mrs. Bisset nach einem alten Familienrezept in ihrer Küche hergestellt wurden, noch zu den Kolonialwaren im weitesten Sinn des Begriffes zählen; aber wohl kaum die Ledertaschen und Mohairschals, die gleich neben der Ladentür an einem Ständer hingen. Gegen Zwiebeln, Tomaten, Äpfel und Nüsse ließ sich schwerlich etwas sagen, da derartige Artikel ja auch aus Übersee importiert wurden; doch Monteuranzüge und Rollkragenpullover, derbe Lederschuhe und Gummistiefel waren nur unter dem Gesichtspunkt vertretbar, daß Deeping ein Dorf war, das sich kein Schuh- oder Textilgeschäft leisten konnte. Eigentlich hätte Mr. Bisset nur sein Firmenschild seinem veränderten Angebot anpassen und sich als »Gemischtwarenhändler« bezeichnen müssen, und die vorstehenden Zeilen hätten sich erübrigt.

Jedenfalls konnte Maggie an warmen und nebelfreien Tagen durch das Fenster fast alle Einwohner von Deeping beim Einkaufen beobachten. Die meisten von ihnen winkten ihr zu und riefen auch »guten Morgen« oder »hallo Maggie!«, wenn ihr Fenster offen stand. Mrs. Abbott aus Abbottsleigh winkte schon und lächelte, ehe sie die Straße überquerte, und dann blickte auch Colonel Abbott zu Maggies Fenster hinauf und nickte. Doch Miss Cicely kam jedesmal, wenn sie zum Einkaufen ging, auf einen Sprung zu Maggie hinauf, brachte ihr ein Buch oder eine Zeitschrift und plauderte eine Weile mit ihr.

Maggie las viel. Man mußte ja etwas tun, wenn man den ganzen Tag auf dem Sofa lag. Damit entschuldigte sie dieses ›Laster‹ vor sich selbst, da sie in Kreisen aufgewachsen war, die Lesen als ein Synonym für Faulheit betrachteten.

Miss Cicely brachte ihr wirklich nette Bücher, nicht solche von der erbaulichen oder bildenden Sorte. Maggie hatte ein scharfes Auge für erbauliche Titel und eine unüberwindliche Abneigung gegen das Pädagogische. Sie liebte das bewährte Genre der Heldengeschichten – den barfüßigen Jungen, der als Zeitungsverkäufer anfängt und als Multimillionär endet; das unscheinbare Mädchen, das sich nach der Pubertät zu einer strahlenden Schönheit mausert und von einem Herzog geheiratet wird. Sie liebte einen guten Kriminalroman, in dem die Freunde und Feinde des Ermordeten reihum verdächtigt wurden. Sie liebte Reisebücher, in denen die Leute an Seilen über reißende Ströme hanteln oder durch Sümpfe waten, wo Schlangen, Krokodile, Löwen, Tiger und riesige Affen jeden Moment auf der Bildfläche erscheinen und zuschnappen konnten.

Abbottsleigh war eine Fundgrube für solche Lesestoffe. Mrs. Abbott rühmte sich gar, Besitzerin der größten Schundliteratur-Bibliothek Englands zu sein – »eine wahre Erholung nach den gräßlichen Dokumentarberichten zweier Weltkriege und so absolut auf der Höhe der Zeit, wenn man die Tageszeitungen liest.«

Aber Maggie las nicht den ganzen Tag. Sie konnte auch nähen, wenn man ihr ein Kissen in den Rücken stopfte; nur ermüdete sie rasch bei dieser Arbeit. Ihre Mutter war die Schneiderin des Dorfes, und so durfte Maggie ihr natürlich keine Konkurrenz machen. Sie beschränkte sich daher auf Knöpfe und Knopflöcher, auf Ösen, Haken und was sonst noch alles zu den Nebenarbeiten in einer Schneiderei gehört, die sie zwar ruckartig, aber sehr sauber erledigte.

Mrs. Bell war ziemlich geschäftstüchtig und bekam regelmäßig Aufträge von den großen Häusern der Umgebung. Während des Krieges hatte sie sich mit dem Wenden und Umnähen alter Kleider über Wasser gehalten, die unter normalen Umständen nie mehr vom Speicher oder aus der Mottenkiste geholt worden wären. Ihren größten Erfolg feierte sie – und Maggie –, als Mrs. Abbott ihr das Hochzeitskleid der alten Lady Evelyn Abbott zum Umändern für Cicely brachte, »weil man heutzutage so eine Qualität ja gar nicht mehr bekommt. Zudem schwärmt Cicely für solche Sachen, obwohl ich mich nicht im Hochzeitskleid meiner Großmutter hätte trauen lassen. Aber inzwischen sind solche Gepflogenheiten wohl wieder Mode, und der Stoff ist ja wirklich ganz reizend«.

Die Falten des kremfarbenen Satins hatten das ganze Zimmer ausgefüllt: das war die lange Hofschleppe gewesen, die mit Rosen aus Zuchtperlen bestickt war; doch das Kleid selbst war schlicht, so daß die Rüschen aus Brüsseler Spitzen besonders gut zur Geltung kamen.

Maggie hatte noch nie so etwas Herrliches in ihrem Leben gesehen. Schon bei dem Gedanken, daß sie diesen Stoff zwischen die Finger nehmen durfte, fing sie an zu zittern. Nur schade, daß Miss Cicely so ein schmächtiges braunes Ding war. Und seltsam dazu. Wo doch der

Colonel ein so gutaussehender, stattlicher Gentleman war und Mrs. Abbott zwar nicht unbedingt eine Schönheit, aber immerhin das, was Mrs. Bell eine attraktive Erscheinung nannte, die sich vorteilhaft zu kleiden wußte. Und dann so ein schmächtiges braunes Ding wie Miss Cicely, an der nirgendwo viel dran war, wenn man von ihren großen Augen einmal absah. Und dafür dann so viel herrliche kremfarbene Seide für das Hochzeitskleid.

Also, Glück hatte es ihr ja nicht gebracht. Sie wohnte inzwischen wieder in Abbottsleigh, und Mr. Grant Hathaway in Deepside, und man redete von Scheidung. Niemand wußte, was die beiden auseinandergebracht hatte – aber nach drei Monaten Ehe lebten sie wieder getrennt. Selbst Maggie kannte nicht die Ursache des Zerwürfnisses, und Maggie war in vieles eingeweiht; denn wenn sie nicht las oder nähte, belauschte sie Telefongespräche.

Deeping besaß eine kostenlose, aber unschätzbar wertvolle private Informationsquelle – eine Sammelleitung. Die zwölf oder fünfzehn Häuser, die über ein Telefon verfügten, hatten eine gemeinsame Leitung. Wer das Gespräch des Nachbarn belauschen wollte, brauchte nur den Hörer abzunehmen. Das hätte eigentlich jeden Teilnehmer zur Vorsicht ermahnen sollen; doch die Macht der Gewohnheit ist groß. Sie verführt zur Sorglosigkeit, wenn nicht gar zur Verachtung. Wer erliegt nicht der Illusion einer unverletzbaren Privatsphäre, wenn er in seinen vier Wänden sein eigenes Telefon benützt?

Maggie wußte genau, wann sie den Hörer abnehmen mußte, um sich ein Maximum von Informationen über möglichst viele Leute zu beschaffen; aber sie hatte nie erfahren können, warum Cicely Hathaway ihren Gatten verließ. Das Äußerste, was sie darüber in Erfahrung bringen konnte, lieferte ihr ein abendliches Telefongespräch, als sie ihren Hörer abhob und Grant Hathaways Stimme vernahm:

»Cicely . . .«

Die Antwort ließ so lange auf sich warten, daß Maggie sich schon fragte, ob Grant Hathaway neuerdings Selbstgespräche am Telefon führte.

»Was soll das?«

Maggie lauschte nun inbrünstig, die knochige Hand um den Hörer gekrampft, während die Spitze ihrer langen scharfen Nase bebte. Sie hörte Grant Hathaway antworten:

»Wir können so nicht weitermachen. Ich will dich sehen.«

»Nein.«

»Cicely!«

»Ich habe dir nichts zu sagen, und du hast mir nichts zu sagen.«

»Da irrst du dich aber sehr. Ich habe dir eine Menge zu sagen.«

Es folgte wieder eine lange Pause. Dann sagte Cicely Hathaway:

»Nichts, was ich mir anhören möchte.«

»Cis – sei doch nicht so dumm!«

Cicely Hathaway hatte dafür eine recht seltsame Antwort:

»Ein Narr und sein Geld bleiben nicht lange beisammen. Du kannst es haben.«

Und gleich darauf ein Donner, der das ganze Telefonnetz erschütterte. Es war Mr. Grant, der den Hörer auf die Gabel geknallt hatte; denn als sich das Beben in der Leitung wieder legte, konnte Maggie hören, wie Miss Cicely eine Meile weiter in Abbottsleigh tief Luft holte. Dann legte sie ebenfalls auf.

Das ließ vermuten, daß Geld bei dem Zerwürfnis eine Rolle spielte. Nun, davon besaß Miss Cicely genug; denn die alte Lady Evelyn hatte sie zu ihrer Universalerbin gemacht, nachdem sie sich mit allen anderen Mitgliedern ihrer Familie überworfen hatte. Und Mr. Grant hatte nicht einen Penny, wie jedermann wußte – nur diese große Farm und seine landwirtschaftlichen Versuchsfelder, die noch nichts einbrachten, was sich aber nach Mr. Grants Überzeugung bald ändern würde.

Maggie sah das ganz leidenschaftslos: Miss Cicely schnitt sich ins eigene Fleisch. Wenn ein Mann eine reiche Frau heiratete, wollte er doch auch etwas davon haben, nicht wahr? Und ob ihm das Gesetz nun einen Anspruch darauf verlieh oder nicht: er sah so gut aus, daß sich jedes Mädchen nach ihm umdrehte, und sie war nur so ein kleines braunes Ding. Und wenn sie nicht aufpaßte, angelte eine andere ihn ihr weg.

Maggie drückte den Hörer ans Ohr und hörte eine Frauenstimme, die mit einem komischen Akzent sagte:

»Mr. Hathaway – ich möchte mit Mr. Hathaway sprechen.«

KAPITEL 2

Es war am darauffolgenden Nachmittag, einem Samstag, daß Frank Abbott zum Tee in Miss Alvina Greys Haus verschleppt wurde. Er verbrachte das Wochenende bei seinem Onkel und seiner Tante, denen er mehr zugetan war, als man bei diesem Verwandtschaftsgrad erwarten durfte. Colonel Abbott war seinem eigenen Vater so außerordentlich ähnlich, daß Frank Abbott das Gefühl hatte, er käme auf einen Urlaub nach Hause; während Mrs. Abbott ihn mit ihrer warmen, sprunghaften Art außerordentlich amüsierte. Das Verhältnis zu Cicely war von gegenseitigen Neckereien geprägt gewesen, bis mit ihrer Heirat plötzlich ein Fallgitter niedergegangen war. Niemand schien zu wissen, warum die Ehe in die Brüche ging. Monica Abbott beklagte sich bitter darüber:

»Man möchte meinen, sie vertraute sich wenigstens ihrer Mutter an, wenn sie es sonst schon keinem sagt; aber nicht ein Wort. Nur diese Beteuerungen, daß sie ihn nie wiedersehen wolle. Und die Frage, wie rasch sie wieder geschieden werden könne. Und als Mr. Waterson ihr darauf erklärte, das könne sie nicht, wenn keine andere Frau im Spiel sei oder etwas Ähnliches – nun, wahrhaftig, Frank, ich dachte, sie würde mir in der Kanzlei in Ohnmacht fallen. Er sagte, Grant könne sich von *ihr* wegen böswilligen Verlassens scheiden lassen; aber das auch erst in drei Jahren. Doch sie habe keine rechtliche Handhabe für eine Scheidungsklage, wenn er ihr keinen Anlaß dazu gäbe, und sie antwortete: ›Das wird er nie‹ und lief aus dem Zimmer.

Und selbstverständlich wäre es besser für sie, wenn sie von hier wegzöge und wartete, bis die Lage sich zu ihren Gunsten entwickelte; aber sie sagte, weshalb sollte sie sich nun noch aus ihrem Elternhaus vertreiben lassen. Ich kann sie ja verstehen – aber, mein lieber Frank, wie schrecklich peinlich das alles ist, nur daß wir uns allmählich daran gewöhnen. Jedenfalls befürchte ich das.

Und er kam so selten in die Kirche – so gut wie gar nicht, möchte ich sagen, ehe er um Cicely warb. Sie spielt dort die Orgel, verstehst du? Die Gainsfords haben sie gestiftet, als ihr Sohn 1915 in Frankreich fiel. Es ist ein so herrliches Instrument, und sie eine so wunderbare Organistin, und vielleicht kommt er nur deswegen regelmäßig zum Gottesdienst. Ich weiß es nicht. Aber er sitzt jeden Sonntag auf der vordersten Bank und kommt dann auf uns zu, als wäre nichts passiert. Nur schleppt sich dann das Orgelspiel ungewöhnlich lange hin; aber er wartet nicht, bis sie von der Empore herunterkommt, sondern er geht nur auf uns zu und wechselt ein paar Worte mit Reg und mir, während uns alle anstarren – Manieren haben die Leute heutzutage! –, worauf er aus der Kirche eilt, als trüge er Sieben-Meilen-Stiefel.

Und Cis spielt dann einen Trauermarsch oder so etwas Ähnliches und versäumt dabei regelmäßig den Lunch. Und nichts kann Mrs. Mayhew mehr in Rage bringen als ein leerer Platz an der Mittagstafel, denn sie betrachtet es als eine Todsünde, wenn sie etwas, das sie gekocht hat, in den Abfalleimer kippen muß.«

Mrs. Abbott hielt einen Moment inne, um wieder zu Atem zu kommen, und setzte dann entrüstet hinzu: »Ich möchte sie am liebsten bei den Haaren nehmen und ihre Köpfe zusammenstoßen.«

Detektivsergeant Frank Abbott zog eine blasse Braue in die Höhe.

»Warum tust du es dann nicht?«

Sie lachte reumütig.

»Ich komme nie so dicht an sie heran. Ich fragte ihn neulich, als wir uns auf der Straße trafen und niemand in der Nähe war, was denn passiert wäre. Und er fragte zurück: ›Hat Cicely es dir denn noch nicht gesagt?‹ Und ich sagte: ›Nein, das hat sie nicht.‹ Und er darauf: ›Das tut mir aber leid für dich, Schwiegermama‹, nimmt meine Hand und küßt mich auf den Ringfinger. Was sollte ich darauf noch sagen? Er ist ganz reizend, weißt du? Und meiner Ansicht nach ist Cis eine Närrin – egal, was er getan hat. Und ich bin es ebenfalls, weil ich zu heulen anfing. Und er lieh mir sein Taschentuch; denn ich habe nie eines bei mir, wenn ich es am nötigsten brauchte.

Oh, Himmel, warum habe ich überhaupt damit angefangen? Zu dumm von mir, wo wir doch jetzt zum Tee eingeladen sind. Oh, mein lieber Junge, ich danke dir.«

Frank sah zu, wie sie sich mit seinem säuberlich gefalteten Brusttuch die Augen abtupfte. Als sie auch noch ihre Nase hineinsteckte und sich zweimal schneuzte, versicherte er ihr, daß weder ihre Augen noch ihre Nase gerötet seien; und sie lächelte ein wenig gezwungen und begann ihm dann von Miss Alvina zu erzählen.

»Die Tochter unseres vorletzten Pfarrers. Er wurde siebenundneunzig, und sie bewohnt jetzt das ehemalige Küsterhaus – gleich hinter der Kirche und sehr bequem für sie, da sie die Altäre mit Blumen schmückt. Es wäre uns lieber, sie täte es nicht, weil sie maßlos übertreibt, zumal ihre Vorliebe für Ringelblumen. Nicht, daß ich was gegen Ringelblumen hätte; aber nicht zusammen mit pinkfarbenen Wicken, und bei Miss Vinnie mußt du stets auf solche Überraschungen gefaßt sein. Sie hat eine deprimierende Vorliebe für Pink, wogegen im Grunde nichts einzuwenden wäre, wenn sie sich in Grenzen hielte. Aber du wirst dich ja selbst davon überzeugen können.«

Sie wollten gerade aufbrechen, als Cicely mit den Hunden den Gartenweg heraufkam – vorneweg ein alter braun-weißer Spaniel und hinter ihr ein schwarzer Dakkel mit schmelzenden Augen und bettelndem Blick, der eine Leine nachschleifte. Im Augenblick benahm er sich sehr tugendhaft, da er, ehe er oben an der Straße an die Leine gelegt wurde, Mrs. Caddles Katze gejagt hatte, statt seinen Übermut durch bockbeiniges Benehmen kundzutun.

»Das macht er immer«, sagte Cicely, die ihn jetzt wieder losband. »Und das gefällt ihr gar nicht – Mrs. Caddle meine ich, nicht die Katze. Deshalb muß ich ihn jetzt immer anleinen, wenn ich an ihrem Haus vorbeigehe. Der Katze wäre es egal.«

Sie verzog ihr kleines schmollendes Gesicht, das nur eines Lächelns bedurfte, und man hätte es sehr attraktiv gefunden. »Katzen behalten immer die Oberhand, und die besonders – sie ist ein wildes, gestromtes Biest, ein richtiggehender Tiger. Sie sitzt auf der Mauer und macht sich über Bramble lustig, und dann dreht er natürlich durch.«

Ihre Augen blitzten Frank einen Moment an und erloschen wieder, als sie den Blick auf ihre Mutter richtete.

»Als ich mit den Hunden loszog, bin ich Mrs. Caddle begegnet. Sie sah zum Fürchten aus.«

»Aber, Cis«, antwortete Monica, »sie arbeitet doch bis fünf Uhr bei Miss Vinnie. Bist du sicher, daß du sie nicht mit jemand anderem verwechselt hast?«

Cicely ließ ein kurzes, hartes Lachen hören. Alles, was sie zu dieser Zeit tat, war kurz und abgehackt.

»Natürlich bin ich mir sicher! Es dämmert zwar schon; aber noch ist es hell genug, daß man die Leute auseinanderhalten kann. Sie kam die Straße herauf, als ich gerade zum Wäldchen hinunterging, und sie sah aus, als hätte sie sich die Augen aus dem Kopf geheult. Wegen Albert vermutlich. Ich verstehe nicht, warum der nicht den Heldentod sterben konnte, statt heimzukehren und der armen Ellen das Herz zu brechen.«

Sie wandte sich mit einem jähen, flammenden Blick wieder zu Frank um. »Sie war früher Großmutters Chefköchin – ein gemütliches, fideles Haus –, und dann verlor sie den Kopf, als sie Harlows Chauffeur kennenlernte, der beim Expeditionskorps gedient hat, und war blöd genug, ihn auch zu heiraten. Weiß der Himmel, was er jetzt wieder angestellt hat; jedenfalls sah sie aus wie eine wandelnde Leiche. Den Frauen ist doch nicht zu helfen!«

Sie stampfte mit dem Fuß auf, drehte sich um und rannte durch den dämmrigen Garten auf das Haus zu, verfolgt von dem wild kläffenden Bramble, der nach ihren Fersen schnappte, und dem alten Spaniel, der es nicht ganz so eilig hatte. Sie hielt nicht eher an, bis sie ihr Zimmer erreicht, die Tür hinter sich zugeworfen und den Schlüssel umgedreht hatte. Was natürlich überhaupt keinen Sinn ergab, denn sie mußte sie wieder aufsperren und öffnen, um Bramble einzulassen, der ein verwöhntes Biest war. Falls man ihn nämlich nicht hereinkommen ließ, setzte er sich so lange vor die Tür und blies seinen heißen Atem durch den Spalt über der Schwelle, bis man

– als der Klügere – nachgab. Selbst nach so kurzer Trennung bekundete er seine Wiedersehensfreude durch wildes Bellen, Bocksprünge und Knabbern an den Waden – Küsse auf Dackelart. Was schlimm war; denn sie brachten sie zum Weinen. Sie beeilte sich, die Tür wieder zu schließen; denn niemand – niemand hatte sie seit ihrem fünften Lebensjahr weinen sehen. Niemand bis auf Bramble, der nun auf das Bett gesprungen und dort blitzschnell eingeschlafen war wie eine schwarze Schnecke auf grünen Eiderdaunen.

Niemand – und schon gar nicht Grant.

Grant ganz gewiß nicht. Der Zorn auf ihn loderte auf wie eine Flamme und trocknete ihre Tränen. Er hatte ihr etwas unvorstellbar Schönes gezeigt – und es umgebracht. Nein, es war noch viel schlimmer – er hatte es ihr gezeigt, und dann hatte sie herausgefunden, daß das, was er ihr gezeigt hatte, nicht echt war. Sie hätte sich damit abfinden können, daß sie das Schöne hatte und es dann wieder verlor. Doch was sie Tag und Nacht quälte, war die Erkenntnis, daß sie es nie wirklich besessen hatte.

Sie ging im Zimmer auf und ab. Die Vorhänge waren zugezogen. Sie hatte die Nachttischlampe eingeschaltet. Der grüne Schirm gab dem Raum ein schlieriges, ungewisses Licht, als stünde er unter Wasser. Cicely, die darin auf- und abschritt, befand sich eigentlich gar nicht dort. Sie ging im Geist mit den Hunden spazieren, hielt auf der Straße an, um Bramble anzuleinen.

Mark Harlow kam durch das hintere Gartentor, während sie das Schloß am Halsband befestigte. Sie richtete sich auf und sah, daß er ein paar Schritte vor ihr stehengeblieben war und sie anblickte.

»Machst du einen Spaziergang? Ein bißchen spät dafür, möchte ich sagen.«

»Ich gehe gern in der Dämmerung spazieren.«

»Aber bis du zurückkommst, ist es dunkel.«

»Ich gehe gern im Dunkeln spazieren.«

»Nun, mir gefällt das aber nicht.« Dann, als sie ihr Kinn ein Stück höher hob, fing er zu lachen an. »Das geht mich nichts an? Da hast du vermutlich recht.«

»Ganz bestimmt sogar.«

Er trat ganz dicht an sie heran und berührte sie leicht an der Schulter. Bramble knurrte und zerrte an der Leine: Wenn du schon spazierengehen wolltest, warum tust du es dann nicht?

Mark sagte mit gedämpfter Stimme:

»Stolzes, kaltes, kleines Ding – habe ich recht?«

Sie blickte mit dunklen Augen zu ihm hoch.

»Ja.«

»Ich darf dich nicht begleiten?«

»Nein, Mark.«

»Warum nicht?«

»Weil ich dich nicht dabeihaben möchte. Dich nicht und keinen anderen.«

Er lachte und ging durch das Tor in den Garten zurück. Cicely zog mit den Hunden weiter.

Sobald sie ein Stück gegangen war, ließ sie Bramble wieder von der Leine und rannte mit ihm die Straße hinunter. Der alte Tumble trottete hinterher. Bramble benahm sich sehr komisch beim Laufen. Mit schlackernden Ohren machte er hin und wieder einen Satz in die Luft, um sich einen besseren Überblick zu verschaffen. Da konnten ja Kaninchen auf der Rennstrecke sein oder Vögel, eine zweite Katze, ein Wiesel oder ein Hermelin. Da mochte vielleicht sogar ein Dachs seinen Weg kreuzen, der Erzfeind seiner Rasse. Unzählige Generationen von kleinen Hunden, die für die Jagd gezüchtet worden waren, regten sich in ihm und stachelten den Eifer an, mit dem er witternd die Luft prüfte.

Cicely rannte so leichtfüßig und fast so schnell wie er. Ihre Wangen bekamen Farbe. Sie wollte nur bis zu der Stelle gehen, wo die Landstraße die Dorfstraße kreuzte und die Grenze bildete zwischen dem Harlowschen Besitz und Grant Hathaways Ländereien. Damit nichts passierte, waren die Hunde so abgerichtet worden, daß sie an der Kreuzung warteten, bis das Kommando: »Rasch – hinüber!« ertönte. Die Dorfstraße setzte sich drüben als Feldweg fort, auf dem man bis nach Lenton marschieren konnte. Bramble wollte nicht verstehen, warum denn kein ›Rasch – hinüber‹ mehr kam. Er hielt mit Tumble gehorsam am Rand der Landstraße; aber statt sie überqueren zu dürfen, mußten sie wieder umkehren. Zu blöde! Tumble fand das natürlich ganz in Ordnung. Er war alt und fett und hatte nicht mehr viel übrig für Spaziergänge. Es war Bramble, der nie genug davon bekommen konnte, und Cicely, die genausoweit rennen konnte wie er und dann lachend ins Gras sank, während er vor Freude um sie herumsprang und an ihren Haaren knabberte.

Doch nun wurde nicht mehr gelacht, und sie mußten stets an der Landstraße wieder umkehren. Auch heute. Die Sonne war untergegangen, und eine kalte Dämmerung senkte sich auf die Felder zur rechten Hand und die zur linken Hand und auf die beiden Heckenreihen, zwischen denen sie gingen. Und dann näherte sich ihnen von hinten rasch und leise Grant Hathaway auf einem Fahrrad. Er war schon an ihnen vorbei, ehe sie ihn kommen hörten. Er war an ihnen vorbei und schon von seinem Fahrrad herunter, das er gegen die Böschung lehnte. Dann kam er zurück zu einem schnaufenden, Willkommen winselnden Bramble und zu Cicely, bei der von Willkommen keine Rede sein konnte.

Mann und Frau standen sich gegenüber und sahen sich an mit allem, was da zwischen ihnen war: ein junger Mann mit breiten Schultern und einer unbekümmerten Art, sich zu bewegen; nicht dunkel und nicht blond, sondern mit der für Engländer so typischen braunen Haarfarbe und Augen, die zwischen einem reinen Blau und Grau angesiedelt waren. Er sah kräftig aus und so, als könnte er schon mal die Beherrschung verlieren.

Nach Monicas Meinung war er ein verboten gutaussehender Mann – Männer haben doch ohnehin schon zu viel Trümpfe im Ärmel; müssen sie da noch mit ihrer Erscheinung unsere Herzen brechen? Zweifellos hatte Grant zu viele Trümpfe im Ärmel. Vielleicht wäre es Cicely leichter gefallen, ihm zu verzeihen, wenn es ein paar weniger gewesen wären.

Er lächelte, während er sie betrachtete. Dies war einer von diesen glühenden heißen Messerstichen in ihr Herz, als sie im Zimmer auf- und ablief: die Erinnerung an sein Lächeln, bei dem ihr immer noch die Knie weich wurden. Aus welchem sündhaften, abscheulichen Stoff bist du gemacht, wenn so ein Lächeln genügt, dir die Sinne zu verwirren? Nachdem alles zu Ende war, nachdem du erkannt hast, daß da gar nichts gewesen und vorhanden war, brauchte er nur zu lächeln, und dein Herz kippte um wie ein sterbender Fisch.

Er stand da, lächelte und sagte:

»Nun, Cis – wie geht es denn so?«

Sie hatte gar nichts gesagt. Was gab es auch zu sagen? Es war alles gesagt worden. Die Straße war schmal. Grant füllte sie fast aus. Wenn er sie aufhalten wollte, kam sie nicht an ihm vorbei; und wenn er sie anfaßte – wenn er sie anfaßte . . .

Sie würde wohl doch mit ihm reden müssen; denn wenn er sie anfaßte, konnte sie für nichts mehr garantieren. Schlimm, dieses Gefühl, daß alles von einem abfallen konnte, bis nur noch das nackte, wilde Sein zurückblieb – eine Kreatur, die zu den primitiven Anfängen zurückgekehrt war und sich mit den Waffen der Wilden wehrte: mit Klauen, Zähnen und Nägeln. Sie sprach mit eisiger Stimme:

»Ich habe dir nichts zu sagen.«

»Kein Wunder, daß ich dich heiraten wollte – die Frau, die nie eine Antwort gibt.«

Sie entdeckte nun doch etwas, das sie ihm sagen konnte – die einzige Waffe, die nie ihre Wirkung verfehlte.

»Aber deswegen hast du mich doch nicht geheiratet, oder? Du hattest einen viel besseren Grund.«

Er lächelte immer noch.

»Wie dumm von mir. Ich habe dich deines Geldes wegen geheiratet, nicht wahr? Gut, daß du mich daran erinnerst. Man vergißt es so leicht.«

Er wußte, wie er ihren Panzer durchdringen konnte. Und ihre Waffe versagte zum erstenmal, weil er ihr zuvorkam und sie mit seiner Schamlosigkeit parierte. Und es war so bequem für ihn, einfach zu vergessen. Sie sagte mit leiser, wutbebender Stimme:

»Laß mich vorbei!«

Er lachte.

»Ich hindere dich nicht daran.« Dann, als sie sich bewegte, bückte er sich und packte Bramble am Fell im Nacken.

Als hätte er ihr eigenes Fleisch berührt, ließ sie die Leine einfach los und ging an ihm vorbei, ohne zurückzuschauen, während er Bramble an den Ohren kraulte, ihn mit allerlei törichten Kosenamen belegte und ihn schließlich mit einem raschen: »Ab mit dir, kleine schwarze Maus!« wieder auf den Boden setzte.

Es folgte eine momentane Unentschlossenheit. Dann rief sie, ohne den Kopf zu wenden: »Bramble!«, und er lief ihr nach, die Leine hinter sich herziehend.

Das war alles; doch es war genug und etwas, das sie sich gern erspart hätte. Und so fuhr sie fort, im Zimmer auf- und abzuwandern.

KAPITEL 3

Monica und Frank wanderten die Dorfstraße hinunter. Die Dämmerung war inzwischen weit fortgeschritten; bald würde es Nacht sein. Sie kamen zur Hauptstraße, bogen rechts ab und passierten eine Reihe von Eigenheimen und das Pfarrhaus, bis sie vor der Kirche anlangten. Miss Alvinas Haus war das letzte im Dorf, ein altes Gebäude, die schwarzen Deckenbalken im Wohnzimmer nicht mehr als sechs Fuß und zwei Zoll über dem gefliesten Boden. Miss Alvina hatte sie zu düster gefunden und war mit einem unheiligen Eifer darangegangen, sie unter Zuhilfenahme eines Küchenstuhls hellrosa anzustreichen. Das Ergebnis dieser Profanierung entsprach ihren Erwartungen: Das Zimmer sah viel heller aus. Für die Fensterbank hatte die Farbe nicht mehr gereicht; dafür war sie mit pinkfarbenen Kissen lückenlos gepolstert. Rosen, so groß wie Blumenkohlköpfe, blühten auf dem Sofa und den drei mit Chintz bezogenen Sesseln, während die Vorhänge – nach langen Dienstjahren im Wohnzimmer des Pfarrhauses noch von überraschender Leuchtkraft –, lediglich um ein Stück verkürzt, auch das Fenster des alten Küsterhauses verschönten. Die Wände allerdings reichten nicht aus, um all die kostbaren Erinnerungsfotos aufzunehmen, die einmal in höheren Räumen zu Hause gewesen waren; doch Miss Alvina hatte keine Mühe gescheut, sie trotzdem unterzubringen. Ein zweiter Kaminaufsatz aus Holz mit Brandmalerei entlastete den steinernen Kaminsims in dessen Funktion, so viel Nippes und Fotos aufzunehmen, wie nur irgend möglich. Orangefarbene Strohblumen, die Miss Alvina sehr erfolgreich in ihrem kleinen Garten hinter dem Haus züchtete, mußten nun, Mitte Januar, die üppigen pinkfarbenen Geranien ersetzen, die während der warmen Jahreszeit ihre rosa- und blaulasierten Blumentöpfe zierten.

Sie selbst trug eine pinkfarbene Bluse zu einem grauen Kostüm mit ein paar etwas müde aussehenden pinkfarbenen Baumwollrosen am Revers. Ihr buschiges graues Haar lugte überall unter dem schwarzen Filzhut hervor, wie die Vorhänge ein Relikt aus Pfarrhauszeiten. Niemand von den jüngeren Leuten in Deeping hatten sie jemals einen anderen Hut tragen sehen. Cicely konnte sich noch daran erinnern, daß er nicht anders ausgesehen hatte, als sie als siebenjähriges Mädchen mit pinkfarbenen Bonbons belohnt wurde, weil sie in der Kirche so artig gewesen war. Nur hatte sich damals das Haar noch weniger bändigen lassen als heute, während das kleine Gesicht mit den hellblauen Augen einen überraschenden Kontrast zu diesem üppigen Kopfschmuck bildete. Und der Mund war so winzig, daß man sich wunderte, wie Miss Vinnie damit überhaupt essen konnte.

Frank nahm das alles zur Kenntnis, während er der Gastgeberin die Hand gab, vorsichtig darauf bedacht, sich nicht unwillkürlich zu strecken und etwas von dem rosenfarbenen Glanzlack abzuschlagen. Mit einiger Erleichterung ließ er sich in einen Sessel fallen, während Miss Alvina mit zwitschernder Stimme Anspielungen machte, an die er sich inzwischen zwar gewöhnt hatte, die ihn aber dennoch mit einer fast wütenden Ungeduld erfüllten.

»Wie aufregend, wenn man bedenkt, daß Sie zu diesen Leuten von Scotland Yard gehören. Was uns jedoch zu Zucht und Ordnung ermahnen sollte, weil Sie sonst das nächstemal Ihre Handschellen zum Tee mitbringen.«

Sie ließ diesen Worten ein leises, perlendes Lachen folgen, das jedoch jählings in ein Hüsteln umschlug, weil ihr eingefallen war, daß Frank Abbott noch nie im Dorf eine Einladung zum Tee angenommen und er vielleicht einen besonderen Grund hatte, diesmal eine Ausnahme zu machen. Zudem hatte seine aalglatte Eleganz etwas Furchtgebietendes – das blonde Haar perfekt frisiert, die blaßblauen Augen ohne Wimpernschlag, der Anzug wie aus dem Modejournal. Miss Alvina hatte ein Auge für Details. Sie betrachtete seine Socken, die Krawatte, das Einstecktuch, das maßgeschneiderte Jackett und dann die wirklich hübschen Halbschuhe. Er sah absolut nicht wie ein Polizist aus. Joseph Turnberry, der Dorfkonstabler, stapfte auf seinen schweren Tretern vor ihrem inneren Auge vorbei. Ein in allen anderen Belangen durchaus würdiger junger Mann mit einer guten Baritonstimme für den Kirchenchor. Sie hatte eine hohe Meinung von Joseph, den sie in der Sonntagsschule unterrichtet hatte, doch im Augenblick verstärkte er noch ihre leichte Verwirrung. Ihre Wangen röteten sich und sie wandte sich erleichtert Mrs. Abbott zu, die ihren Mann mit der Gewandtheit entschuldigte, die auf eine lange Praxis zu verweisen schien:

»Der Jahresabschluß, Miss Vinnie – er hat ihn wieder einmal auf die letzte Minute verschoben. Ich bin sicher, Sie verstehen das.«

Miss Alvina verstand vollkommen. Jeder in Deeping wußte, daß Colonel Abbott niemals zu einer Teeparty gehen würde.

»Nichts als Zeitverschwendung! Und ihr könnt euch gegenseitig viel besser madig machen, wenn ich nicht dabei bin.«

Viele Leute kannten diesen markigen Ausspruch des Colonel; doch die Form mußte gewahrt bleiben. Er wurde stets mit eingeladen; und wenn es nicht die Jahresabrechnung für den Club war, die ihn verhinderte, dann im Herbst die Sträucher, die er zurückschneiden mußte, und im Frühjahr die Aussaat. Und im Sommer brauchten die Hunde dringend Bewegung, oder es fanden sich andere Beschäftigungen, die sich als Ausflüchte eigneten. Mrs. Abbott hatte sie alle mit zahlreichen Variationen liebenswürdig und charmant vorzubringen gewußt.

Nachdem Colonel Abbott abgehakt war, mußte Cicelys »Ich geh' doch nicht im Rudel aus« in »sie befürchtete, es könnten zu viele für Sie sein«, übersetzt werden. Danach kam Miss Vinnie erst einmal mit ihrer sehr großen viktorianischen Teekanne und goß eine strohfarbene Flüssigkeit in ihr allerbestes chinesisches Teegeschirr – eierschalendünne Gefäße ohne Henkel, aus denen zu trinken eine mühevolle Angelegenheit war. Wenn der Tee heiß war, verbrannte man sich die Finger. Wenn man sich die Finger nicht mehr verbrannte, hieß das, der Tee hatte jenen grauenvoll lauwarmen Zustand erreicht, wo er genauso schmeckte, wie er aussah. Frank sah sich wie alle seine männlichen Teegast-Vorgänger in einer ausweglosen Situation: entweder zerbrach ihm die Tasse zwischen den Fingern, wenn der Tee etwas abgekühlt war; oder er beschleunigte die Sache, indem er die Tasse sofort fallen ließ und sich auf die Fingerspitzen hauchte.

Miss Alvina informierte ihn unterdessen, daß das Teeservice ihrer Urgroßmutter als Geschenk direkt aus China geschickt worden wäre – »nur hat sie dann den Gentleman, der es ihr übersandte, nicht geheiratet, weil sie ungefähr zur gleichen Zeit meinen Urgroßvater auf einem Jägerball kennenlernte. Sie wurden dann genau vier Wochen später getraut, was man damals nicht unbedingt für schicklich hielt; aber mein Urgroßvater war ein so ungestümer Mann. Und sie waren dann sechzig Jahre lang verheiratet und hatten fünfzehn Kinder, und nicht ein einziges barsches Wort in all den Jahren. Sie können ihren Grabstein sehen, wenn sie durch das kleine Fenster am Ende des Zimmers schauen. Jedenfalls könnten sie das, wenn es nicht schon dunkel wäre.

Ich hoffe, Sie haben nichts dagegen, daß ich die Vorhänge nicht zuziehe, wenn ich das Licht einschalte. Ich habe mir nie diese Mühe gemacht; doch nun genieße ich es geradezu, weil es mich immer daran erinnert, daß der Krieg vorbei ist und man nicht mehr diese gräßlichen

Verdunklungsvorschriften beachten muß. Und da ich ja direkt am Dorfrand wohne, finde ich, es könnte sich mancher über das Licht freuen, wenn er über den Anger heraufkommt – so eine einsame Straße, die noch dazu durch das Galgenwäldchen führt.«

Frank Abbott befreite sich aus seiner ausweglosen Situation, indem er die leere Teetasse weit von sich schob.

»Galgenwäldchen?« fragte er.

Miss Alvina legte ihm noch eines ihrer selbstgebackenen Rosinenbrötchen auf, die mit einem pinkfarbenen Zuckerguß versehen waren.

»Also, das ist eine ziemlich gräßliche Geschichte, Mr. Frank; aber sie liegt natürlich schon so lange zurück, daß alle Beteiligten inzwischen verstorben sein müssen. Der Mann, dem dieses Wäldchen seinen Namen verdankte, hieß Edward Brand und stand in irgendeiner Beziehung zu den Tomalyns, den ehemaligen Besitzern von Deerhurst Park auf der anderen Seite des Angers. Die Familie ist inzwischen ausgestorben; doch sie können ihre Grabsteine noch in der Kirche bewundern. Ihnen gehörte früher alles Land bis zum Pfad, der über den Anger führt, und sie ließen diesen Edward Brand dort mitten im Wald in einem Haus wohnen, in dem sie früher ihren Förster untergebracht hatten.

Niemand wußte, woher dieser Mann kam und warum sie ihn dort wohnen ließen. Er war sehr groß und hager, mit langem kohlschwarzem Haar, das er im Nacken mit einem Band zusammenhielt. Das war im achtzehnten Jahrhundert, wo die meisten Leute gepuderte Perücken trugen; doch Edward Brand trug sein eigenes langes schwarzes Haar. Er wohnte ganz allein im Försterhaus, und nach einer kleinen Weile wollte sich niemand auch nur in die Nähe dieses Hauses begeben, schon gar nicht nach Sonnenuntergang. Es ging das Gerücht, daß er ein Hexenmeister sei: Die Leute waren damals noch sehr abergläubisch. Meine liebe Mrs. Abbott, darf ich Ihnen noch Tee nachschenken? Und Sie müssen unbedingt meine Erdbeermarmelade versuchen. Ein neues Rezept von Ellen Caddle, wirklich eine Bereicherung, würde ich sagen.«

Mrs. Abbott sagte: »Sie schmeckt köstlich. Ellen muß zaubern können. Meine Marmelade ist nicht annähernd so gut. Aber lassen Sie sich nicht aus dem Konzept bringen. Frank ist neugierig, wie Ihre Geschichte weitergeht.«

»Wenn Sie meinen, daß ich Ihnen damit nicht den Appetit verderbe?« Miss Alvina wandte sich wieder Frank Abbott zu: »Also, die Geschichten über ihn wurden immer schlimmer. Selbst Leute, die sich nicht vom Pfad auf dem Anger entfernten, klagten darüber, daß sie von Fledermäusen angegriffen würden und Eulenschreie hörten, wobei einige meinten, sie klängen eher wie Schreie gemarterter Kinder und daß da schreckliche Dinge im Försterhaus vorgingen.

Schließlich erzählte man sich sogar von einem Mädchen, das aus dem Dorf verschwunden sei, nur stellte sich später heraus, daß es davongelaufen war, weil es sich nicht mit seiner Stiefmutter vertrug. Jeder war natürlich sofort überzeugt, daß Edward Brand etwas mit ihrem Verschwinden zu tun habe. Das Mädchen war noch ziemlich jung, erst vierzehn Jahre alt.

Alle fürchteten nun, daß ihre Kinder nicht mehr sicher seien, und so zogen sie gemeinsam hinauf in den Wald, um das Försterhaus niederzubrennen. Der Küster, dem früher dieses Haus gehörte, hat meinem Vater, als er noch ein Junge war, anvertraut, daß sein Großvater zu den Männern gehört habe, die in den Wald marschierten, um das Försterhaus anzuzünden. Aber sie hätten, wie er sagte, das Haus leer vorgefunden und alle Türen und Fenster wären offen gewesen. Sie fanden eine Menge Spiegel im Haus, die sie alle zertöpperten, hoben die Türen aus den Angeln und marschierten wieder nach Hause.

Kein richtiger Weg führte zum Försterhaus, nur ein kleiner Trampelpfad, wie er auch entsteht, wenn das Wild durch den Wald wechselt. Der Pfad über den Anger war ein gutes Stück vom Försterhaus entfernt, doch als sie diesen wieder erreichten, fanden sie dort, wo er in das Wäldchen einmündet, die Leiche von Edward Brand, der von einem langen geraden Ast baumelte. Und sie begruben ihn am Kreuzweg, unmittelbar vor der Kirchhofsmauer, wo der Pfad sich mit der Dorfstraße schneidet. So verfuhr man damals mit Selbstmördern.

Das Försterhaus steht noch immer dort oben im Wald; aber niemand hat seither dort mehr gewohnt oder begibt sich gern in seine Nähe. Und der Hain, wo man Edward Brand tot am Baum hängen fand, heißt seither das Galgenwäldchen.«

Frank Abbotts Aufmerksamkeit galt nicht so sehr der Geschichte, sondern der Art, wie sie erzählt wurde: die zierliche Miss Alvina mit ihrer Zwitscherstimme schien dabei ganz in den Hintergrund zu treten, als zitierte sie aus einem Buch. Er hatte den Eindruck, daß ihm die Geschichte so weitergegeben wurde, wie die Erzählerin sie empfangen hatte – ohne Ausschmückung oder eigene Zutaten. Zweifellos handelte es sich hier um eine mündliche Überlieferung eines persönlichen Erlebnisses, das der Großvater des Küsters, der Edward Brand am Baum hängen sah, seinem Sohn berichtete, der es mit den gleichen Worten wiederum seinem Sohn erzählte und so fort.

Solche wortgetreuen Überlieferungen waren auf Dörfern keine Seltenheit; wenn man sie auch heutzutage nicht mehr so oft hörte wie früher. Miss Silver würde die Geschichte interessieren, überlegte er, und nahm sich vor, ihr davon zu berichten.

Die Teeparty nahm nun ihren üblichen Verlauf. Es

schlug halb sechs, dann Viertel vor sechs: Monica und Miss Alvina wußten sich offenbar eine Menge zu erzählen. Frank überlegte, daß es auf Dörfern immer viel zu erzählen gab, weil ein Ereignis so lange die Runde durch alle Häuser machte, bis es durch ein neues ersetzt wurde. Natürlich hatte manchmal das Ereignis, über das man redete, nicht so oder gar nicht stattgefunden. Das gab den Gesprächen dann aber erst die richtige Würze, da viel Raum blieb für Spekulationen oder amüsante Betrachtungen.

Die meisten Leute im Dorf waren Frank Abbott nur dem Namen nach bekannt, so daß er mit dem Gespräch der beiden Damen nicht viel anfangen konnte; obwohl manches im Licht der späteren Ereignisse dann doch noch für ihn interessant gewesen zu sein schien. Maggie Bells Eigenart zum Beispiel, die Gespräche auf der Sammelleitung zu belauschen, wozu Miss Alvina entrüstet anmerkte: »Jeder weiß es, und ich finde, es ist höchste Zeit, daß jemand sie oder Mrs. Bell deswegen zur Rede stellt.«

Worauf Monica nachsichtig meinte: »Die arme Maggie, sie hat so wenig, woran sie sich erfreuen kann. Wenn ihr das Spaß macht, zu erfahren, daß ich grüne Heringe bestelle oder einen Termin beim Zahnarzt mache, möchte ich ihr diese Freude nicht gern verderben.«

Miss Alvina vertrat einen kontroversen Standpunkt, und vielleicht wollte Monica Abbott nur das Thema wechseln, als sie das Gespräch auf Mrs. Caddle lenkte – die Dame, die für ihre superlativische Erdbeermarmelade verantwortlich war, wie Frank zu Recht vermutete. Wie sich herausstellte, war sie auch Miss Vinnies Zugehfrau.

»Cicely traf sie auf der Straße, als sie heute nachmittag die Hunde ausführte. Cis erzählte mir, sie habe schrecklich ausgesehen mit ihren verheulten Augen. Stimmt da etwas nicht?«

Miss Alvina griff das Thema begierig auf:

»Dasselbe habe ich sie gefragt, Mrs. Abbott! Sie kommt jeden Morgen um neun, wissen Sie – ich mache mir mein Frühstück immer selbst –, und ich schaue sie nur kurz an und sage: ›Du meine Güte, Ellen, stimmt etwas nicht? Sie sehen ja aus, als hätten Sie die ganze Nacht geweint!‹ Meine Worte! Und sie konnte es nicht bestreiten. Nur sagte sie, das käme von den Kopfschmerzen, die sie die ganze Nacht über geplagt hätten. Und ich sage, dann sollte sie besser wieder nach Hause gehen und sich hinlegen. Aber sie sagte, sie wollte lieber arbeiten, und ich darauf: ›Dann kochen Sie sich aber erst mal einen Tee.‹ Doch nach dem Mittagessen wurde es so schlimm mit ihr, daß ich sie doch nach Hause schickte.

Sie mag ja Kopfschmerzen gehabt haben, ganz sicher sogar, denn vom vielen Weinen bekommt man immer Kopfschmerzen; aber das war ja nicht das erstemal, daß sie so aussah, als hätte sie die ganze Nacht geweint. Seien wir doch mal ehrlich, Mrs. Abbott: Da kann doch etwas mit ihrer Ehe nicht stimmen. Albert Caddle mag ja ein sehr guter Chauffeur sein, ich bin davon sogar überzeugt; aber es war sehr dumm von ihr, ihn zu heiraten – so viel jünger als sie und für jeden im Dorf ein unbeschriebenes Blatt. Aber das bleibt unter uns, nicht wahr?«

Sie wandte sich Frank zu und setzte ihn unaufgefordert ins Bild: »Ihr Mann, wissen Sie, ist Chauffeur bei Mr. Harlow, wo er auch mittags ißt. Streng genommen war er der Chauffeur des alten Mr. Harlow, der ihn anstellte, als er aus der Armee entlassen wurde, und als Mr. Harlow im vergangenen Jahr starb und sein Neffe, Mr. Mark, den Besitz erbte, hat er auch den Chauffeur seines Onkels übernommen. Mr. Mark fährt nicht gern Auto, was mich wundert bei so einem jungen Mann. Wissen Sie, warum er nicht gern Auto fährt, Mrs. Abbott? Er ist doch mit Cicely befreundet, nicht wahr?«

Monica Abbott wurde jedesmal wütend, wenn Cicelys

Name mit Mark Harlow in Verbindung gebracht wurde. Aber noch bitterer war dieser Zwang, sich auf keinen Fall anmerken zu lassen, daß sie sich darüber ärgerte. Sie lächelte also und sagte überaus liebenswürdig:

»Ich weiß nicht, ob er mit ihr befreundet ist, aber wir finden ihn ganz amüsant. Leider ist er so selten zu Hause. Wir hätten ihn gern öfter bei uns gesehen. Ich fürchte nur, daß ich nicht weiß, warum er nicht selbst Auto fährt; aber Sie können ihn ja danach fragen, nicht wahr?«

Die Kirchenuhr schlug sechs. Miss Alvina zwitscherte aufgeregt:

»Oh, das würde mir doch nicht im Traum einfallen! Er könnte mich für – aufdringlich halten.«

»Möglich«, sagte Monica Abbott.

»Ich habe Ellen Caddle danach gefragt. Das soll nicht heißen, daß wir beide uns über Mr. Harlows Angelegenheiten unterhalten; aber ich habe mich ganz beiläufig bei ihr erkundigt, ob er vielleicht an Nachtblindheit leidet. So nennt man das doch, nicht wahr? Denn er ist ja nicht bloß tagsüber mit dem Auto unterwegs, sondern manchmal auch nachts. Ellen meinte, sie glaube nicht, daß es Gründe gäbe, die ihn vom Autofahren abhielten, wenn er selbst fahren wollte; aber ich hätte mir vorstellen können, daß es daran liegt. Denn der alte Mr. Tolley ist auch nachtblind gewesen – seine Frau mußte sich jedesmal ans Steuer setzen, sobald es dunkel wurde; obwohl er am Tage sehr gut sehen konnte. Mr. Harlow hat sehr hübsche Augen, finden Sie nicht auch? Ein gutaussehender Mann!«

»Ein sehr liebenswürdiger Bekannter«, schloß Mrs. Abbott dieses Thema ab, ehe sie sich ruckartig umdrehte. »Was ist denn das? Das hört sich an, als würde jemand auf der Straße rennen.«

Frank Abbott hatte diese stolpernden, rennenden Schritte schon eine halbe Minute früher wahrgenommen, verzweifelte, stolpernde, rennende Schritte, die nun den alten Pfad vom Anger herunterkamen und die Straße überquerten. Jetzt kam noch ein keuchender Atem hinzu und das Klappern der Gartenpforte. Und dann, noch ehe jemand von ihnen die Außentür erreichen konnte, hämmernde Fäuste und der Schrei eines Mädchens: »Mord! Lassen Sie mich ins Haus!«

KAPITEL 4

Es war zwei oder drei Tage später, daß Frank Abbott seinen dienstfreien Abend hatte, es sich in einem von Miss Maud Silvers viktorianischen Sesseln mit den hellblauen Bezügen und den gedrechselten Nußbaumbeinen gemütlich machte, zu erzählen begann und mit einem nachsichtigen Blick auf ihre Stricknadeln seinem Bericht den Satz anfügte:

»Das liegt ganz auf Ihrer Wellenlänge. Schade, daß Sie nicht dabeisein konnten.«

Miss Silvers Nadeln klickten, um die sich ein Kinderröckchen ringelte. Sie hüstelte und sagte:

»Mein lieber Frank, bitte fahren sie fort.«

Wenngleich er sie weiter mit einer gewissen spöttischen Nachsicht betrachtete, konnte er seine tiefe Zuneigung und seinen Respekt nicht ganz verbergen. Vom Scheitel unter dem straff sitzenden Haarnetz bis hinunter zu den schwarzen Wollstrümpfen und den Lacklederschuhen war sie das perfekte Relikt eines inzwischen fast ausgestorbenen Typs. Man hätte sie in jedem Familienalbum auf den ersten Seiten wiederfinden können als die unverheiratete Verwandte mit bescheidenem Einkommen, doch unbestechlichem Charakter, oder, wenn man genauer hinsah, als die unschätzbare Gouvernante, der die Kinder, waren sie erst einmal erwachsen, nie vergessen würden, was sie ihrem Unterricht verdankten.

Was man ihr jedoch niemals angesehen hätte, war eine erfolgreiche Karriere als Privatdetektivin nach zwanzig Jahren Arbeit in zahlreichen Schulzimmern. Obwohl sie sich nicht als solche bezeichnete. Sie war und blieb eine Dame, die sich gefühlmäßig gegen so eine Bezeichnung sträubte. Ihre Visitenkarte drückte es daher viel diskreter aus:

Miss Maud Silver
15 Montague Mansions

und brachte dann in der rechten unteren Ecke den Zusatz: Private Ermittlungen.

Ihr neuer Beruf hatte ihr zu einem bescheidenen Wohlstand und vielen neuen Freunden verholfen. Deren gerahmte Fotos drängten sich auf dem Kaminsims und etlichen Tischen. Es waren sehr viele junge Männer und Mädchen darunter, und auch zahlreiche Babies auf Plüschkissen oder Wolldecken in Silberfiligran.

Wenn sich Miss Silver im Zimmer umschaute, wurde ihr Herz von Dankbarkeit erfüllt, daß die Vorsehung dies alles sechs schreckliche Kriegsjahre hindurch vor Bomben bewahrt hatte. Zwar war eine solche auf ein Haus am Ende der Straße gefallen, die ihre Fensterscheiben zerschmetterte und einem ihrer blauen Plüschvorhänge einen häßlichen Riß zufügte. Aber ihre Perle Emma hatte ihn so sauber zugenäht, daß selbst sie mit bloßen Augen die schadhafte Stelle nicht wiederzufinden vermochte. Eine Menge Staub von der Decke und Mörtelstücke hatten auf dem Teppich gelegen, der die gleiche pfauenblaue Färbung hatte wie die Vorhänge; aber er war so gut wie neu aus der Reinigung zurückgekommen. Ihre Gemälde hatten keinen Schaden genommen, und von den gerahmten Fotos hatten nur zwei eine kleine Delle am Rahmen.

»Mein lieber Frank, fahren Sie fort«, wiederholte sie und war ganz Ohr.

»Nun, wie ich bereits sagte, es liegt ganz auf Ihrer Wellenlänge. Da war dieses Mädchen, das gegen die Tür hämmerte und ›Mord‹ schrie und uns ohnmächtig in die Arme fiel, als wir kaum die Tür aufgemacht hatten. Ein ziemlich hübsches Mädchen – nicht besonders spröde, würde ich sagen, wenn sie nicht so eine Heidenangst gehabt hätte.«

»War sie Ihrer Tante und Miss Grey bekannt?«

»Oh, ja. Mary Stokes war ihr Name. War beim Technischen Hilfsdienst, bis er nach dem Krieg aufgelöst wurde; half dann auf der Farm ihres Onkels aus, die jenseits des Angers liegt. Ziemlich hübsch, wie ich bereits sagte. Klingt vielleicht blödsinnig; aber ich hatte irgendwie den Eindruck, daß sie trotz ihrer Schreie und Ohnmacht ein – nun, ein zähes Luder ist.«

»Mein lieber Frank! Wie kamen Sie auf diese Idee?«

»Ich weiß nicht. Sie erholte sich ziemlich rasch; ich hatte das Gefühl, in ihrem Kopf tickte es wie rasend. Ich mag mich auch getäuscht haben, Mädchen sind ja so seltsame Geschöpfe. Natürlich kann man in ihnen lesen wie in einem Buch. Ich wünschte, Sie wären dabeigewesen. Nun ja.

Monica und Miss Grey bemühten sich um sie, bis sie wieder zu sich kam, und nach ein paar Seufzern erzählte sie folgendes: Ihr Onkel habe eine Landwirtschaft auf der anderen Seite des Angers, die Tomlins Farm genannt wurde. Das ganze Land jenseits des Angers bis hinunter nach Deeping gehörte früher einer Familie, die Tomalyn hieß. Die ist vor vielen Jahren ausgestorben; doch die Farm behielt ihren alten Namen. Der Besitzer heißt jetzt Stokes, genauso wie die Nichte. Und sie benützte den

Pfad, von dem ich Ihnen bereits erzählt habe – der durch das Galgenwäldchen nach Deeping führt.«

Miss Silver hüstelte.

»Wäre das der Weg gewesen, den sie immer genommen hätte, wenn sie ins Dorf wollte?«

Er zog die linke Braue ein wenig in die Höhe.

»Es war auf jeden Fall der kürzeste.«

»Gibt es noch einen anderen?«

»Ja. Er ist ein bißchen länger und mündet an einer anderen Stelle im Dorf – tatsächlich fast am anderen Ende. Das ist der Fahrweg. Kein vernünftiger Mensch würde mit dem Auto auf dem Pfad über den Anger fahren, obwohl ich behaupten möchte, daß es welche probiert haben. Es gibt ja genug Verrückte heutzutage, die einen Führerschein haben. Jedenfalls gehört das zu den Umständen, die mich darauf brachten, daß sie ein zähes Luder sein könnte. Die Leute dort reißen sich nicht gerade darum, im Dunkeln den Pfad über den Anger zu benützen.«

Miss Silvers Nadeln klapperten.

»Es war bereits dunkel?«

Er hob die Schultern.

»Stockdunkel. Viertel nach sechs. Bedeckter Januarhimmel.«

»Fahren Sie fort, Frank.«

»Sie erzählt also ihre Geschichte. Sie kommt auf dem Pfad zum Wäldchen – ein ziemlich dichtes Gehölz in einer Senke. Da hört sie plötzlich etwas und schlägt sich in die Büsche. Als man sie fragte, weshalb, sagte sie, weil sie Angst hatte; und als sie gefragt wurde, warum sie Angst hatte, sagte sie, das wüßte sie nicht; aber sie meinte, ein Geräusch gehört zu haben. Man konnte fragen, was man wollte; über diesen Punkt kam man nie bei ihr hinaus. Und nachdem sie den Ortspolizisten so lange im Kreis herumgeführt hatte, bis mir fast der Kragen platzte, schlug ich vor, sie sollte uns endlich erzählen, was danach passiert sei.«

Miss Silvers kleine klugen Augen verweilten auf seinem Gesicht.

»Hatten Sie den Eindruck, sie versuchte Zeit zu gewinnen, um sich entweder von ihrem Schrecken zu erholen oder sich erst einmal zu überlegen, was sie dem Polizisten sagen wollte?«

Ein schwaches Lächeln spielte um seinen Mund.

»Letzteres, hatte ich den Eindruck, zumal sie wieder einen ausgedehnten Heulkrampf bekam. Als wir sie wieder zum Sprechen bewegen konnten, sagte sie, sie habe dann noch einmal ein Geräusch gehört, diesmal Schritte und ein Schleifen, und zwar dicht neben sich auf dem Pfad. Und dann waren da der Lichtkegel einer Taschenlampe, die Hand und der Arm eines Mannes und das, was er über den Pfad schleifte – die Leiche eines ermordeten Mädchens. Da habe sie Fersengeld gegeben und sei den Hang hinaufgelaufen und dann ins Dorf.«

Miss Silvers Stricknadeln klapperten heftig. Sie hielt sie sehr tief über dem Schoß und warf nur selten einen Blick darauf. Sie blickte ihn an und sagte:

»Du meine Güte!«

»Nicht ganz so gut, wie Sie meinen.«

»Sind Sie nicht ein wenig frivol, mein lieber Frank?«

»Skeptisch. Mary Stokes behauptet, die Tote sei eine junge Frau gewesen – eine ihr unbekannte Person mit blondem Haar und einer entsetzlichen Wunde am Kopf. Sie war davon überzeugt, daß man mit so einer Wunde nur tot sein könne. Sie sagte, das Haar habe der Toten ins Gesicht gehangen und es größtenteils verdeckt. Sie hat uns die Kleider der Toten beschrieben: schwarzer Mantel, schwarze Handschuhe, keinen Hut und – jetzt kommt der Clou – ein Ohrring ganz besonderer Art.«

Miss Silver hüstelte.

»Sie scheint ja sehr viel gesehen zu haben. Sagten Sie nicht eben, das Haar habe größtenteils das Gesicht der Leiche verdeckt? Eigenartig, daß die Zeugin Ihnen dennoch eine genaue Beschreibung von einem Ohrring geben konnte.«

»Es kommt noch dicker. Sie sagte, der Mann habe die Tote umgedreht und nach dem zweiten Ohrring gesucht; doch der war nicht mehr da. Sie sagte, er habe wie ein Verrückter danach gesucht, ihre Haare durchwühlt, mit der Taschenlampe überall herumgeleuchtet.«

»Schockierend!«

»Makaber. Als er den Ohrring nicht finden konnte, ließ er die Leiche einfach auf dem Pfad liegen und ging in den Wald zurück. Diesen Moment benützte Mary Stokes dann für ihre Flucht. Sie kam hinter den Büschen hervor und rannte um ihr Leben.

Wir holten also den Dorfpolizisten – ein angenehmer und tüchtiger Bursche – und machten uns mit der Zeugin auf den Weg. Mary wollte wieder in Ohnmacht fallen, und deshalb ging ich zurück nach Abbottsleigh und holte meinen Wagen. Deshalb weiß ich auch, in welchem Zustand dieser Pfad sich befindet – ich bin einer der Verrückten, die darauf gefahren sind.

Als wir Mary endlich zu der Stelle gebracht hatten, wo sie die Leiche gesehen haben wollte, war da keine Leiche. Und obwohl ein ziemlich schneidender Wind ging, fiel sie uns dauernd in Ohnmacht. Und als wir die Stelle etwas genauer eingrenzen wollten, konnte sie sich nicht mehr genau erinnern. Sie sagte nur, sie wäre ein gutes Stück ins Wäldchen hineingegangen; aber bestimmt nicht bis zur Mitte, oder vielleicht doch? Wie sollte sie das noch wissen, wo es doch schon dunkel gewesen war? Und ob sie denn jetzt nicht, bitte, bitte, zu ihrem Onkel heimgehen könne?

Und dann gab es wieder Tränen, als ich ihr sagte, nein, das könne sie nicht. Und dann traf ein Bezirksinspektor aus Lenton ein und sagte ihr dasselbe. Nun, wir suchten das Wäldchen von einem Ende zum anderen ab, und weder in der Nacht noch am nächsten Morgen, als wir alles noch einmal bei Tageslicht absuchten, entdeckten wir den leisesten Hinweis darauf, daß da etwas auf dem Pfad oder durch die Büsche daneben geschleift worden war. Auf der dem Wald zugekehrten Seite befindet sich ein flacher Graben – lockeres Erdreich an den Böschungen, Morast dazwischen –, wo wir unbedingt Spuren hätten finden müssen. Wir suchten den Graben in seiner ganzen Länge ab, aber da waren nur ein paar Abdrücke von Mary Stokes' Schuhen, und zwar an einer Stelle, wo der Graben ganz flach ist und der Pfad sich im Wald verliert. Auch dort kein Hinweis auf einen Körper, der über den Boden geschleift wurde.

Es sieht so aus, als wäre Mary tatsächlich den Pfad heruntergekommen, habe sich dort dann hinter einem Busch versteckt und wäre dann weitergerannt. Die beiden besten Abdrücke, die wir dort sicherstellten, stammten eindeutig von einer Person, die gelaufen ist – der große Zeh deutlich markiert und kaum ein Eindruck der Ferse auf dem Boden. Das war bis zu diesem Nachmittag die einzige Bestätigung ihrer Aussage. Es gab keine Leiche im Wäldchen oder auf dem Pfad, und kein Hinweis, daß dort eine Leiche gelegen haben könnte. Und keine Vermißtenmeldung aus der Nachbarschaft. Und kein Ohrring.«

Miss Silver hüstelte.

»Der zweite von einem Paar, das Sie als ungewöhnlich bezeichneten.«

»Ungewöhnlich, richtig. Sie kennen diese Schmuckstücke, die man als Freundschaftsring zu bezeichnen pflegt?«

Sie lächelte.

»Eine alte Sitte, die inzwischen wieder aufgelebt ist: ein geschlossener Kreis aus Steinen. Außerordentlich hübsch; aber nicht sehr praktisch. Die Steine neigen leider dazu, aus ihren Fassungen zu fallen.«

»Sie wissen doch alles, das habe ich schon immer

gesagt. Aber haben Sie schon einen Freundschaftsring gesehen, der am Ohr getragen wurde?«

»Noch nicht. Eine schwierige Aufgabe für den Juwelier, möchte ich meinen. Der Ring muß an einer Stelle ein bewegliches Zwischengelenk haben; sonst kann man ihn nicht am Ohrläppchen befestigen.«

Er lachte.

»Oh, daran habe ich noch gar nicht gedacht. Aber ich nehme an, es läßt sich machen. Jedenfalls schwört Mary Stokes Stein und Bein, daß am Ohr der Leiche ein mit Diamanten besetzter Freundschaftsring befestigt war.«

Miss Silvers Nadeln klapperten unentwegt, ihr schmales Gesicht mit den feinen Zügen liebenswürdig und aufmerksam ihrem Besucher zugewandt. Nach einem kurzen Schweigen sagte sie:

»Sie haben mir noch nicht alles erzählt, nicht wahr?«

Er nickte.

»Als ich mich am Sonntagabend von Deeping verabschiedete, gab es dort zwei Schulmeinungen. Die eine unterstellte Mary Stokes, daß sie alle zum Narren gehalten habe. Publicitysüchtig, Exhibitionismus – nur nennt man das auf dem Land schlicht Angeberei. Eine durchaus vertretbare Theorie, die aber keine Erklärung für die Fußabdrücke einer in panischer Angst flüchtenden Person liefert. Die andere Schulmeinung, die von einer Minderheit vertreten wurde, hält Marys Aussage für glaubwürdig, wobei sie möglicherweise einige Details übertrieben haben könnte; nur daß die Leiche eben keine Leiche war, sondern sich vom Boden erhob und wegging, nachdem Miss Stokes schreiend ins Dorf gelaufen war.«

»Bitte, fahren Sie fort. Sie sagten, bis heute nachmittag . . .«

Er nickte.

»Richtig. So gegen halb fünf erhielten wir eine Meldung aus Hampstead. Eine Frau kam ins Revier und meldete, einer ihrer Pensionsgäste würde vermißt. Eine junge Frau, ungefähr dreißig, habe am Freitag ihre Pension verlassen und sei nicht mehr zurückgekommen. Blondes, schulterlanges Haar, haselnußbraune Augen, mittelgroß, zierlich. Als sie wegging, trug sie einen schwarzen Mantel und eine schwarze Baskenmütze; beides von guter Machart. Helle Strümpfe, schwarze Schuhe und große runde Ohrringe – *›mit kleinen Diamanten besetzt, wie diese Freundschaftsringe‹.«*

KAPITEL 5

Es entstand eine Pause, doch das merkte man kaum, so erfüllt war sie von Miss Silvers geistiger Konzentration. Als sie schließlich sagte »ein wahrhaft seltsamer Zufall«, lachte Frank Abbott und meinte:

»Glauben Sie wirklich an einen Zufall? Ich leider nicht.«

Miss Silver setzte ihre Nadeln wieder in Gang.

»Ich habe schon so manchen seltsamen Zufall erlebt.«

Er lachte abermals.

»So seltsam wie dieser?«

Sie gab ihm darauf keine direkte Antwort, sondern sagte:

»Wer ist diese vermißte Frau? Man kann doch erwarten, daß die Kenntnisse der Pensionswirtin sich nicht nur auf solche Äußerlichkeiten wie schwarzer Mantel und auffällige Ohrringe beschränken. Sie muß noch mehr von der vermißten Person wissen.«

»Das scheint leider nicht der Fall zu sein. Ich bin selbst nach Hampstead gefahren und habe folgendes von ihr erfahren: Die vermißte Person hat sich erst vor einem Monat bei ihr ein Zimmer gemietet. Sie hat sich als Mrs.

Louise Rogers eingetragen und mit leicht ausländischem Akzent gesprochen. Sie erzählte Mrs. Hopper – so heißt die Wirtin –, daß sie Französin sei; aber einen inzwischen verstorbenen Engländer geheiratet habe. Mrs. Hopper fand nur lobende Worte für ihre Mieterin. Sie habe nie einen Besucher in ihrem Zimmer empfangen und die Miete pünktlich auf die Minute bezahlt. Sie machte Mrs. Hopper gegenüber Andeutungen, daß ihre Familie einmal sehr reich gewesen sei, im Krieg jedoch ihr gesamtes Vermögen verloren habe. Dann hätte sie mit geheimnisvoller Miene hinzugesetzt: ›Vielleicht bekomme ich einen Teil davon zurück – wer weiß? Deshalb bin ich ja hier in England. Wenn man bestohlen wird, steht einem auch das Gesetz zur Seite.‹

Irgendwann am Freitag vormittag hat sie dann die Pension verlassen. Mrs. Hopper konnte mir die genaue Uhrzeit nicht sagen, da sie mehrere Stunden von zu Hause abwesend war, um die Einkäufe für das Wochenende zu erledigen.

Wir wissen nun, daß Mary Stokes eine blondhaarige Leiche mit einem Freundschaftsring im Ohr im Galgenwäldchen gesehen haben will, und Louise Rogers ist nicht mehr nach Hampstead zurückgekehrt. Ich fragte Mrs. Hopper, ob der Name Deeping für sie ein Begriff sei, und sie meinte, das wäre ein Markenzeichen für Gemüsekonserven oder Möbelpolitur.«

Frank Abbott beugte sich vor und hielt die Hände über das Feuer im Kamin. »Wenn Mary Stokes nicht wäre, würden wir uns mit der Vermutung begnügen, daß Mrs. Rogers sich ein verlängertes Wochenende gönnte, ohne ihrer Wirtin vorher Bescheid zu sagen.«

Miss Silver hüstelte.

»Wenn sie das vorgehabt hätte, würde sie einen Koffer mitgenommen haben. Fehlt etwas von ihren Sachen?«

»Mrs. Hopper hat mir versichert, daß nichts fehlt.«

Miss Silver nickte.

»Eine zuverlässige Aussage, möchte ich meinen. Eine Pensionswirtin achtet auf so etwas. Mieter, die ihre Rechnung nicht bezahlen wollen, pflegen ihr Eigentum nach und nach zu entfernen, ehe sie dann plötzlich selbst verschwinden.«

»Laut Mrs. Hopper ist das nicht der Fall. Um es in ihren Worten auszudrücken: ›Sie nahm nur das mit, was sie auf dem Leib trug – ihren guten schwarzen Mantel und die Baskenmütze. Sehr schick und ganz Dame, wenn auch mit ausländischem Flair.‹ Worauf wir uns nun fragen müssen: Fuhr sie nach Deeping und posierte dort als Mary Stokes' Leiche? Falls ja – wohin ist sie dann gefahren?«

Miss Silver hielt einen Moment ihre Stricknadel an und sagte mit ernster Stimme:

»Ich glaube nicht, daß Sie die Möglichkeit eines gewaltsamen Todes ausschließen dürfen.«

»Wohl nicht. Deshalb fahre ich morgen nach Deeping und werde dort herumschnüffeln. Die Kollegen von der örtlichen Polizei werden das zwar nicht gern sehen; aber es ist alles bereits mit dem Chefkonstabler abgesprochen. Sie schicken mich dorthin, weil ich Zeuge von Marys bühnenreifem Auftritt war und die Örtlichkeiten angeblich gut kenne. Tatsächlich sind meine diesbezüglichen Kenntnisse sehr lückenhaft. Mein Onkel ist erst kürzlich von einem längeren Aufenthalt im Ausland zurückgekommen. Das gilt auch für Monica, und deshalb habe ich in den letzten zehn Jahren nur hin und wieder einen Abstecher nach Deeping gemacht, um meine Kusine Cicely zu besuchen. Ich holte sie im Internat ab, um mit ihr zum Essen zu gehen. Monica schrieb der Direktorin einen Brief und gab mich als Cicelys Bruder aus.«

»Ich glaube vor ein paar Monaten in der Zeitung gelesen zu haben, daß sie einen gewissen Mr. Hathaway geheiratet hat.«

»Ja. Nur leben sie inzwischen getrennt, und meine

Kusine wohnt wieder bei ihren Eltern. Niemand weiß, was passiert ist. Drei Monate lang war sie die glücklichste Frau aller Zeiten, und dann klopfte sie eines Tages an die Haustür ihrer Eltern und sagte, sie wolle Grant nie wiedersehen. Sie ist gut betucht, wissen Sie? Meine Großmutter erbte einen Batzen Geld von ihrem Vater, einem Großreeder, und sie vermachte Cicely den ganzen Zaster.«

»Mein lieber Frank!«

Er lachte.

»Onkel Reg und ich schauten gemeinsam durch die Röhre. Sie konnte ihn nicht aus Abbottsleigh verdrängen, weil das zu seinem väterlichen Erbe gehörte; aber er hat verdammt wenig Mittel zum Unterhalt des Familiensitzes zur Verfügung. Sie zankte sich mit ihm, weil er seinen Wehrdienst im Ausland ableistete, statt sich mit Geld freizukaufen. Mein Vater hatte natürlich schon Jahre zuvor jede Verbindung abgebrochen. Sie war außer sich vor Zorn, weil er meine Mutter geheiratet hat. Als zweitgeborener Sohn hätte er die Pflicht gehabt, eine Frau mit Geld zu heiraten, so hatte sie es geplant. Und ich wurde selbstverständlich von der Liste der Erben gestrichen, als ich in den Polizeidienst eintrat.«

Miss Silver preßte einen Moment die Lippen zusammen, ehe sie sagte:

»Ist es ihr denn nicht in den Sinn gekommen, daß Ihnen nur die Mittel zur Fortsetzung Ihres Jurastudiums fehlten, als Ihr Vater starb?«

Er blickte sie mit einem ironischen Lächeln an.

»Oh, ja, das kam ihr durchaus in den Sinn. Sie bestellte mich zu sich und hielt mir einen Vortrag, wie verschwenderisch und unklug mein Vater schon immer gewesen sei und wie typisch es für ihn wäre, zu sterben, ehe er mich mit einem Beruf versorgt habe. Ich sehe sie noch jetzt, wie sie dasaß – düster wie ein Ostwind – und sagte, sie denke nicht daran, Torheit und Lebensuntüchtigkeit noch damit zu belohnen, daß sie für ihn Vaterpflichten an mir übernähme.«

»Mein *lieber* Frank!«

Sein Blick wurde einen Moment weich.

»Ein Segen in düsterer Verkleidung, könnte man sagen. Vermutlich hätte ich nie einen Mandanten bekommen – und niemals Ihre Bekanntschaft gemacht. Das war dann mein letzter Besuch in Abbottsleigh, bis Onkel Reg vor ein paar Monaten aus dem Ausland heimgekehrt ist.«

Er lachte. »Ich erklärte ihr in ein paar wohlgesetzten Worten, was ich von ihr hielt und verließ das Haus. Was ich übrigens besonders kurios finde, ist die Tatsache, daß ich ihr unglaublich ähnlich sehe. Das stelle ich jeden Morgen beim Rasieren fest.«

»Sieht Ihre Kusine ihr ebenfalls ähnlich?«

»Oh, nein – Cis ist ein kleines braunes Ding.«

Es folgte eine Pause. Dann ergriff Miss Silver wieder das Wort:

»Warum haben Sie mir das eigentlich alles erzählt, Frank?«

Ein Funken Humor glomm in seinen Augen auf. Er sagte beiläufig:

»Hm, das weiß ich nicht. Ich bin doch immer so redselig, wenn ich bei Ihnen zu Besuch sein darf.«

Sie blickte ihn mit liebevoller Strenge an und zitierte aus den Werken des von ihr so sehr geschätzten Lord Tennyson:

»›Oh, vertraue mir gar nicht oder vertrau' mir ganz.‹«

Er lachte. »Und: ›Die halbe Wahrheit ist die schlimmste aller Lügen‹ oder so ähnlich. Also gut, ich beuge mich diesem Spruch. Monica möchte Sie unbedingt kennenlernen. Würden Sie eine Einladung nach Abbottsleigh annehmen?«

Sie blickte ihn unverwandt an.

»Bieten Sie mir einen Auftrag an?«

Wieder ein kurzes Lachen.

»Noch nicht.«

»Was soll das heißen – noch nicht?«

Er kräuselte die Lippen.

»Das weiß ich selbst noch nicht. Mein Geist befindet sich in einem chaotischen Zustand. So wie sich mir die Lage im Augenblick darstellt, ergibt sie keinen Sinn, und Sie haben ein Talent, unsinnige Dinge in einen logischen Zusammenhang zu bringen. Alles reichlich vage und verworren, und das gepaart mit Monicas Verlangen, Sie unbedingt kennenzulernen . . .« Er hielt inne und setzte dann sehr ernst hinzu: »Ich möchte Sie mit Mary Stokes zusammenbringen, damit Sie mir sagen können, ob sie lügt. Und in welchem Ausmaß. Und warum.«

KAPITEL 6

Abbottsleigh war ein großes, weitläufiges Haus ohne nennenswertes architektonisches Profil. Tatsächlich war es ursprünglich eine bessere Scheune gewesen und hatte sich dann nach allen Seiten ausgedehnt, um bei steigendem Einkommen den Wohnungsbedarf einer wachsenden Familie befriedigen zu können. Ein Abbott, der Mitte des vergangenen Jahrhunderts lebte, hatte sich bei seinem Besuch des schottischen Hochlands von Schloß Balmoral inspirieren und für seine fünfzehn Kinder einen wahrhaft furchterregenden Flügel anbauen lassen, der nur so strotzte von Türmen und Bastionen.

Lady Evelyn Abbott hatte sich strikt an den Geschmack ihrer Zeit gehalten und ihn bei der inneren Gestaltung des Hauses so gründlich wie möglich zur Geltung gebracht. Ihre Schwiegertochter, der die Mittel fehlten, diese Pracht zu unterhalten, hatte sich auf dem Speicher umgesehen und dort eine Menge hübscher alter Eichenmöbel und ein paar Truhen voller wunderschöner Regency-Vorhänge entdeckt, mit denen sie den vorherrschenden Plüsch und die gewirkten Wandtapeten ersetzen konnte. Damit hatte sie eine Reihe von Zimmern wohnlich gemacht, unter anderem ihr Schlafzimmer, Cicelys Zimmer, das Speisezimmer und einen bezaubernden kleinen Salon, der so viel Sonne hereinließ, wie man das in der Mitte eines englischen Winters überhaupt erwarten konnte.

Das Wohnzimmer hatte sie nicht zu verändern versucht. Es blieb ein Raum, der Empfängen vorbehalten war und nicht zum Sitzen einladen sollte. Die Vorhänge aus schwerem altgoldenem Brokat, die kleinen vergoldeten Stühle und die wuchtigen Brokatsessel vermittelten eher den Eindruck von Kostbarkeit als Gemütlichkeit.

Da hingen eine Menge Spiegel in vergoldeten Rahmen an den Wänden und dazwischen zahlreiche Familienporträts, unter anderem auch das von Lady Evelyn, das kurz nach ihrer Hochzeit gemalt worden war. Niemand vermochte sich der Wirkung dieses Porträts zu entziehen, da es eine unheimliche Ähnlichkeit mit dem Enkel hatte, der nun als vielversprechender Detektivsergeant zur Elite von Scotland Yard gehörte. Da fand sich dieselbe Nase mit dem hohen Sattel, zu blaß und zu dünn, um dem Gesicht einer Frau zur Zierde zu gereichen; das gleiche eisige Blau der Augen, das noch blasser wirkte, weil Wimpern und Brauen genauso farblos waren wie das Haar, welches, nach der Mode der achtziger Jahre straff nach hinten gekämmt, die bereits frappierende Ähnlichkeit noch mehr betonte.

Wenn es nicht schon einen Grund gegeben hätte, das Wohnzimmer auszusparen, hätte Monica Abbott einen Vorwand dafür finden müssen, da sie sich unter dem grimmigen Blick ihrer Schwiegermutter unmöglich entspannen konnte. Wie Colonel Abbott darüber dachte, blieb unausgesprochen. Gewiß ist nur, daß er es nicht fertiggebracht hätte, das Porträt seiner Mutter aus dem Wohnzimmer zu entfernen; doch bevorzugte er vermutlich wie seine Frau das Morgenzimmer, wo nur ein Aquarell-Kinderporträt von Cicely eine Wand zierte.

Miss Silver, die man mit dem Auto vom Bahnhof Lenton abgeholt hatte, fand es hier recht gemütlich, als sie vor dem behaglichen Kaminfeuer einen reichgedeckten Teetisch sah.

Colonel Abbott beeindruckte sie durch sein gutes Aussehen, und Mrs. Abbott war eine überaus herzliche und liebenswürdige Person. Und das gewellte dunkle Haar und die großen braunen Augen standen ihr so gut. Mrs. Hathaway hatte zwar die Augen von der Mutter, sah aber sonst ihren Eltern überhaupt nicht ähnlich. Zwar stimmte die Farbe ihres Haares mit jenem ihrer Mutter überein, aber sie trug es kurz geschnitten, und mit diesen kleinen über den ganzen Kopf verteilten Locken entsprach sie so gar nicht dem Bild einer verheirateten Frau. Miss Silver blickte unwillkürlich auf den dritten Finger von Cicely Hathaways linker Hand und stellte schockiert fest, daß er nackt war. Die modernen Mädchen gingen heutzutage sehr sorglos mit ihren Eheringen um – sträflich sorglos sogar –, obwohl hier, wie sie befürchtete, nicht Vergeßlichkeit, sondern eine vorsätzliche Unterlassung dahintersteckte.

Während sie sich an einem Hörnchen mit Honig labte und sich von Monica Abbott erzählen ließ, daß Cicely für die Bienen verantwortlich sei, ruhte ihr scharfsinniger und zugleich nachdenklicher Blick auf dem Mädchen, das auf dem Kaminvorleger saß, eine Tasse Tee nach der anderen trank, ohne jedoch einen Bissen zu sich zu nehmen. Frank Abbott hatte sie ein kleines braunes Ding genannt. Miss Silver hielt das für eine treffende Beschreibung. Haar, Augen und Haut waren braun, Haar und Augen eine Idee heller als bei der Mutter, dafür die Haut erheblich dunkler getönt. Während sie so dicht vor dem Kamin saß, war ihr Gesicht vom Feuer rötlich angehaucht. Eine Wange erglühte scharlachrot unter der Hitze, was ihrem Gesicht einen gewissen, schwer zu bestimmenden Zauber verlieh. Sie hätte sich scharlachrote Beeren ins Haar stecken und mit den Blättern des letzten Jahres im Wind einen Reigen tanzen können.

Doch Miss Silver gab sich nicht solchen romantischen Vorstellungen hin. Sie sah ein Mädchen, das schrecklich unglücklich war und sich verzweifelt bemühte, ihre Trostlosigkeit zu überspielen. Sie wandte sich wieder Mrs. Abbott zu, die ihr sogleich ihr Zimmer zeigen ließ. Sie fand es sehr hübsch und behaglich mit seinen soliden viktorianischen Möbeln und den roten Ripsvorhängen.

Nachdem sie ihren schwarzen Tuchmantel mit dem schon etwas räudigen Pelzkragen samt ihrem schwarzen Filzhut in den Schrank gehängt hatte, richtete sie sich das Haar, zog ihre mit schwarzen Perlen bestickten Hausschuhe an, wusch sich die Hände, suchte ihren aus grauem Chintz genähten Strickbeutel, fand ihn auf einem Sessel und kehrte damit in das Morgenzimmer zurück.

Sie trug ihr flaschengrünes Wollkleid, das sie erst im vergangenen Herbst gestrickt hatte und dessen bescheidener Ausschnitt vorne mit einem Netz ausgefüllt war, an dem eine aus Mooreichenholz geschnitzte Rose mit einer irischen Perle in der Mitte als Brosche steckte. Darunter hing, an einer dünnen Goldkette befestigt, ein Kneifer, den sie gelegentlich aufsetzte, um Kleingedrucktes bei schlechtem Licht entziffern zu können. Eine zweite Kette von massiverer Machart schloß sich eng um ihren Hals, an der eines von diesen schweren viktorianischen Medaillons baumelte und mit einem Relief tief eingeschnittener Initialen – einem A (für Alfred) und einem M (für Maria) –, dem Gedächtnis ihrer längst verstorbenen Eltern geweiht. Als es noch Marias Busen schmückte, hatte es eine Locke von Alfreds Haupt enthalten, dem später eine weiche graue Strähne von Marias Haaren beigefügt worden war. Für Miss Silver waren Alfred und Maria der ›arme Papa‹ und die ›teure Mama‹, und sie fand, daß das fromme Andenken sich hervorragend als Schmuckstück eignete.

Als sie neben dem Kamin Platz genommen und aus ihrem Strickbeutel ein Knäuel blaßblauer Wolle herausgeholt hatte, begann sie die ersten Maschen für ein Jäckchen aufzunehmen, welches dem, das sie am Abend zuvor beendet hatte, wie ein Ei dem anderen gleichen sollte. Babies benötigten eine Reihe von identischen Kleidungsstücken, wenn man sie warm und sauber halten wollte.

Nachdem sie die Grundmaschen aufgenommen hatte, war sie für ihre Gastgeberin gesprächsbereit, mit der sie, wie sie mit Genugtuung feststellte, unter vier Augen reden konnte, da Colonel Abbott und Cicely sich inzwischen mit unbekanntem Ziel entfernt und Frank Abbott ihr telefonisch hatte ausrichten lassen, er käme mit dem Auto aus London und es könnte spät werden.

»Sie wissen ja gar nicht, wie froh ich bin, Sie bei mir zu haben«, sagte Monica. »Frank vergöttert Sie.«

»Meine *liebe* Mrs. Abbott!«

»Oh, doch, das tut er. Und es bekommt ihm so gut, weil das so gar nicht seine Art ist. Sie kennen ihn ja: immer kühl und spöttisch und von oben herab. Natürlich ist das meiste davon nur Tarnung, aber nicht alles. Meine Schwiegermutter hatte einen so schlechten Einfluß auf ihn. Nicht daß er sie oft besucht hätte, weil sie sich mit seinem Vater überworfen hatte; sie stritt sich mit jedem. Aber er sieht ihr wirklich zu ähnlich – erschreckend ähnlich, wenn man nicht wüßte, daß sich dahinter ein ganz anderer Charakter verbirgt.

Und wie sie sich aufführte, als sein Vater starb; vermutlich hat er Ihnen schon davon erzählt. Was für eine schrecklich bittere Erfahrung für den armen Jungen! Und wir befanden uns am anderen Ende der Welt und hatten nicht die leiseste Ahnung, wie schlimm es um ihn stand – mein Schwager hat nichts als Schulden hinterlassen. Und natürlich hat Frank uns nie ein Wort davon geschrieben, obwohl ich nicht weiß, was wir für ihn hätten tun können, da Cis im Internat war und wir nur von Regs Sold leben konnten. Lady Evelyns Mann hatte ihr sogar die Eigentumsrechte von Abbottsleigh übertragen. Er stand ja ganz unter ihrem Pantoffel.«

Sie blickte Miss Silver mit einem warmen Lächeln an. »Sie sehen also, wie schrecklich gut es für Frank gewesen ist, in Ihnen ein verehrungswürdiges Vorbild zu finden. Sie hat ihm ja viel wichtigere Dinge als Geld weggenommen, die Sie ihm wieder zurückgegeben haben. Deswegen wollte ich Sie unbedingt kennenlernen. Und natürlich auch aus anderen Gründen. Da ist dieser Mord. Oder vielleicht ist es auch gar keiner. Frank meint, es ergäbe keinen Sinn. Und das tut es doch, nicht wahr? Aber – irgendwie – ist es zum Fürchten.«

»Ja«, sagte Miss Silver, während ihre Nadeln leise klapperten.

Monica Abbotts Wangen waren nun lebhaft gerötet.

»Es ist zum Fürchten, wissen Sie? Wenn es nur ein Mord gewesen wäre, wäre das zwar schrecklich, doch damit hätte es dann sein Bewenden; ich meine, es wäre das Ergebnis eines Streits oder eine Eifersuchtstragödie; oder eine Affekthandlung, weil jemand zu viel getrunken hat und nicht weiß, was er tut. Oder es geht um Geld. Das sind alles Gründe, weswegen so ein Mord geschieht. Aber dieser jetzt – man weiß nicht nur nicht, warum er passierte, sondern nicht einmal, ob er passiert ist. Das ist das Furchtbare daran – als sähe man etwas und wüßte nicht, ob das wirklich existiert, was man da sieht, und schließlich an seinem Sehvermögen zweifelt.«

Mit energischer, aber wohltönender Stimme zitierte

Miss Silver aus Macbeth: »›Sie verwandelten sich in – Luft.‹«

Monica Abbott blickte sie mit warmen Augen an.

»Ja – das ist genau das, was ich meinte. Wie klug Sie doch sind!«

Miss Silver lächelte.

»Erzählen Sie mir noch ein bißchen mehr davon. Es scheint ja eine Menge von der Glaubhaftigkeit dieses Mädchens, dieser Mary Stokes, abzuhängen. Natürlich ist das bei jedem Kapitalverbrechen so. Was sich bei dem einen wie eine unglaubliche Geschichte anhört, kann von einem anderen recht überzeugend vorgetragen werden. Was ist das also für ein Mädchen, diese Miss Stokes?«

Monica Abbott sagte langsam: »Ich weiß es nicht . . .«

Miss Silver hüstelte leise.

»Wirklich nicht?«

»Ich habe nichts, worauf ich meinen Eindruck stützen könnte. Ich mag sie nicht; aber das dürfte ich nicht sagen, weil ich für meine Gefühle keine logische Begründung habe. Ich kann Ihnen nur sagen, was Sie nach fünf Minuten selbst herausfinden würden. Sie ist ungefähr vier- oder fünfundzwanzig Jahre alt; sieht aber – erfahren aus. Sie diente bis Kriegsende in einem dieser weiblichen Hilfskorps. Sie hat nicht sehr lange in Deeping gelebt. Natürlich wohnen wir selbst erst seit ein paar Monaten hier. Wir sind zwar regelmäßig auf Besuch nach Abbottsleigh gekommen, ehe mein Mann ins Ausland ging; aber im Grunde gehörten wir nicht hierher.«

»Aber diese Mary Stokes gehört hierher?«

»Nein, das kann man nicht sagen. Die jüngeren Mädchen kopieren zwar ihre Kleider und ihren Frisurstil; aber sie ist nicht beliebt, man hält sie für eingebildet.«

»Ist sie das?«

»Ich glaube schon. Oh, ich weiß nicht, ich glaube, das ist unfair von mir. Sie entspricht überhaupt nicht dem Typ eines Dorfmädchens, dafür ist sie viel zu elegant und gewandt. Sie wohnt hin und wieder hier auf der Farm, wenn sie mal keinen Job hat oder einen Tapetenwechsel braucht. Sie schließt sich rasch an andere Leute an, und ihre Verwandten sind gut zu ihr; aber ich glaube, sie sind auch erleichtert, wenn sie wieder geht. Sie hat in einem Büro in Lenton gearbeitet; aber sie wurde krank, und man hat ihr einen Monat Ruhe verordnet. Ich glaube, die Firma nimmt sie wieder zurück.«

»Ist sie hübsch?«

»Oh, ja!« sagte Monica Abbott in einem gereizten Ton. Eine einen halben Zoll breite blaue Rüsche hing an Miss Silvers Stricknadeln, als sie mit milder Neugierde den Blick zu ihrer Gesprächspartnerin erhob.

»In welcher Hinsicht?«

»Oh, auf diese gute, alte, superoxydblonde Weise, auf die Männer so gern hereinfallen. Nein – das ist gemein von mir. Vermutlich hilft sie ihrem Naturblond ein wenig nach. Meines Erachtens ist ihr Haar schon immer blond gewesen. Und sie hat blaue Augen und synthetische Manieren.«

Sie bewegte ihre Hände auf ausdrucksvolle Weise. »Nein, ich kann das nicht so gut wie sie – ich mag sie nicht, und bin nicht fair.«

Miss Silver blickte sie ruhig an.

»Warum mögen Sie sie nicht?«

»Das ist eben so.«

»Aber ich glaube, Sie könnten mir die Ursache nennen, wenn Sie wollten.«

Es folgte ein kurzes Schweigen. Dann:

»Ich halte sie für eine Schlange im Gras.«

»Du meine Güte!«

Miss Silver zupfte am Faden, bis sie anderthalb Meter vom blaßblauen Wollknäuel abgespult hatte. Sie fand Mrs. Abbott sehr pittoresk, sehr attraktiv, machte sich aber jetzt über ihr Urteilsvermögen Gedanken. Sie schien ihr nicht zu jener Sorte von Frauen zu gehören, die kein gutes Haar lassen an einem Mädchen; aber man konnte nie wissen. Vielleicht gab es gute Gründe für ihre Abneigung. Konnte diese Mary Stokes etwa an Cicely Hathaways Entfremdung von ihrem Ehemann schuld sein?

Auf eine vollkommen arglose und unbefangene Weise steuert Miss Silver nun das Gespräch in Cicelys Richtung, indem sie zunächst die gemütliche Atmosphäre des Zimmers rühmte, sich dann danach erkundigte, ob das Aquarell an der entfernten Wand die Kathedrale von Durham darstellte, bis sie schließlich das Bild über dem Kamin in Augenschein nahm.

»Ein Porträt Ihrer Tochter. Man sieht das auf den ersten Blick.«

Monica Abbott seufzte. Diese unbeschwerten Kinderzimmer-Tage schienen schon Jahrzehnte zurückzuliegen.

»Oh, ja – das ist Cicely, als sie sieben Jahre alt war. Es ist ihr noch sehr ähnlich; nur sieht sie heute nicht mehr so glücklich aus.«

»Nein . . .«

»Sie hatte Krach mit ihrem Mann. Vermutlich hat Frank Ihnen davon erzählt. Ich weiß nicht, warum man sich überhaupt Kinder anschafft – und dabei wollen sie unbedingt die Geburtsrate erhöhen. Wenn sie uns wenigstens sagen würde, worüber sie sich gestritten haben, könnten wir vielleicht etwas unternehmen, um ihr zu helfen. Aber nicht ein Wort bekommen wir aus ihr heraus! Wenn man bedenkt, daß man sie mit Schmerzen geboren, gewaschen, gewickelt, in die Ecke gestellt und auch mal hingelangt hat, wenn sie ungezogen wurde – obwohl ich nicht viel von Prügelstrafen bei Kindern halte, weil das ihren Charakter verdirbt –, nun, da könnte man glatt aus der Haut fahren. Aber sie ist schon immer ein Dickschädel gewesen, wollte bereits im Alter von sechs Monaten mit dem Kopf durch die Wand. Ein süßes Kind; aber nicht zu bändigen.«

Miss Silvers Nadeln klapperten.

»Und Sie haben nicht die geringste Vorstellung, was die Ursache dieses Zerwürfnisses betrifft?«

»Sie schweigt sich darüber aus. Und er will es uns auch nicht sagen.«

»Aber man macht sich doch so seine Gedanken. Wäre es möglich, daß da – eine andere Frau dahintersteckt?«

»Ich weiß nicht, ich glaube nicht. Aber stößt man denn nicht in jeder Ehe auf eine andere Frau, wenn man nur gründlich genug danach sucht? Nur kann man es sich wirklich nicht leisten, unangenehme Familiengeheimnisse auszugraben. Ich meine, dafür waren sie viel zu kurz verheiratet, als daß sich bereits etwas Neues hätte entwickeln können, oder sind Sie da anderer Meinung? Keine drei Monate hat es gedauert, und sie schienen so glücklich miteinander zu sein! Aber vielleicht ist da etwas Voreheliches gewesen . . .« Monica Abbott beugte sich vor und sagte impulsiv: »Ich habe nicht die leiseste Ahnung! Cicely schließt sich in ihrem Zimmer ein und bringt den Mund nicht auf. Aber wenn ich raten sollte, würde ich sagen, daß sie sich nicht wegen einer anderen Frau zerstritten haben. Schon eher wegen ihrem Geld. Davon besitzt Cis reichlich genug, wissen Sie?«

»Frank hat mir davon erzählt.«

Monicas Augen funkelten.

»Regs Mutter überging einfach ihren Sohn und vermachte alles seiner Tochter. Unglaublich, nicht wahr? Und was noch schlimmer ist, das Kind weilte zu oft bei seiner Großmutter. Wir waren im Ausland, und sie verbrachte alle ihre Ferien und Feiertage hier in Abbottsleigh.« Sie zögerte ein wenig. »Ich mag mich irren; aber manchmal denke ich, daß sie dabei eine falsche Vorstellung von der Wichtigkeit des Geldes bekam. Lady Evelyn glaubte nämlich, daß jeder so auf Geld versessen wäre wie sie selbst. Sie war überzeugt, wir rechneten alle mit ihrem Erbe und wünschten es sehnlich herbei, und da dachte sie, uns alle damit zu bestrafen, daß sie ihr ganzes

Vermögen Cicely vermachte. Und nun frage ich mich, ob sie damit nicht eigentlich nur Cis bestraft hat.«

Miss Silver hüstelte.

»Wie meinen Sie das?«

»Ich weiß nicht, wie ich das meine«, sagte Monica Abbott mit verlorener Stimme. »Sie ist dieses Geldes wegen verbittert – das können Sie gar nicht übersehen. Und obwohl sie ihrer Großmutter so gar nicht ähnlich sieht, hat sie doch diesen Zug von ihr – diese kühle Starrköpfigkeit. Und – oh, Miss Silver, ich bin so unglücklich. Sie ißt nicht, sie schläft nicht, und sie will uns nichts sagen. Im Grunde ist sie so ein warmherziges Kind. Wenigstens war sie das, bis sie sich so abgekapselt hat. Selbst daß sie bei uns wohnt, ist gar nicht ihr Wunsch gewesen. Sie kam nur in unser Haus, weil sie sich von ihm nicht aus der Gegend vertreiben lassen will.«

Monica Abbott zog ein Taschentuch hervor und fuhr damit rasch über die Augen. »Sie müssen mich für verrückt halten, daß ich so offen mit Ihnen rede, wo wir uns doch erst seit einer Stunde kennen, aber ich kann mich keinem im Dorf anvertrauen, und Sie wissen ja gar nicht, was für eine Erleichterung das ist.«

KAPITEL 7

Also, das ist die Stelle«, sagte Frank Abbott.

Miss Silver stieg aus dem Wagen und blickte sich im Galgenwäldchen um. Ein treffender Name, war ihr erster Gedanke: Ein düstereres Wäldchen als dieses und eine holprigere Fahrstrecke hatte sie noch nie erlebt. Kein Wunder, daß die Ortsansässigen Wäldchen und Weg tunlichst mieden. Die Lage des Wäldchens und die

Trasse, über die der Weg führte, begünstigten noch diesen Eindruck trostloser Verlassenheit. Die Bäume standen gar nicht so dicht beisammen und waren auch nicht sehr hoch – ein paar verkrüppelte Kiefern; ein oder zwei Buschgruppen aus Stechpalmen; das Wrack einer vormals massiven Eiche, von wucherndem Efeu erstickt. Darunter dann verfilztes Gestrüpp und Grünzeug, wie man es überall antrifft, wo die Natur sich jahrelang selbst überlassen bleibt.

Sie erkundigte sich, wem dieses Land gehörte.

Frank Abbott lachte.

»Ich glaube, Onkel Reg ist der Eigentümer. Es gab da einige Zweifel. Bis zum Weg gehörte früher alles den Tomalyns. Das Land dahinter ist im Besitz der Gemeinde. Die männlichen Namensträger der Familie Tomalyn starben vor mehr als hundert Jahren aus; aber da waren noch zwei Töchter, von denen die eine einen Abbott heiratete, die andere einen Harlow. Der Harlowsche Grundbesitz grenzt an das Territorium von Abbottsleigh. Das Haus der Tomalyns wurde niedergebrannt, und eine Menge Papiere gingen dabei verloren. Niemand kümmerte sich groß um dieses Stück Land in der Senke, und man überließ es sich selbst.

Abergläubische Vorstellungen spielten da mit hinein, was mich nicht wundert – man hielt diesen Ort für verhext. Onkel Reg hat mir erzählt, er könne sich noch an einen alten Knaben im Dorf erinnern, der ihm versicherte, der Bursche, der sich hier erhängte, habe das Wäldchen vorher verflucht. Egal, ob oder ob nicht, weder die Harlows noch die Abbotts hatten eine Besitzurkunde für dieses Wäldchen; doch das scheint sie jahrzehntelang nicht gestört zu haben. Und dann tauchte plötzlich ein altes Dokument auf, und damit waren offenbar alle Zweifel ausgeräumt. Was mir wiederum erlaubt, die Abbotts zu dem Besitz dieses entzückenden Fleckchens Erde zu beglückwünschen.«

Miss Silver hatte aufmerksam zugehört.

»Und das Haus? Meines Wissens befindet sich ein Haus dort oben im Wald. Das müßte doch ebenfalls zu diesem Besitz gehören.«

»Ich kenne das Haus nicht; aber es müßte sich längst in eine Ruine verwandelt haben. Da zweigte früher hier irgendwo ein Pfad ab, der zu dem Haus hinaufführte – unmittelbar vor der Eiche dort drüben, wie mir der Ortspolizist erzählte; aber davon ist nicht mehr viel übriggeblieben. Wenn Mary Stokes die Wahrheit sagte, was ich bezweifle, muß sie genau an dieser Stelle gestanden haben, als sie Zeuge wurde, wie jemand in den Haaren eines toten Mädchens wühlte, um einen Ohrring wiederzufinden. Ich frage mich nur, was sie wirklich gesehen hat. Wenn wir nicht von einer vermißten Louise Rogers und deren Ohrringe wüßten, wäre ich geneigt zu sagen, sie hat das Ganze erfunden. Aber diese Louise läßt sich nicht wegleugnen, und sie wird immer noch vermißt. Und sehen Sie dort – es hat seit Samstag nicht mehr geregnet –, Sie können immer noch die tiefen Eindrücke der Kappen von Mary Stokes' Schuhen auf der Böschung erkennen. Sie rannte tatsächlich wie der Teufel.«

Miss Silver bewegte sich – sehr lebhaft für ihr Alter – auf den Graben zu und dann die Böschung hinauf. Sie studierte die Abdrücke und richtete ihr Augenmerk dann auf das Wäldchen.

»Wie weit ist das Haus, das Sie erwähnten, von dieser Stelle entfernt?«

»Höchstens eine halbe Meile, mindestens eine Viertelmeile, wenn die Karte stimmt, die Onkel Reg mir zeigte. Früher war das Haus eine Försterwohnung. Daher hat es auch seinen Namen. Vermutlich führte damals auch ein Weg durch den Wald bis zum Haus. Heute existiert er nicht mehr.«

Miss Silver hüstelte.

»Hat man den Wald abgesucht?«

»Vermutlich. Einen Teil davon wenigstens.«

»Mein lieber Frank!«

»Nun, wie Sie wissen, war ich ja nur Zuschauer und durfte mich nicht zu weit vorwagen. Der Inspektor aus Lenton führte die Ermittlungen durch, und ich kann mich täuschen; aber ich hatte den Eindruck, wenn ich so dumm gewesen wäre, einen Vorschlag zu machen, hätte man mir das um die Ohren gehauen; also machte ich erst gar keinen. Ich weiß nicht, ob ihm bekannt war, daß ich beim Yard bin; doch ich bemühte mich sehr, nur als der Neffe von Colonel Abbott aufzutreten, der lediglich als Besucher im Dorf ist. Deshalb bin ich wirklich nicht in der Lage, Ihnen anzugeben, wie gründlich die Spurensicherung vorgenommen wurde; doch wenn Sie meine persönliche Meinung hören wollen – sie war ziemlich oberflächlich, und was man bisher nicht entdeckt hat, ist inzwischen sicherlich zertrampelt worden. Der Ortspolizist, Joe Turnberry, erinnerte mich ein wenig an eine Dampfwalze.«

»Beklagenswert«, sagte Miss Silver.

Er nickte.

»Soweit ich Gelegenheit hatte, den Boden selbst zu inspizieren, gab es keine Hinweise auf eine Person, die über den Weg oder durch das Unterholz geschleift wurde. Es ist mir unerfindlich, wie ein Mann nachts ein Mädchen durch dieses Gestrüpp oder Unkraut gezerrt oder getragen haben kann, ohne eine Spur zu hinterlassen. Ein Ding der Unmöglichkeit.«

»Wie weit sind Sie in das Wäldchen vorgedrungen?«

»Nicht besonders weit. Wie bereits gesagt, mußte ich mich in Zurückhaltung üben. Da ich jetzt von Amts wegen ermittle, habe ich Mr. Smith aus London hierherbestellt. Er wird heute nachmittag mit mir das Wäldchen durchkämmen; aber ich verspreche mir nicht viel davon.«

»Und das Haus?«

»Das Försterhaus meinen Sie? Es ist fast eine halbe Meile von hier entfernt.«

»Hat man dort nach Spuren gesucht?«

»Das bezweifle ich. Ich bin mir ziemlich sicher, daß der Inspektor aus Lenton so skeptisch war wie ich und das Ganze für ein Märchen hielt. Betrachten wir die Indizien: Ein Mädchen erzählt, sie sieht einen blutigen Leichnam, der aus dem Wald gezerrt wird. Da ist kein Leichnam, da ist kein Blut, da ist nicht der Hauch einer Schleifspur. Was schließt der gute Mann daraus? Er denkt, das Mädchen bindet ihm einen Bären auf, und deshalb geht er nicht besonders weit in den Wald hinein, um nach Sachen zu suchen, die seiner Überzeugung nach gar nicht vorhanden sind.«

Miss Silvers Miene veränderte sich nicht. Sie war und blieb mild entschlossen.

»Ich würde mir gern einmal das Försterhaus anschauen.«

Er warf ihr einen raschen Blick zu.

»Was für Absichten verbinden Sie damit? Erwarten Sie, irgendwo in der Ruine die Leiche von Louise Rogers zu finden?«

»Ich weiß es nicht, Frank. Ich würde nur gern dieses Haus besichtigen.«

Er antwortete nach einem kurzen, etwas beklommenen Lachen:

»Schön. Sie sollen es sehen. Doch im Namen des gesunden Menschenverstandes: Warum sollte jemand, der eine Frau ermordet hat – mutmaßlicherweise in diesem Wäldchen – die Tote erst einmal auf diesen Pfad zerren, damit Mary Stokes ihn dort entdeckt, um die Leiche dann durch eine halbe Meile Unterholz wieder in den Wald hineinzuzerren? Und wie hat er das bewerkstelligt, ohne eine Spur zu hinterlassen? Ein Ding der Unmöglichkeit.«

Miss Silver hüstelte wieder einmal leise.

»Wenn es nicht möglich war, ist es auch nicht geschehen.«

Er quittierte das mit einem skeptischen Blick und der Frage:

»Nun – in welcher Reihenfolge hätten Sie es denn gern: Erst Mary Stokes und dann einen Spaziergang durch den Wald?«

»Ich denke, wir sollten zunächst einmal mit Mary Stokes sprechen.«

Er hatte gehofft, sie würde das sagen. Hinter seiner legeren Unbekümmertheit verbarg sich Ungeduld. Er war wie ein Jagdhund, der an seiner Leine zerrt. Wenn der Fall sich im Augenblick auch als ein Paradoxon darstellte, war eines doch gewiß: Entweder log Mary, oder sie sagte die Wahrheit. Wenn ersteres der Fall war, sollte man sie als Lügnerin entlarven können. Wenn letzteres zutraf, mochte sie heute etwas Glaubhafteres vorbringen als am Samstag, wo sie bohrende Fragen mit Heulkrämpfen beantwortet hatte. Ob sie nun log oder nicht: er war sehr zuversichtlich, daß Miss Silver imstande war, diesen Punkt in einem Gespräch mit der Zeugin klären zu können. Doch als sie dann Miss Mary Stokes im Wohnzimmer von Tomlins Farm gegenübersaßen, war er nicht mehr so sicher, daß sie überhaupt ein Wort aus ihr herausbekommen würden.

Mrs. Stokes, die ihnen die Tür öffnete und Frank Abbott mit »Ah – Mr. Frank« begrüßte, entschuldigte sich vielmals, daß sie im Wohnzimmer nicht geheizt habe. Sie hatte die Ärmel bis über die Ellenbogen hinaufgekrempelt und machte auf Miss Silver den Eindruck einer guten Haut.

Ihre Nichte käme sofort, sagte sie, doch sie mußten fast zehn Minuten auf sie warten und hatten reichlich Gelegenheit, die Tapeten zu studieren, die, wie eine Lady im achtzehnten Jahrhundert es ausdrückte, mit ›wilden, wuchernden Blumen‹ bedruckt war. In einer dunklen Ecke grinste ein Fuchs von einem Brett herunter. Auf einem dreibeinigen Tischchen standen ausgestopfte Vögel auf einem erdbraunen Deckchen, das am Rand in Baumwollspitzen auslief. Ein Bierhumpen aus bemaltem Porzellan und blankes Kupfergeschirr zierten die Vitrine in einer anderen Ecke. Auf das Format eines Gemäldes gebrachte Fotoabzüge von Mr. Stokes' Eltern hingen links an der Wand und schauten ebensolchen Vergrößerungen von Mrs. Stokes' Eltern an der gegenüberliegenden Wand in die Augen. Beiderseits schienen sich die Männer nicht wohl zu fühlen in ihren Sonntagsanzügen mit Stehkragen und Bindern, und die Damen verdunkelten die ganze Atelierkulisse mit ihrem Staat. Das Porträt von Mrs. Stokes war offenbar erst aufgenommen worden, als sie bereits Witwe war, und die Kamera hatte sich große Mühe gegeben, den Reichtum an schwarzen Rüschen zu erfassen, in denen sie trauerte. Nur die gewaltige Witwenhaube mit den langen schwarzen Bändern war nicht vollständig aufs Bild gekommen.

Miss Silver betrachtete voller Interesse diese Beweise eines Familienlebens. Sie musterte die Messinggriffe an einem Sekretär aus Nußbaumholz – nicht ein blinder Fleck darauf, und das Holz so wunderschön blank poliert. Überhaupt vermochte sie im ganzen Zimmer nicht ein Stäubchen zu entdecken, und dabei standen doch eine Fülle von Staubfängern herum.

Als Mary Stokes das Zimmer betrat, schien sie überhaupt nicht hierherzugehören. Sie war jung und hübsch; aber wenn man dann genauer hinsah, fragte man sich, ob sie wirklich so jung und hübsch war, wie man auf den ersten Blick glaubte. Da war etwas, das ein bißchen steif wirkte, ein bißchen aufgedonnert, was Miss Silver an eine Warnung aus ihrer Kinderzeit erinnerte, daß man nie wisse, wann einem die Stunde schlägt, und man deshalb immer ordentlich aussehen müsse.

Es mochte an dem nachgebleichten Haar liegen, an der dank Wangenrouge blühenden Gesichtsfarbe. Es mochte aber auch nur die Frisur sein – dieser Fassonschnitt, der von den Londoner Figaros als ultramoderne Haartracht angepriesen wurde und keineswegs ins Ambiente eines Bauernhauses paßte. Es mochte auch an dem harten Königsblau ihrer nicht weniger deplacierten Kleidung liegen oder an der Brosche, deren Steine ein fast so helles Licht versprühten wie echte Steine. Vermutlich trugen alle diese Details dazu bei, daß der Eindruck von Mary Stokes Erscheinung ein wenig gemischt war.

Sie rauschte gewissermaßen ins Zimmer und sagte: »How do you do?« als sie den beiden die Hand gab. Ihre Stimme war ein bißchen zu schrill, um sich das Prädikat wohlklingend verdienen zu können, und in ihrem Bemühen, gebildet zu erscheinen, kappte sie die Silben, daß es einem weh tun konnte.

Frank Abbott sagte: »Ich bin Detektivsergeant Abbott und wurde von Scotland Yard hierherbeordert, um Ermittlungen anzustellen. Ich hoffe, Sie haben nichts dagegen, wenn Miss Silver an unserem Gespräch teilnimmt.«

Wenn Miss Stokes nicht so beflissen gewesen wäre, einen gebildeten Eindruck zu machen, hätte sie wohl in diesem Moment den Kopf in den Nacken geschmissen. So begnügt sie sich damit, Frank Abbott eine Sekunde lang anzustarren, ohne auch nur einen Blick auf Miss Silver zu werfen. Dann setzte sie sich auf den nächstbesten Stuhl, schlug die Beine übereinander, zupfte den königsblauen Rock über den kostbaren Seidenstrümpfen zurecht und heftete dann ihre hellblauen Augen auf den stattlichen jungen Mann, der ins Haus gekommen war, um sie zu vernehmen. Ein gutaussehender Bursche, zu elegant für einen Polizisten, sehr von sich überzeugt. Sie gestattete ihm, ihr in die Augen zu sehen, und senkte dann sehr ausdrucksvoll die getuschten Wimpern, bis sie ihre Wangen berührten. Sie spürte, wie er sie betrachtete, und hatte keine Ahnung, daß es unter den jungen Männern jemand geben konnte, der das ohne Vergnügen tat.

Mit einem schwachen selbstbewußten Lächeln sagte sie:

»Oh, natürlich nicht – ich stehe Ihnen natürlich ganz zur Verfügung.«

Frank Abbott hatte inzwischen ein Notizbuch aus der Brusttasche geholt und drehte sich nun etwas zur Seite, um es auf einem dieser runden Sockeltische abzulegen, die in der Mitte des letzten Jahrhunderts so sehr in Mode gekommen waren. Er bestand aus hochglanzpoliertem und gedrechseltem Nußbaumholz und diente zwei Fotoalben mit schweren Messingbeschlägen und einer großen gebundenen Familienbibel, die auf braunen gehäkelten Schonerdeckchen ruhten, als Stütze. Er schob das alles zum Tischrand hin, um Platz für sein Notizbuch zu schaffen, zückte einen Bleistift und sah Miss Stokes fest an.

»Ich habe mich eben noch einmal im Galgenwäldchen umgesehen. Es steht außer Frage, daß Sie die Böschung hinuntergelaufen sind, den Graben überquerten und dann auf dem Weg weiterrannten; doch es gibt keinen Hinweis auf eine zweite Person.«

Die Wimpern hoben sich wieder. Der Blick aus ihren hellblauen Augen kreuzte sich mit seinem.

»Wenn Joe Turnberry und Inspektor Smith keine Spuren hinterlassen haben, als sie mich zum Wäldchen begleiteten, kann man das doch logischerweise nicht von einer dritten Person verlangen, oder?«

Es war offensichtlich, daß sie glaubte, ihm eine entwaffnende Antwort gegeben zu haben. Nach einem kurzen kalten Blick auf sein Gegenüber ging Frank Abbott daran, diesen Eindruck zu widerlegen.

»Ich fürchte, das ist kein Argument. Die Fußabdrücke

von Smith und Turnberry sind noch deutlich zu erkennen. Sie stehen nicht zur Debatte. Wie Sie wissen, war ich selbst zugegen, als sie dort ermittelt haben. Ich beziehe mich nur auf die Spuren der Person, die Sie gesehen haben wollen. Wenn, wie Sie behaupten, ein Mann aus dem Wäldchen kam, der die Leiche eines Mädchens hinter sich herzog, wie erklären Sie sich dann die Tatsache, daß diese Person weder auf der Böschung des Grabens noch im Morast der Grabensohle einen Fußabdruck hinterlassen hat? Und daß auch keine Schleifspur von der Leiche existiert?«

Sie legte ihren Kopf ein wenig auf die Seite.

»Oh, also ich könnte nicht beschwören, daß er die Leiche hinter sich herzerrte. Er kann sie auch getragen haben. Es war ja schon dunkel, wie Sie wissen.«

»In diesem Fall müßten die Fußspuren dieser Person noch ausgeprägter sein.«

Sie zuckte leicht mit den Achseln.

»Vielleicht haben Sie nicht an der richtigen Stelle gesucht.«

»Ihre Fußabdrücke sind deutlich markiert – da ist jeder Irrtum ausgeschlossen. Sie standen mit dem Gesicht zum Weg: Wo ist dieser Mann aus dem Wäldchen herausgekommen – links oder rechts von Ihrem Standort?«

Sie preßte die Lippen zusammen und runzelte leicht die Stirn.

»Ich weiß es nicht.«

»Ich bitte Sie, Miss Stokes – Sie waren unterwegs zum Galgenwäldchen, als Sie ein Geräusch im Wald hörten, haben Sie ausgesagt. Sie waren so erschrocken über dieses Geräusch, daß Sie den Graben überquerten und eine Böschung hinaufkletterten, um nachzusehen, woher dieses Geräusch kam.« Er zog eine blonde Augenbraue in die Höhe. »Eine unter diesen Umständen eigenartige Verhaltensweise, würde ich sagen. Könnten Sie mir freundlicherweise eine Erklärung für Ihr Verhalten geben?«

Sie sagte ziemlich frostig:

»Ich war erschrocken – jeder wäre das an meiner Stelle gewesen.«

»Und deshalb liefen Sie in die Richtung des Geräusches, das Sie so erschreckte?«

»Nun, daran habe ich in diesem Moment nicht gedacht. Ich rannte einfach los, wie das jeder tut, der Angst hat. Ich wollte mich vermutlich irgendwo verstecken.«

»Sicher. Aber warum dann nicht hinter den Büschen auf der anderen Seite des Weges? Weshalb rannten Sie zu einer Deckung, die in der Richtung lag, aus der das Geräusch kam? Sie hätten dem Mörder doch direkt in die Arme laufen können – oder etwa nicht?«

Miss Stokes zeigte sich nun irritiert.

»Ich sagte Ihnen doch schon, daß ich nicht nachgedacht habe, dazu war ich zu erschrocken! Ich weiß nicht, warum ich Ihrer Meinung nach in die verkehrte Richtung lief. Ich tat es eben.«

»Sind Sie sicher, daß Sie das getan haben?«

Sie starrte ihn wütend an.

»Was meinen Sie damit?«

»Es gibt keine Fußspuren von Ihnen, die in das Wäldchen hineinführen, das meine ich damit.«

Ihr Atem ging rascher.

»Dafür kann ich nichts.«

»Seltsam, nicht wahr? Keine Fußspuren von Ihnen, die in das Wäldchen hineinführen; keine Fußspuren vom Mörder, die aus dem Wäldchen herauskommen. Ich fürchte, da kann etwas nicht stimmen. Und wenn die Angst auch noch so sehr ihre Schritte beflügelte, hätten sie das Wäldchen unmöglich mit einem Sprung durchqueren können – schon gar nicht im Dunkeln.«

Miss Silver beschränkte sich inzwischen auf die Rolle

einer stummen, aber aufmerksamen Zuschauerin. Sie hatte sich einen Sessel ausgesucht, der sie stark an die Sitzgelegenheiten in ihrer eigenen Wohnung erinnerte. Er hatte ein leicht geschwungenes gepolstertes Rückenteil, ein leicht gewölbtes gepolstertes Unterteil und kurze geschwungene Beine aus gedrechseltem gelbem Walnußholz – ein sehr bequemes Möbel für jegliche Art von Handarbeiten, da es den Rücken entlastete, ohne die Arme zu behindern. In solchen Momenten wie diesen vermißte Miss Silver ihren Strickbeutel, gestattete sich aber nicht, dies durch nervöses Zappeln zu verraten. Ihre mit warmen schwarzen Wollhandschuhen – ein Weihnachtsgeschenk ihrer Nichte Ethel – bekleideten Hände ruhten gefaltet in ihrem Schoß, während ihre Augen nachdenklich auf Mary Stokes gerichtet waren – vielmehr auf deren Halskette aus billigen Wachsperlen, die auf einem in diesem Moment sich heftig hebenden und senkenden Busen ruhten.

Das Gesicht des Mädchens zeigte eine lebhafte, zornige Röte. Miss Silver vermutete, daß Zorn und Angst sich hier vermischten. Frank machte ihrer Meinung nach seine Sache gut. Er lächelte ein wenig. Es war ein frostiges Lächeln. Monica Abbott würde es nicht gefallen haben. Es hätte sie schmerzlich an ihre Schwiegermutter erinnert. Mit eben diesem Lächeln pflegte Lady Evelyn nämlich eine besonders verletzende Bemerkung anzukündigen.

»Nun, Miss Stokes – was meinen Sie dazu?«

»Ich habe keine Ahnung, wovon Sie reden!« sagte sie patzig. Der Lack bekam Sprünge.

»Ich kann es gern wiederholen. Oder warum nicht gleich im Klartext: Sie sind nicht über den Graben gestiegen und in den Wald gegangen, und ich bin bereit, zu schwören, daß Sie auch nicht über den Graben gesprungen sind. Wie sind Sie also dorthin gekommen?«

Sie blickte ihn wieder an – zornig, verunsichert.

»Wie ich dorthin gekommen bin?«

»Ja.«

Sie versuchte zu lachen.

»Das möchten Sie wohl gerne wissen!«

Das sollte eine Provokation sein, die jedoch an seinem eiskalten Blick zerschellte.

»In der Tat«, sagte er, »interessiert mich das sehr.« Und dann: »Wollen Sie es mir verraten? An Ihrer Stelle würde ich das tun. Wir haben es vermutlich mit einem Verbrechen zu tun, und jeder, der nicht darin verwickelt ist, findet sich naturgemäß dazu bereit, die Polizei bei ihrer Ermittlung zu unterstützen.« Er lächelte abermals, diesmal auf eine mehr menschliche Art.

Mary Stokes legte eine Hand an ihre Perlenkette und zeigte ihm dabei fünf blutrote Fingernägel und einen Türkisring.

»Nun – wenn Sie es unbedingt wissen wollen: Ich ging an einer anderen Stelle in den Wald.«

»An welcher Stelle?«

»Weiter hinten.«

»Wie weit ist weiter hinten?«

»Oh – ein gutes Stück.«

»Da müssen Sie immer noch über den Graben.«

»Das muß ich eben nicht! Denn bevor Sie in die Senke hineinkommen, gibt es nämlich keinen Graben – jedenfalls kann man ihn da kaum noch als solchen bezeichnen. Und er ist trocken – er nimmt dort keine Spuren an.«

Er schrieb das nieder, während Mary ihn dabei beobachtete. Dann mußte sie sich wieder seinen blassen Augen stellen.

»Das haben Sie sich sehr hübsch ausgedacht. Nur handeln Sie sich damit an einer anderen Stelle wieder Schwierigkeiten ein, fürchte ich. Das erklärt zwar, warum wir keine Fußspuren von Ihnen gefunden haben, die in den Wald hineinführten, verlangt aber eine Erklärung, weshalb Sie an der mir eben beschriebenen Stelle in den Wald hineingegangen sind. Sie haben damals ausgesagt – und diese Aussage vorhin bestätigt –, daß Sie in den Wald hineingerannt sind, weil Sie solche Angst hatten, daß Sie nicht wußten, was Sie taten. Die Ursache Ihrer Angst war das Geräusch eines Körpers, der über den Boden schleift. Bleiben Sie dabei?«

Ihre Hand drückte die Perlen nieder und den wogenden Busen darunter.

»Natürlich bleibe ich dabei!«

Er zog die Brauen in die Höhe.

»Ich habe noch nicht nachgemessen, wie weit der Anfang des Grabens von der Stelle entfernt ist, wo wir Ihren Fußabdruck neben dem Pfad gefunden haben. Aber ich würde sagen, es sind fast zweihundert Meter. Wollen Sie behaupten, daß Sie diese ganze Strecke am Waldrand entlang auf das Geräusch zugegangen sind, vor dem Sie so große Angst hatten?«

Miss Silver sah, wie Mary Stokes an den Perlen zupfte und die Schnüre zusammendrehte.

»Warum nicht?«

»Weil es ungewöhnlich ist.«

Jetzt fuhr sie plötzlich aus der Haut:

»Was soll daran denn ungewöhnlich sein? Alles ist ungewöhnlich, wenn man es so hinstellen möchte! Ich habe mich ganz normal verhalten! Ich hörte dieses Geräusch, wie ich bereits sagte, und ich rannte noch vor der Stelle, wo der Graben beginnt, in die Büsche. Da stand ich eine Weile und lauschte, und das Geräusch hatte aufgehört. Also ging ich weiter; aber vorsichtigerweise hinter den Büschen. Ich sehe recht gut im Dunkeln, und ich dachte mir, wenn da jemand den Weg herunterkommt, der ein bißchen zu viel getrunken hat, kann ich mich sofort im Wald verkriechen. Als ich dann unten in der Senke ankam, hörte ich wieder dieses Geräusch und blieb einfach hinter den Büschen stehen.«

»Ich verstehe. Sie sehen also gut im Dunkeln.«

»Ist bestimmt kein Fehler, oder?«

»Oh, nein – eine sehr nützliche Eigenschaft. Sie standen also hinter den Büschen und sahen, wie jemand eine Leiche aus dem Wäldchen herauszerrte. Wenn Sie nachts so gute Augen haben, hätten Sie auch erkennen müssen, ob er die Leiche hinter sich herzog oder nicht, richtig?«

»Ja doch.«

»Ich glaube mich aber zu erinnern, daß Sie sich in diesem Punkt nicht festlegen wollten. Wie war es nun wirklich gewesen – hat er die Leiche geschleppt oder getragen?«

»Das Geräusch hörte sich nach einem Schleifen an. Ich sagte, er könnte die Leiche auch getragen haben. Das könnte so gewesen sein.«

Er fuhr fort, sie mit seinen hellblauen Augen anzustarren.

»Schön – er schleppte oder er trug sie. Auf welcher Seite befand er sich, von Ihrem Standort aus betrachtet – zwischen Ihnen und dem Dorf?«

Sie zögerte, verärgert und verwirrt.

»Ich sagte doch, daß es dunkel war.«

»Aber Sie sagten auch, daß Sie im Dunkeln gut sehen können. Miss Stokes, Sie kamen von Tomlins Farm und waren unterwegs zum Dorf. Da müssen Sie doch bemerkt haben, an welcher Stelle dieser Mann aus dem Wäldchen kam: hinter Ihnen oder vor Ihnen – zwischen Ihnen und der Farm oder zwischen Ihnen und Deeping.«

»Es war zwischen mir und dem Dorf. Sie machen mich ganz konfus.«

Seine Stimme bekam einen ironischen Unterton.

»Das tut mir aber leid; das war nicht meine Absicht. Aber wenn er zwischen Ihnen und dem Dorf aus dem Wald herausgekommen ist, muß er den Graben an der feuchtesten Stelle überquert haben – am tiefsten Punkt der Senke. Ich versichere Ihnen, daß niemand, der eine Leiche schleppt oder trägt, dort den Graben durchqueren kann, ohne Fußabdrücke zu hinterlassen. Das ist ein Unding.«

Ihre Finger, die die Perlen zusammenpreßten, bewegten sich nicht. Sie sagte nichts. Er fuhr fort:

»Im Protokoll Ihrer Aussage steht, daß er die Leiche auf den Weg gelegt, eine Taschenlampe eingeschaltet und das Licht auf die Tote gerichtet habe.«

Sie erschauerte leicht.

»Ja, das hat er getan.«

»Sie sahen, was er aus dem Wald getragen – oder geschleppt hat?«

Sie blickte hoch und nickte. Miss Silver, die die Zeugin beobachtete, bemerkte, wie sich das zornige Aufbegehren in eine nachdenkliche Betroffenheit verwandelte. Doch da war noch etwas: Die Hand, die sich um die Perlenschnur krampfte, entspannte sich und ging hinunter zur anderen, die im Schoß lag.

Mary Stokes wurde plötzlich mitteilsam. Ihr Atem ging rascher; sie konnte die Worte nicht schnell genug herausbekommen.

»Oh, es war schrecklich! Sie war über den Kopf geschlagen worden – eine Menge blonder Haare, an denen Blut klebte, und ihre Augen waren offen. Daran erkannte ich, daß sie tot war. Ihre Augen waren offen, und er leuchtete ihr mit der Taschenlampe ins Gesicht, doch sie bewegten sich nicht. Daher wußte ich, daß sie tot war. Und da war dieser Ohrring, in dem sich das Licht brach – ein echter Ring, ganz mit Diamanten besetzt.«

»Wie groß war der Ring? Beschreiben Sie ihn mir so genau wie möglich.«

»Er hatte ungefähr die Größe eines Eheringes – einen halben oder einen Dreiviertel Zoll – ich weiß es nicht, ich habe noch nie so einen Ring mit dem Zollstab gemessen; aber er sah wie ein richtiger Fingerring aus. Und sie trug nur diesen einen, weil er sie umdrehte und das andere Ohr betrachtete, und da hing kein Ring daran. Und dann begann er, nach dem anderen Ring zu suchen und fuhr mit den Fingern durch ihre Haare.« Schauer liefen jetzt über ihren Körper hin. »Es war furchtbar, kann ich Ihnen sagen. So furchtbar, daß ich nachts aufwache und das Ganze wieder vor mir sehe!«

Die Tünche war weg. Da saß kein affektiertes Wesen mehr, sondern ein verängstigtes Mädchen vom Land, das sich an etwas Grauenhaftes erinnerte und noch einmal durchlebte, wie es schreiend ins Dorf rannte und mit den Fäusten gegen Miss Alvinas Haustüre trommelte. Sie holte mit bebenden Lippen Luft und sagte:

»Wenn er mich beim Spionieren ertappt hätte, wäre ich die nächste gewesen. Sobald er wieder im Wald untergetaucht war, rannte ich um mein Leben.«

Miss Silver hüstelte, wie es ihre Gewohnheit war, wenn sie sich zu Wort meldete:

»Ein wahrhaft schreckliches Erlebnis. Es überrascht mich nicht, daß die Erinnerung daran Sie so aufwühlt. Aber ich bin überzeugt, daß Sie alles tun werden, um Sergeant Abbott bei seinen Ermittlungen zu unterstützen. Denn ein Mann, der einer solchen Bluttat fähig ist, darf nicht frei herumlaufen. Er muß so rasch wie möglich dingfest gemacht werden, ehe er erneut zuschlagen kann. Nun . . . sagten Sie nicht vorhin, der Mann habe die Taschenlampe hin- und herbewegt, daß das Licht sich in den Steinen des Ohrringes brach?«

Mary starrte sie an, sich gegen ein neues Verhör wappnend, und sagte:

»Ja.«

»Dann werden Sie wohl auch bemerkt haben, ob das Blut an den Haaren naß war.«

»Nein.«

Frank Abbott sagte:

»Denken Sie nach. Vielleicht fällt es Ihnen wieder ein. Es ist wichtig.«

Sie schüttelte den Kopf.

»Ich habe in diesem Moment nicht darauf geachtet, ob da etwas naß oder trocken war – ich habe nur daran gedacht, daß er das Mädchen ermordet hat und ich sein nächstes Opfer sein könnte.«

KAPITEL 8

Mehr bekamen sie nicht aus ihr heraus.

Als sie von der Farm ins Dorf zurückfuhren, betrachtete Miss Silver aufmerksam ihre Umgebung: das hügelige Gemeindeland zu ihrer Rechten, die Felder unter dem bewölkten Himmel zu ihrer Linken. Die Luft war nicht so frostig wie an den Tagen vorher – oh, ja, merklich wärmer und mit einem Hauch von Feuchtigkeit darin. Ihr kam der Gedanke, daß es am Nachmittag vermutlich regnen würde.

Frank Abbott hielt an der Stelle an, wo sich links neben der Straße die ersten Bäume zeigten.

»Das ist die Stelle, wo sie angeblich in den Wald hineingegangen ist. Unmöglich, die Wahrheit ihrer Behauptung nachzuprüfen. Wie Sie sehen, ist hier der Graben nur eine flache Rinne und der Boden knochentrocken – der Wind, der von den Feldern dort drüben kommt, nimmt ihm die Feuchtigkeit.«

Miss Silver stieg aus dem Wagen und nahm die Szenerie in sich auf. Kein Zaun schirmte den Wald ab, und es gab an dieser Stelle kaum Unterholz. Mary Stokes' Aussage, ihre Aktionen betreffend, war absolut glaubhaft. Sie konnte hier den Weg verlassen und sich genauso unbehindert wie auf dem Pfad unter den Bäumen am Waldrand entlangbewegt haben. Frank schritt den Weg ab, den sie angeblich genommen hatte, und suchte dabei mit den Augen den Waldboden ab.

Als er von seiner Erkundung zurückkam und Miss Silver noch an der gleichen Stelle fand, wo er sie zurückgelassen hatte, konnte er nur sagen:

»Möglich wäre es.«

»Oh, ja«, sagte sie mit nachdenklicher Stimme. Und dann: »Könnten Sie mir vielleicht die Topographie dieser Gegend etwas näher erläutern? Da ist zum Beispiel dieser Pfad hier zwischen dem Feld und dem Waldrand – wo führt er hin?«

Er blickte sie groß an, ehe er sagte:

»Er mündet auf der ›Lane‹. Das ist eine Dorfstraße, die an der Rückseite von Abbottsleigh und ›the Grange‹ – so heißt der Besitz der Harlows – vorbeiführt.«

»Die Dorfstraße verläuft also zwischen dem Besitz der Abbotts und Harlows und diesem Wald?«

»Sie verläuft zwischen Abbottsleigh und diesem Wald. Wir stehen auf der Grenze von Onkel Regs Ländereien. Die Felder zu unserer Linken gehören Harlow, und das Herrenhaus – ›the Grange‹ – befindet sich dahinter.«

»Und auf der anderen Seite der ›Lane‹?«

»Auf der anderen Seite der ›Lane‹, richtig. Deepside, der Besitz von Hathaway, liegt noch ein Stück weiter draußen; aber der Fahrweg zu Tomlins Farm trennt wiederum Deepside, den Besitz von Hathaway, von Grange, dem Besitz der Harlows.«

»Die ›Lane‹ ist also nicht nur auf das Dorf beschränkt?«

»Nein, sie führt bis nach Lenton. Sie ist die ehemalige Landstraße. Als die neue gebaut wurde, war sie zunächst gar nicht populär, weil die drei Herrenhäuser am Ort dafür ein Stück ihrer Vorgärten opfern mußten. Ich glaube, mein Urgroßvater verfluchte sie sogar, weil er ein neues Torhaus bauen lassen mußte.«

Miss Silver blickte nachdenklich vor sich hin.

»Demnach ist das Galgenwäldchen ein unregelmäßiges Rechteck das von diesem Feldweg, dem Pfad, auf dem wir zuerst gefahren sind, der Landstraße durch

Deeping und der ›Lane‹, die an der Rückseite von Abbottsleigh vorbeiführt, begrenzt wird.«

Er lächelte.

»Die Antwort ist absolut korrekt.«

»Und das Försterhaus – liegt es diesem Waldrand näher oder näher an der ›Lane‹?«

»Oh, viel näher bei der ›Lane‹ – und dieser Waldgrenze entschieden näher als dem Dorf.«

»Dann würde ich vorschlagen, daß wir diesen Feldweg benützen, um uns dorthin zu begeben, mein lieber Frank.«

Er blickte sie wieder groß an.

»Was haben Sie denn nun schon wieder vor?«

Sie lächelte.

»Sie haben mich das schon einmal gefragt.«

»Und keine Antwort bekommen.«

»Nun, diesmal sollen Sie eine bekommen. In meinem Kopf befindet sich das übliche Inventar – ein großes, gemischtes Sortiment von Gedanken, darunter auch nicht zum Sortiment passende Einzelteile, die erst zusammengebaut werden müssen. Ich kann Ihnen davon im Augenblick nur zwei zur Betrachtung empfehlen, und Sie haben diese ja auch schon in Ihrem eigenen Katalog angekreuzt. Eimmal die Theorie, daß Mary Stokes lügt, wenn sie behauptet, sie habe am Wegrand hinter Büschen gestanden und beobachtet, wie eine Leiche aus dem Wald auf den Weg gezerrt oder getragen wurde. Sie haben Ihren Zweifel ja deutlich genug in Ihrem Verhör vorhin anklingen lassen. Andererseits ist mir klar geworden, daß die Zeugin bei der Beschreibung, wie das Mordopfer von einer Taschenlampe beleuchtet wurde, einen Vorgang schilderte, den sie tatsächlich erlebt hat. Ich bin ziemlich sicher, daß die Einzelheiten dieser Schilderung stimmen. Sie sah einen Mörder, der in fieberhafter Hast nach einem Ohrring suchte, weil dieser ihn vermutlich verraten mußte, wenn er an einem bestimmten Ort verlorengegangen war und dort gefunden wurde.«

»Sie glauben also, daß sie tatsächlich einen Mörder und dessen Opfer nach der Tat gesehen hat?«

»Davon bin ich überzeugt. Sie sah, was sie Ihnen beschrieb, und das versetzte sie in Panik, so daß sie ins Dorf rannte und sich dort irgendwo in Sicherheit bringen wollte. Erst als sie dieses Ziel erreicht hatte, setzte bei ihr eine Überlegung ein, die sie daran hinderte, die ganze Wahrheit zu sagen. Sie erzählte zwar in einem hochgradig erregten Zustand von der schrecklichen Szene, die sie soeben erlebt hatte; verlegte den Schauplatz dieser Szene jedoch an eine andere Stelle. Das Drama, das sie Ihnen schilderte, hat stattgefunden; aber nicht auf dem Pfad durch das Galgenwäldchen.«

Frank Abbott blickte sie nachdenklich an.

»Sie haben vermutlich recht – wie immer. Obwohl ich eher geneigt gewesen wäre, Miss Mary Stokes für eine notorische Lügnerin zu halten, wenn es diese vermißte Louise Rogers nicht gäbe. Aber Louise Rogers und deren Ohrringe sprechen für Ihre Theorie. Anderenfalls hätte ich Mary Stokes' Aussage von A bis Z als Märchen eingestuft.«

Miss Silver hüstelte auf eine kritische Weise.

»Nein, Frank – sie hat gesehen, was sie Ihnen schilderte. Es war etwas, das sie zutiefst erschreckt hat. Der Schock und die Angst waren ihr deutlich anzusehen. Haben Sie nicht bemerkt, wie sie plötzlich ihre Allüren vergaß? Das Mädchen, das zu Ihnen sagte, wie grauenhaft dieses Erlebnis gewesen sei, log nicht.«

Er nickte.

»Ja, mir ist das nicht entgangen. Sie haben vermutlich recht. Und wohin führt uns das jetzt?«

Wenn diese Frage im übertragenen Sinne gemeint war, wurde sie dennoch konkret beantwortet.

»Ich glaube, in das Försterhaus.«

»Sofort?«

»Ich denke ja.«

Sie begann, den Weg zwischen Feld und Wald hinunterzugehen.

Frank lief zum Wagen zurück, um den Zündschlüssel an sich zu nehmen und die Türen abzusperren. Dann holte er sie im Dauerlauf wieder ein.

»Ich hätte Sie doch mit dem Wagen ins Dorf und dann über die ›Lane‹ in die Nähe des Försterhauses bringen können.«

»Vielen Dank; aber so ein Fußmarsch tut mir gut. Die Luft ist sehr erfrischend.«

Nach einer Weile fragte er:

»Und was erwarten Sie dort zu finden?«

»Das werden wir sehen, wenn wir dort sind.«

Er lachte.

»Sie möchten mir auch nicht andeutungsweise sagen, womit Sie rechnen?«

Sie schüttelte den Kopf.

»Erwartungen sind Wunschvorstellungen. Die Klugheit gebietet, sie für sich zu behalten. Es gibt jedoch gewisse Möglichkeiten.«

»Und die wären?«

»Mary Stokes muß einen Grund gehabt haben, die schreckliche Szene, die sie erlebte, an einen anderen Ort zu verlegen. Es muß ein zwingender Grund gewesen sein – so zwingend, daß sie selbst in ihrem aufgelösten Zustand nach ihrer panischen Flucht den tatsächlichen Ort der dramatischen Begebenheit nicht verriet. Was würden Sie daraus schließen?«

Er ließ ein leises Pfeifen hören.

»Daß sie sich an einem Ort befand, wo sie nichts zu suchen hatte.«

»Gäbe es noch eine andere Erklärung? Ich finde keine.«

»Aber – das Försterhaus . . .«

»Betrachten Sie, was wir über den Charakter dieses Mädchens wissen. Sie hält sich nicht freiwillig in dieser Gegend auf, sondern die Umstände zwingen sie dazu. Ihre Wunschvorstellung ist ein Leben in der Großstadt. Man merkt ihr an, daß sie sich auf Tomlins Farm nur langweilt. Und wenn sich eine junge Dame ihres Zuschnitts langweilt, wird sie sich bald eine Zerstreuung suchen, die sich ihr vermutlich in Gestalt eines Mannes bietet, auch wenn dieser, wie ich in ähnlich gelagerten Fällen betrüblicherweise erkennen mußte, bereits gebunden ist. Sie täten meiner Meinung nach gut daran, sich im Dorf umzuhören, ob es Gerüchte von einer Affäre dieser jungen Dame gibt.«

»Sie glauben, sie wollte sich im Försterhaus mit einem Mann treffen?«

»Eine Möglichkeit, wie ich bereits sagte. Bedenken Sie doch, wie gut sich dieser Ort für ein heimliches Rendezvous eignet. Sie konnte ihn auf diesem Feldweg erreichen, und wenn ihr unterwegs jemand begegnete, hätte sie sagen können, daß sie einen Gang ins Dorf hinuntermachte, da dieser Weg ja auf der sogenannten ›Lane‹ mündet. Das Försterhaus, wie Sie mir erzählten, wird von der Dorfbevölkerung gemieden.«

»Warum nicht auch von ihr?«

»Sie ist ein aufgeklärtes Mädchen der Großstadt, wie man die jungen Leute zu bezeichnen pflegt, die über jeden Aberglauben erhaben sind. Sie besitzt weder eine lebhafte Phantasie noch ein empfindsames Gemüt, wie Sie bemerkt haben werden. Zudem denkt eine junge Frau, die sich mit einem Mann treffen will, nicht an Geschichten, die sich vor zweihundert Jahren zugetragen haben. Sie denkt nur an sich – und den Mann.«

Frank Abbott nickte.

»Und der Mann – er ist zu verliebt, um sich von abergläubischen Geschichten beeindrucken zu lassen?«

Miss Silver hüstelte.

»Da bieten sich zwei Möglichkeiten an. Es muß ja einen Grund geben, weshalb er sich nicht öffentlich mit ihr treffen kann. Wenn es sich um eine gewöhnliche Liebesgeschichte handeln würde, um eine ländliche Brautwerbung, könnten sie sich ja gemeinsam im Dorf zeigen. Eine Tarnung wäre nicht nötig. Doch die wahren Verhältnisse zwingen sie, sich vor Zeugen zu verstecken. Der Mann ist vermutlich verheiratet oder gehört einer sozialen Schicht an, die es Mr. und Mrs. Stokes ratsam erscheinen ließen, ihrer Nichte den Umgang mit diesem Mann zu verbieten. Was könnte sich also in diesem Fall besser für ein Rendezvous eignen als dieses verlassene Haus, das von allen anderen gemieden wird?«

Frank Abbott lachte.

»Sie haben mir somit drei Gründe geliefert, warum Mary sich nicht vor diesem Haus fürchtet: (a) sie ist abgebrüht, (b) sie gehört nicht wirklich hierher, und (c) sie ist verliebt.«

Miss Silver überkam wieder ihr Hüsteln.

»Ich würde es nicht als eine echte Verliebtheit bezeichnen, Frank.«

»Vermutlich nicht. Aber wenn wir diesen Faktor wegstreichen, steht auf der anderen Seite Ihrer Gleichung immer noch ein Mann, der abgebrüht ist und nicht wirklich hierhergehört – habe ich recht?«

»Höchstwahrscheinlich.«

»Nun – vor uns liegt die ›Lane‹, und das hier sieht mir nach einem Trampelpfad aus, der in das Wäldchen hineinführt.«

Auf dieser Seite des Galgenwäldchens war das Unterholz nicht sehr dicht – ein paar Haselbüsche, ein paar Stechpalmen, ein paar Brombeerranken und eine Menge Efeu. Es war deutlich, daß hier schon lange kein Förster mehr pflegend und hegend eingegriffen hatte. Alte Bäume, vom Efeu erstickt, waren von den Stürmen, die jedes Jahr im Winter tobten, umgerissen worden und verrotteten nun auf dem Waldboden. Andere wieder standen nur noch als bloße grünumrankte Hüllen aufrecht, ihrer Zweige beraubt, mit modernden Blättern gefüllt. Dann wurde das Strauchwerk dünner und sie kamen auf einen Platz, den man fast als Lichtung bezeichnen konnte – ein höchst bedrückender Ort mit einer dunklen Masse von Eiben zu beiden Seiten einer Öffnung, die einmal ein Tor gewesen sein mochte. Und dahinter, inmitten wuchernder Nesseln und Unkräuter, das Försterhaus.

Frank Abbott pfiff leise vor sich hin.

»Nun, mir könnte etwas Besseres einfallen, wenn ich mich mit einem Mädchen verabreden möchte«, sagte er.

Miss Silvers Antwort erschreckte ihn. Sie sagte mit nüchterner Stimme: »Könnten Sie einen besseren Platz für einen Mord finden?«

Er pfiff zum zweitenmal durch die Zähne. Ehe der Ton erstarb, spürte er ihre Hand auf seinem Arm.

»Sehen Sie, Frank – ich hatte recht. Da sind Fußspuren auf dem morastigen Boden – eilige Fußspuren.«

Sie standen da und betrachteten die Spuren – drei oder vier sehr ausgeprägte Abdrücke von der Kappe eines Frauenschuhs. Das feuchte Erdreich, das die Spuren festgehalten hatte, erstreckte sich über eine Fläche von mindestens drei Metern; doch der Absatz des Schuhs hatte es nicht einmal berührt. Man konnte deutlich sehen, daß das Mädchen, von dem die Spuren stammten, in panischer Flucht das Weite gesucht hatte.

Frank sagte leise:

»Ja, Sie haben recht. Und wenn man die Linie dieser Spur verlängert, führt sie quer durch das Wäldchen und dann über den Graben in der Senke, wo wir einen Schuhabdruck gefunden haben. Ich werde heute nachmittag mit Smith durch den Wald gehen. Vielleicht finden wir die vollständige Fährte bis hierher zum Försterhaus.« Er richtete sich auf. »Was haben Sie als nächstes vor? Ich würde Sie am liebsten heimbringen und Smith anrufen. Es sieht so aus, als würden wir eine sehr unangenehme Entdeckung in diesem nicht gerade wohnlich anmutenden Domizil machen.«

Miss Silver hüstelte.

»Mein lieber Frank, ich habe keineswegs die Absicht, mich jetzt von Ihnen zu Ihrer Tante bringen zu lassen. Es ist schon viel zuviel Zeit verlorengegangen. Wenn es dort drinnen etwas zu finden gibt, muß das sofort geschehen.«

Sie gingen durch die Lücke zwischen den Eibengruppen und dann auf etwas, das früher einmal ein Plattensteg gewesen sein mußte, nun aber mit einem dicken, schlüpfrigen Moospolster bedeckt war. Das Haus ragte als Rechteck vor ihnen auf. Das Dach schien unversehrt. Links und rechts vom Eingang befanden sich jeweils zwei übereinanderliegende Fenster mit einem kleinen Giebel als Aufsatz. Ob die Legende von der Hexenjagd vor zweihundert Jahren nun stimmte oder nicht: jedenfalls gab es keine Scheiben mehr in den Fenstern. Sie glichen dunklen Augenhöhlen, die dem Haus ein unheimliches Aussehen gaben. Eines an der linken Seite schien innen mit rohen Brettern verschalt zu sein. Frank erinnerte sich wieder daran, daß die aufgebrachten Dorfbewohner die Tür aus den Angeln gerissen, das Haus durchsucht und später Edward Brand erhängt im Wäldchen gefunden haben sollten. Tatsächlich war da noch eine Haustür, die nicht in ihren Angeln hing, sondern am Türrahmen lehnte. Nein, nicht lehnte, sondern im schrägen Winkel zwischen Türsturz und Schwelle eingezwängt war. Ob nun ein Zufall am Werk gewesen war oder Absicht: noch Generationen nach dem Hinscheiden des letzten Bewohners erfüllte die Tür den Zweck, der ihr hauptsächlich zugedacht war, nämlich den Zugang des Hauses zu bewachen. Wenn die Geschichten stimmten, die man sich im Dorf erzählte, hatte Edward Brand nie seine Haustüre geöffnet, um einen Menschen in seiner Wohnung willkommen zu heißen. Und auch jetzt öffnete sie sich keinem. Sie mochte zwar klaffen zwischen Türsturz und Schwelle, zwischen linkem und rechtem Pfosten; doch das wetterbeständige Eichenholz war durch und durch gesund und würde nicht einen Millimeter von der Stelle rücken.

Miss Silver trat einen Schritt zurück und betrachtete das düstere Haus. Sogleich kam ihr ein Vers ihres viktorianischen Lieblingspoeten in den Sinn:

»›Stücke und Pakete einer schrecklichen Vergangenheit.‹«

Was Frank Abbott mit einer respektlosen Bemerkung quittierte:

»Ein ziemlich großes Paket, würde ich sagen.«

Sie begaben sich zur Hinterseite und fanden dort ein leeres Rechteck, das von wucherndem Buschwerk halb verdeckt war. Frank schlüpfte durch die Öffnung ins Haus und schob die Zweige zur Seite, damit Miss Silver ihm folgen konnte.

»Passen Sie auf – der Fußboden könnte Löcher haben.«

Doch der Fußboden bestand aus Stein, in Form von Platten verlegt wie draußen der Pfad. Der Raum, in den sie gelangt waren, mußte die Küche gewesen sein – Spinnweben hingen von den Deckenbalken, ein Haufen Plunder schimmelte unter einer dicken Staubschicht.

Aber auf den Fliesen zwischen dem Rechteck in der Mauer und dem Durchgang gegenüber lagerte kein Staub. Auf einer Breite von knapp einem Meter war der Boden gefegt worden. Sie folgten diesem von einem Besen gereinigten Pfad in einen Flur, der so dunkel war, daß Frank eine Taschenlampe aus seinem Rock fischte und sie anknipste. Kahl und schmal setzte sich der Flur bis zur Vordertür fort, wo rechts, keinen Meter vom Eingang entfernt, zwischen der rohen Außenmauer und einer primitiven Vertäfelung eine Treppe nach oben führte. Auch der Flur war vom Staub gereinigt; doch auf der Treppe lag er so dick und weich wie ein Teppich. Zwei schmale Mauerdurchbrüche befanden sich zwischen ihrem Standort und dem Hauseingang, die sich gegenüberlagen – der eine offen mit einem schrägen Pfosten an der Seite, wo man offensichtlich die Tür aus den Angeln gerissen hatte; der andere mit einer heilen, zugeklinkten Tür verschlossen. Als Frank Abbott die Klinke niederdrückte – nachdem er sich vorher ein Taschentuch um die Finger gewickelt hatte, schwang sie beinahe lautlos nach innen.

Er blieb vor der Schwelle stehen und richtete den Strahl der Taschenlampe auf den Türrahmen.

»Sie sind neu!« rief er. »Sehen Sie nur – die Tür ist alt; aber die Angeln wurden erneuert! Man hatte auch hier die Tür herausgerissen; aber jemand hat sich inzwischen die Mühe gemacht, die Angeln zu reparieren.«

Er ging in den Raum hinein, ließ den Lichtkegel herumwandern und trat zur Seite, um Miss Silver passieren zu lassen.

»Alles in Ordnung – keine Leichen im Zimmer.«

Es wäre stockdunkel in diesem Zimmer gewesen, wenn Frank Abbott es nicht mit seiner Taschenlampe ausgeleuchtet hätte; denn das kleine Fenster war mit einer der herausgerissenen Türen verdeckt, so daß es von außen so aussah, als wäre es innen mit Brettern verschalt. Wo die Tür nicht fugendicht mit dem Mauerwerk abschloß, so daß entweder Licht von draußen in den Raum oder Licht im Raum nach draußen hätte gelangen können, waren diese Lücken mit Papier abgedichtet, das man zwischen Holz und Wand gestopft hatte.

Frank Abbott bemerkte mit ironischer Stimme:

»Jemand hat sich bemüht, diesen Raum lichtfest zu machen.« Er lenkte den Strahl wieder in das Zimmer hinein. »Er hat auch Feuer im Kamin gemacht. Schauen

Sie sich die verkohlten Holzreste an – die liegen nicht schon seit siebzehnhundertsonstwann auf dem Rost.«

Der Lichtkegel wanderte und zeigte ein paar Säcke, die wie ein Teppich vor dem Kamin ausgelegt waren. Daneben stand, die breite ebene Fläche dem Kamin zugekehrt, eine schwere Ruhebank aus Eiche; alt, aber solide. Das Licht, das darüber hinwanderte, zeigte, wo ein Bein ersetzt worden war – vor gar nicht so langer Zeit, wie es schien, da sich das neue Holz sehr deutlich vom alten abhob. Sie bewegten sich an der hohen Seitenlehne vorbei, und Miss Silver sagte:

»Du meine Güte!«

Die ebene breite Fläche der Bank war mit trockenem Farn und Stroh belegt, und darüber war etwas ausgebreitet. Der Lichtkegel wanderte hin und her: Zweifellos war das, was da ausgebreitet lag, eine Armeedecke.

KAPITEL 9

Frank Abbotts Durchsuchung des Försterhauses förderte keine Leiche zutage. Er verließ es mit der Gewißheit, daß Mary Stokes diesen Ort in panischem Entsetzen verlassen hatte, aber ohne einen Beweis für das, was diese überstürzte Flucht ausgelöst haben konnte. Er verließ es auch mit der Überzeugung, daß jemand dieses Haus benützt – jemand sich die Mühe gemacht hatte, eine Tür wieder einzuhängen, ein Zimmer einigermaßen wohnlich herzurichten und sich durch das Abdichten eines Fensters einen ungestörten Aufenthalt im Zimmer zu verschaffen. Es war unmöglich, sich nicht einen Reim darauf zu machen – wenn auch noch keine stichhaltigen Beweise vorlagen – oder sich der Annahme zu verschließen, daß Mary Stokes einen Liebhaber hatte und mit ihm im Försterhaus zusammengetroffen war. So weit, so gut. Aber es ist kein Verbrechen, sich mit einem Liebhaber zu treffen, auch wenn dieser vielleicht schon verheiratet war. So moralisch verwerflich so ein Gebaren auch sein mochte: es gehörte nicht zu den Delikten, mit denen sich ein Detektivsergeant von Scotland Yard zu befassen hat.

Inwieweit nun die grauenhafte Erscheinung eines ermordeten Mädchens mit dieser geheimen Liebeslaube oder mit Mrs. Hoppers in Hampstead vermißten Untermieterin etwas zu tun hatte, konnte er in diesem Augenblick nicht sagen. Der vermißte Ohrring war im Augenblick genauso unauffindlich wie die Leiche seiner Besitzerin – obwohl er sich natürlich bei der Suche nach beiden eine gewisse Beschränkung hatte auferlegen müssen.

»In diesem Zimmer muß es nur so wimmeln vor Fingerabdrücken. Solange wir sie nicht sichergestellt und schwarz auf weiß in unseren Akten haben, darf ich hier nichts anrühren. Deshalb sollten wir jetzt lieber nach Hause fahren. Ich werde Smith anrufen, damit er das notwendige Gerät mitbringt.«

Nach dem Lunch gestattete sich Miss Silver ein kleines Nickerchen in dem sehr bequemen Lehnstuhl ihres Schlafzimmers.

Frank traf sich inzwischen mit Inspektor Smith aus Lenton, und ihre liebenswürdige Gastgeberin bereitete einen kleinen Empfang zum Tee vor. »Miss Alvina Grey – die Tochter des ehemaligen Dorfpfarrers und Mrs. Bowse – die verwitwete Schwester unseres Landarztes, Cyril Wingfield.« Was Monica verschwieg, war die Tatsache, daß Frank die Anregung zu dieser Teeparty gegeben hatte.

»Trommle die wichtigsten Schwatztanten des Dorfes zusammen und bringe sie zum Reden!«

Monica lachte.

»Mein liebster Frank – sie reden vielleicht zu viel. Hast du bestimmte Vorstellungen, worüber sie reden sollten?«

»Über alles und jeden; aber ganz besonders über Mary Stokes und einen Mann, mit dem sie sich vielleicht eingelassen hat. Ich kann mir nicht vorstellen, daß Mary Stokes Deeping keinen Gesprächsstoff geliefert haben sollte.«

Monica blickte nachdenklich vor sich hin.

»Da muß ich dich wohl enttäuschen. Soweit ich weiß, hat sie dem Dorf nicht den geringsten Anlaß zum Klatsch gegeben – abgesehen davon natürlich, daß jedem in Deeping bekannt ist, wie sie Joe Turnberry abblitzen ließ, als er mit ihr anzubändeln versuchte.«

»Oh, er wäre ihr nicht gut genug.«

»Das hat sie dem armen Joe auch zu verstehen gegeben – und nicht gerade auf die höfliche Tour.«

Er blickte sie stirnrunzelnd an.

»Hör mal, Monica – ich glaube, sie hat einen Liebhaber. Ich will wissen, wer das ist. So rasch wie möglich. Ich kann dir vielleicht ein paar Anhaltspunkte geben. Er ist vermutlich nicht in Deeping geboren und aufgewachsen. Er hat in der Armee gedient. Und er hat einen sehr triftigen Grund, seine Affäre mit Mary geheimzuhalten. Kannst du mir helfen, diesen Mann zu finden?«

Ihre Augen wanderten von ihm fort. Mit der für sie typischen Sprunghaftigkeit sagte sie:

»Aber Frank – wer hat das nicht?«

»Wer hat was nicht?«

»Was du eben sagtest – in der Armee gedient. Und was deine anderen Anhaltspunkte anlangt: Ich weiß nicht, wie du auf die Idee kommst, ich wüßte über die Affären dieses Stokes-Mädchen Bescheid. Ich habe keine Ahnung.«

»Vielleicht sind Mrs. Bowse und Miss Alvina besser informiert als du.«

»Sie wissen eine Menge Sachen, die nie passiert sind«,

sagte Monica Abbott. »Cis sollte lieber in die Kirche gehen und auf der Orgel üben – sie kann die beiden nicht ausstehen.« Sie ließ ein nicht sehr glückliches Lachen hören. »Na ja – wenigstens verschonen sie Cis und Grant eine Weile lang, wenn ich ihnen Mary Stokes als Thema anbiete.«

Die Teeparty wurde ein großer Erfolg. Miss Silver zeigte den beiden Damen ein sehr hübsches Strickmuster, und man versprach ihr dafür das Rezept von Mrs. Caddles Erdbeermarmelade.

»Das heißt natürlich, falls ich sie dazu überreden kann, es preiszugeben«, sagte Miss Alvina. »Ich bin in der Küche gewesen, als sie die Marmelade zubereitete; aber Sie wissen ja, wie das ist: Wenn man etwas nicht selbst macht, paßt man nicht genau auf. Deshalb könnte ich Ihnen auch nicht sagen, was sie in die Marmelade tut, daß sie so ganz anders ausfällt als bei uns und viel besser schmeckt. Sie würde das Rezept keinem hier in Deeping geben; und sie kocht ihre Marmelade auch für niemand anderen als mich. Ich könnte sie vielleicht dazu überreden, wenn ich ihr sage, daß sie für eine Lady aus London bestimmt ist. Aber ich kann für nichts garantieren . . .«

Mrs. Bowse, eine gutaussehende, blühende Fünfundvierzigerin, unterbrach Miss Vinnies gezwitscherte Ausführung mit dem Vorschlaghammer praktischer Vernunft.

»Garantieren? Ausgeschlossen. Und wenn du glaubst, du könntest ihr das Rezept abluchsen –« Mrs. Bowse breitete ihre großen wettergegerbten Hände über dem Kaminfeuer aus –, »hoffnungsloser Fall. Sie gehört zu der Sorte, die lieber stirbt, als sich von einem Stück, das ihr gehört, zu trennen. Und warum sollte sie auch? Sie hat nicht so viel, daß sie sich das leisten könnte. Dieser elende Albert mag ihr ja durch die Finger schlüpfen; aber ein Rezept für Erdbeermarmelade wird sie ja noch festhalten können.«

Miss Silver hüstelte und bemerkte, daß Albert ein Name sei, der schon vor langer Zeit aus der Mode gekommen wäre: »Aber vielleicht gilt das nicht für so ein Dorf wie Deeping . . .«

Sofort fielen die beiden Damen Miss Silver gleichzeitig ins Wort und versicherten ihr, daß Deeping weder für Albert Caddle noch für dessen Vornamen verantwortlich sei, wobei sich Mrs. Bowse mit ihrer robusten Stimme einen unfairen Vorteil verschaffte. Deswegen war sie es auch, die Miss Silver die angefangene Caddle-Saga zu Ende erzählte:

»Er diente beim Expeditionskorps in Frankreich und bekam dann einen Job als Chauffeur bei dem alten Mr. Harlow. Als sein Neffe Mark den Besitz erbte, hat er Caddle als Fahrer übernommen. Ich glaube, er macht sich auch als Mechaniker nützlich, sieht aber viel zu gut aus. Mark wird seinetwegen immer Ärger bekommen. Das habe ich ihm vor ein paar Tagen selbst gesagt, aber er lachte nur. Natürlich kann man von einem jungen Mann nicht erwarten, daß er so was ernst nimmt.

Die arme Ellen Caddle muß einen schlechten Tag gehabt haben, als sie ihn heiratete. Was Dümmeres konnte sie gar nicht tun. Sie ist mindestens zehn Jahre älter als er, und eine Schönheit ist sie auch noch nie gewesen. Was glaubt sie denn, warum er sie genommen hat? Wegen ihrer Ersparnisse und dem Geld, das Lady Evelyn ihr vermacht hat! Das ist doch sonnenklar – ich habe es ihr selbst gesagt. ›Ellen‹, sagte ich, ›du bist ein Schaf.‹ Und sie guckte mich an wie ein Maultier und sagte, sie habe ein Recht darauf, zu tun, was ihr beliebe. ›Das mag ja sein‹, sagte ich, ›aber weshalb hat er dich denn geheiratet – das würde ich mich an deiner Stelle mal fragen!‹«

»Sie ist eine sehr gute Köchin«, sagte Miss Vinnie.

Der Vorschlaghammer trat erneut in Aktion.

»Und er schickt sie als Zugehfrau zu dir und läßt sie für

dich kochen, statt sie im Haus zu behalten, damit sie für ihn kocht! Ich sage dir, da stimmt etwas nicht, wenn ein Mann seine Frau zum Arbeiten in fremde Häuser schickt. Dasselbe habe ich zu ihr gesagt. ›Er bekommt ein gutes Gehalt, und für was gibt er das ganze Geld aus?‹, sagte ich zu ihr, ›oder für *wen?* – das würde ich mich an deiner Stelle mal fragen, Ellen!‹«

»Ich hätte nicht gedacht, daß Mark Harlow sich tatsächlich einen Chauffeur leisten könnte«, sagte Miss Alvina. »Der alte Mr. Harlow soll doch hoch verschuldet gewesen sein – und dazu noch die hohen Erbschaftssteuern . . .«

»Oh, Mark Harlow hat doch eigenes Vermögen.« Mrs. Bowse sagte das so laut, daß man daran nicht zweifeln mochte.

»Ich habe nie verstanden . . .«

»Er hätte den Besitz niemals halten können, wenn er nichts an den Hacken gehabt hätte.« Mrs. Bowse wandte sich Monica Abbott zu. »Das war ja die Crux Ihres Schwiegersohnes – nicht wahr? Und ihn traf es noch viel schlimmer als Mark, da er ja nur ein sehr entfernter Verwandter des letzten Besitzers war und deshalb viel höhere Erbschaftssteuern bezahlen mußte. Eine sehr ungerechte Regelung; aber wir werden wahrscheinlich diese elende Steuer nie abschaffen können. Nun sagen Sie mal, Mrs. Abbott – ist es wirklich wahr, daß er den Familienschmuck verkauft hat?«

Monica lächelte vage. Hinter diesem vagen Lächeln versteckte sich ein lodernder Zorn. Es war ein tröstlicher Gedanke, daß Mabel Bowse sich nicht unvorteilhafter hätte anziehen können. Das grün und braun karierte Tweedkostüm war viel zu eng und viel zu laut. Es bauschte dort, wo man das nicht so gern hatte; und es saß an den Stellen zu stramm, wo es nicht stramm sitzen sollte. Besänftigt von dieser Betrachtung, sagte Monica mit verträumter Stimme:

»Ich weiß es nicht – warum fragen Sie ihn nicht selbst?«

»Oh«, sagte Mrs. Bowse und wandte sich ohne sichtbare Verlegenheit Miss Silver zu. »Wir sind alle sehr angetan von Grant Hathaway und halten ihm alle den Daumen, daß er mit seinen Experimenten auch Erfolg hat. Es ist alles sehr modern und wissenschaftlich. Und viel zu technisch, als daß ich es Ihnen erklären könnte. Ich weiß nur, daß so etwas natürlich eine Menge Kapital frißt und es Jahre dauert, bis sich so was amortisiert. Deshalb fürchte ich, daß ihm magere Zeiten ins Haus stehen. Er hat den Besitz von einem sehr alten Vetter geerbt, und der hat den Betrieb schrecklich verkommen lassen.«

Monica hatte das Gefühl, daß es ihr eigentlich zustehen sollte, ein paar Erklärungen über ihren Schwiegersohn abzugeben; aber es hatte keinen Sinn, Mrs. Bowse ins Wort zu fallen. Das prallte nur von ihr ab wie ein Querschläger. Zudem war sie bereits bei Mark Harlow angelangt:

»Er erbte Grange ungefähr zur gleichen Zeit wie Grant seine Farm Deepside; doch er machte erst gar nicht den Versuch, Grange selbst zu bewirtschaften. Er hat kein Interesse an der Landwirtschaft. Wie er sagt, habe er sechs Kriegsjahre lang hart geschuftet und sich dabei die Hände schmutzig genug gemacht. Und nun meint er, ein Anrecht darauf zu haben, sie eine Weile lang sauber zu halten und auszuspannen. Ich nehme ja nun nie ein Blatt vor den Mund und sagte ihm: ›In Ihrem Alter sollte man eigentlich etwas arbeiten‹, und er lachte und meinte, ich hätte ja so recht.

Tatsächlich hat er ein musikalisches Talent, wissen Sie? – schreibt Lieder und bekommt einen Haufen Geld dafür. Er hat die Musik für die Revue geschrieben, die im vergangenen Jahr so erfolgreich war – wie hieß sie denn nur! – diese Sachen sind sich alle so ähnlich, daß ich mich nicht mehr an den Namen erinnern kann. Jedenfalls weiß ich, daß er ein paar Lieder für die Revue geschrieben hat, weil er mir das selbst erzählt hat.«

Miss Silver hüstelte.

»Das ist ja sehr interessant!«

Miss Vinnie murmelte: »Er ist wirklich ein sehr charmanter junger Mann.« Doch weiter kam sie nicht, weil die tiefe, kräftige Stimme von Mrs. Bowse sie überrollte:

»So ein Talent verträgt sich natürlich schlecht mit der Landwirtschaft, nicht wahr? Er hat sein Land an die Stokes verpachtet, was ihm eine Menge Arbeit erspart. Und Mr. Stokes hat es gern genommen, weil es gutes Weideland ist. Die Stokes haben sich auf die Viehwirtschaft spezialisiert.

Wenn seine Nichte nicht so eine zimperliche, feine Lady wäre, könnte sie sich in dem Betrieb sehr nützlich machen. Ich finde, man muß schon sehr gutmütig sein, um diese Dame umsonst durchzufüttern, wie ich neulich zu Mrs. Stokes sagte. ›Warum teilen Sie dem Mädchen nicht einfach eine Arbeit zu?‹ habe ich sie gefragt. Das hat ihr gar nicht gefallen – wurde so rot, als habe sie das Gesicht über die heiße Herdplatte gehalten, und sagte, dafür wäre Mary nicht kräftig genug. Also, mit so einer Antwort konnte sie *mich* nicht abspeisen! Ich sagte zu ihr: ›Aber sie ist kräftig genug, daß sie vor Mitternacht nicht nach Hause kommt. Und sie ist kräftig genug, mit Eiern und Butter dort hausieren zu gehen, wo die gutaussehenden jungen Männer wohnen.‹ Und Sie werden es nicht glauben: Sie schaute mich an, als wollte sie über mich herfallen. Ich dachte, jetzt springt sie mir an die Gurgel; aber dann beherrschte sie sich doch noch und sagte, sie müsse wieder an die Arbeit gehen.«

Miss Silver setzte ihre Teetasse ab und bemerkte:

»Ein Dorf ist so voller Leben, nicht wahr? Eine Welt im kleinen. Sehr interessant. Miss Stokes bringt also

Eier und Butter ins Haus. Haben Sie auch geschäftlich mit dieser jungen Dame zu tun, Mrs. Abbott?«

»Manchmal«, sagte Monica, »wenn meine Hennen nicht legen wollen. Mrs. Stokes kann mit Hühnern besser umgehen als ich. Aber wir stellen unsere eigene Butter her. Cicely macht das. Sie ist sehr stolz auf ihre Butter.«

»Köstlich«, sagte Miss Silver, »Landbutter ist für mich immer eine Delikatesse. Kaufen Ihre Nachbarn auch von den Stokes?«

Mrs. Bowse ließ ein herzhaftes Lachen hören.

»Mark Harlow läßt sich von Miss Stokes beliefern und auch Grant Hathaway. Komisch, nicht wahr, daß ein Farmer seine Butter kaufen muß? Ich sagte ihm, daß sich das ganze Dorf darüber amüsiert, und er lachte ebenfalls und sagte: ›Warten Sie nur ab, bis meine Färsen so weit sind – dann werden Sie alle Augen machen, was man mit Milch, Sahne und Butter alles anstellen kann!‹ Nun, wir werden ja sehen, und ich wünsche ihm so viel Erfolg, wie das wohl jede Frau hier in Deeping tut.

Und jetzt wissen Sie auch, wen ich mit den jungen gutaussehenden Männern meinte. Sie müssen sich nicht vorstellen, daß Mary Stokes mit einem Wagen durch das Dorf fährt und ihre Ware feilbietet! Das würde ja nach einer richtigen Arbeit aussehen, und so etwas liegt ihr überhaupt nicht. Oh, nein, sie kommt nur die ›Lane‹ herunter und beliefert Deepside, Grange und Abbottsleigh. Und wenn sie keine Gelegenheit dazu bekommt, Grant oder Mark schöne Augen zu machen, bleibt immer noch Albert Caddle als Reserve.« Sie lachte abermals auf eine für Miss Silvers Empfinden geradezu ohrenbetäubend herzhafte Weise.

Miss Alvina seufzte und meinte:

»Das Dorfleben, fürchte ich, muß schrecklich langweilig für sie sein – und schließlich ist es ganz natürlich, daß ein Mädchen junge Männer mag.« Mit betonter, zwitschernder Stimme fuhr sie fort: »Ich finde es nicht nett von dir, Mabel, daß du so über sie redest – wo sie doch so einen Schock erlitten hat.« Miss Alvina wandte sich wieder Miss Silver zu: »Mrs. Abbott wird Ihnen ja schon erzählt haben, was für ein schreckliches Erlebnis die arme Mary hatte. Ich hatte an dem Nachmittag Mrs. Abbott und Mr. Frank zum Tee zu mir gebeten, und wir unterhielten uns gerade so angenehm, als die arme Mary an meine Haustür trommelte, uns in die Arme fiel und sagte, sie habe gerade einen Mord miterlebt.«

»Wie gräßlich!«

Mrs. Bowse sagte: »Unsinn! Oh, ich meine keine von den anwesenden Damen, sondern dieses Mädchen. Eine absolut lächerliche Geschichte. Der ganze Auftritt – purer Exhibitionismus. Ich sagte zu meinem Bruder: ›Cyril‹, sagte ich, ›Mary Stokes hat genausowenig eine ermordete Leiche gesehen wie ich. Sie langweilt sich auf der Farm zu Tode und hat sich etwas ausgedacht, damit alle Leute über sie reden. Du wirst es erleben‹, sagte ich, ›das Ganze ist pure Angeberei.‹«

Miss Alvina war diesmal entschlossen, trotz ihrer leiseren Stimme auch zu Wort zu kommen:

»Natürlich hat das Galgenwäldchen auch keinen guten Ruf. Ich weiß nicht, ob Sie die Geschichte kennen, wie es zu diesem Namen gekommen ist.«

»Nein; aber ich würde sie nur zu gern erfahren«, sagte Miss Silver.

Beide Damen schoben ihre Sessel näher an sie heran. Wenn Frank Abbott auch an dieser Teeparty teilgenommen hätte, würde er bestimmt mit Interesse vermerkt haben, daß Miss Alvina die Geschichte, die sie ihm erzählt hatte, jetzt fast wortgetreu wiederholte.

Miss Silver hörte sehr aufmerksam zu. Als Miss Alvina mit ihrer Darstellung zu Ende gekommen war, ließ Miss Silver ihr die Bemerkung folgen, daß die abergläubische Furcht vor Hexen schon immer schädliche Auswirkungen gehabt habe.

»Sie führte nur zu noch größeren Grausamkeiten und Wahnvorstellungen.«

Miss Alvina gab ihr recht:

»Richtig! Mein Vater hat sich sehr für dieses Thema interessiert. Es gelang ihm eine Menge solcher in der Nachbarschaft kursierenden Erzählungen zusammenzutragen, und gab sie dann als Buch heraus. Eine Liebhaberedition mit beschränkter Auflage. Ich habe noch ein Exemplar zu Hause, wenn Sie sich für solche Geschichten interessieren. Der alte Mr. Hathaway besaß ebenfalls ein Exemplar davon. Er hatte sich, wie mein Vater, sehr für dieses Thema erwärmt – nicht Grant natürlich, sondern ich meine den Vetter, von dem er den Besitz erbte – den alten Mr. Alvin Hathaway. Alvin und mein Vater waren ungefähr im gleichen Alter – er war fünfundneunzig, als er starb –, und sind dicke Freunde gewesen. Tatsächlich war er mein Patenonkel, und ich bin nach ihm Alvina getauft worden.«

»Ein hübscher und ungewöhnlicher Name«, sagte Miss Silver.

Mrs. Bowse hatte inzwischen Monica Abbott eine Reihe gräßlicher und unappetitlicher Einzelheiten vom Ableben des Dorftrunkenboldes anvertraut – ein Thema, auf das Mrs. Stokes sie gebracht hatte, weil der Verstorbene ein weitläufiger Verwandter von Mrs. Stokes gewesen war. Sie schaltete sich nun mit ihrer Trompetenstimme wieder in das Gespräch zwischen Miss Silver und Miss Alvina Grey ein, indem sie mit einem herzhaften Lachen bemerkte:

»Alvina – ein in der Tat recht ausgefallener Name. Daher hast du ihn also – habe mich schon oft gewundert, wer dir den verpaßt hat. Aber daran kannst du jetzt ja nichts mehr ändern. Zum Glück hatten meine

Eltern nicht einen so ausgefallenen Geschmack. Mabel ist ein guter, einfacher Name.«

Zur allgemeinen Verwunderung reagierte Miss Alvina jetzt sehr gereizt – allerdings nicht, um ihren Vornamen, sondern den Ruf ihres Vaters zu verteidigen. Ein Angriff auf sein ihr teures Andenken. Eine sanfte Röte färbte ihre Wangen, ein leiser Ingrimm erfüllte ihre Brust. Sie hatte Mabel stets für einen gräßlichen Namen gehalten, das aber nie laut zu sagen gewagt. Doch nun, aufs äußerste herausgefordert, konnte sie sich nicht mehr beherrschen und sagte Mrs. Bowse so deutlich, wie das ihre gute Kinderstube erlaubte, die Meinung:

»Ein Name wie meiner hat wenigstens einen Vorteil – die Leute werden ihn nicht so rasch leid. Deiner, meine liebe Mabel, stand so beklagenswert oft im Taufregister, daß er schrecklich verbraucht ist; man hört ihn heute fast gar nicht mehr. Nicht einmal auf den Dörfern.«

Mrs. Bowse merkte gar nicht, daß sie zurechtgewiesen worden war. Sie nahm sich das letzte Stück Torte von der Platte und meinte, die Dorfkinder würden heutzutage nur noch nach Filmstars getauft.

KAPITEL 10

Cicely spielte eine Tokkata und Fuge von Bach. Die großartige Musik brandete über sie hin und spülte ihre Seele rein. Alles, was sie bedrückt und erbittert hatte, war nur noch ein Sandkörnchen, das von dieser gewaltigen Flut erhabener Schönheit fortgetragen wurde. Als die letzten Noten verhallten, kehrte sie wieder in die Gegenwart zurück – aber langsam, wie jemand, der aus einem so tiefen Schlaf erwachte, daß er darin seine Erinnerungen und Schmerzen ertränken konnte. Und es gibt einen Moment bei diesem Erwachen, wo das Bewußtsein zwar seine Umgebung wieder wahrnimmt, jedoch noch nicht die Kraft hat, zu verwunden. Es lag hell und glatt über den Dingen wie die stille See über einem Wrack. Sie war entspannt und ruhig. Es war dunkel um sie her – nur am Orgelpult brannte eine Lampe –, und die Luft war noch erfüllt von den Schwingungen der gewaltigen Töne, wenn sie auch das Ohr nicht mehr zu vernehmen vermochte.

Sie nahm die Hände vom Manual und drehte den Kopf zur Seite. Sie wußte nicht, warum sie den Kopf bewegte. Später meinte sie gehört zu haben, wie er sich bewegte – nicht bewußt, sondern mit diesem feineren Organ, das sich am Rand des Bewußtseins befindet. Er stand im Schatten der Galerie, wo der Vorhang, der den Organisten von der Gemeinde trennt, beiseitegezogen war. Seltsam, daß es ihr so vorkam, als gehörte er dorthin. Sie mochte sich später noch so sehr darüber ereifern; doch in diesem Moment schien das auf die natürlichste Weise der Welt zusammenzugehören: die dunkle Kirche – die Musik, die noch in ihr nachhallte – und Grant. Und alle Schmerzen waren fort.

Doch das währte nur eine Sekunde. Sie sahen sich an, und er sagte:

»Heilige Cäcilia . . .«

Und das war wieder etwas, über das sie in schlaflosen Nächten grübelte: Wie klang seine Stimme dabei? Leichtfertig? Geringschätzig? Spöttisch? Ja-ja, natürlich konnte es nur spöttisch gemeint sein. Aber warum rührte es dann ihr Herz? Sie drehte ein heißes Gesicht in das Kissen und gab sich selbst die Antwort darauf – »Weil ich immer noch so in ihn vernarrt bin.« In diesem Moment saß sie nur da und blickte ihn, vom Licht der Orgellampe umgeben, mit großen Augen an. Dann sagte er:

»Das war sehr schön. Du hast gewaltige Fortschritte gemacht.«

»Habe ich?«

Es spielte wirklich keine Rolle, was sie sagte. Es kam nur darauf an, diesen Moment der Entspannung festzuhalten. Er würde nicht von Dauer sein; aber sie hätte wie Faust sagen mögen: ›Verweile doch, du bist so schön.‹ Sie war so erfüllt von allem, daß sie es tatsächlich sagte. Aber nicht laut. Worte waren zu heikel. Sie sagten zu viel oder zu wenig. Es hatte schon viel zu viele Worte gegeben. Die Dinge, die sie Grant in ihrer Verliebtheit gesagt hatte; die Dinge, die sie im bitteren Haß zu Grant gesagt hatte und an die sie sich jetzt nicht erinnern wollte; oder der Moment des Friedens war vorbei. Aber wenn sie nichts sagte, würde er denken . . . Sie spürte eine gefährliche Versuchung, sich einfach gehenzulassen ohne Rücksicht darauf, was er sich dabei denken mochte.

Vielleicht zuckte sie instinktiv davor zurück. Vielleicht war es auch etwas Einfacheres, Elementareres, das ihr die Worte eingab:

»Jemand hat mir anonyme Briefe geschrieben.«

Das war so ohne Vorbedacht hingesagt, daß sie über ihre eigenen Worte erschrak. Sie hatte sich vorgenommen, niemand etwas von diesen Briefen zu verraten. Ganz bestimmt nicht Grant. Die Worte waren ihr einfach so herausgerutscht. Das war sehr bedenklich.

Auf Grant Hathaway wirkten sie so, daß er den Kopf einzog, unter der Stange, an der der Vorhang hing, hindurchging und in den Lichtkreis der Orgel trat. Er sah ungläubig und ein bißchen wütend aus.

»Anonyme Briefe?«

Sie nickte.

»Über uns?«

»Über dich.«

Sie hätte ihm nichts von den Briefen sagen sollen. Die Schmerzen kehrten zurück. Aber sie wären in jedem Fall zurückgekommen. Sie mußte jetzt die Sache durchstehen.

Er streckte eine Hand aus.

»Zeige sie mir!«

Sie nahm ihre Handtasche von der Organistenbank und öffnete sie. Die Briefe steckten in einem zugeklebten Kuvert. Sie schlitzte es auf.

»Ich dachte, ich sollte sie verbrennen; und dann dachte ich wieder, ich sollte es nicht. Ich dachte, wenn das so weitergeht, würde ich wohl herausfinden müssen, wer mir die Briefe schickt. Deshalb steckte ich sie in dieses Kuvert und klebte es zu. Denn dann, so überlegte ich, würde ich wissen, ob jemand sie – nun, ob sich jemand daran vergriffen hat.«

»Kamen sie mit der Post?«

»Nein. Das war ja das Schreckliche daran. Sie kamen sogar ohne Umschläge. Das Papier war, mit meinem Namen versehen, zusammengefaltet und steckte im Briefkasten an der Haustür.« Sie nahm ein zerknittertes Blatt Papier aus dem Kuvert. »So – siehst du?«

»Die Adresse in Blockbuchstaben.« Er drehte das Papier um. »Und auch der Text.«

Sein Gesicht wurde hart, als er las:

»Wollen Sie die Scheidung? Sie bekämen sie, wenn Sie so viel wüßten wie ich. Er hat Sie Ihres Geldes wegen geheiratet. Das wissen Sie doch, nicht wahr? Warum sich nicht von ihm befreien?

Jemand, der es gut mit Ihnen meint.«

Als er den Brief gelesen hatte, sagte er:

»Klingt fast so, als habe dieser Jemand uns belauscht, nicht wahr? Gibt es eine Fortsetzung zu diesem Brief?«

Ihre Stimme war bitter vor Schmerz, als sie antwortete:

»Noch zwei. Die eine kam am Samstag, die da am Montag darauf.«

Sie gab ihm den Brief, den sie zuletzt erhalten hatte.

In schiefen, etwas ungelenken Blockbuchstaben stand darin geschrieben:

»Er führt wieder das Leben eines Junggesellen. Stört Sie das nicht? Fragen Sie ihn, wer ihn am Freitagabend besucht hat. Wenn Sie Ihren Stolz nicht verloren haben, würden Sie sich scheiden lassen.«

Cicely gab ihm nun noch den dritten Brief. Er war kürzer als die anderen beiden – enthielt nur diesen einen Satz:

»Manche Leute würden bestimmt gern wissen wollen, was am Freitagabend passiert ist.«

Als er die drei anonymen Briefe gelesen hatte, nahm er ihr den Umschlag aus der Hand, tat die Briefe hinein und steckte das Kuvert in seine Brusttasche.

»Ich glaube, bei mir sind sie besser aufgehoben. Und gib mir bitte Bescheid, falls du noch mehr von diesen Schmierzetteln bekommst. Faß sie möglichst nur mit den Fingerspitzen an den Ecken an, wenn du sie aus dem Briefkasten nimmst. Ich möchte sie gern auf Fingerabdrücke untersuchen lassen.«

Sie spürte ein Gefühl der Erleichterung, als er ihr diese Dinger abnahm. Sie klappte ihre Handtasche zu, erhob sich von der Bank, schaltete das Licht am Orgelpult aus und knipste eine Taschenlampe an, damit sie den Weg zum Ausgang fanden. Als er neben ihr den Gehsteig hinunterging, der den Vorplatz der Kirche mit der Straße verband, sagte er mit lachender Stimme:

»Was für ein Skandal wäre das wieder für die Leute, wenn sie wüßten, daß Mr. Grant Hathaway Mrs. Grant Hathaway nach Hause begleitet.«

Sie sagte rasch und trotzig:

»Mir wäre es lieber, du ließest das bleiben.«

»Ich werde dich trotzdem nach Hause begleiten, ob es

dir paßt oder nicht. Und noch etwas: Es ist mir gar nicht recht, wenn du dich nach Einbruch der Dunkelheit allein auf die Straße wagst. Das solltest du vorläufig unterlassen.«

Sie lachte ein wenig gezwungen.

»Weil Mary Stokes so einen Wirbel machte? Glaubst du wirklich, daß sie etwas gesehen hat?«

»Sie hatte schreckliche Angst, wie ich hörte. Die kam nicht von ungefähr.«

»Vielleicht hat eine Eule sie erschreckt, oder ein Kaninchen. Du weißt, wie die Eulen nachts auf ein Beutetier herunterstoßen – das kann einem schon unter die Haut gehen; und sie ist kein Mädchen vom Land, wie man zu sagen pflegt.

Nein, etwas hat sie erschreckt, und sie rannte los und steigerte sich in einen hysterischen Anfall hinein. Und als man nun wissen wollte, was ihr denn so eine panische Angst eingejagt habe, war eine Eule selbstverständlich nicht aufregend genug. Es mußte etwas weniger Blamables sein, und deshalb erfand sie eine Geschichte. Es ist mir unbegreiflich, daß Frank sie ernst nehmen konnte und nun seine Zeit hier vertrödelt. Ich würde meinen, Scotland Yard hätte Wichtigeres zu tun, als Ammenmärchen aufzuklären.«

Nach einem kurzen Schweigen sagte er:

»Ich wußte gar nicht, daß dein Vetter dienstlich hier ist.«

»Ich dachte, das wüßte inzwischen jeder. Ich kann wirklich nicht verstehen, warum man wegen Mary Stokes so einen Wirbel macht.«

»Ich muß gestehen, daß ich mir darüber noch keine Gedanken gemacht habe. Ich weiß nur, daß sie in panischer Angst ins Dorf gerannt ist. Was hat sie denn so erschreckt?«

Cicely riß sich zusammen. Er suchte nur einen Vorwand für ein vertrauliches Gespräch. Sie hatte nicht die Absicht, es so weit kommen zu lassen. Ihre Beziehungen standen nicht dafür. Obwohl es furchtbar einfach war, sich gehenzulassen. Sie hatte gegen diese Versuchung schon in der Kirche ankämpfen müssen. Sie sagte steif:

»Ich vermute, es war eine Eule.«

Er gab einen Laut von sich, der sich wie ein ersticktes Lachen anhörte. Was es auch war – es blieb schon im Ansatz stecken. Sie glaubte, genau zu wissen, was dieser Laut bedeutete: Sie gingen gemeinsam durch die Nacht und redeten von Mary Stokes. Als ob einer von ihnen sich einen Deut darum scherte, was Mary gesehen hatte! Sie und Grant allein im Dunklen, ohne daß sie sich wirklich etwas sagten – obwohl doch die Dinge zwischen ihnen danach schrieen, gesagt zu werden –, das war ein schier unerträglicher Zustand. Das Schweigen wurde für sie zu einem panischen Schrecken, und sie suchte verzweifelt nach etwas, mit dem sie es brechen konnte; aber von all diesen sie so bedrängenden Worten wollte ihr keines über die Lippen kommen.

Es war Grant, der leichthin fragte:

»Siehst du Mark oft?«

Das half; denn nun konnte sie ein wenig aufbegehren:

»Weshalb? Sollte ich das nicht?«

»Oh – ich wüßte keinen Grund, der dagegenspricht. Er schreibt komische Lieder, du spielst Orgel – das muß euch doch verbinden.«

Er hörte, wie sie tief Luft holte.

»Das ist gemein von dir, Grant.«

»Ich stelle nur eine Tatsache fest.«

»Seine Lieder sind clever, wenn man solche Sachen mag.«

»Schön, okay, ich möchte nur nicht, daß du sie zu gern magst.«

»Tatsächlich mag ich sie überhaupt nicht.«

»Aber du magst Mark. Wolltest du mir damit etwa andeuten, daß du ihn nur seinetwegen liebst?«

Er wollte sie nur reizen. Sie wußte das. Wenn sie sich

jetzt ereiferte, würde ihm das die Genugtuung verschaffen, daß er mit seiner Vermutung ins Schwarze getroffen habe. Es gelang ihr, in einem glaubwürdigen ruhigen Ton zu sagen:

»Es ginge dich nichts an, wenn das der Fall wäre.«

»Nun, das käme darauf an, weil du, wie du weißt, keinen anderen Mann heiraten kannst, solange du nicht von mir geschieden bist, und du kannst nicht von mir geschieden werden, solange ich das nicht möglich mache.«

Es folgte ein kurzes, schlimmes Schweigen. Dann sagte sie:

»Wirst du es möglich machen?«

»Oh, nein.«

»Dann werde ich eben drei Jahre warten müssen.«

»Mein liebes Kind! Was für drei Jahre?«

»Man kann sich nach drei Jahren scheiden lassen. Das hat mir Mr. Waterson erklärt.«

»Genau. Er sagte, ich könnte mich nach drei Jahren wegen böswilligen Verlassens scheiden lassen. Aber du bist derjenige, der verlassen hat, und nicht ich. Und wenn ich mich damit abfinde, gibt es nichts – aber auch gar nichts –, mit dem du den jetzigen Zustand ändern könntest.«

Jetzt fiel sie zornig über ihn her:

»Aber du wirst – du wirst – du *mußt*!«

»Keineswegs! Warum sollte ich? Du bildest dir doch wohl nicht ein, daß ich mich noch einmal binden möchte – nach so einer überaus unangenehmen Erfahrung?«

»Das *war* es nicht!«

Die Worte schossen aus ihr heraus, ehe sie sie zurückhalten konnte, und sie hörte ihn lachen.

»Nicht ganz? Nicht immer? Nun, das ist doch wenigstens etwas! Braut zu Bräutigam: ›Vielen Dank für die schönen Erinnerungen‹ und so fort.«

Sie waren bereits an der Kreuzung. Sie holte geräuschvoll Luft und rannte von ihm weg die ›Lane‹ hinunter. Das Blut rauschte in ihren Ohren, und das Herz pochte ihr gegen die Rippen. Der Zorn und die Demütigung raubten ihr den Atem. Und er würde wissen – er würde wissen, daß sie weggerannt war, weil sie es nicht mehr länger ertragen konnte, ihm zuzuhören. Sie konnte nicht einmal so schnell rennen, daß sie schon im Haus war, ehe er sie einzuholen vermochte. Sie fummelte am Schloß der Gartenpforte. Sie zitterte so sehr, daß sie den Riegel nicht freibekam.

Grants Hand griff über ihre Schulter hinweg. Der Riegel klickte, die Pforte schwang nach innen. Und dann, gerade als sie über die Schwelle ins Haus gehen wollte, nahm sein linker Arm sie um die Schulter, und einen Moment lang spürte sie seine Wange an der ihren.

»Vielen Dank für den Streit, Liebling«, sagte er im leichten, lachenden Ton, gab ihr einen kleinen Schubs gegen die Kehrseite und war weg.

KAPITEL 11

Frank Abbott kam noch später nach Hause, und der Reingewinn dieses langen, arbeitsreichen Nachmittags waren zahlreiche Fingerabdrücke aus dem Innenbereich des Försterhauses, zumeist aus dem Zimmer, wo das Fenster verbarrikadiert und die Ruhebank vor den Kamin geschoben war. Die Fingerabdrücke stammten durchweg von zwei Personen, einer weiblichen und einer männlichen, von denen man einige im Flur, doch fast alle in diesem einen lichtfest gemachten Raum entdeckt hatte. Im Oberstock Fehlanzeige – keine Hand und kein Fuß schienen die jahrhundertealte Staubschicht aufgewirbelt zu haben.

»Somit hätten wir den Beweis, daß zwei Personen dieses Zimmer als Treffpunkt benützt haben. Sie sind auf dem gleichen Weg wie wir ins Haus gelangt und haben die übrigen Räume des Hauses nicht benützt oder betreten. Abdrücke von einer dritten Person haben wir nirgends gefunden, so daß es aussieht, als ob dort entweder gar kein Mord stattgefunden hat oder der Mann der Täter gewesen ist.

Ich habe mir überlegt, ob Eifersucht das Motiv gewesen sein könnte – ein Dreiecksverhältnis zwischen einem Mann und zwei Frauen. Was halten Sie davon? Nehmen wir an, Louise Rogers war eine alte Flamme von dem Mann, die ihn bei seinem Rendezvous – eines von diesen französischen Wörtern, die der Chef so sehr haßt – störte. Vielleicht hat er sie umgebracht, weil Mary von der Rivalin nichts wissen sollte. Vielleicht hat Mary sie selbst aus Eifersucht umgebracht. Nur – warum hat Louise Rogers dann keine Fingerabdrücke im Haus hinterlassen, wenn sie es tatsächlich betreten hat? Darauf gäbe es nur eine Antwort: Sie hat Handschuhe getragen.«

Er stand vor dem Kamin und blickte auf Miss Silver hinunter, die in einem dieser niedrigen Sessel saß. Sie hatten – eine halbe Stunde vor dem Dinner – das Morgenzimmer für sich allein. Sie blickte von ihren Stricknadeln auf.

»Wenn sie in diesem Haus ermordet wurde, müßten sich dort Spuren von Blut finden – oder Spuren, daß das Blut entfernt worden ist.«

Er stützte einen Ellenbogen auf den Kaminsims. »Ich weiß – ich weiß. Aber der Flur ist gefegt worden; wir haben einen Reisigbesen in der Küche gefunden. Smith hat ihn mitgenommen, um ihn im Labor auf Blutspuren untersuchen zu lassen. Die Fliesen im Zimmer sind nicht gewaschen worden – Smith ist bereit, das vor Gericht zu beeiden.«

Miss Silver hüstelte.
»Die Säcke vor dem Kamin?«
»Auch nicht. Und kein Spritzer Blut darauf.« Frank Abbott zögerte einen Moment. »Nur an einer Stelle, die jedoch kaum relevant sein könnte . . .«
»Ja?«, sagte Miss Silver, »es wäre interessant, zu wissen, warum nicht?«
»Nun – Sie kennen ja den Flur zwischen Küche und Vordertür – auf der rechten Seite der kahlen Wand, auf der linken die Holzverkleidung der Treppe. Nun, ziemlich hoch oben an dieser Täfelung haben wir einen dunklen Fleck gefunden, der vielleicht aus Blut bestehen könnte – er war ziemlich frisch und vom Holz aufgesogen worden. Smith hat an dieser Stelle eine Probe vom Holz entnommen, und wir werden morgen mehr darüber wissen. Und dann werden wir feststellen müssen, ob die weiblichen Fingerabdrücke von Mary Stokes stammen.«
Miss Silvers Stricknadeln klapperten ununterbrochen.
»Haben Sie auch noch Fußspuren von ihr gefunden?«
»Oh, ja – ein halbes Dutzend mindestens. Sie muß quer durch das Wäldchen gelaufen sein, als wäre der Teufel hinter ihr her. Daran besteht kein Zweifel. Denn nur so aus Spaß wäre sie bestimmt nicht so schnell gerannt. Und so eine hübsche, abgebrühte junge Frau, die sich regelmäßig an so einem verrufenen Ort wie dem Försterhaus mit einem Mann zum Rendezvous trifft, rennt nicht so schnell vor etwas davon wie ein aufgeschrecktes Kaninchen.
Ich sagte regelmäßig, weil man bei einem einmaligen Besuch unmöglich so viele Fingerabdrücke hinterlassen kann. Sie sind überall zu finden – auf der Tür, mit der das Fenster verrammelt ist; am, auf und über dem Kamin, als wäre sie immer für das Heizen verantwortlich gewesen; und auf beiden Pfosten der Zimmertür. Etwas Ungewöhnliches muß passiert sein; sonst wäre sie nie

wie von Furien gehetzt durch das Wäldchen gehüpft. Außerdem – wo ist diese Louise Rogers abgeblieben?«

Miss Silver hüstelte.

»Und der vermißte Ohrring, Frank?«

Er blickte sie ein wenig gereizt an.

»Sie werden beide noch vermißt«, sagte er verdrossen. »Heute vor einer Woche ging sie mit zwei von diesen Ohrringen aus Mrs. Hoppers Pension und ward seitdem nicht mehr gesehen.«

Der nächste Tag, ein Sonnabend, war auch Liefertermin für die Eier und Butter, die Mary Stokes in die drei Häuser brachte, welche mit ihrer Rückseite und ihren hinteren Gartenpforte zur ›Lane‹ hinauslagen. Da sie weder einen Führerschein noch ein Fahrrad besaß, mußte sie die Ware zu Fuß zustellen, und da Dr. Wingfield ihr regelmäßige Bewegung in frischer Luft empfohlen hatte, stand Mrs. Stokes nicht an, sie zu diesen Liefergängen zu ermuntern – obwohl es dieser Ermunterung eigentlich gar nicht bedurfte. Nur wunderte sich Mrs. Stokes, wie Mary es fertigbrachte, so viel Zeit dafür zu brauchen; aber da sie Verständnis hatte für ein junges Mädchen, das sich auf einem Bauernhof langweilen mußte, nahm sie an, daß ihre Nichte im Dorf noch eine Weile mit den Frauen und Mägden schwatzte und vielleicht sogar zu einem zweiten Frühstück eingeladen wurde.

Mrs. Abbott hatte zwei ganz reizende Zimmermädchen – dazu noch Geschwister aus einer sehr ordentlichen Familie in Lenton – , die Mrs. Mayhews, die Haushälterin, unterstützten. Und wenn Mary ihre Ware im Grange-Haus ablieferte, mußte sie durch den Garten und an Mrs. Caddles Wohnung neben der Garage vorbei. Nicht, daß Mrs. Caddle ein passender Umgang für Mary gewesen wäre – selbst in ihren besten Tagen nicht, und was war das doch für ein armes, verhuschtes, miesepetriges Ding neuerdings! Vielleicht würde ein kleiner Plausch mit Mary sie aufmuntern – wer weiß? Und wenn nicht, fand Mary immer noch im Herrenhaus in Mrs. Green oder deren Tochter einen Ansprechpartner – beides nette, gesetzte Damen, die Mr. Harlow versorgten und schon seinem Onkel den Haushalt geführt hatten. Natürlich waren sie zu alt für Mary. Mrs. Green war in den Sechzigern und Lizzie auch schon über Vierzig.

Sie wünschte sich, daß es mehr Mädchen in Marys Alter gäbe, die sich mit ihr anfreundeten; aber bei den Ansprüchen, die Mary stellte, war das gar nicht so einfach.

Im Geiste ging Mrs. Stokes weiter die ›Lane‹ hinunter und langte an der Gartenpforte von Deepside an. Mrs. Barton führte dort den Haushalt – eine Freundin von ihr und eine Seele von Frau. War schon dreißig Jahre im Dienst der Hathaways und hatte den alten Gentleman bis zu dessen Tod gepflegt. Und was für ein Segen für Mr. Grant Hathaway, daß er eine so zuverlässige Person im Haus hatte, nachdem Miss Cicely ihn so Knall und Fall hatte sitzenlassen! Mrs. Barton redete natürlich nie darüber; aber man konnte ihr ansehen, wie sehr sie das wurmte.

Diese Agnes Croft, das Zimmermädchen, war natürlich auch nicht Marys Fall. Wenn man es genauer bedachte, mochte sie wohl keiner so recht. Aber sie machte ihre Arbeit gut – daran hatte Mrs. Barton nie etwas auszusetzen. Eines von diesen stillen, späten Mädchen über dreißig, das so gar nichts aus sich machte. Sie selbst war auch keine Freundin von all dem Zeug, das sich die Mädchen heutzutage ins Gesicht schmierten; aber man gewöhnte sich daran, und es machte sie freundlicher; das konnte man nicht bestreiten. Diese Agnes, die hatte zwar eine gute Figur und gutes Haar, falls man es gern so straff mochte wie bei einem gestriegelten Pferdeschweif. Aber wenn sie einen mit ihrem blassen Gesicht und ihren dunkelumrandeten Augen so anstarrte – nein, danke, die durfte Mrs. Barton gern für sich behalten. Da hatte sie lieber ein Dutzend von Marys Sorte, und wenn sie noch so launisch und mäkelig waren.

Frank Abbott nahm den Frühzug von Lenton nach London. »Geschäfte«, war alles, was er Monica Abbott als Begründung sagen wollte. Miss Silver gegenüber war er aufgeschlossener:

»Ich möchte wissen, ob es neue Erkenntnisse im Fall Louise Rogers gibt. Und ich möchte mit dem Chef sprechen. Meine Ermittlungen vor Ort haben ja nicht viel gebracht. Wir haben niemand, der die Vermißte aus dem Zug steigen sah, wenn sie mit der Bahn nach Lenton gefahren ist. Es ist eine große Station, und vielleicht fiel sie in der Menge nicht auf, zumal es bereits dunkel wurde. Aber wie ist sie von dort nach Deeping gelangt? Das sind immerhin vier Meilen. Glauben Sie, sie hat die Strecke im Dunkeln zu Fuß zurückgelegt?«

»Das halte ich für unwahrscheinlich.«

»Und sie hätte auch gar nicht hierhergefunden, ohne erst die Leute zu fragen. Nein, das können wir streichen. Und den Bus hat sie ganz bestimmt nicht genommen. Jeder in Deeping kennt inzwischen Marys Geschichte. Die Leute hätten mir hier die Bude eingerannt, wenn ein fremdes schwarzgekleidetes Mädchen mit auffallenden Ohrringen im Bus nach Deeping gesessen hätte. Also, wenn sie überhaupt hergekommen ist, dann nur mit dem Auto. Und wo ist das Auto?

Sie sehen schon, aus welchem Blickwinkel man es auch betrachtet, es löst sich alles in Rauch auf. Ich habe in der heutigen Ausgabe der überregionalen Zeitung und im hiesigen Käseblättchen einen Aufruf an die Bevölkerung zur Mitarbeit veröffentlichen lassen. Mehr kann ich hier nicht tun, bis Smith die Befunde aus dem Labor bekommt. Meiner Meinung nach können sie nur bestätigen, daß die weiblichen Fingerabdrücke von Mary Stokes stammen; aber ich brauche vom Yard eine klare Antwort auf die Frage: ›Wie soll es jetzt weitergehen?‹

Der Fall ist ziemlich heikel. Scotland Yard hat sich nich mit der Moral der jungen Dame zu befassen, und wie soll ich ihre Aussage erschüttern, wenn sie nichts verbrochen hat? Schließlich gibt es nicht den Schimmer eines Beweises, daß sie in den Fall Louise Rogers verwickelt ist. Ich habe mir das alles gründlich durch den Kopf gehen lassen, und nun muß der Chef darüber entscheiden. Sie ist in panischer Angst aus dem Försterhaus gerannt; aber wir wissen nicht, was sie dort so erschreckt hat. Sie ist ein Mädchen, dem es Spaß machen könnte, einen Mann so lange zu reizen, bis er den Kopf verliert. Solche Fälle erleben wir jeden Tag. Sie flüchtet und rennt quer durch das Wäldchen ins Dorf. Und als sie dann erklären soll, warum, kann sie den Grund nicht nennen und erfindet ein Schauermärchen. Die einzige Verbindung zu der Vermißten ist dieser verdammte Ohrring; aber Sie wissen selbst, daß sich dafür eine einfache Lösung anbietet.

Wir wissen nicht, wo Louise Rogers sich am vergangenen Freitagabend aufgehalten hat. Es ist nicht unmöglich, daß Mary sie gesehen und sich den Ohrring eingeprägt hat. Eine Menge Leute kommen täglich mit dem Zug nach Lenton. Möglich, daß Mary ihr dort irgendwann begegnet ist. Und als sie sich rasch eine Geschichte ausdenken mußte, ist ihr der Ohrring wieder eingefallen. Denkbar wäre es, und deshalb werde ich das alles heute dem Chef vortragen und mir erst mal anhören, was er dazu meint. Was werden Sie heute unternehmen?«

Miss Silver erwiderte prompt:

»Ich werde ins Dorf gehen, Miss Grey besuchen und mir das Buch holen, das sie mir ausleihen wollte.«

KAPITEL 12

Es war schon spät, als Frank Abbott aus London zurückkam – später Samstagabend. Er hatte in Lenton noch eine Unterredung mit Inspektor Smith. Die Fingerabdrücke, die im Försterhaus sichergestellt worden waren, stammten, wie bereits vermutet, von Mary Stokes und einem bisher noch nicht identifizierten Mann.

Inspektor Smith war am Nachmittag noch mit dem Fahrrad zu Tomlins Farm gefahren, um ihre Vermutungen bestätigen zu lassen. Als er dort um zwei Uhr ankam, wurde ihm bedeutet, daß Mary nach Lenton gefahren sei, »um mit einer Freundin zu lunchen«, wie Mrs. Stokes erklärte. »Und anschließend gehen sie ins Kino . . . Nein, ich kann Ihnen wirklich nicht sagen, wann sie wieder nach Hause kommt, Inspektor. Wenn die Mädchen sich einen vergnügten Tag machen können, kosten sie den auch aus. Ich würde mir ja Sorgen machen, wenn es dunkel wird und sie immer noch nicht da ist – auf dieser Straße ist ja nachts kaum Verkehr; aber sie hat sich mit Joe Turnberry zum Tee verabredet, und er sagte zu mir, er würde schon auf sie aufpassen.

Kann ich vielleicht irgend etwas für Sie tun? . . . Was sie in der Hand gehabt hat? Tja, ich weiß nicht. Ach ja – die Kinozeitschrift, in der hat sie gestern abend gelesen, und außer ihr hat sie niemand angefaßt. Die können Sie gern haben, obwohl ich wirklich nicht weiß, was Sie damit anfangen wollen, wenn Sie keine Zeit haben, ins Kino zu gehen.«

Als Frank Abbott im Polizeirevier von Lenton eintraf, erwarteten ihn dort bereits die Beweise von Marys Fingerabdrücken. Auf der Kinozeitschrift waren sie massenweise gefunden worden, und sie stimmten mit denen im Försterhaus sichergestellten hundertprozentig überein.

»Da gibt es nur einen, der sich von den anderen

beiden unterscheidet.« Smith holte einen im Labor stark vergrößerten Abdruck hervor. »Sehen Sie? Der seitliche Abdruck von einer Hand – Kante, kleiner Finger und noch ein Stück vom Ringfinger der rechten Hand; leider viel zu undeutlich für kriminaltechnische Zwecke. Der Abdruck befand sich an der Täfelung im Flur des Försterhauses – fünf Fuß, vier Zoll über dem Boden, direkt über dem Fleck, den wir für Blut hielten. Und es handelt sich allerdings um Blut, das vermutlich von einem Jackenärmel auf das Holz übertragen wurde.«

Frank nickte.

»Schön. Heute abend können wir nichts mehr unternehmen. Scotland Yard will einen Mann verhören, der angeblich mit Louise Rogers befreundet war. Ein bißchen Licht von der Seite wäre nützlich.

Ich werde inzwischen Mary Stokes mit ihren Fingerabdrücken konfrontieren und ihr etwas gründlicher auf den Zahn fühlen. Vielleicht bringt uns das weiter. Und wir sollten die Lichtung vor dem Försterhaus mit der Lupe absuchen – jedes Blatt umdrehen. Eine Heidenarbeit, ich weiß. Aber wenn Louise dort ermordet wurde, müssen doch Spuren zu finden sein.«

Er fuhr im Dunklen nach Deeping weiter in dem Gefühl, daß er lieber die berühmte Stecknadel im Heuhaufen gesucht hätte als einen Ohrring im Galgenwäldchen.

Als sie dann alle nach dem Dinner im Wohnzimmer versammelt waren, rief Mark Harlow an. Cicely nahm das Gespräch entgegen und verkündete, daß er herüberkommen und den Abend mit den Abbotts verbringen wollte.

»Er sagt, er hat die Blues. Mrs. Green und Lizzie haben heute ihren freien Tag. Sie sind nach Lenton gefahren, um sich den Film in der Spätvorstellung im Rex anzuschauen. Der Arme hatte nur kalte Lammkeule zum Abendbrot, und Hammelfleisch stünde ihm bis dort.«

Cicely fuhr sich mit der Handkante übers Kinn. »Ich sagte ihm, bei uns bekäme er wenigstens einen warmen Kaffee.«

Mark Harlow, der keine fünf Minuten später eintraf, schien jedoch großartiger Laune zu sein. Er trank drei Tassen von Cicelys Kaffee, und dann setzte er sich ans Klavier und brannte ein Feuerwerk komischer Lieder ab, womit er Colonel Abbott aus dem Wohnzimmer trieb, der sich in die Bibliothek zurückzog, wo er sein Kreuzworträtsel in Ruhe zu Ende lösen konnte.

Cicely hing in ihrem ebereschenbeerenroten Hausmantel über dem Piano und redete angeregt mit dem Pianisten, worauf dieser eines seiner eigenen Lieder spielte und sie im Duett sangen. Sie hatten zwar keine große Stimme; aber es klang ungemein künstlerisch.

Monica saß mit hochrotem Gesicht über ihren Strickrahmen gebeugt und preßte die Lippen zusammen. Frank streckte faul und behaglich im Sessel neben ihr die Beine aus.

Miss Silver hatte an der anderen Seite des Kamins ihr Strickzeug weggelegt und sich in das im Selbstverlag herausgegebene Buch von Reverend August Grey vertieft. Die *Memoiren von Deeping und dessen Umgebung* waren prächtig in braunes Kalbsleder gebunden und leicht zu halten, jedoch, wie sie gestehen mußte, schwer verdaulich. Sie sah hin und wieder von ihrer Lektüre zu dem jungen Paar am Piano hinüber.

Mark Harlow war zierlicher gebaut als Grant Hathaway, und es fehlte ihm auch ungefähr ein Zoll von dessen Größe. Haar und Augen waren dunkler, obwohl man ihn nicht als einen ausgesprochen dunklen Typ bezeichnen konnte. Er hatte ein viel beweglicheres Gesicht als Grant, dünnere Brauen, einen schrägen Mund, wenn er lachte; ein ständig zwischen Ernst und Heiterkeit hin- und herwechselndes Mienenspiel. Er besaß zweifellos eine Menge Charme, und sein Spiel war clever – oh, ja, sehr clever –, wenn auch beklagenswert dürftig an Tonalität für ihren altmodischen Geschmack. Er fing ihren Blick auf und schien ihre Gedanken zu erraten; denn er lachte und spielte ein paar Takte später den Donauwalzer.

Miss Silver lächelte, und Cicely klatschte in die Hände.

»Komm und tanz mit mir, Frank!«

Er schüttelte den Kopf.

»Nicht mit vollem Magen.«

»Faulpelz!« rief sie verächtlich, hob ihren langen Rock an und tanzte für sich allein, so schwerelos wie eine Feder, so leicht wie ein Blatt, so anmutig wie eine Birke im Wind. Sie mochte ein kleines braunes Ding sein; aber sie hatte ebenfalls ihren Charme.

Ihre Mutter sah ihr einen Moment zu und senkte dann die Augen wieder auf ihren Stickrahmen hinunter. So hatte sie immer ausgesehen – so sollte sie immer aussehen. Aber nicht für Mark Harlow. Was geschah ihr da? Wohin ging sie? Warum konnte man seine Nachkommen nicht ihr ganzes Leben lang behüten und ihnen das Glück ihrer Kinderzeit erhalten? Ein schlaftrunkener Kopf auf deiner Schulter – Gott segne Mami und Papi und mach aus mir ein braves Mädchen. Die bunten Seidenfäden in ihrem Schoß verschwammen plötzlich in einem Nebel. Ein Spruch, den sie irgendwo gelesen hatte, kam ihr in den Sinn – so deutlich, als sähe sie ihn gedruckt vor sich:

Ich habe dich in meinem Schoß getragen,
du warst aus meinem Fleisch und Blut.
Ich habe dich gestillt, mich für dich geplagt
und dich geliebt.
Aber du bist mir entwachsen und von mir gegangen.
Mein kleines Mädchen ist für mich eine Fremde geworden
auf dem langen Weg zur erwachsenen Frau.

Noch ein paar Takte, und der Walzer war zu Ende. Monica sah erleichtert aus, als er vorüber war. Miss Silver blickte wieder in ihr Buch und nahm dankbar Abschied von einer langatmigen Geschichte, in der sich die mitternächtliche Geistererscheinung auf dem Friedhof von Deeping morgens als verirrtes Mutterschaf entpuppte. Reverend Augustus war ein unbarmherzig weitschweifiger Erzähler. Nachdem es ihm endlich gelungen war, zum Schluß zu kommen, fing er mit der Moral der Geschichte an. Erst gegen halb elf fand Miss Silver eine Stelle, die ihr erheblich geschwundenes Interesse an ihrer Lektüre wiederbelebte. Mr. Grey schrieb:

»Mein hochwohlgeborener Nachbar, Sir Humphrey Peel, hat mir gestattet, folgende denkwürdige Passage aus dem Tagebuch seines Großvaters dem aufmerksamen Leser zur Kenntnis zu bringen. In seinem Ehrenamt als Friedensrichter war Sir Roger Peel nicht nur ein hochgeschätzter, unbestechlicher Diener der Gerechtigkeit, sondern auch ein gütiger und großzügiger Freund der Armen. Diesen beiden Eigenschaften hatte er es wohl zu verdanken, daß sich eine Witwe aus dieser Pfarrgemeinde vertrauensvoll an ihn wandte – eine gewisse Thamaris Ball, deren Vorname jedoch offenbar auf Grund eines Hörfehlers im Tagebuch falsch wiedergegeben wurde; denn im Pfarregister ist sie als Damaris eingetragen . . .«

Dann verfolgte der Reverend ein halbes Kapitel lang den Werdegang der Balls durch das Kirchenregister: Eheschließungen, Geburten, Taufen und Beerdigungen – eine sehr langweilige Art, die Geschichte einer Familie darzustellen.

Nachdem Miss Silver sich da hindurchgewühlt hatte, nahm sie erleichtert zur Kenntnis, daß Sir Roger Peel mit seinem Tagebuch wieder zu Wort kam.

Soeben war sie am Ende der Seite auf das Försterhaus

gestoßen und las gerade mit großer Aufmerksamkeit den Satz, dessen Anfang lautete:

»Diese obengenannte Thamaris Ball erschien heute vor mir und bezeugte mit ihrem Eid . . .«, als sich die Wohnzimmertür öffnete, und das Zimmermädchen, noch in ihren Straßenkleidern, zwei Schritte in den Raum hineinmachte. Sie hatte ein hochrotes Gesicht und wirkte sehr nervös.

Monica Abbott blickte erstaunt hoch.

»Was ist denn, Ruth?«

Die Worte sprudelten nur so aus ihr heraus.

»Es ist Mr. Stokes – und ob er Mr. Frank eine Minute sprechen könne? Es ginge um seine Nichte – sie wissen nicht, wo sie abgeblieben ist. Er hat Joe Turnberry mitgebracht. Die beiden auf der Straße angehalten. Oh, Mrs. Abbott!«

Frank war schon aus seinem Sessel heraus, ehe sie den ersten Satz beendet hatte. Als er die Tür hinter sich zumachte, hörte er Monica sagen: »Reißen Sie sich zusammen, Ruth!«

Josiah Stokes wartete draußen in der Halle, eine kantige, robuste Erscheinung in einem alten Regenmantel, und hinter ihm Joe Turnberry in seiner Freizeitkleidung, sein breites, ehrliches Gesicht voller Kummerfalten. Frank führte die beiden ins Eßzimmer und machte die Tür hinter sich zu.

»Was ist passiert, Mr. Stokes?«

»Also, Mr. Frank, wir können noch nicht sagen, ob etwas passiert ist, und vielleicht stehle ich Ihnen und mir nur die Zeit. Und wenn diese Vorfälle nicht wären, denen Sie, wie man sich im Dorf erzählt, von Amts wegen auf den Grund gehen sollen, würde ich Sie bestimmt nicht belästigt haben. Meine Frau bestand darauf.«

»Könnten Sie mit Ihrer Geschichte vielleicht am Anfang beginnen, Mr. Stokes?«

Josiah fuhr sich mit der Hand durch das Haar, das in

seiner Jugend einmal so gelb gewesen war wie reifes Korn. Er hatte immer noch die dickste Mähne der Pfarrgemeinde, die aber nun mit ihren grauen Fäden im Licht der Hängelampe wie gehechelter Flachs aussah. Er sagte schlicht und sichtlich erschüttert:

»Ich bin außer mir. Sie ist nach Lenton gefahren und nicht mehr zurückgekommen.«

Franks Blick wanderte zum Kamin. Die Zeiger der Standuhr im schwarzen Marmorgehäuse standen auf zwanzig vor elf.

»So spät ist es doch noch gar nicht, Mr. Stokes.«

»Das ist es nicht und ist es doch. Ich habe mit dem verkehrten Fuß angefangen. Mary fuhr nach Lenton und besuchte eine Freundin, mit der sie zum Lunch verabredet war. Dann hat sie sich mit Joe getroffen, und sie gingen zusammen ins Kino. Sie nahmen in Lenton den Siebenuhrdreißig-Bus, der um zehn Minuten vor acht in Deeping ist, und Joe, der hat sie dann zur Farm zurückgebracht.«

»Dann ist sie doch . . .«

»Moment noch, Mr. Frank. Joe, sag ihm, wie lange du dafür gebraucht hast.«

Joe Turnberry errötete.

»Zwanzig Minuten, höchsten fünfundzwanzig.«

»Nun los, Junge, mach den Schnabel auf! Wofür habe ich dich denn mitgenommen? Bist doch vorhin nicht so mundfaul gewesen. Sag Mr. Frank, was du mir erzählt hast!«

Joe wurde so rot wie eine Tomate.

»Ich hab' sie zur Farm zurückgebracht, wie Mr. Stokes eben sagte, und dort hat sie mir eine gute Nacht gewünscht, ist ins Haus gegangen und hat die Tür zugemacht. Und ich bin dann heimgegangen zu Mrs. Gossett. Ich bin ihr Untermieter.«

»Das stimmt«, sagte Josiah Stokes. »Wir haben die Haustür gehen hören, Mutter und ich. Das muß so um zwanzig nach acht herum gewesen sein, weil unsere Küchenuhr meistens fünf Minuten vorgeht. Meine Frau ruft: ›Mary, bist du's?‹; bekommt aber keine Antwort. Und der Hund steht auf und geht zur Tür, bellt aber nicht. Er bellt sofort, wenn's ein Fremder ist; aber nicht bei Mary und bei Joe hier auch nicht. Meine Frau sagt: ›Sie wird gleich ihre Tasse Tee haben wollen‹; aber sie kam nicht in die Küche.

Meine Frau wartet ungefähr eine Viertelstunde, ehe sie aufsteht und die Treppe hinaufruft. Sie bekommt wieder keine Antwort, gibt noch ein paar Minuten zu und geht dann die Treppe hinauf, um nachzusehen, wo das Mädchen bleibt. Doch Mary ist nicht in ihrem Zimmer. Meine Frau kommt ganz aufgeregt in die Küche zurück, und wir suchen das ganze Haus ab. Keine Mary. Ich hole eine Laterne, laufe ums Haus und rufe nach ihr; aber da ist niemand. Da dachten wir, wir hätten uns wohl getäuscht. Wir haben zwar etwas zufallen hören; aber das konnte nicht die Haustür gewesen sein. Ein Fensterladen vielleicht oder die Speichertür – in solchen alten Häusern ist es recht zugig.

Ich sage zu meiner Frau, das Mädchen wird mit dem nächsten Bus kommen. Also – der nächste Bus kam um zehn Minuten vor neun. Um halb zehn bin ich dann ins Dorf zu Mrs. Gossett gegangen, und dort sitzt Joe Turnberry in der Küche und hört Radio. Er erzählt mir, daß er Mary um Viertel nach acht nach Hause gebracht hätte, und ich sage mir: ›Sie ist noch mal aus dem Haus geschlüpft, das wird's sein, und wahrscheinlich liegt sie schon im Bett, wenn ich zurückkomme.‹ Joe begleitet mich zur Farm zurück; aber Mary ist nicht da. Wir warten noch ein bißchen, und dann sagt meine Frau: ›Du gehst jetzt mit Joe hinunter nach Abbottsleigh und erzählst alles Mr. Frank. Mir ist das nicht geheuer‹, sagt sie, ›und ich will mir nicht das Gewissen damit belasten, daß wir nicht alles getan haben, was wir tun konnten.‹

Also machen wir uns wieder auf den Weg und treffen draußen die Mädchen, die eben mit dem Bus aus Lenton gekommen sind.«

Frank sagte rasch:

»Haben Sie Telefon auf der Farm?«

»Ja. Das haben wir uns gleich nach dem Krieg einrichten lassen.«

»Dann sollten wir jetzt Mrs. Stokes anrufen und sie fragen, ob ihre Nichte inzwischen nach Hause gekommen ist. Dort drüben steht der Apparat.«

Maggie Bell hörte das Klingeln, das Mrs. Stokes in der Küche aufscheuchte, wo sie bei offener Tür gewartet hatte, den Hund neben sich. Bei einem Gemeinschaftsanschluß weiß jeder Teilnehmer sofort, wann es bei einem anderen Teilnehmer klingelt. Was Maggi tagsüber auf ihrem Sofa trieb, setzte sie nachts in ihrem Bett fort. Sie schlief schlecht, ließ meistens das Licht bis Mitternacht brennen und bisweilen sogar länger, obwohl nach elf Uhr abends selten telefoniert wurde. Sie brauchte nur die Hand auszustrecken, den Hörer abzunehmen und wußte, daß es Mr. Stokes war. Sie erkannte ihn an der Stimme:

»Bist du es, Mutter? Ist Mary zu Hause?«

Mrs. Stokes mußte zum Telefon gerannt sein. Sie atmete heftig.

»Oh, nein, noch nicht. Was kann sie nur aufgehalten haben?«

»Das weiß ich nicht«, sagte Mr. Stokes und hängte ein.

Maggie hörte das Klicken in der Leitung und legte den Hörer auf die Gabel zurück. Daraus ließ sich kaum etwas machen, nicht einmal eine Skandalgeschichte. Viertel vor elf war dafür noch zu früh. Im Rex lief ein erstklassiger Film – so viele Leute aus dem Dorf wollten ihn sehen. Alle Dienstmädchen der Umgebung hatten am Samstag nachmittags frei, weil um halb zwölf noch ein Bus aus Lenton kam, der nur am Samstag verkehrte. Denn was nützt ein halber freier Tag, wenn man schon vor neun Uhr wieder mit dem Bus heimfahren muß?

Maggie wunderte sich, warum die Stokes Marys wegen so einen Aufstand machten. Wenn es ein Mädchen in Deeping gab, das auf den letzten Bus abonniert war, dann Mary Stokes. Die kam nicht mit fliegenden Fahnen nach Hause, wenn sie mit einem jungen Mann ausging. Maggie fand das ganz in Ordnung. Die Stokes waren Schwarzseher. Und so altmodisch, als wären sie gerade der Arche Noah entstiegen.

Das kam daher, daß keine jungen Leute mehr auf dem Hof waren. Ein Jammer, daß sie zwei Söhne im Krieg verloren hatten. Und der eine, der ihnen noch geblieben war, wollte von der Farm nichts wissen. Der hatte Flugzeugmechaniker gelernt. War schon als Kind ganz verrückt nach Flugzeugbastelbogen gewesen. Ein tüchtiger, gutaussehender Bursche, der ein bißchen Leben in die Bude gebracht hätte, wenn er bei seinen Eltern geblieben wäre.

An dieser eingebildeten Mary hatten sie nicht viel Freude. Lohnte sich nicht, ihretwegen so einen Zirkus zu machen – die kam von ganz allein wieder nach Hause.

Aber als Mary Stokes wieder nach Hause kam, wurde sie von zwei Männern mit den Füßen voran durch die Tür getragen.

KAPITEL 13

Sie fanden sie am anderen Morgen mit gebrochenem Genick unter einem Heuhaufen im Stall.

Maggie Bell kam an diesem Vormittag voll auf ihre Kosten. Das Telefon klingelte unentwegt. Als erstes belauschte sie ein Gespräch von Inspektor Smith mit dem

Polizeichef von Lenton – sehr kurz und grimmig, und was ein Wunder! Maggi wurde es kalt bis in die Fingerspitzen, als sie die ersten beiden Sätze hörte. Der nächste Anruf war Mr. Frank Abbott, der sich mit Scotland Yard in London verbinden ließ und Chefinspektor Lamb sprechen wollte. Aber er konnte ihn nicht erreichen – er sollte warten, bis dieser zurückrief, was etwas länger dauern könnte, da heute schließlich Sonntag sei.

Maggie legte fast zwei Stunden lang den Hörer nicht mehr aus der Hand, und endlich meldete sich der Chefinspektor aus London, der mit Tomlins Farm verbunden wurde, wo Mr. Frank sich am Apparat meldete. In London mochten sie ihn zwar alle Sergeant Abbott nennen; aber hier in Deeping war und blieb er Mr. Frank. Sie lauschte gebannt den beiden Männerstimmen.

»Hier Abbott, Sir. Ich dachte mir, daß Sie sofort informiert werden wollten – das Mädchen ist ermordet worden.«

Es folgte ein Grunzen am anderen Ende der Leitung.

»Das Mädchen, das diese Geschichte erzählt hat?«

»Jawohl, Sir.«

»Wollte man ihm den Mund stopfen?«

»Möglich – könnte aber auch nur zufällig die gleiche Person sein.«

»So was gibt's – manchmal. Eine komische Geschichte. Ich glaube, ich werde selbst hinkommen. Sie können mich nachmittags vom Zug in Lenton abholen. Ich rufe Sie wieder an, wenn wir das Kursbuch studiert haben.«

Draußen auf Tomlins Farm lief die Routine ab, die jedes Mordopfer erwartet. Der Arzt, der Fotograf, die Männer von der Spurensicherung kamen und gingen. Die Ambulanz kam zuletzt. Hatte Mary das Leben auf Tomlins Farm schrecklich langweilig gefunden, bewirkte ihr Tod nun das genaue Gegenteil.

In der Küche kochte Mrs. Stokes mit rotgeweinten

Augen für alle Tee und schnitt große Stücke von ihrem selbstgebackenen Kuchen ab. Keine Schlacht, kein Mord, kein unerwarteter Todesfall konnten das eherne Band der Gastfreundschaft zerreißen. Josiah kam und ging mit grimmigem Gesicht wieder zur Tür, um die amtlichen Gäste zu empfangen und ihnen den Weg zum Stall zu weisen. Jedesmal, wenn sie mit ihm allein war, vergoß sie neue Tränen und wiederholte den gleichen Satz:

»Das hätte ich Joe Turnberry niemals zugetraut.«

Josiahs Antwort blieb sich ebenfalls immer gleich. Er fuhr sich mit seinen stumpfen Fingern energisch durch das Haar und sagte mit grollender Stimme:

»Wer sagt denn, daß es Joe war?«

»Sieht aber ganz danach aus. Der Hund hat nicht mal gemuckst! Hätte er nicht gebellt, wenn es ein Fremder gewesen wäre?«

Josiah zog an seinen Haaren.

»Muß ja nicht ein Fremder gewesen sein, Mutter. Muß deshalb nicht Joe gewesen sein.«

»Seine Mutter und ich sind in die gleiche Klasse gegangen«, sagte Mrs. Stokes schluchzend und setzte wieder einen Kessel mit Teewasser auf.

Bis zum Abend hatte sich jeder in Deeping eine feste Meinung vom Tathergang gebildet. Weitaus mehr als die Hälfte der Nachbarn war geneigt, zu glauben, daß Mary Stokes zu weit gegangen und Joe Turnberry der Geduldsfaden gerissen war. Mrs. Mayhew, die matronenhafte Köchin von Abbottsleigh, hielt deshalb Ruth und deren Schwester Gwen folgenden Vortrag:

»Wenn ich sehe, wie ihr Mädchen euch aufführt, kann ich mich nur wundern, daß nicht noch mehr von euch umgebracht werden. Ein junger Mann läßt sich so viel gefallen, wie er ertragen kann, und dann ist Schluß. Das habe ich auch meiner Emmy gesagt, als Charlie ihr nachgestiegen ist. ›Überleg dir genau, was du tust‹, sagte ich zu ihr. ›Nimm ihn dir, wenn du ihn haben willst, und schick ihn weg, wenn du ihn nicht haben willst. Aber du machst ihn ja nur an‹, sagte ich, ›und dann passieren solche Sachen. Und sage mir hinterher ja nicht, ich hätte dich nicht gewarnt.‹«

Ruth blickte erschrocken auf den Boden; aber Gwen trat von einem Fuß auf den anderen und kicherte. Sie hatte einen jungen Mann in Lenton, den sie auch ein bißchen zappeln ließ – natürlich nicht so lange, bis er sie umbrachte. Das verstand sich ja von selbst.

Frank Abbott nahm inzwischen im Bahnhof von Lenton seinen Chef in Empfang, der mit dem Sechsuhrfünfundvierzig-Zug aus London gekommen war.

Miss Silver blätterte die letzte Seite ihrer schwerverdaulichen Lektüre um und legte sie aufatmend zur Seite.

Cicely spielte bei der Abendandacht die Orgel.

Grant Hathaway schloß sich nach dem Gottesdienst seinen Schwiegereltern an und verließ, zur Erbauung der Gemeinde, mit ihnen gemeinsam die Kirche. Es ist fraglich, ob sich diese Geste für ihn lohnte. Er plauschte mit den Abbotts, und sie mit ihm; doch Cicely machte nicht ein einziges Mal den Mund auf. Sie war wütend auf ihn und noch wütender über sich selbst, weil sie nicht den Mut fand, im Dunkeln allein nach Hause zu gehen, was Grant ausnützte, um den Leuten eine Familienidylle vorzugaukeln. Wenn er glaubte, bei ihr damit etwas zu erreichen, irrte er sich gewaltig. Sie sagte ihm nicht einmal gute Nacht.

Der Sonntag ging zu Ende, und der Montag dämmerte herauf. Neun Tage war es nun her, seit Mary Stokes schreiend aus dem Galgenwäldchen ins Dorf gelaufen war. In neun Tagen kann eine Menge passieren.

KAPITEL 14

Chefinspektor Lamb saß an dem runden Sockeltisch im Wohnzimmer von Tomlins Farm. Die beiden Fotoalben und die Familienbibel waren samt Schonerdeckchen entfernt worden, so daß er die ganze hochglanzpolierte Nußbaumplatte für sich alleine hatte, auf der sich nun ein Tintenfaß, ein Tintenlöscher und eine Aktentasche voller Papiere breitmachten.

Frank Abbott, der mit gezücktem Bleistift, sein Notizbuch aufgeschlagen vor sich, an einem Nebentisch Platz genommen hatte, war beeindruckt, wie perfekt sein Chef in dieses Ambiente paßte. Mit seiner massigen Gestalt im dicken dunklen Wintermantel, seiner blühenden Gesichtsfarbe und dem kräftigen gekräuselten, schwarzen Haar, das sich nur an den Schläfen und im Scheitel ein wenig lichtete, hätte man ihn leicht mit einem Bauern in Sonntagskleidern verwechseln können. Die Eltern von Mrs. Stokes, die in Gestalt fotografischer Vergrößerungen gerahmt zu beiden Seiten des Kamins hingen, hätten ihn mühelos als einen ihrer Verwandten anerkennen können. Die großen Füße fest auf den alten geblümten Teppich gepflanzt, die breiten, spatelförmigen Hände über dem Bauch gefaltet, einen listigen Blick in den Augen, hätte er auf jedem Wochenmarkt in England eine gute Figur gemacht. Was ihn keineswegs verwunderte, da er ja auf einem Bauernhof aufgewachsen war und sein ABC in der Dorfschule erlernt hatte. Wenn er sprach, merkte man ihm das noch deutlich an.

»Also dieser junge Dachs«, sagte er, »dieser Joe Turnberry, bietet sich als Täter doch förmlich an. Nur seht ihr Collegeboys ja meistens den Wald vor lauter Bäumen nicht. Ihr seid zu gebildet, um euch mit einem einfachen Tatbestand abfinden zu können. Ihr müßt so lange wühlen und schnüffeln, bis er kompliziert wird. So kompliziert wie diese französischen Wörter, vor denen ich Sie gewarnt habe. Schlichtes Englisch ist euch nicht gut genug – nein, das könnte ja jeder verstehen!« Mit einem schnaubenden Ton der Entrüstung setzte er hinzu: »Wie diese Speisekarte gestern abend im Hotel – von den französischen Ausdrücken ist der Fraß auch nicht besser geworden.«

Frank lachte.

»Ich kann Ihnen versichern, Sir, daß ein Franzose sich genauso darüber aufgeregt hätte wie Sie.«

»Wenn ich sehe, daß das Abendessen in einem Hotel auf dem Land aus einem Haufen Fremdwörter besteht, weiß ich sofort, was ich davon zu halten habe«, brummelte Lamb. »Das ist nur eine Tarnung, ein Köder für Narren, die sich davon blenden lassen. Aber kommen wir auf unseren Fall zurück. Joe Turnberry scheint der Tat dringend verdächtig zu sein. Also herein mit ihm!«

Joe Turnberry schob sich mit bebenden Händen und teigigem Gesicht durch die Tür und ging zögernden Schrittes auf den runden Sockeltisch zu. Als er vor der furchtgebietenden Gestalt des Londoner Polizeichefs angelangt war, machte er einen Versuch, die Schultern zu straffen. Lamb ließ ihn eine Weile so stehen, ehe er von seinem Papier auf der Löschunterlage hochsah.

»Sie sind Joseph Turnberry?«

»Jawohl, Sir.« Die Worte schlugen hart aneinander.

»Hm – Polizeidienst – hm – guter Leumund – hm – Alter . . . Sie stammen von hier?«

»Jawohl, Sir.«

»Haben Sie während des Krieges gedient?«

»Ja, Sir.«

»Wie lange?«

»Zwei Jahre.«

»Meldeten sich mit achtzehn freiwillig – ich verstehe. Also dann – Sie kannten dieses Mädchen Mary Stokes?«

»Jawohl, Sir.«

»Haben Sie sie gut gekannt?«

»Nein, Sir.«

»*Sie* sagen nein – andere Leute ja.«

Joe Turnberry schluckte heftig.

»Das ist nicht wahr, Sir. Sie wollte mich nicht.«

»Ah – Sie meinen, Sie wollten mit ihr gehen, aber sie nicht mit Ihnen? Aber Sie hatten sich doch gestern nachmittag mit ihr verabredet. Los – erzählen Sie mal, wie das gestern gewesen ist. Da, nehmen Sie sich lieber einen Stuhl.«

Joe setzte sich, sein breites ländliches Kreuz auf der Kante eines harten Stuhls balancierend, während ihm die großen roten Hände hilflos zwischen den Knien herabhingen. Er schluckte wieder verunsichert und stieß hervor:

»Sie sagte mir, daß sie nach Lenton fahren und dort eine Freundin besuchen wollte. Ich sagte zu ihr: ›Ich finde es nicht vernünftig, daß du allein im Dunkeln nach Hause gehst.‹ Da sagte sie, also gut, wir könnten ja zusammen Tee trinken und ins Kino gehen. Und danach könnte ich sie nach Hause bringen. Was ich tat.«

»Wie gut haben Sie sich mit ihr verstanden?«

»Verstanden?«

»Verstanden, ja! Haben Sie sich mit ihr gestritten?«

Das Blut schoß in das talgig blasse Gesicht, stieg bis zum Haaransatz hinauf und verebbte wieder.

Lamb sagte: »Haben Sie sich nun gezankt oder nicht?«

Joe Turnberry sagte bedrückt:

»Nein, Sir.«

»Nun hören Sie mal gut zu, mein Junge. Mit Lügen kommen Sie bei mir nicht weit. Also bleiben Sie lieber bei der Wahrheit. Sie haben sich also mit Mary Stokes und deren Freundin Lily Ammon getroffen und mit ihnen Tee getrunken.«

Der Chefinspektor nahm ein Papier vom Tisch. »Ich lese Ihnen mal vor, was Lily Ammon dazu zu sagen hat:

›Mary erzählte mir, daß wir uns mit Joe Turnberry zum Tee treffen würden. Er stellte sich zu der verabredeten Zeit auch ein. Sie erzählte mir, daß er mit ihr gehen wollte, sie aber nicht mit ihm. Unwahrscheinlich, sagte sie. Aber er wäre schrecklich eifersüchtig, setzte sie hinzu. Als wir zusammen Tee tranken, hat er sich dann mit Mary angelegt – weil sie sich mit einem anderen Mann träfe. Ich kann nicht genau sagen, worum es im einzelnen ging, denn ich entdeckte am anderen Ende des Lokals ein Mädchen, das mir ein Strickmuster für einen Pullover versprochen hatte, und ging zu ihr, um sie daran zu erinnern. Als ich an unseren Tisch zurückkam, lagen sie sich heftig in den Haaren – wegen irgendwelcher Fingerabdrücke und einem Mann, mit dem sie sich regelmäßig getroffen haben soll. Er wollte unbedingt den Namen dieses Mannes wissen, und sie sagte, es ginge ihn einen feuchten Staub an, mit wem sie sich träfe. Da sagte ich, ich hätte noch eine Verabredung mit Ernie – so heißt mein Freund – und ließ die beiden allein.‹

Wollen Sie immer noch behaupten, Sie hätten sich nicht mit Mary Stokes gestritten?«

Joe Turnberrys Adamsapfel bewegte sich krampfhaft. Das Schlucken wurde zu einem Schluchzen:

»Ich habe sie nicht angefaßt, Sir – ich schwöre es!«

Die Augen des Chefinspektors, die Frank Abbott einmal respektlos mit jenen harten Pfefferminzplätzchen verglichen haben soll, die einem so gern im Hals stecken bleiben, starrten den Verdächtigen unverwandt an. Aus leicht hervorquellenden braunen Augen fixierte er Joe Turnberry mit einem stechenden Blick.

»Ich habe Sie gefragt, ob Sie sich mit ihr gestritten haben.«

Joe Turnberry begegnete mit furchtsamen Augen dem starren Blick.

»Nur mit Worten . . .«

»Haben Sie dem nichts mehr hinzuzufügen?«

»Sie sagte, ihre Freundschaften gingen mich nichts an. Und was ich mir einbildete, mich in ihre Angelegenheiten einzumischen . . .« Er schluckte.

»Und dann?«

»Ich sagte, es täte mir leid. Und sie sagte: ›Schön‹. Und dann gingen wir ins Rex.«

»Hm. Haben Sie sich später noch einmal mit ihr gestritten?«

»Nein, Sir.«

»Schön, Sie kamen dann mit ihr mit dem Bus nach Deeping, der um zehn vor acht hier eintraf. Zeugen, die mit Ihnen im Bus saßen, haben ausgesagt, sie hätten die ganze Fahrt über kein Wort mit Mary Stokes gesprochen.«

»Es gab nichts mehr zu sagen, Sir.«

»Und dann sind Sie mit ihr durch das Dorf gegangen und in den Pfad eingebogen, der durch das Galgenwäldchen führt.«

»Jawohl, Sir.«

»Immer noch stumm?«

»Es gab doch nichts mehr zu sagen.«

»Kam es zu Zärtlichkeiten?«

»Nein, Sir.«

»Nicht mal einen Gute-Nacht-Kuß?«

Ein Muskel zuckte im Gesicht des Jungen.

»Nein, Sir.«

»Schön. Was geschah, als sie bei der Farm anlangten?«

»Nichts, Sir. Sie sagte ›Gute Nacht, Joe‹, und ich sagte ›Gute Nacht, Mary‹, und dann ging sie ins Haus und machte die Tür zu. Und ich ging heim.«

»Haben Sie jemand gesehen oder etwas gehört, daß auf die Gegenwart einer dritten Person hindeutete? Oder ist Ihnen unterwegs jemand begegnet?«

»Nein, Sir.«

Lamb hatte sich in seinen Stuhl zurückgelehnt, die

schweren, spatelförmigen Hände auf den Knien. Nun legte er beide Hände auf den Tisch und beugte sich vor.

»Sie haben im Heer gedient. Dort haben Sie doch den Trick gelernt, wie man einem Menschen das Genick bricht, nicht wahr? Haben gelernt, wie man das rasch und lautlos macht, stimmt's?«

»Sir . . .«

»Das haben Sie doch bei der Armee gelernt – oder nicht? Ein Kinderspiel für Sie, sobald sie Ihnen den Rücken zudrehte, um ins Haus zu gehen.«

Joe starrte ihn an.

»Warum sollte ich das tun? Ich verehrte sie doch.« Die Worte kamen diesmal langsam, mit Pausen dazwischen. »Ich schwöre bei Gott, daß ich sie nicht angefaßt habe, Sir!«

Lamb ließ ihn gehen. Als sich die Tür hinter Joe schloß, sagte er:

»Es könnte so gewesen sein; aber er hat keine Beweise. Doch eine Anklage gegen ihn stünde auf schwachen Füßen, wenn wir keine neuen Anhaltspunkte finden. Macht einen friedfertigen Eindruck; aber stille Wasser sind tief. Vielleicht hat sie ihn so lange gequält, bis er sich vergaß. War sie Ihrer Meinung nach so ein Typ?«

»Nun, ja . . .« antwortete Frank Abbott zögerlich.

Er fing den strengen Blick seines Chefs auf.

»Ist Ihnen wohl wieder zu einfach – wie? Brauchen wohl erst einen psychologischen Gutachter!«

»Nein, Sir – aber sehen Sie mal . . .«

»Was soll ich sehen?«

Frank Abbott fuhr sich mit der Hand über das tadellos gekämmte Haar.

»Also, Sir, wenn er sie umgebracht hat, warum machte er dann die Haustüre auf und wieder zu? Wenn man ein Mädchen umbringt, lockt man doch keine Tatzeugen an, indem man die Haustüre zuschmeißt.«

»Wer sagt, daß er sie zugeschmissen hat?«

»Muß er doch wohl, wenn es die Stokes sogar in ihrer Küche gehört haben.«

Lamb grunzte.

»Nehmen wir an, das Mädchen hatte bereits die Tür geöffnet und wollte gerade ins Haus schlüpfen – dann wird er doch die Tür wieder zugemacht haben, aus Angst, es könnte jemand vor die Tür schauen, ehe er die Leiche versteckt hatte.«

Frank schob eine Braue in die Höhe.

»Deswegen brauchte er sie doch nicht gleich zuzuwerfen. Aber das Mädchen hatte einen Grund.«

»So?«

»Vielleicht hatte sie das Schmollen von Joe satt. Er ist ja nun wirklich keine Unterhaltungskanone. Aber ist Ihnen nicht der Gedanke gekommen, daß sie vielleicht noch mit jemandem verabredet war und sie die Tür zuknallte, um dem Betreffenden ein Signal zu geben? Vielleicht wollte sie sich damit auch schützen. Ich glaube nicht, daß wir den Fall Louise Rogers ganz außer acht lassen können. Wenn Mary Stokes sich nicht alles aus den Fingern gesogen hat, was sie mir damals erzählte, dann gab es jemand in der Nachbarschaft, der Interesse daran hatte, ihr den Mund zu stopfen.

Außerdem gibt es da erwiesenermaßen noch jemand, mit dem sie sich im Försterhaus getroffen hat. Joe Turnberry war es nicht – wir haben heute morgen als erstes seine Fingerabdrücke überprüft. Mir scheint, wir müssen erst mal den Burschen finden, mit dem sie im Försterhaus zusammen war, sonst kommen wir in dieser Mordsache nicht weiter. Da kämen für mich zunächst drei Leute in die engere Wahl – Grant Hathaway, Mark Harlow und Albert Caddle –, von denen ich mir Fingerabdrücke und eine Erklärung besorgen würde, wo sie sich gestern abend aufgehalten haben. Mark Harlow kam nach dem Dinner zu uns nach Abbottsleigh – so gegen zwanzig vor neun. Aber das kann man kaum als Alibi bezeichnen, und von den anderen beiden wissen wir gar nichts.«

Lamb spitzte die Lippen zu einem lautlosen Pfeifen.

KAPITEL 15

Etwas später an diesem Morgen wurde Maggie Bell durch ein kurzes Gespräch zwischen dieser Miss Silver und Mr. Frank arg auf die Folter gespannt. Zuerst kam das Signal, daß jemand mit Tomlins Farm verbunden werden wollte, und dann die Stimme eines Polizisten, der »hallo!« sagte. Das mußte ein Beamter aus Lenton sein, denn Joe Turnberry hätte sich nie so am Telefon gemeldet. Vermutlich hatte man Joe inzwischen bereits verhaftet. Maggie bibberte vor Erwartung, als sie ein leises Hüsteln und dann eine Frauenstimme hörte, die nach Sergeant Abbott verlangte.

»Miss Silver am Apparat. Würden Sie ihn liebenswürdigerweise ans Telefon holen? Ich habe ihm etwas Wichtiges mitzuteilen.«

Aber als sich dann Mr. Frank in der Leitung meldete, wurde Maggie arg enttäuscht: Miss Silver wollte sich nur so rasch wie möglich mit ihm treffen.

»Worum geht es?«

»Mein lieber Frank – ich glaube, das sage ich Ihnen erst, wenn Sie mir gegenübersitzen.«

Maggie knirschte mit den Zähnen. Diese alte Jungfer machte sich furchtbar wichtig! Steckte ihre Nase doch in jeden Quark! Man hörte es Mr. Franks Stimme an, daß ihm das auch nicht paßte.

»Nun, ich weiß nicht . . .«

Mein Gott – jetzt hustete sie wieder so blöd.

»Mrs. Abbott hat mich gebeten, Ihnen zu sagen, daß

Sie hoffentlich auch den Chefinspektor zum Lunch hierherbringen.«

Mr. Franks Stimme blieb skeptisch.

»Nun, ich weiß nicht. Haben Sie einen Trumpf im Ärmel?«

»Möglich.«

Eine komische Art, sich am Telefon zu unterhalten, dachte Maggie. Sie wartete, während Frank Abbott den Hörer ablegte und seinen Chef fragen ging. Sie mußte ziemlich lange warten.

Lambs Reaktion auf die Nachricht, daß Miss Silver sich in Abbottsleigh befand, war gemischt. Zunächst wollte er wissen, was sie dort machte, und man merkte ihm an, daß er seiner Frage gern ein ›Teufel noch mal!‹ angehängt hätte. Doch Flüche waren ihm abhold, und er beruhigte sich rasch, als Frank Abbott ihm versicherte, es handelte sich um einen rein privaten Besuch.

»Meine Tante hat eine sehr gute Köchin, Sir. Sie speisen dort erheblich besser als im Hotel.«

Lamb brummelte:

»Nun, gegen einen Lunch hätte ich nichts einzuwenden. Käme darauf an, ob wir mit unseren Ermittlungen vorankommen. Miss Silver will mit Ihnen sprechen, sagten Sie?«

»Nun – ich hatte den Eindruck, es könnte wichtig sein.«

Maggie war außerordentlich ungeduldig, als er sich wieder am Telefon meldete: »Schön. Ich komme.« Wahrhaftig! Dafür hatte sich das Warten nicht gelohnt.

Miss Silver blickte von ihren Stricknadeln auf, als er ins Morgenzimmer kam. Nach einer kurzen Begrüßung sagte sie ernst:

»Ich hoffe, Sie trauen mir doch nicht zu, daß ich Ihnen ohne triftigen Grund Ihre kostbare Zeit stehle. Es wäre indiskret von mir gewesen, Ihnen mein Anliegen telefonisch mitzuteilen. Wie ich hörte, gibt es eine junge Dame im Dorf, die solche Gespräche regelmäßig belauscht. Da sie ein Krüppel ist, kann sie sich ganz auf ihr Hobby konzentrieren, zumal sie sich nach den Ereignissen der letzten Tage besonders viel davon verspricht. Und so konnte ich nur hoffen, daß der Chefinspektor Sie eine Weile entbehren kann – es geht ihm doch hoffentlich gut?«

Frank lachte.

»Was für eine Frage! Männer seines Schlages bekommen nicht mal einen Schnupfen. Hier bin ich also. Was wollten Sie mir nun Wichtiges mitteilen?«

Sie legte das angefangene Babystrickjäckchen in den Schoß und reichte ihm ein in Leder gebundenes kleines aufgeschlagenes Buch.

»Was ist das?«

Sie nahm ihr Strickzeug wieder hoch.

»Das Buch, das mir Miss Grey freundlicherweise geliehen hat – von ihrem Vater, Reverend Augustus Grey, verfaßt, dem ehemaligen Pfarrer dieser Gemeinde. Er hat es, als er noch Kaplan war und sich intensiv mit dem Aberglauben seiner Pfarrkinder auseinandersetzte, im Selbstverlag herausgebracht. Wenn Sie auf der linken Seite oben zu lesen beginnen, werden Sie bald auf etwas stoßen, das Ihnen einigen Stoff zum Nachdenken liefern sollte. Wenn es Ihnen nichts ausmacht, lesen Sie den Text doch bitte laut vor.«

Er zog einen Sessel heran, ließ sich etwas von ihr entfernt darin nieder und wollte zu lesen beginnen.

Ein leises Hüsteln unterbrach ihn.

»Ich mochte Sie nicht mit der Vorgeschichte langweilen. Aber der Text, den Sie gerade verlesen wollen, stammt aus dem Tagebuch eines gewissen Sir Roger Peel, der als Großgrundbesitzer und Friedensrichter in Deeping lebte, als Ihr Edward Brand sich im Galgenwäldchen erhängte. Mr. Grey bekam von einem seiner Nachfahren, einem gewissen Sir Humphrey Peel, die Erlaubnis, dieses Kapitel aus dem Tagebuch zu übernehmen. Eine Witwe namens Thamaris Ball, die wahrscheinlich Damaris Ball geheißen hat, wie der Verfasser vermutet, hatte sich vertraulich an den Friedensrichter gewandt. Wenn Sie jetzt bitte lesen möchten . . .«

Frank blickte auf das an den Rändern vergilbte Papier und las:

»Diese besagte Thamaris Ball erschien vor mir und nahm auf ihren Eid, daß ihre Tochter sich in das Wäldchen auf dem Anger begeben habe, um daselbst Blaubeeren zu pflücken. Und da sie von abenteuerlicher Veranlagung sei, habe sie sich bis zu jener Lichtung im Walde vorgewagt, wo sich das Försterhaus befindet. Die Tochter, diese besagte Joanna, habe ihr selbst auf die Bibel geschworen, daß sie dort diesen Mann Edward Brand beobachtet habe, wie er ›Mammets‹ aus Lehm formte . . .«

Abbott blickte mit einem fragenden Lächeln auf.

»Was, in aller Welt, sind ›Mammets‹?«

Miss Silver strickte emsig.

»Eine recht interessante Wortverstümmlung«, sagte sie, »aus Mohammed, den die Kreuzfahrer irrigerweise für einen von den Sarazenen angebeteten Götzen hielten. Sie brachten das Wort aus dem Orient nach England mit, wo es seinen Charakter als Eigennamen verlor und allmählich zu einem Dingwort wurde. ›Mammet‹ oder ›Mommet‹ ist eine auch heute noch gebräuchliche Bezeichnung für ein kleines Bildnis oder eine kleine Puppe.«

»Verehrungswürdige Lehrerin«, murmelte er leise und fuhr dann mit lauter Stimme zu lesen fort:

». . . diesen Mann Edward Brand beobachtet habe, wie er ›Mammets‹ aus Lehm formte, die etlichen Herren und Damen aus der Nachbarschaft sehr ähnlich sahen, und diese dann zum Trocknen in die Sonne legte. Und sobald einige davon trocken waren, trug er sie in sein Haus und entfernte sich dann in den Wald. Das habe dieser besagten Joanna keine Ruhe gelassen. Sie habe sich durch die Hintertür ins Haus geschlichen, um nachzusehen, was aus diesen getrockneten Puppen geworden sei. Und als sie diese in keinem der Zimmer entdekken konnte, stieg sie in den Keller hinunter und fand sie dort zusammen mit vielen anderen – darunter eine mit dem Chormantel und der Mütze eines Bischofs und zwei andere, die unserem Pfarrer und Küster nachgebildet waren. Etliche davon waren mit Nadeln durchstochen und andere wieder mit rostigen Nägeln. Und eine sah ganz verkohlt aus, als sei sie über einem offenen Feuer geröstet worden. Darob habe sich diese besagte Joanna so sehr erschrocken, daß sie aus dem Hause und quer durch das Wäldchen gerannt sei, bis sie schluchzend und weinend das Haus ihrer Mutter, der besagten Thamaris Ball, erreichte . . .«

Miss Silver streckte die Hand aus und nahm das Buch wieder an sich.

»Nun, mein lieber Frank?«

Er schob beide Augenbrauen in die Höhe.

»Sie erwarten, daß ich nun weiß, was Sie mir sagen wollten?«

»In der Tat.«

Er schüttelte den Kopf.

»Ich bin offensichtlich ein Hinterbänkler in Ihrer Klasse, wenn mir nichts anderes aufgefallen ist als eine gewisse Übereinstimmung im Verhalten jener besagten Joanna und unserer Mary Stokes. Beide rannten in einem Anfall von Hysterie durch den Wald. Oder wollten Sie mir etwa mitteilen, daß Mary Zeugin eines Mordes an einer Schaufensterpuppe wurde?«

»Denken Sie nach, Frank!«

Er blickte sie ratlos an.

»Ich fürchte, ich komme nicht darauf.«

Ihre Nadeln klapperten unentwegt.

»Sie haben sich von den zahlreichen bizarren Details ablenken lassen. Nicht auf die Beschreibung, sondern auf Joannas Verhalten kommt es an. Sie betrat das Försterhaus, um nach etwas zu suchen, und als sie es nicht in den oberen Räumen fand, stieg sie hinunter in den Keller.«

Frank Abbott sprang auf die Füße.

»Ich Esel – natürlich! Der Keller – sie ging hinunter in den Keller!«

Miss Silver hüstelte, während sie anerkennend nickte.

»Alte Häuser haben immer einen Keller – dieser Gedanke hätte mir sofort kommen müssen. Und wenn Edward Brand sich mit der schwarzen Magie beschäftigte, lag es doch nahe, daß er den Zugang zu seinem Keller tarnte. Ich würde eine sofortige Untersuchung des Hauses vorschlagen, wobei man die Täfelung neben der Treppe besonders gründlich abklopfen sollte. Ich würde meinen, das sich dahinter eine Fortsetzung der Treppe verbirgt.«

Weder Sergeant Abbott noch Chefinspektor Lamb kamen an diesem Tag in den Genuß der vorzüglichen Mahlzeit, die für sie in Abbottsleigh vorbereitet worden war.

Das Försterhaus hallte wider von dem Getrappel schwerer Polizistenstiefel, von Hammer- und Faustschlägen und dem Pochen von Knöcheln auf Holz. Am Ende rissen sie die Holzwand an der Stelle ein, wo die Schläge einen dunklen, hohlen Klang erzeugten, und legten eine schmale Stiege frei, die steil zu einem kahlen Kellerraum hinunterführte. Lamb stand auf der untersten Stufe und verfolgte aufmerksam den Lichtkegel einer großen Stablampe, der langsam über den gefliesten Boden wanderte. Schweigend und mit gerunzelter Stirn stand er da, konzentriert, leicht nach vorn geneigt. Eine endlos lange Zeit schien zu verstreichen, ehe er sagte:

»Hier gibt es eine Menge Staub . . .«

Inspektor Smith, der hinter ihm auf der Treppe stand, murmelte: »Damit mußten wir doch rechnen, nicht wahr, Sir?«

Lamb brummelte etwas und rief dann über die Schulter.

»Kommen Sie mit der Lampe zu mir, Frank – und richten Sie den Strahl nur auf den Boden!«

Als Frank mit der Lampe zu ihm kam, wiederholte er seine Anweisung und fügte erklärend hinzu:

»Hier gibt es eine Menge Staub. Damit mußten wir rechnen, wie Smith bereits sagte. Nur – er sieht anders aus, als ich das erwartet hätte. Leuchten Sie mal dorthin! Sehen Sie, was ich meine? Sieht ganz so aus, als wäre hier mal der Boden gefegt worden. Ich kann mir nicht vorstellen, daß man nach zweihundert Jahren noch die Spuren eines Reisigbesens im Staub erkennen kann. Aber wenn hier erst kürzlich jemand einen Besen benützt hat, wollte er damit vermutlich seine Fußspuren verwischen.« Lamb drehte sich abrupt um und lief die Treppe hinauf. »Wir reißen die Fliesen heraus, Smith! Lassen Sie die Leute mit den Werkzeugen antraben!«

Sie fanden Louise Rogers im hintersten Winkel des Kellerraumes unter den Steinplatten. Sie war mit dem schwarzen Mantel bekleidet, den Mrs. Hopper ihnen genau beschrieben hatte. Jemand hatte ihr mit einem stumpfen Gegenstand den Schädel eingeschlagen. Die blonden Haare hingen ihr ins Gesicht, und da war auch dieser Ohrring, den Mary Stokes im Licht der Taschenlampe aufblitzen sah, als der Mörder seinem Opfer ins Gesicht leuchtete – ein zum Ohrschmuck umgearbeiteter mit Brillanten besetzter Freundschaftsring.

KAPITEL 16

Chefinspektor Lamb hatte Miss Lily Ammon, von Beruf Stenotypistin, noch einmal zum Verhör bestellt. Sie war eine zierliche Person mit Stubsnase, schwarzem krausem Haar und roten, geschwollenen Augen. Offenbar hatte sie geweint, und Lamb musterte sie mit väterlicher Anteilnahme. Er hatte drei Töchter, eine davon in ihrem Alter.

Das Protokoll ihrer ersten Vernehmung hielt er in der Hand und ging es noch einmal mit ihr durch: Der Lunch mit Mary Stokes – der Tee mit Joe Turnberry – die Szene, als sich die beiden stritten.

»Sie haben Mary Stokes gut gekannt?«

»Oh, ja, Sir. Wir waren Arbeitskolleginnen, bis sie die Stelle wechselte und Sekretärin in Mr. Thompsons Büro wurde.«

»Sie waren also miteinander befreundet.«

»Oh, ja, Sir.«

Ein hübsches kleines Ding – sehr sympathisch. Aufgeweckt, offen, hübsche Stimme. Was sie wohl mit Mary Stokes verbunden haben mochte?

»Natürlich sahen wir uns nicht mehr so oft«, fuhr Lily unaufgefordert fort, »nachdem sie ihre Stellung bei Mr. Thompson angetreten hatte. Und dann wurde sie auch noch krank, obwohl es ihr in der letzten Zeit schon wieder besserging. Und deshalb habe ich mich auch so gefreut, als sie anrief und fragte, ob wir zusammen lunchen könnten. Ich konnte ihr nur keine Zusage fürs Kino geben, weil ich bereits mit meinem Freund für halb fünf verabredet war, und deshalb nahmen wir uns viel Zeit fürs Mittagessen und machten danach noch einen Ladenbummel. Und dann trafen wir uns mit Joe Turnberry zum Tee.«

Sie war jetzt kein bißchen mehr nervös. Das große Tier

von der Londoner Kriminalpolizei, vor dem sie so große Angst gehabt hatte, wollte sie offenbar nicht fressen. Im Gegenteil, der Chefinspektor wirkte fast gemütlich. Erinnerte sie an Onkel Bert, der eigentlich gar kein richtiger Onkel gewesen war. Alle Kinder hatten ihn so genannt, weil er die Taschen immer voll Süßigkeiten hatte und ihnen manchmal sogar einen halben Schilling zusteckte, wenn er am Spielplatz vorbeikam – ein wirklich guter Mann, der ein Herz hatte für Kinder. Seltsam, daß dieses hohe Tier von der Polizei sie an Onkel Bert erinnerte; aber das tat er. Lag wohl daran, wie er sie anschaute. Wie Onkel Bert, wenn er einen Witz machen wollte – genauso ernst und feierlich. Nur war das hier kein Scherz – arme Mary . . . Sie bewegte die feuchten Wimpern.

»Also, Miss Ammon, Sie sagten eben, Sie hätten sich beim Mittagessen viel Zeit gelassen. Vermutlich hatten Sie auch viel zu besprechen.«

»Oh, ja.«

»Ich möchte, daß Sie sich noch einmal alles durch den Kopf gehen lassen, was Sie mit Ihrer Freundin besprochen haben. Dabei ging es, wie ich annehme, in der Hauptsache um Dinge, über die zwei Mädchen, die miteinander befreundet sind, eben so reden; aber vielleicht kam dabei etwas zur Sprache, was uns helfen könnte, herauszufinden, warum sie ermordet wurde, und wer sie ermordet hat. Vielleicht fällt Ihnen da etwas ein, das . . .«

»Oh, ja . . .« entschlüpfte es ihr, obwohl es ein bißchen zaghaft klang.

»Es ist Ihnen etwas eingefallen?«

»Ich – weiß – nicht . . .«

»Sagen Sie es ruhig. Es bleibt unter uns.«

»Oh, ich weiß nicht – Sie sprach davon . . .«

»Sie brauchen nicht erst zu überlegen, ob es wichtig sein könnte. Die kleinste Nebensache kann von Bedeutung sein.«

Sie blickte ihn mit ihren ernsten braunen Augen fest an.

»Also, ich hatte gerade davon gesprochen, daß sie nun schon seit drei Monaten keinen Job mehr habe und sie vermutlich froh wäre, wenn sie bald wieder Geld verdienen könne, als sie zu mir sagte, vielleicht wäre das gar nicht mehr so wichtig. Da fragte ich sie, wie sie das meinte, und sie guckte mich so ein bißchen schräg von unten an – wie jemand, der nicht recht weiß, ob er das, was er gern sagen möchte, auch sagen soll, verstehen Sie?«

»Ja, Miss Ammon?«

»Ich dachte – nein, ich überlegte, ob sie etwa vorhatte, vielleicht zu heiraten, und dann fragte ich sie geradeheraus, denn ich mag es nicht, wenn man Geheimnisse vor Freunden hat. Doch sie machte eine wegwerfende Kopfbewegung und sagte, warum sollte sie ihre Freiheit für einen unbezahlten Job aufgeben – etwas Dümmeres könnte ein Mädchen doch gar nicht tun. Ich glaube, das sollte wohl eine Anspielung auf mich und Ernie sein – wir sparen nämlich gerade das Geld für eine Wohnungseinrichtung, damit wir heiraten können. Und ich sagte zu ihr, daß ich ihre Meinung in diesem Punkt nicht teilte.

»Und was sagte sie darauf?« fragte Lamb.

Lily bekam einen roten Kopf.

»Daß ich so dumm sei, mich nur von Gefühlen leiten zu lassen, und ihr Stil wäre das nicht. Und ich fragte sie, was sie denn damit meine. Und sie lachte und sagte, sie würde sich zwar gern mit einem Mann amüsieren, aber sie dächte nicht daran, dieses Vergnügen damit zu bezahlen, daß sie ihm die Fußböden schrubbte und den ganzen Tag am Herd stünde. Und dann sagte sie: ›Aber ich möchte auch nicht von einem Mann ausgehalten werden – *dafür* nicht!‹ Ich sagte: ›Was heißt denn *das* nun wieder!‹ Und sie lachte und sagte: ›Es könnte ja sein, daß ich demnächst zu Geld komme; aber daß du das keinem weitererzählst.‹«

»Sind Sie sicher, daß sie sich so ausgedrückt hat?«

Lily nickte.

»Oh, ja. Und dabei schaute sie mich ganz komisch an. Und dann redete sie von etwas anderem. Und später dachte ich – nun, ich wußte nicht, was ich davon denken sollte. Ich fragte mich . . .« Sie stockte.

»Ja – fahren sie fort.«

»Nun – aushalten lassen mochte sie sich nicht. Und da fragte ich mich, wie sie denn sonst zu Geld kommen wollte – und – und ob es nicht doch mit einem Mann zusammenhinge.«

»Das ist es ja, was wir herauszufinden versuchen. Übrigens, Miss Ammon – hat sie Ihnen etwas von einem Schrecken erzählt, den sie vor kurzem erlebt hat?«

Lily machte große, runde Augen wie ein Kätzchen.

»Oh, nein!«

»Nichts von einem Wäldchen, wo sie etwas gesehen hat und dann schreiend ins Dorf lief?«

»Oh, nein, Sir!«

»Nur diese Andeutung, sie könnte bald zu Geld kommen?«

Lily nickte und sagte:

»Als wir unseren Schaufensterbummel machten, haben wir einen teuren Modellmantel bei Simpson im Schaufenster gesehen. Und da sagte sie: ›Wenn wir uns das nächstemal treffen – wer weiß, vielleicht trage ich dann schon so einen Mantel.‹«

»Das hat sie gesagt?«

»Oh, ja, Sir.«

Hm – fällt Ihnen noch etwas ein?«

»Ja, Sir. Ich hätte das schon zur Sprache bringen sollen, als ich vernommen wurde. Aber es war alles so schrecklich – es kam mir gar nicht zu Bewußtsein, daß es wichtig sein könnte. Ich war so aufgeregt . . .«

»Sie können ja jetzt nachholen, was Sie bei der Vernehmung versäumt haben. Was vergaßen Sie damals zu sagen?«

Sie schüttelte eine Träne von den Wimpern.

»Ich war überzeugt, sie nimmt den letzten Bus. Ich weiß nicht, wie wir darauf zu sprechen kamen, aber ich sagte etwas in diesem Sinn, und sie antwortete, oh, nein, sie und Joe führen schon mit dem Siebenuhrfünfzig-Bus nach Hause. Ich muß schon ein sehr überraschtes Gesicht gemacht haben, denn sie lachte, sah mich wieder so schräg von der Seite an und sagte: ›Bin ich nicht ein braves Mädchen, daß ich schon so früh nach Hause komme? So kennst du mich gar nicht, wie?‹ Da habe ich sie ein bißchen geneckt – wegen ihrer Verabredung mit Joe Turnberry und so – und sie sagte: ›Joe Turnberry? Da finde ich doch wohl noch was Besseres, möchte ich hoffen!‹ Dann machte sie wieder so ein komisches Gesicht und sagte: ›Ich werde ein artiges Mädchen sein, früh nach Hause kommen und Joe nicht mal einen Gute-Nacht-Kuß geben. Und dann . . .‹ ›Und *dann*?‹ fragte ich. Und sie: ›Das möchtest du wohl gerne wissen, wie?‹ Ich nickte; aber ich bekam kein Wort mehr aus ihr heraus. Also redeten wir nicht mehr darüber.«

Lamb beugte sich vor.

»Miss Ammon – was, glauben Sie, sollten diese Anspielungen bedeuten – daß sie ein braves Mädchen sei, weil sie schon so früh nach Hause führe und Joe Turnberry nicht mal einen Gute-Nacht-Kuß gäbe? Was für Schlüsse haben Sie daraus gezogen? Nun sagen Sie es schon. Sie haben sich doch etwas dabei gedacht, nicht wahr?«

Lily zögerte jetzt nicht mehr mit der Antwort.

»Ich dachte, sie muß noch eine Verabredung haben. Mit einem anderen Mann.«

KAPITEL 17

Der Chefinspektor unterrichtete Sergeant Abbott gerade von seinem Gespräch mit Lily Ammon, als das Telefon läutete. Sie befanden sich im Büro des Polizeichefs von Lenton, und dort waren sie nur für Beamte von Scotland Yard telefonisch erreichbar. Frank Abbott hob deshalb den Hörer ab und gab ihn dann an seinen Chef weiter.

»Für Sie, Sir. Wilton vom Yard will Sie sprechen.«

Frank, der neben seinem Chef am Tisch stand, konnte jedes Wort mithören, das Sergeant Wilton mit seiner dünnen, aber auch sehr deutlichen Stimme sagte:

»Sind Sie es, Sir? Sergeant Wilton, Sir. Sie haben den jungen Mann gefunden, der mit Louise Rogers gegangen ist. Er heißt Michel Ferrand. Franzose. Kamen durch einen seltsamen Umweg auf ihn. Fanden seinen Wagen verlassen in Hampshire vor. Bekamen seine Adresse durch die Zulassungsstelle. Er behauptet, er habe Mrs. Rogers seinen Wagen am vergangenen Freitag, dem Achten, geliehen. Das war der Tag, an dem sie verschwunden ist.«

Lamb beugte sich vor, einen Ellenbogen auf den Tisch gestützt, den Hörer mit der Schulter ans Ohr gepreßt. Er brummelte:

»Was sagten Sie eben? Der Wagen ist verlassen aufgefunden worden?«

»Also – er wurde vor einer Autowerkstätte in der Nähe von Basingstoke abgestellt. Das muß irgendwann abends gewesen sein, als es schon dunkel war. Und dann hat angeblich jemand dort angerufen und gesagt, der Wagen würde dort in ein, zwei Tagen abgeholt. Deshalb haben sie der Sache keine Bedeutung beigemessen. Sie hatten auch keine Ahnung, wer angerufen hat und woher.«

»Hm – was ist das für ein Wagen?«

»Ein alter Austin Sieben.«

»An welchem Tag wurde er abgestellt?«

»Am Freitag, dem Achten. Angerufen wurde so gegen halb neun.«

»Fingerabdrücke im Wagen?«

»Hoffnungslos, Sir. Es ist eine große Werkstätte mit Tankstelle. Jeder Mechaniker dort muß die Chaise angefaßt haben. Sie wissen ja, wie das ist – der Wagen steht dauernd im Weg und wird an eine andere Stelle geschoben. Die Türen und das Lenkrad – eine einzige Katastrophe, sagen die Leute von der Spurensicherung.«

»Wir müssen diesen Burschen Ferrand herbringen, damit er die Tote identifiziert – Mrs. Hopper kommt mit dem Zweiuhrdreißig-Zug nach Lenton. Geben Sie den beiden einen Beamten mit.«

Es folgten noch ein paar Anweisungen, ehe Lamb wieder auflegte und sich Frank Abbott zuwandte:

»Sie haben vermutlich alles mitgehört. Jetzt zu diesem Wagen. Er liefert die Erklärung, wie Louise Rogers hierhergekommen ist. Nur – Basingstoke ist mehr als zwanzig Meilen von hier entfernt. Wer den Wagen dort hinbrachte und ihn abstellte, mußte ja wieder zurückfahren. Fragt sich, wie. Mit dem Zug? Nehmen Sie mal einen Fahrplan zur Hand und schauen Sie nach, ob es noch eine späte Verbindung nach Basingstoke gibt. Um welche Zeit ist dieses Stokes-Mädchen in Ihre Teeparty hineingeplatzt?«

»Kurz nach sechs. Die Turmuhr hatte eben geschlagen. Aber das war am Samstag. Louise Rogers muß schon früher ermordet worden sein. Bisher haben wir niemand gefunden, der sie noch einmal gesehen hat, nachdem sie die Wohnung von Mrs. Hopper am Freitagvormittag verlassen hatte. Wir wissen nicht, was zwischen Freitagvormittag und dem Zeitpunkt, als Mary Stokes sie tot am Boden liegen sah, passiert ist.

Ich glaube nicht, daß Mary wirklich eine Tatzeugin gewesen ist. Ich halte es für wahrscheinlicher, daß sie ins Försterhaus ging, um sich mit dem Mann zu treffen, mit dem sie sich dort schon öfter verabredet hat. Statt ihn zu treffen, stolpert sie über einen Mörder, der gerade eine Leiche verstecken will. Ich bezweifle nicht mehr, daß sie tatsächlich beobachtet hat, was sie uns später erzählte – ihre Angaben stimmen sehr genau mit unseren Ermittlungsergebnissen überein. Ihre Fußspuren weisen darauf hin, daß sie in panischer Angst vom Försterhaus wegrannte; also können wir annehmen, daß sie die Leiche im Försterhaus oder dessen unmittelbarer Nähe gesehen hat.

Aber das bedeutet nicht, daß der Mord eben erst stattgefunden hatte. Ich glaube nicht, daß Louise noch lebte, als ihr Wagen nach Basingstoke gebracht und dort abgestellt wurde. Höchstwahrscheinlich war sie da schon tot, und ihre Leiche war bis Samstagabend an einer anderen Stelle versteckt, weil man ihr endgültiges Versteck im Keller erst vorbereiten mußte. Als der Mörder nun die Leiche aus ihrem vorläufigen Versteck holte, entdeckte er, daß einer von diesen auffälligen Ohrringen fehlte. Das muß ein Schock für ihn gewesen sein. Ich würde zu gerne wissen, wie er sich vom Ohr löste und wo. Und ob er inzwischen wiedergefunden wurde.«

Der Chefinspektor blickte ihn mit hölzernem Gesicht an und sagte:

»Hatten Sie auch Kurse im College, wie man eine Rede hält? Oder sind Sie ein rhetorisches Naturtalent? Wieviel davon ist auf Ihrem eigenen Mist gewachsen und wieviel auf dem von Miss Silver?«

Frank blickte beleidigt auf seine Hände.

Lamb lachte leise.

»Nun kommen Sie schon von Ihrem hohen Roß herunter und holen Sie dort das Kursbuch aus dem Regal, wie ich es Ihnen bereits angeschafft habe. Denken Sie daran, daß er zwanzig Meilen in einem Austin Sieben fahren mußte und er wahrscheinlich die ganze Strecke im Dunkeln zurücklegte. Er hat den Wagen am Rand von Basingstoke abgestellt und mußte anschließend zum Bahnhof. Konnte er dort noch einen Zug erreichen?«

Frank blätterte im Kursbuch.

»Hier haben wir die Strecke. Moment – vermutlich hat er sie erst umgebracht, als es schon dunkel war. Dafür bietet sich als frühester Zeitpunkt fünf Uhr am Freitag an, und er muß erst noch die Leiche verstecken und dann den Wagen verschwinden lassen. Er könnte um Viertel nach sechs vor der Werkstatt in Basingstoke angelangt sein, wenn er unterwegs tüchtig Gas gegeben hat. Also – wenn er nicht gebummelt hat, würde er um zwanzig nach sechs dort einen Zug erreicht haben, der ihn, mit einmal Umsteigen, um halb acht wieder nach Lenton brachte. Dort kann er dann von einer Telefonzelle aus die Werkstätte angerufen haben. Warum ist er das Risiko eingegangen und hat sie überhaupt angerufen?«

»Wollte nicht, daß man den Wagen der Polizei übergibt. Wollte Zeit gewinnen – und vielleicht seine Fingerabdrücke durch andere Finger unkenntlich machen lassen. Selbst wenn er Handschuhe getragen hat oder seine Abdrücke abwischte, blieben doch noch die Fingerabdrücke von der Ermordeten übrig.«

»Ja – das wäre eine Erklärung. Trotzdem war es riskant.«

»Absolut nicht. Eine Werkstätte fragt doch nicht, wer oder woher jemand sie anruft. Die hätte höchstens beim Abholen eine Gebühr für das Abstellen berechnet. Und er wollte den Zeitpunkt einer polizeilichen Ermittlung damit möglichst lange hinausschieben. Er brauchte Zeit – Zeit, damit die Leute, die mit ihm im Zug waren oder sahen, wie er ein Billett löste, sein Gesicht wieder vergaßen. Also müssen sich die Kollegen in Basingstoke schleunigst in die Ermittlungen einschalten und herausfinden, ob jemand einen Mann gesehen hat, der in letzter Minute noch eine Fahrkarte für den Sechsuhrzwanzig-Zug löste. Und die Kollegen hier bemühen sich um Zeugen, die ihn vielleicht in Lenton aussteigen sahen.«

Frank zog die Augenbrauen in die Höhe.

»Zuviel sollte man sich davon nicht versprechen.«

Lamb nickte.

»Aber wir wissen, daß wir unsere Ermittlungen auf Deeping konzentrieren müssen. Der zweite Mord hilft uns in dieser Hinsicht weiter. Wir müssen den Mann finden, mit dem sich Mary Stokes treffen wollte. Er könnte ihr Mörder sein, könnte es aber auch nicht sein; aber er hat uns bestimmt eine Menge zu sagen, und wir haben seine Fingerabdrücke. Oder glauben Sie etwa, daß ein Mädchen in so einem Dorf Männerbekanntschaften machen konnte, ohne daß andere Leute etwas davon merkten?«

»Offenbar schon.«

»Wirklich? Da müssen sich die Dörfer ja seit meiner Jugendzeit gewaltig geändert haben.«

»Man kann es auch anders betrachten, Sir. Es muß einen triftigen Grund gegeben haben, diese Beziehung geheimzuhalten.«

Lamb nickte.

»Wer käme dafür in Frage?«

»Bestimmt nicht Joe Turnberry.«

»Wir wissen, daß der Mann, den sie im Försterhaus getroffen hat, nicht Joe gewesen sein kann. Die Fingerabdrücke stammen nicht von ihm. Und Joe kann auch nicht am Samstag kurz vor sechs Uhr Mrs. Rogers Leiche aus einem Versteck geholt haben; denn er war um diese Zeit zu Hause. Das hat uns Mrs. Gossett bezeugt. Ich habe Joe bereits von der Liste der Verdächtigen gestrichen; aber das bleibt vorläufig unter uns. Er kann auch den Wagen nicht nach Basingstoke gebracht haben, weil er zu dieser Zeit hier Dienst hatte. Sie sollten allerdings noch einmal Smith fragen, wann er seinen Dienst antrat und wie lange er dauerte. Hat er überhaupt einen Führerschein?«

»Den hat er. Hat ihn bei der Armee gemacht.«

»Schön. Wenn Joe als Mörder nicht in Frage kommt, wer dann? Diese Mary Stokes war sich doch zu fein für einen einfachen Mann vom Dorf, nicht wahr? Dieser Mark Harlow, der wohnt doch ganz in der Nähe des Galgenwäldchens, stimmt's? Wie wäre es mit ihm? Und dieser andere Bursche, der die Versuche macht auf seiner Farm – wie heißt er doch gleich? – Hathaway?«

Frank sagte mit ausdruckslosem Gesicht:

»Er hat meine Kusine, Cicely Abbott, geheiratet.«

»Hm – glückliches Paar? – Hausgemeinschaft?«

Mit einer Stimme, die so nichtssagend war wie sein Gesicht, antwortete Frank:

»Nein – sie leben getrennt.«

»Nun, dann müssen wir ihm wohl die Fingerabdrücke abnehmen. Harlow ebenfalls. Beide könnten sich mit diesem Mädchen eingelassen haben. Smith soll das besorgen. Und er kann sich gleich bei ihnen erkundigen, was sie gemacht haben am Freitagabend, als Louise Rogers ermordet und ihr Wagen nach Basingstoke gebracht wurde. Und am nächsten Abend, als ihre Leiche im Försterhaus verbuddelt wurde.«

KAPITEL 18

Mrs. Hopper hatte, in Tränen aufgelöst, ihre Untermieterin identifiziert und war inzwischen, mit heißem Tee gestärkt, wieder in den Zug nach Hampstead gestiegen.

Im Polizeirevier von Lenton machte Michel Ferrand,

etwas grün unter seiner dunklen Haut, eine Aussage. Die Gasflammen im Kamin des Polizeichefs waren voll aufgedreht; aber er bibberte trotzdem am ganzen Körper: ein hagerer, gebeutelt aussehender junger Mann mit für sein Alter viel zu vielen Falten im Gesicht. Er hatte ebenfalls die Leiche identifiziert und genauso hemmungslos geschluchzt wie Mrs. Hopper. Nun waren seine Augen trocken. Er saß ganz nahe beim Kamin und konnte seine Hände nicht still halten. In fließendem Englisch, aber mit starkem Akzent und ungewöhnlichem Satzbau machte er seine Aussage, die Sergeant Abbott zu protokollieren hatte.

»Sie kannten Mrs. Rogers gut?« begann Lamb das Verhör.

Ferrand warf seine zitternden Hände in die Höhe.

»Ob ich sie gut gekannt habe! *Mon dieu* – wer hätte sie besser kennen können als ich! Unsere Eltern sind Freunde – wir sind wie Bruder und Schwester. Ich bin ein bißchen jünger. Ich verehre sie – ich folge ihr überallhin wie ein Schoßhund.« Ein Schauer lief über seinen Körper. »Damals, meine ich, als wir noch Kinder waren.«

Lamb fixierte ihn mit leicht hervorquellenden Augen. Ausländer waren immer so erregbar. Er sagte mit seiner trockensten Stimme:

»Ich habe Sie nicht danach gefragt, wie gut Sie sich als Kinder kannten.«

»Aber Sie wollen, daß ich Ihnen sage, was ich weiß. Wie kann ich das, wenn ich Ihnen nicht sage, woher? Ich gebe Ihnen die Begründung, warum ich nicht war, was Sie ›pick-up‹ nennen – eine Bekanntschaft aus einem Lokal. Ich bin Freund der Familie. Ich bin hier, um Ihnen zu sagen, daß Louise aus einer sehr angesehenen, sehr reichen Familie stammt. Ihr Vater ist Etienne Bonnard, der ein Juweliergeschäft in der *Rue de la Paix* besitzt.«

»Wo ist das?«

Sergeant Abbott übernahm es, ihn aufzuklären. »In Paris«, sagte er und fing sich damit einen bösen Blick ein.

Ferrand nickte heftig.

»Wenn ich sage, er besitzt, meine ich damit natürlich die Zeit vor dem Krieg. Monsieur Bonnard ist tot. Er hat die Niederlage Frankreichs nicht verwinden können. Als die Regierung Paris verließ, traf ihn der Schlag. Seine Frau, die Engländerin ist, leistet ihm einen letzten Liebesdienst – sie ist außer sich vor Kummer. Die Deutschen kommen täglich näher. Endlich kommt sie wieder so weit zur Besinnung, daß sie an ihre Tochter denkt – an die Zukunft. Sie beschließt, sich zu retten und so viel von dem Vermögen, wie sie bei sich tragen kann . . .«

»Moment mal, Mr. Ferrand – woher wissen Sie das alles? Waren Sie damals bei ihr in Paris?«

»Ich? Nein. Ich bin mit meiner Mutter nach Südfrankreich gegangen. Es ist Louise, die mir das erzählt hat, als wir uns in London wiedersahen. Vielleicht, Monsieur, wissen Sie, was es bedeutet, diese Flucht aus Paris, als jeder den gleichen Gedanken hatte, keine Züge mehr fuhren und kein Benzin mehr da war für die Autos. Die Straßen sind verstopft mit Wagen, deren Tank leer ist. Es gibt nicht genügend zu essen. Manchmal kommen die Flugzeuge der Boches und werfen Bomben – machen sich einen Spaß daraus. Da werden Kinder am Straßenrand geboren, und da sind alte Leute, die dort sterben. Madame Bonnard gehört zu denen, die am Straßenrand sterben. Louise ist verzweifelt. Sie hat einen kleinen Koffer in der Hand, der mit Schmuck gefüllt ist – mit Halsketten, Armbändern, Broschen, Ringen –, und sie kann damit nicht eine Flasche Wein oder einen Kanten Brot kaufen, um das Leben ihrer Mutter zu retten. Sie setzt sich an den Straßenrand und wartet. Bevor es dunkel wird, kommen noch einmal

Flugzeuge und werfen Bomben. Sie sitzt da und wartet auf den Tod. Als es dunkel ist, sitzt sie immer noch dort.

Und die ganze Zeit ziehen Leute an ihr vorbei – drängen sich fluchend, schreiend und weinend durch die Menge. Dann, plötzlich, hört sie jemand auf englisch fluchen – und sie steht auf und rennt zu ihm hin. Sie ist, denke ich, ein bißchen verrückt. Sie hat schreckliche Dinge mitansehen müssen. Sie hält den Mann im Dunkeln am Arm fest und sagt: ›Sie sind Engländer. Meine Mutter ist auch Engländerin. Wollen Sie uns helfen?‹ Er sagt: ›Was kann ich tun? Ich kann mir nicht einmal selbst helfen.‹ Dann, denke ich, wird sie vollkommen verrückt. Sie sagt: ›Dieser Koffer ist voller Diamanten. Ich gebe Ihnen die Hälfte davon.‹ Er sagt: ›Zeigen Sie her!‹ Er zieht eine Taschenlampe aus dem Rock und schaltet sie ein. Sie öffnet den Koffer. Er steckt die Hand hinein und dreht den Schmuck um, daß die Steine im Licht glitzern. Dann ist es plötzlich wieder dunkel, und der Koffer ist weg. Sie spürt, wie er ihr aus der Hand gerissen wird, und dann ist der Mann weg. Sie hat ihr ganzes Vermögen verloren, und der Mann ist weg!«

Er spreizte beide Hände.

»Stellen Sie sich ihre Verzweiflung vor! Sie kehrt zu ihrer Mutter am Straßenrand zurück. Am nächsten Morgen ist Madame Bonnard tot. Waren es die Entbehrungen – der Schock – die Kälte – ich weiß es nicht – niemand konnte das damals sagen. Louise zieht allein weiter. Schließlich kommt sie in einen Ort, den sie kennt. Da ist eine Familie, die sie aufnimmt.

Sie hatte alles verloren, was sie auf der Welt besaß, bis auf eine Kette, die sie um den Hals trug, und eine Perlenkette. Der Schmuck ist wertvoll, und sie kann ihn verkaufen – nicht gleich; aber später. Als der Krieg vorbei ist, heiratet sie einen englischen Offizier, der Rogers hieß. Die Ehe ist nicht glücklich. Sie trennen sich. Er geht nach England – sie bleibt in Frankreich. Dann hört sie, daß er tot ist. Sie fährt nach England, um den Nachlaß zu regeln. Das ist ein bißchen Geld, das er ihr hinterlassen hat. Und so kommt es zu einem Wiedersehen zwischen uns.«

Frank Abbotts Hand strich über das Protokoll hin. Lamb sagte:

»Sie befanden sich also in England zur besagten Zeit. Was taten Sie hier?«

Ferrand hatte sich etwas beruhigt, während er seine Geschichte erzählte. Das Feuer hatte ihn gewärmt, die Hände zitterten nicht mehr. Seine Antwort klang lebhaft.

»Oh, ja, Monsieur. Mein Vater, er ist *hotelier* – Hotelbesitzer. Als Louise und ich noch Kinder waren, leitete er ein Hotel in Paris. Nun hat er sein eigenes Hotel in Amiens. Er hat einen Freund, der ist Geschäftsführer von dem Luxe in London. Er schickt mich dorthin, damit ich perfekt Englisch sprechen lerne – Erfahrungen sammle, verstehen Sie? Das ist so üblich im Hotelgeschäft. Und dort habe ich dann Louise getroffen, die ich seit zehn Jahren nicht mehr gesehen habe.«

Lamb sah in ungläubig an.

»Wollen Sie damit sagen, Sie hätten sie sofort wiedererkannt?«

Ein kurzes Lächeln huschte über das dunkle, hagere Gesicht.

»Aber nein, Monsieur – das kann ich nicht behaupten. Ich sehe sie – es ist abends –, sie trägt ein schwarzes Kleid, sehr schick. Ich sehe die blonden Haare und die braunen Augen, und ich denke, das ist sehr ungewöhnlich. Dann denke ich, sie erinnert mich an jemand, und ehe ich Zeit zum Nachdenken habe, sehe ich die Ohrringe und weiß, das kann nur Louise sein.«

»Die Ohrringe . . .?«

Michel Ferrand bewegte ausdrucksvoll die schlanken, blassen Hände.

»Ja, ja, Monsieur – die Ohrringe. Es ist Monsieur

Bonnard, der Vater von Louise, der sie entworfen und Louise geschenkt hat, als sie achtzehn wurde. Es gab einen kleinen ›tiff‹ darum, wie Sie das nennen – ein kleines Zerwürfnis. Es sollte eine Überraschung sein für Louise; aber Madame Bonnard sagt, Louise wäre zu jung dafür – ein junges Mädchen sollte keine Brillanten tragen. Aber Louise fand sie ganz bezaubernd. Sie weint, sie bettelt, sie heult, und am Ende darf sie sie tragen.

Sie sind, müssen Sie verstehen, einmalig, und deshalb wußte ich, daß es nur Louise sein konnte, als ich sie erblickte. Ich gehe zu ihr – ich spreche sie an. Ich sage: ›Ist es möglich, daß du Michel Ferrand vergessen hast?‹, und sogleich erkennt sie mich wieder. Wären wir nicht an einem Ort voller Leute gewesen, hätten wir uns umarmt. Sie sagt, sie würde alleine speisen; aber wir sind nicht allein im Speisesaal. Wir verabreden uns an einem anderen Ort – und sie erzählt mir alles. Danach treffen wir uns oft. Eines Tages finde ich sie sehr blaß, sehr aufgeregt vor. Sie war ein paar Tage fortgewesen. Sie mußte nach Ledlington, wo die Eltern von Captain Rogers ein Haus besaßen und wo sie starben.

Das Haus ist vermietet, und die Möbel sind eingelagert. Louise fährt dorthin, um zu sehen, was man davon verkaufen kann. Sie wohnt dort in einem Hotel, das Bull heißt – drei-, vierhundert Jahre alt. Dort ist ein Torweg, der zu einem Hof führt, und das Hotel ist um den Hof herumgebaut. Louise wohnt in einem Zimmer, das auf den Hof hinausschaut. Sie hat sich bereits ausgezogen, ist im Nachthemd und will gerade zu Bett gehen. Es ist noch nicht spät, erst kurz nach neun, doch sie ist erschöpft. Sie macht das Licht aus, geht zum Fenster und öffnet es. Es ist eine klare Nacht mit einem schönen Sternenhimmel, den sie betrachtet.

Und im nächsten Moment wird sie so starr wie ein Stein. Unter ihrem Fenster stolpert ein Mann – etwas fällt zu Boden, und er flucht. Monsieur, sie sagt zu mir –

sie schwört –, daß sie die gleichen Worte damals auf der Straße von Paris gehört hat. Sie sagt, die würde sie nie vergessen. Der Mann unter ihrem Fenster bringt das alles wieder zurück. Es ist die gleiche Stimme, und sie benützt die gleichen Worte. Sie schwört, es müsse derselbe Mann sein, der ihr den Schmuck stahl – sie könne sich unmöglich irren.«

Lambs Miene wurde hölzern.

»Aber, aber, Mr. Ferrand – tragen Sie da nicht ein bißchen dick auf?«

Dessen Hände machten eine rasche, nervöse Bewegung.

»Es ist nicht meine Geschichte, Monsieur, ich berichte nur, was Louise mir erzählt hat. Sie sagt zu mir, es ist die Stimme, es sind die Worte; aber das ist noch nicht alles. Sie sagt, der Mann holt eine Taschenlampe aus dem Mantel und knipst sie an, um nach dem Gegenstand zu suchen, den er verloren hat. Es ist ein Feuerzeug. Es liegt vor ihm auf dem Pflaster, und er streckt seine Hand im Licht der Taschenlampe danach aus, um es aufzuheben. Und es sind nicht nur dieselbe Stimme und dieselben Worte wie auf der Straße von Paris, sondern es ist auch dieselbe Hand.

Monsieur werden sich erinnern, daß er mit der Hand unter dem Licht einer Taschenlampe die Juwelen im Koffer umdrehte, um die Steine zu betrachten. Da muß ein besonderes Kennzeichen an der Hand gewesen sein, Monsieur. Ich weiß nicht, was es war – Louise hat mir das nicht gesagt. Aber sie hat diese Hand in der Nacht gesehen, als ihr die Juwelen gestohlen wurden, und sie sieht diese Hand im Hof des Hotels Bull wieder. Dann, im nächsten Moment, ist der Mann verschwunden. Sie kann nicht in ihrem Nachthemd und mit bloßen Füßen in den Hof hinunterlaufen. Sie wirft sich rasch etwas über – rennt hinunter in den Hof. Es ist ganz dunkel dort, ganz still.

Sie bittet den Portier in der Halle, für sie festzustellen, wer sich dort draußen auf dem Hof befindet. Sie gibt ihm ein großes *douceur* – ein saftiges Trinkgeld, wie Sie dazu sagen. Er kommt zurück und meldet, eben wäre ein Auto aus dem Hof gefahren – mit zwei Gentlemen, die hier etwas getrunken hatten, während der Chauffeur einen Reifen wechselte. Sie fragt, wie die beiden Gentlemen heißen, und er antwortet, das weiß er nicht, es wären zwei Fremde gewesen – sie kamen zu einem Bier herein, sie gehen wieder – niemand fragt, woher sie kommen und wohin sie fahren.

Louise ist verzweifelt. Sie fragt, ob jemand sich die Nummer des Wagens gemerkt hat. Da das Trinkgeld so gut war, geht der Portier herum und fragt die anderen Gäste. Es scheint, daß niemand auf das Nummernschild des Wagens geachtet hat. Louise ist am Ende ihrer Kräfte – sie dreht sich um und geht wieder hinauf auf ihr Zimmer. Sie weint. Plötzlich klopft es an der Tür. Es ist der Portier. Er sagt, einer der beiden Gentlemen habe ein Kuvert vor der Werkstatt verloren, wo der Reifen gewechselt wurde – man hat es ihm eben ins Hotel gebracht. Es ist nur ein leerer Umschlag, aber . . . Louise nimmt das Kuvert und gibt ihm noch ein Trinkgeld. Auf dem Kuvert steht ein Name und eine Adresse . . .«

Der Chefinspektor unterbrach ihn mit heftiger Stimme:

»Jetzt haben wir ja endlich was! Nennen Sie uns den Namen, der darauf stand!«

Michel Ferrand warf die Hände in die Höhe.

»Tut mir leid, Monsieur, ich kenne weder den Namen noch die Adresse. Louise hat mir alles erzählt; aber nicht den Namen und den Wohnort dieser Person.«

Lamb blickte ihn enttäuscht an.

»Das hat sie Ihnen nicht gesagt?«

»Nein, Monsieur.« Er beugte sich vor. »Sie ist schon als Kind so gewesen. Sie erzählt etwas, aber nicht alles – das Wichtigste behielt sie immer für sich. Sie mag nicht, daß jemand zu ihr sagt: ›Schau, das mußt du so und so machen.‹ Sie erzählt etwas, weil sie einsam ist, weil sie mich ein bißchen gern hat; aber sie will sich nicht bevormunden lassen oder von mir hören: ›Nein, das ist unklug – das darfst du nicht tun.‹«

»Harrumm«, machte Lamb. Wirklich sehr leicht reizbar, diese Franzosen. Aber er glaubte, daß der Junge die Wahrheit erzählt. Er sagte:

»Was war nun mit dem Wagen? Wann hat sie sich den ausgeliehen – wie lange nach dieser Geschichte in Ledlington?«

Ferrand dachte kurz nach.

»Am *jour de l'an* – am Neujahrstag. Das war der Tag, wo sie mir sagte, sie führe nach Ledlington. Sie ist drei, vier Tage dort geblieben. Dann kam sie nach Hampstead zurück. Ich sehe sie am Sechsten, wir essen zusammen. Sie erzählt mir, was ich Ihnen eben erzählt habe. Sie fragt mich, ob ich ihr meinen Wagen leihen würde – sie sagt, sie müsse wieder wegfahren. Ich sage: ›Du willst diesen Mann finden. Tu's nicht, ich bitte dich. Überlasse das der Polizei.‹ Sie lacht und sagt: ›Die Männer sind doch alle gleich – sie sagen zu allem, was eine Frau tun möchte, nein.‹

Ich sage sehr ernst zu ihr: ›Louise, ich bitte dich, verschiebe es wenigstens um eine Woche. Dann kann ich mir freinehmen und dich begleiten.‹ Sie schaut mich an und sagt: ›Kümmere du dich um deine eigenen Angelegenheiten, mein Freund!‹ Dann lacht sie wieder und sagt, sie habe ganz etwas anderes vor, ich hätte voreilige Schlüsse gezogen. Sie wolle sich den Wagen von mir leihen, um eine Stippvisite bei der Tante ihres Mannes zu machen – der einzigen noch lebenden Verwandten von Captain Rogers. Sie sagt, sie wohne in einem Dorf, das sechs Meilen von der nächsten Bahnstation entfernt sei. ›Wenn ich mit dem Zug fahre, brauche ich einen ganzen Tag dazu – man muß mindestens dreimal umsteigen.‹

Ich weiß nicht, ob ich ihr das geglaubt habe oder nicht – jedenfalls lieh ich ihr meinen Wagen. Es ist nicht das erstemal. Wenn sie etwas haben will, läßt sie keine Ruhe, bis sie es auch bekommt – Louise ist so.«

Er vergrub das Gesicht in den Händen und stöhnte.

»Das ist alles, Monsieur.«

KAPITEL 19

An diesem Nachmittag ereigneten sich mehrere Dinge zugleich. Zunächst brach ein Unwetter los, als Mrs. Caddle gerade in Hut und Mantel das Küsterhaus verließ und das Schloß der Haustür hörbar hinter ihr einschnappte. Sie hatte Miss Grey den Teetisch gedeckt und das Abendessen für sie in die Speisekammer gestellt. Die ersten schweren Tropfen fielen, als sie das Gartentor wieder hinter sich verriegelte, und ehe sie noch zwanzig Schritte die ›Lane‹ hinuntergegangen war, öffnete der Himmel alle seine Schleusen.

Ein paar Minuten lang stolperte sie weiter durch den Wolkenbruch. Dann setzte sich das körperliche Unbehagen gegen diesen elenden Zustand seelischer Apathie durch, der sie seit zehn Tagen beherrschte, so daß sie sich vor allen Menschen abkapselte. Sie hatte weder einen Schirm bei sich noch eine Regenhaut. Der Regen peitschte ihr Gesicht und rann ihr, mit dicken, eisigen Schlossen vermischt, in den Mantelkragen. Sie drehte sich um und rannte durch schon fast knöcheltiefe Pfützen ins Küsterhäuschen zurück.

Ungefähr zur gleichen Zeit studierten Chefinspektor Lamb, Inspektor Smith und Sergeant Abbott die Fingerabdrücke, die Inspektor Smith Grant Hathaway und Mark Harlow abgenommen hatte. Frank Abbott konnte ein bißchen erleichtert aufatmen: Wer sich auch mit Mary Stokes im Försterhaus getroffen haben mochte – Grant Hathaway war es nicht gewesen. Mark Harlow ebenfalls nicht.

Lamb grunzte:

»Die bringen uns keinen Schritt weiter. Wie steht es denn mit den Alibis dieser Gentlemen?«

Das von der Kälte gerötete Gesicht des Inspektors, schon an schönen Tagen kein Inbegriff von Fröhlichkeit, nahm einen sauren Ausdruck an. Er war nicht begeistert gewesen von seinem Auftrag, in Deepside vorzusprechen, und es machte ihm noch viel weniger Spaß, das Ergebnis seines Besuches vorzutragen. Nur zu gern hätte er jemand anders hingeschickt. Ja, wenn er einen Haftbefehl gehabt hätte, der ihn verpflichtete, ins Haus zu marschieren und Grant Hathaway die Handschellen anzulegen – nun, da hätte er gewußt, was er dem Gesetz schuldig ist. Aber an der Tür zu läuten und den Hausherrn höflich darum zu bitten, ihm seine Fingerabdrücke zu überlassen – das war ihm ausgesprochen peinlich gewesen. Wie peinlich, hörte man jetzt seiner Stimme an.

»Also, Sir, ich fing in Deepside an. Mr. Hathaway war in der fraglichen Zeit nicht zu Hause. Offenbar ist er das ganze Wochenende über unterwegs gewesen.«

Lamb setzte sich interessiert auf.

»Das ganze Wochenende über?«

»Jawohl, Sir.«

»Verreist?«

»Auch das.«

»Wann?«

»Nun – am Sonntagmorgen. Frühstückte um acht, fuhr um halb neun mit dem Wagen los. Das wäre also gerade die Zeit gewesen, als Mary Stokes tot unter dem Heu gefunden wurde.«

Lamb brummte.

»Ziehen Sie daraus irgendwelche Schlüsse?«

»Nein, Sir. Ich meinte damit nur, daß er von ihrer Ermordung nichts gewußt haben kann. Es sei denn . . .«

»Es sei denn, er hat sie selbst umgebracht – haben Sie das damit gemeint?«

Smith sagte steif:

»Es war nicht meine Absicht, etwas in dieser Richtung anzudeuten, Sir. Ich wollte lediglich darauf hinweisen, daß Mary Stokes' Leiche erst zwischen acht und neun Uhr morgens entdeckt wurde und die Leiche von Louise Rogers sogar erst am Sonntagnachmittag. Und da Mr. Hathaway von halb neun Uhr am Sonntag bis heute vormittag um halb zwölf unterwegs gewesen ist, halte ich es für durchaus glaubwürdig, daß er keine Ahnung hatte von den Ereignissen dieses Wochenendes.«

Frank Abbott sah, wie das Gesicht seines Chefs dunkelrot anlief. Smith drückte sich um etwas herum – kein empfehlenswertes Verfahren, wenn man einen Doppelmord aufklären soll.

»Oh – er sagte, er habe von nichts gewußt? Sagte er das?«

»Also«, sagte Smith, nachdem er den Chefinspektor beleidigt angesehen hatte, »als ich so gegen fünfundzwanzig nach elf an seiner Haustür klingle, hat mir seine Haushälterin geöffnet; denn er war gar nicht da. Sie erklärt mir gerade, daß Mr. Hathaway am Sonntagmorgen weggefahren und noch nicht zurückgekommen sei, als er in seinem Wagen die Auffahrt heraufkommt. Also frage ich ihn, ob ich ein paar Worte mit ihm reden könnte, und er bittet mich in seine Bibliothek. Ziemlich kurz angebunden, möchte ich sagen – ich sollte wohl merken, daß er sehr beschäftigt sei. ›Also – was wollen Sie von mir?‹ fragt er und wollte sich nicht mal den Mantel ausziehen. Und da kam mir irgendwie der Gedanke, daß er möglicherweise gar keine Ahnung habe, was während seiner Abwesenheit hier alles passiert war. Und ich dachte, du sagst es ihm auch nicht, wenn er nicht von sich aus darauf zu sprechen kommt, und erklärte ihm deshalb, wir führten Ermittlungen durch, um die unbefugte Benützung des Försterhauses aufzuklären, und er könnte uns dabei unterstützen, indem er uns seine Fingerabdrücke überließe – eine Routinemaßnahme, die bei allen Dorfbewohnern an der ›Lane‹ durchgeführt würde. Zudem hätten wir gern gewußt, ob die betreffenden Personen am Freitag und Samstag, dem 8. und 9. Januar, abends unterwegs gewesen seien und sich vielleicht in der Nähe des Försterhauses aufgehalten hätten. Und Mr. Hathaway sagte nach einem kurzen Lachen: ›Ist dieses Schauermärchen, das sich diese Mary Stokes ausgedacht hat, etwa der Anlaß für Ihre Ermittlungen?‹ Und ich sagte: ›Ja, damit hat es zu tun.‹ Und da lachte er abermals und fragte, ob wir nichts Wichtigeres zu tun hätten.«

Lamb fand das nicht zum Lachen.

»Soso – er meinte, wir machen das nur so zum Zeitvertreib.«

»Jawohl, Sir. Und dann fragte ich, ob er etwas dagegen hätte, daß ich von seinen Fingern Abdrücke machte. ›I wo‹, sagte er. Aber als ich dann fragte, was er an den betreffenden Abenden gemacht habe – nun, das klang nicht ganz so gut.«

Smith zog sein Notizbuch hervor und schlug es auf.

»Freitag, den 8. Januar – Mr. Grant Hathaway sagt, daß er gegen siebzehn Uhr das Haus verlassen habe und im Lauf des Abends wieder dorthin zurückgekehrt sei. Er behauptet, er sei spazierengegangen und habe nicht auf die Uhr geschaut.« Smith sah hoch, und als er Lambs starren Blick bemerkte, setzte er im entschuldigenden Ton hinzu: »Ich wußte nicht, ob ich ermächtigt sei, ihn schärfer ins Gebet zu nehmen, Sir. Ich fragte ihn daher nur, ob er jemandem unterwegs begegnet sei.«

»Sie wollten taktvoll sein, wie?«

»Nun, ja, Sir. Wenn ich mir eine Bemerkung erlauben darf – Mr. Hathaway ist nicht so einfach zu verhören.«

»Sie haben sich von ihm einschüchtern lassen?«

Smith wurde blaß.

»Das nun wieder nicht, Sir. Ich fand ihn nur nicht sehr kooperativ.«

Sergeant Abbott, der, das Kinn in die hohle Hand gestützt, am Tisch saß und seine Fingernägel betrachtete, sah sich plötzlich genötigt, die Hand ein Stück höher zu schieben, damit sie seinen Mund verdeckte. Er fand die Ausführungen des Inspektors äußerst amüsant; aber es war nicht ratsam für einen Sergeanten, bei einer dienstlichen Besprechung in einer Mordsache zu kichern, wenn ein höherer Dienstgrad sich einen Euphemismus erlaubte.

Zumal sein Chef das alles gar nicht lachhaft fand. Lamb schnauzte:

»Und das Personal? War das kooperativ?«

»Durchaus, Sir. Aber wenig fruchtbar, was die Alibis von Mr. Hathaway betrifft. Da ist zunächst diese alte Dame – Mrs. Barton –, die schon seit dreißig Jahren dort den Haushalt führt. Sie hat keine geregelte Freizeit; aber am Freitag, dem Achtzehnten, war sie von der Posthalterin im Dorf zum Supper eingeladen und hat den Abend in deren Wohnung verbracht. Und das Zimmermädchen, Agnes Ripley, das eigentlich immer samstags ihren freien Tag hat, hat sich diesmal ausnahmsweise am Freitag freigenommen, war nach Lenton gefahren und erst am Abend wieder mit dem Bus zurückgekommen, der zehn vor neun in Deeping eintrifft. Anschließend besuchte sie noch die Posthalterin, schwatzte ein paar Minuten mit ihr und ging dann mit Mrs. Barton nach Hause. Keine der beiden Damen hat auf die Uhr gesehen, als sie wieder in Deepside eintrafen; aber sie meinten übereinstimmend, es könnte nicht früher als halb zehn gewesen sein. Sie hatten vorher für Mr. Hathaway den Abendbrottisch gedeckt, und er hatte auch gegessen, aber sie haben ihn nicht mehr gesehen oder mit ihm gesprochen. Sie sind dann beide so gegen halb elf ins Bett gegangen und hörten ihn eine halbe Stunde später die Treppe heraufkommen und in sein Schlafzimmer gehen.«

Lamb schneuzte sich.

»Louise Rogers«, sagte er, sein Taschentuch wegstekkend, »wurde wahrscheinlich so gegen fünf Uhr nachmittags umgebracht – im Obduktionsbericht steht, zwischen drei und vier Stunden nach ihrer letzten Mahlzeit. Wir wissen nicht, wo sie ihre letzte Mahlzeit eingenommen hat. Vielleicht hat sie sich belegte Brote aus London mitgenommen und sie unterwegs im Auto verzehrt, oder wir finden noch einen Zeugen, der sie in einem Restaurant essen sah. Zweifellos kam sie hierher, um den Mann zu suchen, der ihre Diamanten gestohlen hatte. Sie glaubte ihn wohl hier zu finden, weil das Kuvert, das ihr der Portier im Hotel Bull gegeben hatte, mit einer entsprechenden Adresse versehen war. Wenn sie Mr. Ferrands sehr vernünftigen Rat befolgt und die Angelegenheit der Polizei übergeben hätte, wäre sie heute noch am Leben. Ich habe ja nun wirklich nichts gegen Frauen; aber man kann nicht leugnen, daß sie sich unnötig in Schwierigkeiten begeben, weil sie glauben, sie könnten vieles besser machen als die Leute, die dafür ausgebildet sind. Dieser Fall ist nur wieder ein Beweis dafür.

Also, da ist diese Frau mit einem Namen und einer Adresse auf einem Briefumschlag. Nehmen wir einmal an, Mr. Grant Hathaways Namen und Adresse wären darauf vermerkt gewesen. Sie muß also dessen Haus finden. Die Häuser auf dem Land haben keine Namensschilder am Gartentor. Sie muß also jemand fragen – mit dem bloßen Instinkt findet sie sein Haus nicht. Wir müssen daher die Person finden, die ihr sagte, wie sie nach Deepside kommt – wenn Deepside auf dem Kuvert stand. Wir werden B.B.C. bitten, eine entsprechende

Durchsage zu machen. Immer noch von der Annahme ausgehend, daß sie Mr. Hathaway suchte – wie paßt das zu seinen Zeitangaben? Er verläßt gegen fünf Uhr nachmittags sein Haus und kann uns nicht sagen, wann er wieder heimgekommen ist. Die Haushälterin und das Zimmermädchen meinen gehört zu haben, wie er um elf Uhr schlafen ging. Wenn wir nichts finden, was ihre Aussagen widerlegt, hatte er sechs Stunden Zeit, um . . . Wie sieht es denn bei Mr. Harlow aus?«

Inspektor Smith blickte wieder in sein Notizbuch. Das Wort, das Frank Abbott vorhin zum Lachen gereizt hatte, tauchte jetzt zum dritten Mal auf:

»Mr. Mark Harlow war sehr kooperativ – sehr liebenswürdig und bemüht, uns in jeder Beziehung zu unterstützen. Am Freitag, sagt er, hat er an seinem Klavier gearbeitet – er komponiert, müssen Sie wissen. Er sagt, das Lied, an dem er gerade bastelte, machte ihm ziemlich viel Schwierigkeiten, und deshalb ist er dann an die Luft gegangen, um seinen Kopf ein bißchen auszukühlen. Er sagt, er hätte nicht auf die Uhr geschaut; aber es war noch nicht dunkel, als er das Haus verließ; also muß das so zwischen fünf und halb sechs gewesen sein. Er sagt, er habe sich durch die hintere Gartentür auf die ›Lane‹ begeben und sei dann über die Kreuzung und Richtung Deepside gegangen. Er könne nicht sagen, ob er bei seinem Bummel über die ›Lane‹ auch jemandem begegnet sei.«

»Was heißt das, er könne das nicht sagen?« schnauzte Lamb.

»Das fragte ich ihn auch, und er antwortete, er habe den Kopf so voll von der Musik gehabt, an der er gerade arbeitete, daß er vielleicht an jemandem vorbeigegangen sei, ohne ihn zu bemerken.«

Frank Abbott murmelte: »Die Kunst verlangt unsere ganze Kraft.«

Smith nickte.

»So ungefähr. Er sagt, er wäre, den Kopf voller Melodien, immer weiter gegangen, bis er plötzlich die Lichter von Lenton vor sich auftauchen sah. Da dachte er, wenn ich schon so weit gegangen bin, muß ich das auch ausnützen, und schaute sich den Film im Empire-Kino an. Anschließend hat er im Café noch was gegessen und sich dann auf den Heimweg begeben. Er war so gegen zehn wieder zu Hause.«

»Wie steht es mit dem Personal? Hat er welches?«

»Natürlich. Mutter und ihre schon etwas ältere Tochter – sehr achtbare Damen – die beiden Greens. Sie sagten, er habe aus Lenton angerufen, um ihnen mitzuteilen, daß er dort etwas essen würde. Sie hörten ihn gegen zehn nach Hause kommen. Mrs. Green meinte, es wäre absolut nichts Ungewöhnliches, daß er stundenlang spazierenginge, wenn er mit dem Komponieren nicht recht vorankäme. Sie sagte, daran wären sie gewöhnt.«

Lamb beugte sich vor.

»Um welche Zeit hat er angerufen?«

»Das wäre nicht vor halb neun gewesen; aber auch nicht viel später. Mrs. Green hatte kurz vorher noch auf die Küchenuhr gesehen – und da stand der Zeiger auf halb neun.«

»Hm. Wenn wir die Zeiten miteinander vergleichen, käme Ihr kooperativer Mr. Harlow genausogut für den Mord in Frage wie Ihr etwas spröderer Mr. Hathaway. Beide Männer, wie ich hörte, haben im Krieg bei der Armee gedient. War einer von ihnen 1940 auch in Frankreich?«

»Ich glaube, ja.«

Lamb wandte sich an seinen Sergeanten.

»Wissen Sie das etwas genauer?«

»Hathaway war beim Rückzug nach Dünkirchen dabei. Er war den Blanshires zugeteilt – wurde gefangengenommen –, konnte den Deutschen wieder entwischen und sich nach Westen durchschlagen. Von Harlow weiß ich nur, daß er während des Rückzuges in Frankreich gewesen ist.«

»Ist einer der beiden beim Expeditionskorps gewesen?«

»Hathaway – er bekam die Tapferkeitsmedaille.«

»Hat einer der beiden ein besonderes Merkmal oder eine Narbe an der rechten Hand?«

»Ich weiß nicht . . .« sagte Frank Abbott, als er sie plötzlich vor sich sah – nicht Grant Hathaways rechte, sondern linke Hand mit der dünnen weißen Narbe zwischen den Knöcheln des Zeige- und Mittelfingers. Und Lamb hatte die Frage falsch gestellt. Es mußte die linke Hand gewesen sein; denn er würde in der Rechten die Taschenlampe halten und mit der Linken im Koffer wühlen. Oder doch nicht? Achselzuckend räumte er ein, daß beide Möglichkeiten in Frage kämen, und das sagte er dann auch.

Lamb brummelte etwas. Smith sagte zurückhaltend:

»Mr. Hathaway hat eine alte Narbe an der linken Hand. Mr. Harlow trug ein Heftpflaster auf dem rechten Handrücken – sagte, er habe sich an einem Stacheldraht die Haut geritzt.«

Lamb bewegte sich in seinem Sessel, drehte seinen schweren Körper wieder Smith zu.

»Also, wie ich schon sagte, können beide Louise Rogers ermordet, ihren Wagen nach Basingstoke gebracht und den Zug zurück nach Lenton genommen haben. Wir haben keine Beweise dafür und auch keine Beweise dagegen. Sie hatten beide die Zeit und die Gelegenheit, diesen Mord zu verüben, und einer von beiden könnte auch ein Tatmotiv gehabt haben. Das ist also unser vorläufiger Ermittlungsstand für Freitag, den Achten.

Nun kommen wir zu Samstag, dem Neunten – dem Tag, an dem Mary Stokes schreiend zum Küsterhaus rannte und sagte, sie habe soeben eine Leiche gesehen.

Ich denke, wir sind inzwischen überzeugt, daß ihre Angaben stimmten und sie ihre Beobachtung entweder im oder in der Nähe des Försterhauses gemacht hat. Sie hatte vor, sich dort mit jemandem zu treffen, und stolperte am Treffpunkt offenbar über den Mörder, der die Leiche in den Keller schaffen und dort begraben wollte. Ich nehme an, daß Ihnen beiden inzwischen klar geworden ist, daß die Person, mit der sie sich treffen wollte, wohl kaum mit dem Mörder identisch ist. Man verabredet sich nicht mit einem Mädchen und kommt dann mit einer Leiche zur verabredeten Zeit zum Stelldichein.

Aber wer nun der Mörder auch sein mag – er muß von der Existenz des Kellers gewußt haben. Sie haben dort beide über eine Woche nach Spuren gesucht; den Keller dabei aber nicht entdeckt. Vielleicht hätten Sie ihn nie gefunden, wenn Miss Silver sich nicht ein altes Buch im Dorf geliehen hätte, in dem dieser Keller an einer Stelle erwähnt wurde.

Doch der Bursche, über den Mary Stokes gestolpert ist, mußte sich nicht erst am Kopf kratzen und nachdenken – er wußte genau, daß es dort einen Keller gab. Und wir mußten die Holzvertäfelung mit der Axt entfernen, um den Zugang zum Keller freizulegen; während er nicht mal mit einer Nagelfeile daran gekratzt hat – er kannte den Trick.

Und das kann nur eines bedeuten: Es handelt sich um einen Mann, der ortskundig ist – hier ansässig oder sehr vertraut mit der Geographie dieses Ortes und den Geschichten, die sich um das Försterhaus ranken. Das trifft sowohl für Mr. Grant Hathaway wie auch für Mr. Harlow zu. Beide Familien werden vermutlich in den Besitz einer Kopie dieses alten Buches gekommen sein . . .«

Er schwang zu Frank herum.

»Wissen Sie, ob das der Fall ist?«

»Der alte Mr. Hathaway hatte bestimmt eine Kopie

davon. Sie wurden offenbar in der ganzen Nachbarschaft verteilt.«

Lamb nickte.

»Was ich sagte.« Er drehte sich wieder Smith zu. »Wie sieht es nun mit Samstag, dem Neunten, aus? Was haben die beiden Gentlemen zwischen fünf Uhr dreißig und – sagen wir mal – sechs Uhr dreißig bis sieben Uhr gemacht?«

Smith antwortete offensichtlich vorsichtig.

»Also – ich habe die Herren nicht so direkt gefragt, gewissermaßen nur auf den Busch geklopft. Mr. Hathaway ist, wie er sagte, ungefähr zehn Minuten nach vier mit dem Fahrrad ins Dorf gefahren. Ich fragte ihn, ob er unterwegs jemand auf der ›Lane‹ getroffen habe – nur ganz beiläufig, verstehen Sie? Und er meinte, er habe ein paar Worte mit Mrs. Hathaway getauscht, die ihre Hunde ausgeführt habe.«

Lambs Augenbrauen hoben sich.

»Mit seiner Frau?«

»Jawohl, Sir.«

»Seltsam. Ich denke, die beiden leben getrennt? Also, er redete ein paar Worte mit seiner Frau und fuhr dann weiter ins Dorf.«

»Nein, Sir. Er sagt, er habe es sich anders überlegt und sei wieder nach Hause gefahren.«

»Hm – weiß wohl nicht, was er will. Ist er danach noch einmal ausgegangen?«

»Er behauptet, nein. Er sagt, er habe Tee getrunken, dann ein paar Briefe geschrieben und in seinem Arbeitszimmer die Bilanz auf den neuesten Stand gebracht. Nur – das Personal stört ihn nie bei der Arbeit. Er könnte also unbemerkt noch einmal das Haus verlassen haben.«

»Und Mr. Harlow?«

»Er sagt, er habe zu Hause Tee getrunken, dann ein bißchen Klavier gespielt und danach einen kurzen Spaziergang gemacht, habe aber nicht auf die Uhr gesehen und weiß daher nicht, wann das genau gewesen ist. Er sagt, er macht fast jeden Tag einen Abendspaziergang, wenn er zu Hause ist. Er ging durch die Vordertür auf die Landstraße, hat also nicht die ›Lane‹ für seinen Spaziergang benützt. Unterwegs ist er niemandem begegnet.«

Lamb hob eine breite Hand und ließ sie wieder auf sein Knie fallen.

»Da sind wir also genauso schlau wie zuvor. Beide hätten sich nach Einbruch der Dunkelheit zum Försterhaus schleichen können. Wir haben keinen Beweis dafür – und keinen dagegen.«

Es folgte ein kurzes Schweigen. Frank Abbott blickte Inspektor Smith an und sagte mit kühler Stimme:

»Und wie sieht es mit den anderen Fingerabdrücken aus?«

»Was für andere Fingerabdrücke?«

»Um deren Überprüfung ich Smith gebeten habe.«

»Um deren Überprüfung *Sie* gebeten haben! Seit wann führen Sie hier das Kommando?«

»Ich wollte nur kooperativ sein, Sir. Tatsächlich . . .«

»Ach, kommen Sie! War wohl wieder eine von Ihren College-Ideen, wie?«

Frank unterdrückte ein Lächeln. Er kam sich vor wie ein Matador, der mit einem roten Tuch einen gereizten Stier auf sich lenkt.

»Es war nur so eine Idee, daß diese Fingerabdrücke interessant sein könnten.«

Inspektor Smith hatte den Raum verlassen. Lamb fühlte sich nicht mehr genötigt, seinen Zorn zu zügeln. Er lief dunkelrot an und schnauzte:

»Wessen Fingerabdrücke! Und wessen Idee war das – Ihre oder Miss Silvers?«

»Letzteres, Sir.«

Lamb hieb mit der Faust auf den Tisch.

»Wenn ich einen Rat von Amateuren brauche, werde ich Ihnen das rechtzeitig mitteilen!«

»Nun, keinen Rat, Chef – Fingerabdrücke.«

Die Faust schlug zum zweitenmal auf den Tisch.

»Wessen Fingerabdrücke – und wie hat sie sich diese beschafft?«

»Albert Caddles Fingerabdrücke – er ist Harlows Chauffeur. Ich glaube, sie ließ einen Briefumschlag fallen, und er hob ihn auf.«

Immer noch wütend, raunzte Lamb:

»Harlows Chauffeur? Warum? Wie kommt sie auf die Idee, daß er etwas mit diesem Fall zu tun haben könnte?«

Da das Schlimmste offenbar überstanden war, beschloß Frank, seinen Vorgesetzten mit Tatsachen zu besänftigen:

»Nun, Sir, er ist mit einer Frau verheiratet, die beträchtlich älter ist als er, und wie ich hörte, sieht der Bursche recht gut aus. Mrs. Caddle geht seit einer Woche mit einem Gesicht herum, als wäre ihr das Dach auf den Kopf gefallen. Ich hätte vermutlich selbst darauf kommen sollen; aber das ist eben Maudies Stärke – sie bekommt am Teetisch Informationen aus erster Hand. Tatsächlich habe ich meiner Tante vorgeschlagen, daß sie ein paar hochkarätige Plaudertaschen aus Deeping zum Tee einladen sollte. Sie scheinen bei dieser Gelegenheit gründlich ausgepackt zu haben – was die ehelichen Verhältnisse der Caddles betrifft.«

Inspektor Smith kam in diesem Moment atemlos ins Zimmer zurück.

»Ashby hat sie gerade im Labor behandelt«, sagte er. »Schauen Sie sich das an, Sir!«

Frank stand auf und kam um den Tisch herum. Die drei Männer beugten sich über einen Satz Fingerabdrücke, die so deutlich waren, wie man sich das bei einer Gerichtsverhandlung nur wünschen konnte. Lamb legte einen Satz Fingerabdrücke daneben, die im Försterhaus sichergestellt worden waren.

Sie sahen es alle auf einen Blick.

Lamb richtete sich wieder auf und sagte:

»Nun, einen Punkt können wir ja jetzt abhaken. Wir brauchen nicht mehr nach dem Mann zu suchen, der sich mit Mary Stokes im Försterhaus getroffen hat.«

KAPITEL 20

Der Wolkenbruch, der Mrs. Caddle ins Küsterhaus zurückgetrieben hatte, verwandelte sich zehn Minuten später in einen Nieselregen. Mrs. Caddle, die ihren Mantel in den Abwaschraum gehängt hatte, damit er nicht den Küchenboden volltropfte, zog diesen wieder über, nahm das Angebot von Miss Alvina an, sich deren zweitbesten Schirm auszuleihen, trat in die Dämmerung hinaus und begab sich zum zweitenmal an diesem Abend auf den Heimweg.

Ungefähr eine Viertelstunde darauf hörte Cicely Hathaway, die in Abbottsleigh den Hörer abnahm, eine aufgeregte Stimme, die sich erkundigte, ob Mr. Frank zu Hause sei.

»Ich fürchte, nein, Miss Vinnie, wenn ich mich nicht irre?«

»Oh, ja. Oh, meine Liebe – was soll ich nur tun!«

»Stimmt etwas nicht?«

Sie hörte, wie Miss Alvina hastig Atem holte.

»Oh, meine Liebe, nein! Ich habe schlimme Befürchtungen, ganz schlimme sogar. Aber ich weiß nicht, wie ich mich verhalten soll – ich brauche dringend einen Rat. Die Verantwortung ist zu groß, und die Sache viel zu ernst. Nicht auszudenken, was es bedeuten könnte – und ich hoffte so sehr, daß Mr. Frank hierherkommen würde . . .«

»Aber, Miss Vinnie, worum handelt es sich denn eigentlich?«

»Meine Liebe, das kann ich doch unmöglich sagen – nicht am Telefon – so öffentlich. Ich habe immer gesagt, das ist eine ganz schlechte Einrichtung bei uns, daß andere Leute mithören können, was gar nicht für ihre Ohren bestimmt ist. Ich will ja jetzt keine Namen nennen; aber jeder weiß doch, wer damit gemeint ist . . .« Der Satz endete mit einem Schluchzen.

»Miss Vinnie . . .«

Ein schwaches Zwitschern am anderen Ende der Leitung.

»Oh, meine Liebe, ich weiß nicht, was ich tun soll. Mir ist ganz schwindlig.«

»Miss Vinnie, hören Sie? Ich könnte Miss Silver mit meinem Wagen zu Ihnen bringen! Wenn Sie sich einer Sache wegen solche Sorgen bereiten, wird sie Ihnen sicherlich helfen können. Frank hält große Stücke auf sie.«

Miss Vinnie schluckte.

»Ich muß es jemandem sagen«, hauchte sie.

Miss Alvina brauchte nur zehn Minuten zu warten; aber es waren die schlimmsten zehn Minuten ihres Lebens. Als pietätvolle Tochter glaubte sie diese am Totenbett ihres Vaters durchlebt zu haben; aber dieses Gefühl des Grauens und der Seelennöte, das sie jetzt plagte, gehörte in der Regel nicht zu den Empfindungen, die das friedliche Hinscheiden eines guten alten Mannes bei den Hinterbliebenen hinterläßt. Vor ihrem Telefongespräch mit Cicely war es ihr gar nicht möglich gewesen, die volle Tragweite ihrer Entdeckung zu erfassen; aber in diesen grauenvoll langen Minuten des Wartens wurde sie ihr um so schrecklicher bewußt.

Sie war weiß wie die Wand, als sie mit bebenden Händen Miss Silver die Haustüre öffnete. Cicely Hathaway war sofort, nachdem sie Miss Silver vor dem Haus abgesetzt hatte, zur Kirche weitergefahren.

»Mich möchte sie bestimmt nicht dabeihaben«, hatte

Cicely zu Hause Miss Silver gesagt. »Und auf der Orgel kann ich nicht oft genug üben. Ich lasse die kleine Seitentür offen und das Licht an; und sie brauchen nur zu rufen, wenn sie hier fertig sind.«

Miss Silver strahlte eine Ruhe und Gelassenheit aus, als sie das Küsterhaus betrat, daß Miss Alvina, deren Gefühl von Sicherheit stark erschüttert war, wieder Mut faßte. Die schrecklichen Dinge passieren immer nur anderen Leuten – nie einem selbst. Auf diesem Fundament ruht unser aller Lebensgefühl.

Ein Mord ist ein Ereignis, über das man in der Zeitung liest. Mörder sind Leute, deren Fotos man dort sieht. Sie werden immer gefaßt, und wenn sie gefaßt sind, werden sie verurteilt und verschwinden für immer hinter Gittern. Das sind keine Leute, denen man in seinem eigenen Dorf auf der Straße begegnet. Eine Mörderin kann unmöglich eine Person sein, die dir das Bett macht, dein schmutziges Frühstücksgeschirr abwäscht, dein Mittagessen kocht. Eine Person, die ein einzigartiges Rezept für Erdbeermarmelade besitzt und die du als kleines Mädchen in der Sonntagsschule unterrichtet hast, kann unmöglich eine Mörderin sein.

Diese ungeheuerliche Vorstellung verblaßte, und ihr folgte der bedrückende Gedanke, daß sie sich unnötigerweise zur Närrin gemacht haben könnte. Eine verlegene Röte breitete sich auf ihrem Gesicht aus.

»Oh, meine Liebe – ich fürchte, Sie werden mich für sehr töricht halten. Ich bin ganz allein im Haus, und zuerst war es ein solcher Schock . . .«

Miss Silver unterbrach sie mit ruhiger Autorität:

»Dann war es sehr vernünftig von Ihnen, in Abbottsleigh anzurufen. Ich denke, Sie sollten mir erst einmal erzählen, was Ihnen einen so großen Schock versetzt hat.«

»Oh, ja – natürlich. Wie liebenswürdig von Ihnen, gleich hierherzukommen. Aber ich kann Sie doch hier nicht stehen lassen!«

Sie standen in der kleinen Halle. Miss Alvina hatte ein Zimmer opfern müssen, um sich diesen Luxus leisten zu können. Rechter Hand ging die Tür ins Wohnzimmer ab, linker Hand die zur Küche. Beide Türen waren alt, aus solidem Eichenholz gefertigt und mit einem Riegel versehen. Im Hintergrund führte eine steile Treppe zu den beiden Schlafzimmern im Oberstock hinauf – die Stufen von den Füßen zahlreicher Generationen ausgehöhlt und abgeschliffen, das Geländer so glatt wie Glas.

Miss Alvina hob den Riegel der Küchentüre an und schaltete das Licht ein. Ein moderner Kochherd stand klein und verlassen in der breiten Kaminecke. Ein schwarzer Balken lief über die Decke hin. Unter der kleinen Lampe, die dort an dem Kabel herabhing, stand ein mit einem grünen Wachstuch bedeckter viktorianischer Küchentisch. Darunter war ein kleiner Teppich ausgebreitet. Eine alte Wanduhr tickte feierlich in der warmen, mit Gerüchen geschwängerten Luft. Es duftete nach Räucherspeck und ein bißchen Käse. Kein Raum hätte heimeliger aussehen oder riechen können.

Miss Alvina kam knapp bis zur Mitte des Raumes, wo sie jählings stehenblieb und sich umdrehte. Sie war wieder so blaß wie die Wand. Denn schließlich waren es wirklich die schlimmsten Minuten ihres Lebens gewesen, und sie mußte nun davon berichten. Ihre Hände zitterten, und sie faßte nach der Lehne des Küchenstuhls, damit man es nicht so merkte.

»Nun sagen Sie schon, was Sie so erschreckt hat«, rief Miss Silver besorgt.

»Es war Ellen Caddle«, zwitscherte Miss Alvina. »Mrs. Caddle, meine Zugehfrau, die mir täglich von neun bis vier den Haushalt macht; und wenn ich Gäste zum Tee habe, bleibt sie sogar bis zum Abend da. Ich habe immer gedacht, was für ein Glück, daß ich sie habe; denn sie ist wirklich eine ausgezeichnete Köchin und eine so nette Person! Ich habe sie schon als Baby gekannt und will nicht glauben, daß sie etwas damit zu tun hat.« Der letzte Satz ging in ein leises Schluchzen über.

Miss Silver legte ihre mit einem schwarzen Wollhandschuh bekleidete Rechte fest auf Miss Alvinas Schulter.

»Etwas womit zu tun hat, Miss Grey?«

»Mit dem – Blut . . .«

»Du meine Güte!« sagte Miss Silver. »Mit welchem Blut, Miss Grey?«

Die Schulter zuckte unter Miss Silvers Hand.

»Es war auf dem Boden in der Spülküche . . .«

»Du meine Güte!« sagte Miss Silver zum zweitenmal. »Sie haben Blut in der Spülküche gefunden?«

Miss Alvina konnte die Tränen nicht länger zurückhalten. Ihre Worte erstickten fast in der salzigen Flut:

»Oh, *ja!*« schluchzte sie. »Es war dort in der Spülküche. Sie hat mir den Tee serviert und wollte gerade nach Hause gehen, als es plötzlich zu regnen anfing. Da sie keinen Schirm bei sich hatte, kam sie wieder zurück und wartete bei mir das Ende des Unwetters ab. Sie war ziemlich naß geworden und hängte ihren Mantel in die Spülküche. Es goß wie aus Kübeln; aber nach einer Viertelstunde war das Schlimmste vorbei, und sie borgte sich von mir einen Regenschirm und ging nach Hause. Und ich ging in die Spülküche – oh, meine Liebe, ich weiß gar nicht mehr, was ich dort eigentlich wollte! – und nahm eine Kerze mit; denn dort habe ich kein elektrisches Licht. Und da sah ich diese Pfütze auf dem Boden, wo der Mantel gehangen hatte. Ich habe ein paar Haken in die Wand schlagen lassen, und dort hatte sie auch ihren Mantel aufgehängt. Deshalb diese Pfütze.«

»Bitte, fahren Sie fort, Miss Grey.«

Die Schulter zuckte; doch dann fand sie ihre Stimme wieder:

»Ich stellte die Kerze auf den Tisch und holte einen Scheuerlappen, um den Boden aufzuwischen. Er ist dort mit Ziegelsteinen gepflastert, nicht mit Steinplatten wie hier, und deshalb habe ich es auch nicht gleich bemerkt. Oh, nein – ich dachte nur, Ellen hätte sich ein bißchen mehr in acht nehmen können. Denn sie hatte sich natürlich nicht erst die Mühe gemacht, eine Kerze anzuzünden – hatte nur an der Wand entlanggetastet, bis sie einen Haken fand, und dann ihren Mantel darangehängt. Und als sie später auf die gleiche Weise den Mantel wieder vom Haken holte, hat sie natürlich auch die Pfütze nicht bemerkt; denn sonst hätte sie diese ganz bestimmt aufgewischt.«

Miss Silvers Hand übte ein bißchen Druck aus.

»Bitte, fahren Sie doch fort, Miss Grey!«

Es folgte ein kurzes, wimmerndes Atemholen.

»Oh, *ja!* Oh, Himmel – es war grauenvoll! Ich wischte den Boden auf und – oh, es war grauenhaft! Der Lappen – ganz rot! Nicht dieses helle Rot, wenn man Ziegelstaub aufwischt – Himmel, nein! Es war Blut! Man täuscht sich selten, wenn man mit Blut in Berührung kommt, nicht wahr?« sagte sie, und ihre Stimme sank zum Flüsterton herab: »Es klebt an den Fingern.«

Miss Silver hustete.

»Was haben Sie dann gemacht?«

»Etwas Dummes, fürchte ich. Ich ließ den Feudel fallen – ich hatte das Gefühl, ich könnte ihn nie mehr anfassen. Ich wusch mir die Hände im Geschirrwaschbecken. Dabei gingen mir die schrecklichsten Dinge durch den Kopf.

Die arme Ellen Caddle – das Blut mußte ja an ihrem Mantel geklebt haben – eine Menge Blut noch dazu. Es ist ein alter schwarzer Mantel, schon ziemlich schäbig; und auf dem dunklen Stoff hatte man das Blut nicht sehen können. Erst als der Mantel im Regen ganz naß wurde und das Blut dann auf den Boden tropfte. Und – oh, Miss Silver – da überlegte ich, wie denn das viele Blut auf ihren Mantel gekommen sei. Nun hat sie ja schon seit einer Woche so schrecklich elend ausgesehen, die arme Ellen, aber ich glaubte, das habe etwas mit ihrem Mann zu tun – wir alle haben das geglaubt. Aber als ich das viele Blut sah, da fiel mir dieses arme Mädchen ein, das ermordet wurde – nicht Mary Stokes, sondern das andere arme Ding, das Mary tot im Galgenwäldchen sah und das später im Försterhaus unter den Fliesen gefunden wurde. Wahrscheinlich hätte ich so etwas Dummes gar nicht denken sollen; aber was geht einem nicht alles in so einem Moment durch den Kopf.«

Wenn sie gehofft hatte, daß Miss Silver sie in dieser Meinung bestärken würde, wurde sie nun enttäuscht. Miss Silvers Gesicht wirkte ernst und verschlossen, als sie ihre behandschuhte Rechte von Miss Alvinas Schulter nahm. Sie sagte: »Wenn Sie gestatten, möchte ich jetzt gern mal Ihr Telefon benützen.«

KAPITEL 21

Das Klopfen an der Tür drang durch den Nebel, der sich über Ellen Caddles Geist gesenkt hatte. Dieser Nebel lichtete sich ein wenig, wenn sie im Küsterhaus weilte, wo es viel zu tun gab und Miss Vinnie immer wieder mit neuen Wünschen für Ablenkung sorgte; doch wenn sie nach Hause kam und auch dort mit ihrer Arbeit fertig war, und Albert nie vor der Sperrstunde nach Hause kam, dann senkte er sich dick und schwer auf sie herunter, bis sie sich darin verlor. Albert hatte nun seit vierzehn Tagen seinen Nachmittagstee versäumt und . . .

Das Klopfen drang durch den Nebel. Sie stand auf und ging zur Tür, und sogleich befiel sie eine schreckliche Angst. Sie traten aus dem Dunkeln heraus, und mit ihnen kam die Finsternis ins Haus. Wie sie es bei der

Bibellesung in der Kirche gehört hatte: ». . . und mit dem Einzug der Finsternis begann ein Heulen und Zähneklappern.« Und als sich ihre Augen an diese Finsternis gewöhnt hatten, sah sie Mr. Frank Abbott, dieses hohe Tier von der Londoner Polizei und die zierliche Lady, die bei den Abbotts in Abbottsleigh wohnte, daraus hervortreten. Es gab keine Möglichkeit, sie von der Schwelle zu weisen; also trat sie zurück, und das hohe Tier aus Londen sagte:

»Können wir Sie einen Moment sprechen, Mrs. Caddle?«

Sie führte sie ins Wohnzimmer, auf das sie so stolz gewesen war, als sie Albert heiratete, und das er sie mit ihren Ersparnissen einrichten ließ. Er hatte hinterher zwar gemurrt, weil es so viel gekostet hatte; aber das hatte sie gern in Kauf genommen für einen echten Axminster-Teppich, wirklich hübsche Vorhänge und eine Polstergarnitur aus dem besten Möbelgeschäft in Lenton. Es war eiskalt und die Luft im Raum wie tot, weil Mrs. Caddle das Zimmer nur benützte, wenn sie Gesellschaft hatte; aber es regte sich doch so etwas wie ein schwacher, sie ein wenig belebender Stolz in ihrer Brust. Alles hier war gut, alles neu, alles, was poliert werden konnte, poliert, daß man sich darin betrachten konnte wie in einem Spiegel.

Als sie die Tür schloß, fragte das hohe Tier aus London, wo Albert wäre. »Wo ist Ihr Gatte?« Einfach so. Sie dachte an die vielen Stunden, wo sie ihre Seele dafür verpfändet hätte, um diese Frage beantworten zu können, und öffnete ihre blassen Lippen, um ihm die einzige Antwort zu geben, die sie darauf wußte:

»Ich weiß es nicht.«

»Er ist ausgegangen?«

»Abends ist er immer außer Haus.«

»Im Wirtshaus?«

»Ich weiß es nicht.«

Lamb wandte sich an seinen Sergeanten:

»Gehen Sie hinaus und sagen Sie dem Beamten mit dem Wagen – wie heißt er doch gleich? – ja – sagen Sie May, er möchte ins Wirtshaus fahren und nachsehen! Wenn Caddle dort ist, soll er ihn mitbringen!«

Frank Abbott verließ das Zimmer und kam drei Sekunden später schon wieder. Lamb legte seinen Hut auf die Couchlehne und nahm in deren Ecke Platz. Es war ein Kompliment für das Möbelhaus in Lenton, daß die Sprungfedern nicht knarzten.

Mrs. Caddle blieb stehen. Sie war sehr mager geworden. Das schwarze Kleid, das sie trug, betonte noch die tödliche Blässe ihrer hohlen Wangen und ihre geröteten Lider. Als Miss Silver sie am Arm berührte, fuhr sie erschrocken zusammen.

»Wie bitte?«

»Ich denke, Sie sollten sich lieber setzen.«

Es war ihr im Grunde egal, ob sie stand oder saß. Sie nahm sich den Lehnstuhl, auf den dieses hohe Tier aus London deutete und den man ihr im Möbelgeschäft in Lenton als Freizeitsessel verkauft hatte – ein schmales Möbel mit hoher steifer Lehne, einem Polsterbezug aus heller Kunstseide und goldfarbenen Polsternägeln an den Kanten.

Miss Silver nahm in der anderen Ecke der Couch Platz, und Frank Abbott zog sich einen der kleineren Lehnstühle heran. Lamb, der hoch aufgerichtet in seinem dicken Überzieher im Polster saß, ließ das Schweigen eine Weile sacken, ehe er sagte:

»Wie ist denn das viele Blut auf Ihren Mantel gekommen, Mrs. Caddle?«

Die Frage war wie ein Blitz, der die Finsternis und den Nebel zerriß. Einen schrecklichen Augenblick lang wurde Ellens Geist in ein grelles Licht getaucht, so daß sie all diese Dinge anschauen mußte, die sie doch so hartnäckig vor sich zu verstecken versuchte. Sie sah sie vor sich – so klar und deutlich in diesem gleißenden Licht, als erblickte sie sie zum erstenmal. Nur einen Moment lang, und dann waren sie wieder fort, vom Nebel verschluckt. Sie wußte nicht, ob sie aufgeschrien hatte. Sie sah nur noch ihre Hand an ihrem Hals. Sie spürte, wie ihre trockenen Lippen sich öffneten und sagten:

»Was für ein Mantel?«

Lamb blickte Miss Silver an, die ein leises Hüsteln von sich gab.

»Ihr schwarzer Mantel, Mrs. Caddle – der Mantel, den Sie vorhin erst ausgezogen haben. Ich glaube, Chefinspektor Lamb möchte diesen Mantel gern sehen. Er ist heute nachmittag naß geworden, und Sie haben ihn an einen Haken in Miss Greys Spülküche gehängt. Dort hat sich unter dem Mantel eine Pfütze gebildet. Es muß viel Blut in dem Mantel gewesen sein, weil diese Pfütze ganz rot war.«

Ellen Caddle starrte sie an. Ihre Augen waren groß und glasig. Lamb wiederholte mit scharfer Stimme:

»Wie ist denn das viele Blut auf Ihren Mantel gekommen?«

Da ging eine Verwandlung mit Mrs. Caddle vor. Hände und Füße wurden pelzig, als stürben alle Gefühle in ihr ab. Und mit ihren Empfindungen ließen auch diese Schmerzen nach, die ihren Geist quälten. Sie wurden immer kleiner, bis sie zuletzt ganz aufhörten. Das war eine ganz außergewöhnliche Verwandlung – fast ein Segen. Sie saß sehr steif in ihrem Freizeitsessel, als hielte sich ihr Körper ganz von selbst aufrecht, ohne Zutun ihres Geistes. Und sie sagte:

»Das muß an meinen Mantel gekommen sein, als ich mich im Wäldchen auf den Boden kniete.«

Miss Silver flüsterte: »Du meine Güte . . .« So leise, daß nur sie es hörte, während Lamb sich vorbeugte und sagte:

»Wenn das ein Geständnis ist, muß ich Sie darauf

aufmerksam machen, daß alles, was sie sagen, protokolliert wird und gegen sie verwendet werden kann. Sie verstehen das?«

Sie nickte.

»Nun denn – wollen Sie uns sagen, warum Sie ins Wäldchen gingen und sich dort auf den Boden knieten?«

Sie wandte den Blick nicht von seinem Gesicht ab.

»Es war Albert . . .«

Frank Abbotts Bleistift flog über das Papier. Lamb folgerte rasch:

»Meinen Sie damit, daß Ihr Man die Frau getötet hat, die im Försterhaus gefunden wurde?«

Sie schüttelte den Kopf.

»Ich weiß nicht, wer sie getötet hat. Es war Albert, den ich dort suchte.«

»Wann haben Sie nach ihm gesucht? Von welchem Tag reden Sie jetzt?«

»Es war Freitag – Freitag abend.«

»Freitag, der Achte?«

»Ja, diesen Freitag meine ich.«

»Also – Sie gingen in das Wäldchen, sagten Sie. In welches Wäldchen?«

»In das Galgenwäldchen – auf der anderen Seite der ›Lane‹.«

»Und was machten Sie dort?«

»Ich ging Albert nach.«

»Wie kamen Sie auf die Idee, daß er dort sein würde?«

Ihre Hand ging wieder zum Hals. Nichts tat ihr mehr weh; aber sie hatte sich eine Sekunde lang an den Schmerz erinnert, der ihr die Kehle zugeschnürt hatte. Sie sagte:

»Ich wußte schon lange, daß er ins Wäldchen ging. Nur ein Mädchen hatte ihn dorthin locken können. Der Wald ist verrufen. Die Leute meiden ihn. Ich wußte nicht, welches Mädchen sich davon nicht abhalten ließ, sich dort mit ihm zu treffen. Dann fiel mir Mary Stokes ein – sie gehörte zur sorglosen Sorte – ich dachte, sie könnte es sein. Sie kam ja jede Woche mit Butter und Eiern zu uns, und ich sah, wie Albert sie mit den Augen verschlang. Sie war erst am Mittwoch dagewesen, und ich nahm ihr ein paar Eier ab und ließ sie in der Küche allein, um Wechselgeld zu holen. Als ich zurückkam, stellte sie Alberts Lederbeutel auf das Regal zurück, in dem er seinen Tabak aufbewahrte. Ich stand vor der Tür. Sie wußte nicht, daß ich sie dabei beobachtete – ich war ganz leise zurückgekommen. Als sie wieder gegangen war, blickte ich in den Beutel. Im Tabak lag ein Papierkügelchen. Ich nahm es und faltete es auseinander. Darin stand: ›Freitag – selbe Zeit, selber Ort.‹«

Sie hörte sich die Worte sagen, die sich wie ein Messer in ihr Herz gebohrt hatten. Doch sie spürte dort keine Schmerzen mehr. Es waren nur noch Worte, die sie auf einem Fetzen Papier gelesen hatte; doch sie hatten sie in das Galgenwäldchen gezogen. Sie verstummte.

Lamb sagte:

»Sie dachten, das wäre eine Mitteilung an Ihren Mann, daß er sich am Freitag mit Mary Stokes im Försterhaus treffen sollte? Sie können diese Frage unbesorgt beantworten, weil wir wissen, daß er sich dort mit ihr getroffen hat. Wir fanden ihre und seine Fingerabdrücke überall im Haus.«

Ellen Caddle schüttelte den Kopf. Sie scheute sich nicht vor einer Antwort. Sie hatte überhaupt keine Angst mehr. Sie sagte:

»Es macht mir nichts aus, sie zu beantworten.«

»Nur weiter so. Dann erzählen Sie uns jetzt, was Sie an jenem Freitag gemacht haben.«

»Ich bin so gegen halb fünf von Miss Grey zurückgekommen. Albert hatte den Wagen gewaschen – der Hof war ganz naß. Ich rief laut nach ihm. Ich wollte wissen, ob er zum Tee zu Hause sei. Wir trinken um halb sechs unseren Tee, wenn er abends nicht noch mal fahren muß. Ich sagte, ich würde etwas für ihn kochen; aber er antwortete, das brauchte ich nicht, er ginge noch einmal fort. Ich fragte ihn, wann er wieder nach Hause käme, und er antwortete, ich sollte ihm nicht so dumme Fragen stellen. Und dann kam er die Treppe herunter, schaute mich nicht an und holte wortlos sein Fahrrad aus der Garage. Er schob es zum hinteren Gartentor und fuhr dann auf der ›Lane‹ davon.«

»Um wieviel Uhr war das, Mrs. Caddle?«

»Das muß nach fünf gewesen sein. Ich hatte schon Feuer im Ofen gemacht und ein bißchen aufgeräumt, ehe er herunterkam.«

»Können Sie uns sagen, was er angehabt hat?«

Sie nickte.

»Seinen blauen Serge. Da wußte ich, daß er sich mit ihr treffen würde – so zieht er sich nie fürs Wirtshaus an.«

»Hat er auch einen Mantel mitgenommen?«

»Ja, seinen Uniformmantel. Es war ziemlich kalt an dem Abend.« Sie erschauerte, als erinnerte sie sich daran, wie sehr Kälte ihr zusetzen konnte. Doch das war nur ihr Körper. Ihr Geist blieb ruhig und ohne jedes Gefühl.

»Erzählen Sie weiter, Mrs. Caddle. Ihr Mann fuhr mit seinem Fahrrad fort. Und Sie – was haben Sie gemacht?«

»Ich ging ihm nach. Ich hatte meine Sachen noch nicht weggehängt. Ich nahm meinen Mantel und meinen Hut und rannte durch das hintere Gartentor. Ich dachte, ich könnte noch den Rückstrahler von seinem Fahrrad sehen; aber da war kein Licht – es war stockdunkel. Ich ging ins Haus zurück, um meine Taschenlampe zu holen.«

Sie hielt einen Moment inne, blickte den Chefinspektor unglücklich an und sagte: »Ich konnte sie nicht finden. Sie hätte auf dem Regal stehen sollen, doch da war sie nicht. Ich suchte überall – oben und im Erdgeschoß; aber ich konnte sie nicht finden. Ich glaube, ich muß mindestens zwanzig Minuten nach ihr gesucht haben.«

»Ja – und dann?«

»Ging ich ohne sie fort; aber als ich den Weg zum Galgenwäldchen hinunterging, griff ich, ohne mir etwas dabei zu denken, in die Manteltasche, und da war sie. Ich muß sie selbst dort hineingelegt haben, als ich meinen Mantel über den Küchenstuhl hängte. Ich weiß gar nicht, wie mir das passieren konnte.«

»Sie waren mit Ihren Gedanken ganz woanders gewesen – deshalb wußten Sie es nicht. Das ist bestimmt schon jedem von uns passiert. Kein Grund zur Sorge. Nun erzählen Sie uns, wie es weiterging.«

»Ich schaltete die Lampe ein, weil ich quer durch den Wald gehen wollte, und . . .«

»Wenn ich Sie kurz unterbrechen darf, Mrs. Caddle: Sind Sie, als Sie die ›Lane‹ hinuntergingen, an einem Wagen vorbeigekommen? Oder hat Sie ein Auto überholt?«

»Nein, Sir.«

»Wenn im Wald ein Auto abgestellt gewesen wäre, hätten Sie das gesehen?«

Sie sagte verunsichert:

»Ich würde das Parklicht gesehen haben.«

»Vermutlich. Aber wenn der Wagen ohne Licht abgestellt war? Wie dunkel war es? Hätten Sie einen geparkten Wagen ohne Lichter sehen können?«

Sie schüttelte den Kopf.

»Da sind zu viele Bäume. Es war sehr dunkel.«

Lamb lehnte sich in seiner Sofaecke zurück. Die Dekkenlampe spiegelte sich in seinem glänzend schwarzen Haar mit der beginnenden Glatze darunter.

»Schön. Sie gingen also in das Wäldchen hinein. Hatten Sie ein bestimmtes Ziel vor Augen?«

Sie sagte mit bebender Stimme:

»Ich dachte, daß sie sich im Försterhaus treffen müßten . . .«

»Ja – erzählen Sie weiter.«

»Ich richtete den Strahl der Taschenlampe nach unten. Das Unterholz ist gar nicht so dicht, wenn man erst einmal im Wäldchen ist. Ich war schon ein gutes Stück gegangen, als ich etwas hörte. Ich schaltete meine Lampe aus. Da sah ich ein Licht durch die Bäume schimmern. Das erlosch ebenfalls. Ich hörte, wie sich jemand im Wald entfernte.«

»In welche Richtung?«

»Auf die Felder zu. Ich hörte Schritte in diese Richtung gehen. Wenn das Albert ist, dachte ich, hat er vielleicht sein Fahrrad auf dem Feldweg abgestellt – der mündet ja in die ›Lane‹. Aber ich wußte ja nicht, ob es Albert war. Ich ging weiter auf die Stelle zu, wo ich zuletzt das Licht gesehen hatte. Das war eine Gruppe von Stechpalmen. Ich dachte, vielleicht ist das der Platz, wo sie sich immer treffen. Ich schaute mich um, ob es dafür Hinweise gab. Ich legte meine Taschenlampe auf den Boden. Da waren Blätter unter den Stechpalmen zu einem Haufen zusammengetragen. Ich wühlte mit dem Fuß daran und stieß gegen etwas. Ich richtete den Strahl der Taschenlampe auf den Blätterhaufen und kniete mich nieder. Ich schob die Blätter beiseite. Plötzlich lag ein Mädchen mit eingeschlagenem Schädel vor mir. Da war Blut auf den Blättern – vermutlich kniete ich sogar in einer Blutlache. Ich dachte, es wäre Mary Stokes, und ich dachte, Albert hätte sie erschlagen. Und dann sah ich, daß es eine Fremde war. Sie hatte einen Ring im Ohr, der ganz mit Diamanten besetzt war. Ich wußte nicht, warum Albert dieses Mädchen erschlagen haben sollte. Er wollte sich doch nicht mit diesem Mädchen treffen, sondern mit Mary Stokes. Also, dachte ich, kann Albert es nicht gewesen sein, und wenn Albert sie nicht getötet hatte, ging mich das auch nichts an. Und so schob ich die

Blätter wieder über die Tote und ging nach Hause. Aber seither konnte ich das Bild der Toten nicht mehr loswerden.«

Lamb blickte sie stirnrunzelnd an.

»Es war Ihre Pflicht, das der Polizei zu melden!«

Darauf wußte sie keine Antwort – saß nur stumm in ihrem harten Sessel, die Hände in ihrem Schoß.

Er sagte streng: »Sie haben sich da gar nicht richtig verhalten, Mrs. Caddle.« Und dann: »Nun, das reicht fürs erste. Man wird Ihnen Ihre Aussage noch einmal vorlesen und Sie bitten, diese anschließend zu unterschreiben. Und ich wäre Ihnen dankbar, wenn Sie sich so lange in Ihrer Küche aufhielten.«

Er wandte sich Frank Abbott zu. »Ich glaube, der Wagen ist eben zurückgekommen. Schauen Sie mal nach, ob May Caddle mitgebracht hat, und wenn ja, bringen Sie ihn hier herein.«

KAPITEL 22

Albert Caddle kam mit einem ziemlich hochmütigen Gesicht ins Wohnzimmer. Er war nicht sehr groß; aber sehr gut gebaut und zweifellos ein sehr gut aussehender junger Mann. Sein gewelltes schwarzes Haar war erheblich länger, als ihm das die Armee erlaubt hätte. Er blickte Lamb und dann Miss Silver herausfordernd mit seinen dunklen Augen an und schien offenbar von beiden nicht beeindruckt. Er sagte im schnoddrigen Ton:

»He – was soll das denn hier?«

Lamb starrte ihn an. Ein Mann, der sich seiner Autorität bewußt ist und tausend Jahre solider englischer Gerichtsbarkeit hinter sich weiß, kann schon einiges in seinen Blick hineinlegen.

Albert Caddle schlug zwar nicht die Augen nieder; aber sein Blick wanderte zur Seite. Und erst als das geschah, brach Lamb das Schweigen.

»Sie sind Albert Caddle?«

Albert Caddle schob eine Schulter in die Höhe und sagte:

»Ja, so heiß' ich.«

»Sie sind bei Mr. Harlow als Chauffeur beschäftigt?«

»Das ist richtig.«

»Also – ich möchte Ihnen ein paar Fragen stellen. Sie können sich setzen.«

Albert Caddle brauchte gar nicht zu sagen, was er jetzt dachte. Es war ihm deutlich genug vom Gesicht abzulesen: »Sie besitzen die Unverfrorenheit, mir in meinem eigenen Haus das Sitzen zu gestatten?« Grinsend zeigte er ein paar ebenmäßige weiße Zähne, ging zu einem der bequemen Polstersessel und warf sich hinein. Dann sah er die drei an, ob nun alle Zweifel beseitigt waren, daß er der Hausherr war und sich von keinem hier etwas sagen oder verbieten ließ.

Mit Männern von Albert Caddles Sorte hatte Lamb in London fast täglich zu tun. Er sagte mit barscher Stimme:

»Ich will wissen, was Sie am Freitag, dem achten Januar, nach sechzehn Uhr dreißig gemacht haben.«

»Wirklich?« Stimme und Betonung waren eine unverschämte Karikatur von Sergeant Abbott.

»Mit solchen Antworten werden Sie kaum weit kommen, Caddle.«

»Wer sagt denn, daß ich das will.«

Lamb setzte sich sehr gerade auf.

»Ich sagte, damit kommen Sie nicht weit! Zwei Morde sind kurz hintereinander in dieser Gegend geschehen, und ich leite die Ermittlungen. Jeder Bürger ist verpflichtet, der Polizei bei den Ermittlungen zu helfen. Ich kann Sie zwar nicht zwingen, meine Fragen zu beantworten oder eine Aussage zu machen; aber wenn Sie unschuldig sind, wäre das auch nicht nötig. Sie würden uns freiwillig helfen. Ich komme Ihnen jetzt sogar entgegen und verrate Ihnen, daß Sie uns eine Erklärung schuldig sind. Ich gebe Ihnen Gelegenheit, uns zu erzählen, was Sie in letzter Zeit gemacht haben. Beginnen Sie mit Freitag, dem Achten, nachmittags ab halb fünf. Wenn Sie das nicht können, nehme ich Sie fest.«

Albert Caddle setzte sich nun ebenfalls sehr gerade in seinen Sessel.

»Soll das eine Drohung sein?«

»Eine Aufforderung. Ich bin neugierig auf Ihre Tätigkeiten am Freitag, dem Achten, nachmittags ab halb fünf.«

Albert legte die Hand auf die Hüfte und reckte das Kinn in die Luft.

»Warum?«

»Kann ich Ihnen gern verraten. Sie hatten an jenem Abend eine Verabredung mit einer jungen Dame. Sie trafen sich mit ihr regelmäßig im Försterhaus im Galgenwäldchen. Sie sind gegen fünf Uhr aus dem Haus gegangen, um diese Verabredung einzuhalten.

Albert zeigte wieder seine weißen Zähne.

»Ich habe mich nicht mit ihr getroffen.«

»Sie gingen aus dem Haus . . .«

Albert lachte verächtlich.

»Moment – ist es verboten, spazierenzugehen? Wir leben in einem freien Land, oder nicht? Ihr Bullen wollt immer so schlau sein – das ist euer Fehler. Vielleicht hat sich eine junge Dame mit mir verabredet – vielleicht, sage ich, aber das bedeutet noch lange nicht, daß ich diese Verabredung auch eingehalten hätte. Ich nehme an, meine Frau hat mich bei Ihnen angeschwärzt. Sie wissen ja, wozu eifersüchtige Frauen fähig sind. Die erzählen Ihnen alles, was Sie gern hören wollen.«

»Sie hatten eine Verabredung mit Mary Stokes, Caddle . . .«

»Und wenn ich die hatte? Ich sage nicht, daß das stimmt – aber was geht Sie das an?«

»Ihre Frau ist Ihnen gefolgt. Sie sah ein Licht im Galgenwäldchen und hörte, wie jemand sich aus dem Wald entfernte. Sie fand die Leiche einer jungen Frau, die als Louise Rogers identifiziert wurde, unter Laub versteckt. Dabei ist Blut auf ihren Mantel gekommen – und dieses Blut hat uns heute hierhergebracht. Ich denke, Sie verstehen jetzt, in was für einer Lage Sie sich befinden. Sie sind nicht verpflichtet, eine Aussage zu machen, mit der Sie sich selbst belasten.«

Ärger blitzte in den dunklen Augen auf. Eine zornige Röte überzog das Gesicht bis zu den Haarwurzeln.

»Ich und mich selbst belasten? Ich habe nichts verbrochen! Sie scheinen sich wohl in meinen Privatangelegenheiten besser auszukennen als ich! Schön – ich werde Ihnen mal etwas sagen! Diese Mary Stokes, das war nicht unbedingt meine Kragenweite! Ich war fertig mit ihr. Mal wollte sie was von mir, mal wieder nicht, und dann wollte sie doch wieder. Das konnte sie mit mir nicht machen, verstehen Sie? Es gibt so viele Mädchen, die ich haben kann, wenn ich will, daß ich auf so was nicht angewiesen bin. Tatsächlich habe ich ein anderes Mädchen – in Lenton. Mary Stokes, die hat mir eine Nachricht zugespielt, daß ich mich am Freitag mit ihr treffen soll. Ich habe mich aber nicht mit ihr getroffen, sondern bin nach Lenton gefahren, und das konnte sie sich meinetwegen hinter den Spiegel stecken. Und am Samstagmorgen kam sie dann mit ihrer Butter und ihren Eiern hierher und schob mir im Vorbeigehen einen Zettel in die Tasche, auf dem stand, sie gäbe mir noch eine Chance und ich könnte sie zwischen halb und Dreiviertel sechs im alten Försterhaus treffen. Das hätte sie sich sparen können. Um halb fünf stieg ich auf mein Fahrrad und fuhr nach Lenton, um mich dort mit meinem Mädchen zu treffen!«

Lamb blickte mit harten, ausdruckslosen Augen auf.
»Sie haben sich mit Mary Stokes gestritten?«

»Ich war mit ihr fertig! Und versuchen Sie nun ja nicht, mir daraus einen Strick zu drehen! Wenn ich mit einem Mädchen Schluß gemacht habe, habe ich mit ihr Schluß gemacht – da pirsche ich mich nicht hinterher an sie heran und breche ihr das Genick!«

Er lachte.

»Ich bin doch nicht verrückt und gehe wegen einer Frau lebenslang in den Bau! Niemals. Und für Mary Stokes schon gar nicht. Mir tut der arme Teufel leid, der sie umgebracht hat, und ich wünsche ihm, daß er dafür nicht büßen muß –; aber ich bin es nicht gewesen. Keine Frau wäre mir das wert. Und wenn Sie glauben, Sie könnten mir diesen Mord anhängen, würde ich mir das an Ihrer Stelle zweimal überlegen. Joe Turnberry hat sie doch heimgebracht, nicht wahr? So gegen acht Uhr, wie ich hörte. Die beiden sind zehn vor acht mit dem Bus aus Lenton gekommen. Dann kann ich ihr nicht das Genick gebrochen haben, weil ich gar nicht in Deeping war. Ich konnte gar nicht in Deeping gewesen sein, weil ich zu dieser Zeit mit einem Mädchen im ›Rose and Crown‹ in Lenton gewesen bin – verstehen Sie? Wir hielten uns dort von acht bis zehn Uhr abends auf, und das können Ihnen fünfzehn bis zwanzig Leute bezeugen, wenn Sie es nicht glauben wollen. Was sagen Sie nun? Wollen Sie mich immer noch festnehmen?«

Lamb sagte: »Zeigen Sie mir mal Ihre Hände, Caddle – beide! Legen Sie sie flach auf den Tisch.«

»He – was soll denn das nun wieder!«

»Legen Sie sie auf den Tisch!«

»Wollen wohl noch 'ne Schau abziehen, wie?« sagte Albert; aber er zeigte seine Hände vor, indem er sie flach auf den Knien ausstreckte.

Am linken Zeigefinger fehlte das oberste Glied.

KAPITEL 23

Mrs. Barton war nicht nur sehr betroffen, sondern auch wütend. Aber wenn sie nicht gelernt hätte, zu schweigen und sich zu beherrschen, hätte sie sich nicht dreißig Jahre lang auf ihrem Posten als Haushälterin von Deepside halten können.

Sie hatte es nicht leicht gehabt mit dem alten Mr. Hathaway, als seine Frau starb, und später Mr. Roger, sein einziger Sohn, bei einem Jagdunfall ums Leben kam. Und da waren noch andere Dinge gewesen – Dinge, über die man nicht redete, obwohl sie vermutlich jedermann bekannt waren. Vor den Leuten im Dorf konnte man selten etwas geheimhalten. Aber wenn Mr. Hathaway so lange in seinem Arbeitszimmer saß, bis kein Tropfen Whisky mehr in seiner Karaffe war, und sie ihm dann die Treppe in sein Schlafzimmer hinaufhelfen mußte, hatte sie keiner im Dorf darüber ein Wort verlieren hören. Selbst dem armen einsamen alten Mr. Hathaway hatte sie das nie vorgehalten oder ihn auch nur mit einem vorwurfsvollen Blick bestraft.

Und dann hatten sie einmal ein diebisches Zimmermädchen gehabt – mit hervorragenden Manieren und erstklassigen Referenzen. Alles ein bißchen zu gut, um wahr zu sein, wenn sie sich das heute überlegte; aber damals war sie überglücklich gewesen, so eine Perle zu bekommen, bis diese dann mit dem silbernen Kerzenhaltern aus dem Speisezimmer und einer goldenen Dose aus Mr. Hathaways Arbeitszimmer das Weite suchte – einem kostbaren Andenken an Mr. Hathaways Urgroßvater, der die Schnupftabaksdose von einem französischen Gentleman bekommen hatte, weil er diesem bei einer dieser schlimmen Revolutionen das Leben rettete.

Doch so etwas Ähnliches wie heute hatten sie noch nie erlebt.

Sie wurde rot bis unter die Haarwurzeln ihrer grauen Haare, als sie daran dachte. Wenn Mr. Grant nicht schon am frühen Sonntagmorgen das Haus verlassen und über Nacht weggeblieben wäre, hätte sie niemals sein Schlafzimmer betreten, nachdem sein Bett gemacht war. Sie hätte höchstens Agnes beim Bettenmachen geholfen und dann keine Veranlassung mehr gehabt, sich dort noch einmal umzusehen. Aber da heute Montag war, Mr. Hathaway woanders übernachtet und sein Bett nicht benützt hatte, brauchte man dieses auch nicht zu machen. Und daher hatte sie auch keinen Grund gesehen, sein Schlafzimmer zu betreten, wenn ihr nicht eingefallen wäre, Agnes zu bitten, eine Wärmflasche hineinzulegen, damit die Laken nicht zu sehr auskühlten. Vielleicht hatten die langen Jahre, in denen sie mit einem alten Herrn unter einem Dach gelebt hatte, sie in dieser Hinsicht zu empfindlich gemacht; aber es herrschte ja nun wirklich ein garstiges, naßkaltes Wetter draußen, und eine Wärmflasche im Bett würde verhindern, daß die Wäsche klamm wurde.

Die Röte auf ihrem Gesicht vertiefte sich noch, als sie die Szene noch einmal vor ihrem inneren Auge heraufbeschwor; Agnes in Mr. Hathaways Schlafzimmer, die Tür nicht ganz zu, und sie sie noch ein bißchen weiter aufschiebend, damit sie besser sehen konnte. Und was erblickte sie da? Sie hätte es niemals geglaubt, wenn sie es nicht mit ihren eigenen zwei Augen gesehen hätte: Agnes, die sich mit tränenüberströmtem Gesicht über das Bett beugte und das Kopfkissen küßte! Weinte und schluchzte und küßte Mr. Grants Kopfkissen – man hätte vor Scham im Boden versinken können!

Sie wußte nicht, wie sie es fertiggebracht hatte, sich zu beherrschen – aber es war ihr gelungen. Sie hatte geräuschlos die Tür wieder zugemacht und war in die Küche zurückgegangen. Und als Agnes um elf zu ihrem zweiten Frühstück herunterkam, hatte sie ihr gekündigt

– ohne einen Grund zu nennen; nur daß sie eine Veränderung vornehmen wollten. Seltsam, wie das Mädchen nur dagestanden und kein Wort gesagt hatte – ein eigenartiges Lächeln auf dem Gesicht, einen so komischen Blick in den Augen. Und nicht einen Ton hatte es von sich gegeben. Mrs. Barton hätte schon wieder aus der Haut fahren können, wenn sie daran dachte, mit was für einem Gesicht Agnes aus der Küche gegangen war. »Sie hält sich wohl für was Besseres«, sagte sie. »Redet nicht mit jedem.«

Nun hätte man eigentlich erwarten können, daß Agnes und Mrs. Barton an diesem Montagmorgen Wichtigeres im Kopf hatten, als Mr. Grant Hathaways leeres Kopfkissen zu beweinen und sich zu entrüsten, daß dieses auch noch geküßt wurde. Schließlich hatte sich ja ein Doppelmord ereignet, dessen Opfer, zwei junge Damen, man eben erst gefunden hatte. Tatsächlich scheint uns das, was uns selbst passiert, viel wichtiger zu sein als das Schicksal anderer Leute, und der Splitter im eigenen Auge beschäftigt uns mehr als der Balken in dem unseres Nachbarn.

Als Mr. Stokes Stallbursche am Sonntagmorgen die Milch zu spät anlieferte und die Nachricht mitbrachte, daß Mary ermordet und ihre Leiche unter einem Heuhaufen in der Scheune gefunden worden war, hatte Agnes hysterisch geschluchzt und Mrs. Barton sich entsprechend schockiert gezeigt. Aber als sie noch am selben Nachmittag erfuhr, daß soeben eine zweite Leiche im Keller des Försterhauses entdeckt worden war, beeindruckte sie das nicht mehr, als wenn sie dergleichen in einer Zeitung gelesen hätte. Was Mary Stokes betraf, so war Mrs. Barton schon immer überzeugt gewesen, daß dieses leichtfertige Mädchen eines Tages ein böses Ende nehmen würde, während Louise Roger nur eine namenlose Fremde war, die es irgendwie geschafft hatte, in Deeping umgebracht zu werden.

Doch ein Skandal in einem Haus, das sich glücklich schätzen konnte, von ihr bewirtschaftet zu werden, und in dem sie dreißig Jahre lang moralische Maßstäbe gesetzt hatte – das stand auf einem ganz anderen Blatt. Leichtsinnige junge Mädchen wurden jeden Tag umgebracht; aber ein Skandal in den Räumen des Hauses, in dem sie selbst wohnte, war für Mrs. Barton ein so ungeheuerlicher Gedanke, daß sich alles in ihr dagegen sträubte.

In dieser geistigen Verfassung begab sie sich nach dem Mittagessen in das Arbeitszimmer von Mr. Grant und begehrte ein paar Worte mit ihm zu sprechen.

Er blickte von einem Brief auf, den er gerade schrieb.

»Wenn es wichtig ist, Mrs. Barton. Ich bin sehr beschäftigt.«

Sie stand da wie ein Fels – eine massive Gestalt, das Haar in der Mitte gescheitelt und sauber gekämmt; das schwarze Kleid über schwellenden Konturen bis zum Hals hinauf zugeknöpft; ein schneeweißer Kragen von einer Kameenbrosche zusammengehalten. Unfaßbar, daß Mrs. Barton sich mit dem Medusenhaupt schmückte, aber dennoch wahr. Das ließ sich nur damit erklären, daß die klassische Mythologie für sie ein Buch mit sieben Siegeln war und die Brosche ein Vermächtnis einer sehr angesehenen Großtante. Ihr eigenes Gesicht war ebenmäßig, ihre Augen eher schön zu nennen, ihre Gesamterscheinung würdevoll und nicht ganz ohne Reiz.

Grant fügte sich in das Unvermeidliche, legte den Federhalter aus der Hand und sagte:

»Was gibt es denn?«

»Ich möchte Sie nicht von der Arbeit abhalten, Sir. Ich dachte, Sie haben einen Anspruch darauf, zu erfahren, daß ich Agnes soeben gekündigt habe.«

Grant sagte: »Oh?«

Er war sich ihres forschenden Blickes bewußt. Ihre grauen Augen waren fest und nicht ohne Neugier auf sein Gesicht geheftet. Was er nicht wußte, war die Befriedigung, mit der diese grauen Augen seine arglose Miene – eine Mischung aus gelinder Überraschung und Langeweile – zur Kenntnis nahmen.

Niemals hätte sie zugegeben, daß ihr auch nur einen Moment der Gedanke gekommen wäre, Mr. Grant hätte sich so weit vergessen können, Agnes zu ihrem skandalösen Verhalten zu ermutigen. Aber da saß er nun, ein von seiner Frau getrennt lebender Gentleman, und keiner außer den beiden wußte, warum.

Und was für ein Jammer dieser Zustand war! Eine nettere junge Lady als Miss Cicely Abbott konnte man gar nicht finden und auch kein glücklicheres Paar. Ein schrecklich stilles Haus war das geworden, nachdem sie wieder ausgezogen war – und wie sehr hatte sie es doch vorher mit Leben erfüllt – sie und ihr Hund Bramble, der wie ein junges Füllen die Treppe hinauf- und hinuntergaloppierte und einen so treuherzig mit seinen braunen Augen ansah, wenn er einen Knochen haben wollte. Eine schreckliche Lücke hatten die beiden hinterlassen, Miss Cicely und ihr Dackel Bramble. Und wenn so ein Gentleman einsam war, war er zuweilen zu sehr überraschenden Handlungen fähig. Weiter mochte sie mit ihren Überlegungen nicht gehen.

Diese Gedanken schwirrten ihr durch den Kopf nach Grant Hathaways »Oh?« und vor seiner Frage: »Was hat Agnes denn angestellt?« Und dann: »Scheint zwar ein bißchen schwermütig zu sein, hatte ich den Eindruck; aber sonst konnte man sich doch wohl nicht über sie beklagen, oder?«

»Ich habe an ihrer Arbeit nichts auszusetzen.«

»Also was dann?«

»Ich möchte darüber nicht sprechen, Mr. Grant.«

»Oh? Nun, Sie sind für den Haushalt verantwortlich und müssen wissen, was Sie tun.«

»Jawohl, Sir.«

Er konzentrierte sich wieder auf seinen Brief.

Als Agnes ihm um halb fünf den Tee in das Arbeitszimmer brachte, schrieb er noch immer. Sie schaltete beim Hereinkommen das Licht ein und stand einen Moment hinter dem Schreibtisch, um ihn zu betrachten. Sie konnte zwar nur die Rückseite seines rauhen Tweedjacketts, die vorgewölbten Schultern, den Hinterkopf und eine Hand sehen, die sich schreibend über das Papier bewegte; doch sie verschlang das alles mit den Augen. Sie war eine hagere Frau mit leicht gelbstichigem Teint und dickem, straff nach hinten gekämmtem schwarzem Haar. Ihre Augen hatten einen melancholischen, brütenden Ausdruck.

Er schien ihre verzehrenden Blicke auf seinem Rükken zu spüren, denn er hielt plötzlich im Schreiben inne und sagte, ohne sich umzudrehen:

»Es ist gut – stellen Sie das Tablett irgendwo ab. Ich möchte diesen Brief erst zu Ende schreiben.«

Sie kam nach einem kurzen Zögern seiner Aufforderung nach, ging dann wieder leise aus dem Zimmer und machte die Tür geräuschlos hinter sich zu. Er schrieb noch drei oder vier Zeilen, setzte seinen Namen darunter, schwang mit seinem Sessel herum und goß sich eine Tasse Tee ein. Während dieser abkühlte, steckte er den Brief in einen Umschlag und adressierte ihn an James Roney, Esq. Passfield, Ledstow bei Ledlington.

Während er seinen Tee trank, dachte er an die Entscheidung, die er soeben mit diesem Brief besiegelt hatte. James war bereit, ihm mit dem jungen Stephen eine beträchtliche Summe für dessen Ausbildung zu überlassen; und das Geld kam ihm in diesem Augenblick sehr gelegen. Auch mochte er den Jungen – ein heller Kopf, der es mit seinem Verstand in der Landwirtschaft zu etwas bringen würde. Wenn man als Farmer heutzutage Gewinn machen wollte, mußte man schon Grips haben, nicht nur Maschinen und Dünger. Aber ohne Geld für Investitionen ging auch nichts.

Er brütete über der leeren Teetasse und schmiedete Pläne. Schließlich mußte er mit einem schiefen Lächeln an Cicely denken, und was sie wohl dazu sagen würde. In dem seltsam verworrenen Spiel, in das sie verwickelt waren, würde Stephen Roney ein kleiner, aber nützlicher Trumpf sein. Er freute sich schon darauf, ihr Gesicht zu sehen, wenn er ihn ausspielte.

Er saß immer noch vor seiner Tasse, als Agnes wieder hereinkam, um die Vorhänge zuzuziehen und das Teegeschirr abzuräumen. Sie kam an den Tisch, machte aber keine Anstalten, Tasse und Kanne auf das Tablett zurückzustellen.

»Wenn ich vielleicht ein paar Worte mit Ihnen reden könnte, Sir . . .«

Bis zu diesem Moment war er sich ihrer Gegenwart kaum bewußt geworden. Die Routine ihres Auftritts, das leise Klappern der Vorhangringe, die über die Stange glitten, hatte er nur sehr oberflächlich wahrgenommen, ohne sich dadurch von seinem Gedankengang ablenken zu lassen. Erst jetzt, als sie ihn ansprach, wurde er auf sie aufmerksam und spürte, daß ihm eine Szene bevorstand.

»Was ist denn?« fragte er in schärferem Ton, als er eigentlich vorgehabt hatte.

Agnes stand da und starrte ihn an – anders konnte man es nicht nennen. Das Licht der Deckenbeleuchtung betonte den scharfen Rand ihrer Augenwülste und Jochbeine, während Augen und Wangen tief im Schatten lagen und die Unterlippe, die sich nun straffte, die Konturen ihres Kinns seltsam veränderte. Das alles bewirkte, daß der Eindruck des Reizlosen noch grausam verstärkt wurde, während sich eine gefühlsgeladene Atmosphäre im Raum ausbreitete, der sich Grant hilflos ausgesetzt sah, bis er sich von seinem Sessel erhob. Dann war der Bann gebrochen, und Agnes sagte mit erstickter Stimme:

»Mrs. Barton hat mir gekündigt. Ich möchte wissen, warum.«

»Ich fürchte, da müssen Sie schon Mrs. Barton selbst fragen.«

Agnes preßte die Hände aneinander.

»Werden Sie zulassen, daß sie mich wegschickt?«

Was für eine unmögliche Situation! Er ertappte sich dabei, wie er die Taschen nach Zigaretten absuchte, dann sein Etui vom Schreibtisch nahm und sich eine Zigarette anzündete – alles nur, um seine Hände irgendwie zu beschäftigen, während er dies zu ihr sagte:

»Es tut mir leid, Agnes; aber ich überlasse die Entscheidung in solchen Angelegenheiten allein Mrs. Barton.«

Sie blickte ihn sonderbar an und öffnete den Mund, um etwas zu sagen, was sie dann nicht aussprach. Jedenfalls hatte er ganz entschieden den Eindruck, daß sie ihn nicht mit Bitten bestürmen wollte, wie es nun geschah:

»Mr. Grant – erlauben Sie nicht, daß sie mich wegschickt! Ich habe niemanden ...« sie schluckte »... kein Zuhause, wo ich hingehen könnte. Ich habe nichts getan, das ihr das Recht gibt, mir den Laufpaß zu geben – sie hat mir nicht einmal gesagt, warum sie es tut ... Wenn ich etwas getan habe, das Ihnen nicht gefällt, werde ich es nie mehr wiedertun.«

Es war außerordentlich peinlich. All diese Gefühle an der Oberfläche, und darunter – was? Er hatte den Eindruck, daß sich da bedenkliche Abgründe auftaten, und bemühte sich, mit energischer Stimme zu sagen:

»Hören Sie, Agnes, so geht das nicht. Es gibt so viele gute Stellenangebote, und Sie können sich das beste aussuchen. Ich kann doch unmöglich von Mrs. Barton verlangen, daß sie die Kündigung zurücknehmen soll. Sie regen sich nur unnötig auf.«

Sie fixierte ihn mit ihren von Schatten erfüllten Augenhöhlen und sagte:

»Es könnte auch für andere aufregend werden.«

Nun wurde die Debatte zum Ärgernis. Grant haßte solche Auftritte, und Szenen dieser Art waren ihm ein Greuel. Es kam ihm sogar der Verdacht, daß Mrs. Barton ihm nur eine Probe ihres gesunden Menschenverstandes geben wollte, indem sie ihm ein offensichtlich neurotisches Frauenzimmer rechtzeitig aus dem Haus schaffte. Er wich bis zum Schreibtisch zurück, scheinbar nur in der Absicht, dort einen Aschenbecher für seine Zigarette zu suchen, und sagte in einem Ton, der keinen Widerspruch dulden wollte:

»Daran läßt sich nun wirklich nichts mehr ändern: Hätten Sie die Güte, diesen vollen Aschenbecher mitzunehmen?«

Sie folgte ihm mit seltsam gleitenden Bewegungen, die bei ihm eine Gänsehaut erzeugten. Als sie den Rand des Schreibtischs erreichte, stützte sie die Hände darauf und starrte ihn wieder an.

›Bei der ist eine Schraube locker‹, dachte er und war von seiner Diagnose absolut überzeugt, als sie die Bemerkung von vorhin wiederholte, wenn auch etwas bedrohlicher abgewandelt:

»Es könnte auch für andere aufregend werden, wenn ich erzählen würde, was ich weiß.«

»Bitte, hören Sie mit diesem Unsinn auf und nehmen Sie den Aschenbecher mit.«

Sie beugte sich über den Schreibtisch und sagte mit weinerlicher Stimme:

»Glauben Sie etwa, daß ich Ihnen weh tun möchte? Ich werde kein Wort sagen; aber Sie dürfen mich nicht wegschicken. Sonst könnte es mir gleichgültig werden, was ich tue oder wen ich verletze.«

Er ging zum Kamin und legte die Hand auf die Klingel.

Als er sich zu ihr umschaute, hatte sie sich umgedreht. Sie stemmte sich immer noch auf den Schreibtisch, stand aber nun mit dem Rücken zur Tischplatte. Ihr Augen loderten in dem wachsbleichen Gesicht.

»Wenn Sie nach Mrs. Barton klingeln, werden Sie das bitter bereuen! Das können Sie nämlich nicht mehr zurücknehmen, so gern Sie das auch möchten. Wenn Sie eine Bibel im Zimmer hätten, würde ich meine Hand darauf legen und schwören! Wenn Sie läuten, gehe ich zur Polizei!«

Er ließ die Hand dort liegen, wo sie war – sehr fest und entschlossen.

»Sie wissen vermutlich, wovon Sie reden. Ich nicht.«

Ihre Stimme sank zu einem fast unhörbaren Flüstern herab:

»Sie haben sie gefunden – sie haben sie beide gefunden . . .«

»Ich weiß immer noch nicht, was Sie meinen.«

»Hat es Ihnen denn keiner gesagt?« flüsterte sie. »Hat sie es Ihnen nicht gesagt? Es steht noch nicht in der Zeitung; aber das wird morgen der Fall sein. Das Mädchen, das Mary Stokes am vorletzten Freitag tot im Wäldchen liegen sah – sie haben es gestern nachmittag im Keller unter dem Försterhaus gefunden.«

Grant sagte nichts. Er wappnete sich innerlich gegen diesen Schock. Er sagte kein Wort; aber seine Hand fiel von der Klingel herab. Er hörte Agnes sagen:

»Jeder glaubte, Mary Stokes habe die Geschichte erfunden. Aber das hat sie nicht. Ein Jammer, daß ihr niemand glauben wollte, bevor sie ermordet wurde.«

Verärgert und ungläubig rief er:

»Mary Stokes – ermordet?«

»Am Samstag abend, nachdem Joe Turnberry sie heimgebracht hatte – doch sie fanden sie erst am Sonntag morgen, und Sie gingen schon früh aus dem Haus. Ich dachte, vielleicht wüßten Sie nicht, daß man sie schon gefunden hat – und die andere auch.«

»Nein, das wußte ich nicht. Wie sollte ich?«

Sie blickte ihn unverwandt an.

»Mary mußten sie ja entdecken. Aber nicht die andere

– das war Pech. Wenn sie *die* nicht gefunden hätten, würden sie gedacht haben, Joe Turnberry ist Marys Mörder. Jeder glaubte das, bis sie die andere im Försterhaus ausgruben, und da begriffen sie, daß Mary sterben mußte, weil sie etwas gesehen hat, was sie nicht sehen sollte. Sah die Hand des Mörders im Licht einer Taschenlampe, wie sie erzählte. Mochte sich etwas an dieser Hand gemerkt haben, woran sie sie wiedererkennen konnte, falls sie diese noch einmal sah. Mochte etwas gesehen haben, was dem Burschen gefährlich werden konnte, so daß er sich erst wieder sicher fühlte, wenn sie nie mehr reden würde.«

»Seien Sie still!« rief er in scharfem, befehlendem Ton, und sie schwieg, lehnte sich gegen den Schreibtisch zurück und starrte ihn an aus ihren dunklen Augenhöhlen.

Sie sah, wie er stirnrunzelnd und gedankenverloren am Kamin stand, das Gesicht wie versteinert. Er blickte sie nicht an – sein Blick schien ins Leere gerichtet zu sein. Sie spürte, wie ein wütender Stolz in ihr aufbrandete, weil das ihr Werk war. Sie hatte erreicht, daß er die Hand wieder von der Glocke nehmen mußte – und sie hatte ihm etwas zum Nachdenken gegeben. Und das war noch nicht alles – oh, noch lange nicht alles. Sie hatte sich in ihrem ganzen Leben noch nie so lebendig und mächtig gefühlt wie jetzt.

Seine Stimme kam barsch vom Kamin herüber:

»Ich denke, das Gespräch hat lange genug gedauert. Nehmen Sie den Aschenbecher mit, wenn Sie hinausgehen.«

Er wollte sie loswerden? Er erlaubte diesem alten Drachen, sie vor die Tür zu setzen? Dann hatte er aber Pech gehabt! Sie packte den Rand der Tischplatte, bis ihr das Holz in die Handflächen schnitt, und schleuderte ihm die Worte ins Gesicht:

»Sie können mich nicht so einfach wegschicken! Ich weiß zu viel!«

Dann, als sie sah, daß er wieder nach der Glocke griff: »Nein! Läuten Sie nicht! Warum zwingen Sie mich dazu,

Ihnen solche Dinge zu sagen? Ich möchte Ihnen nicht weh tun! Aber ich weiß, daß Sie sie gesehen haben – ich weiß, daß sie hierherkam – ich habe gehört, was sie zu Ihnen sagte!«

Er drehte sich langsam und sehr steif zu ihr um.

»Das müssen Sie mir schon genauer erklären.«

Sie erwiderte zaghaft:

»Ich will doch nur, daß Sie mich nicht wegschicken.«

»Fangen Sie nicht schon wieder damit an. Erklären Sie, was Sie da eben angedeutet haben.«

»Ich sah sie.«

Er lachte kurz.

»Soll das eine Erklärung sein?«

Ihre magere Brust hob und senkte sich.

»Sie wollen einfach nicht auf mich hören – aber das werden Sie müssen! Ich will Ihnen nicht weh tun.«

»Wenn Sie etwas zu sagen haben, dann sagen Sie es endlich!«

»Ja, ich sage es Ihnen, Sie lassen mir ja keine andere Wahl. Es war am vorletzten Freitag. Mrs. Barton war ausgegangen, und ich mußte mir an diesem Tag frei nehmen, damit ich ebenfalls das Haus verließ. Sie gibt nie jemandem eine Chance, dieser alte Drachen – paßt immer auf, daß ich stets vor ihr gehe, ehe sie sich auf den Weg macht. Und ich schlug die Haustür zu, damit sie glauben sollte, ich wäre weggegangen, und da zog sie los. Aber ich bin dageblieben – ich sah nicht ein, daß ich immer nur das machen sollte, was ihr paßt –, und als ich oben vor dem Schlafzimmer anlangte, läutete das Telefon.«

Grant stand nicht mehr mit diesem leeren, geistesabwesenden Gesicht am Kamin. In seinen Augen brannte ein zorniger Funke. Er sagte mit schroffer Stimme:

»Also dachten Sie, das wäre eine gute Gelegenheit, um ein Telefongespräch zu belauschen.«

»So war es nicht«, antwortete sie mit einem leisen

Schluchzen. »Ich wollte wissen, ob *sie* es war – Mrs. Hathaway. Ich wollte wissen, ob sie anrief oder – oder eine andere. Ich – ich höre Sie so gern reden.«

»Oh, Sie haben also schon öfter am Telefon gelauscht? Und was haben Sie diesmal gehört?«

Sie warf ihren Kopf in den Nacken.

»Ich hörte eine Frauenstimme sagen: ›Mr. Hathaway – ich möchte mit Mr. Hathaway sprechen‹.«

KAPITEL 24

Mark Harlow drehte sich auf dem Klavierschemel herum.

»Wie gefällt dir das?«

Cicely stand in einem knielangen braunen Rock und einem rostroten Rollkragenpullover vor dem Kamin. Im Zimmer brannte nur die kleine Lampe am Notenständer. Wenn das Feuer auf dem Rost etwas in die Höhe züngelte, konnte man ihre Umrisse erkennen. Ihr Haar war vom Wind zerzaust. Zu ihren Füßen, so nahe am Feuer, wie die Hitze es erlaubte, lag Bramble, den Kopf schräg auf einer Vorderpfote, die Hinterbeine lang von sich gestreckt. Bei ihm hatte es zum Abendbrot Kaninchen gegeben, und er schlief den tiefen, ungetrübten Schlaf der Unschuld und Jugend.

Das Haus um sie herum war still. Der Colonel und Mrs. Abbott waren in das Vikariat zum Tee eingeladen – das einzige Haus in der Nachbarschaft, in das er sich abschleppen ließ. Vermutlich waren der Vikar und er inzwischen beim Schach angelangt, das sie beide auf eine unbeschwerte, rasche Art zu spielen beliebten, damit die Unterhaltung nicht zu kurz kam. Frank Abbott und Chefinspektor Lamb waren, nachdem sie Miss Vinnie einen

Besuch abgestattet hatten, mit unbekanntem Ziel davongefahren und hatten Miss Silver mitgenommen.

Cicely war allein nach Hause gefahren und hatte Mark auf ihrer Türschwelle vorgefunden. Da sie alle in letzter Zeit so geheimnisvoll taten und ihre Aktionen, von denen sie ausgeschlossen war, vor ihr zu verschleiern suchten, war sie sehr erfreut, Mark vor ihrer Haustüre warten zu sehen – erfreuter jedenfalls, als sie sich üblicherweise ihm zu zeigen gestattete. Sie hatten zusammen Tee getrunken, und er hatte ihr soeben erzählt, daß er die Musik für Leo Tanfields neue Revue schreiben sollte. Mit musikalischen Erläuterungen.

Sie schreckte aus ein paar eigenen raschen Gedankenläufen hoch und sagte:

»Was?«

»Darling – wie kann man nur. So abrupt.«

»Ich habe nicht zugehört.«

Wenn er beleidigt war, zeigte er es nicht. Er lächelte nur und sagte:

»Wirst du zuhören, wenn ich es noch einmal spiele?«

»Nur zu.«

Er spielte es noch einmal. Ein gut gemachter Ohrwurm mit ein paar halb gesprochenen, halb gesungenen, geschickt gereimten Banalitäten und nicht ohne Witz. Anspruchslose Melodie, aber raffiniert dargeboten. Er schlug einen letzten Akkord an und sagte: »Nun?«

»Flott«, sagte Cicely.

»Und was meinst du damit, mein Süßes?«

»Du hast mich nicht ›mein Süßes‹ zu nennen.«

Er schob die Brauen in die Höhe.

»Nicht einmal, wenn wir allein sind?«

»Schon gar nicht, wenn wir allein sind.«

Er brach in ein lautes Lachen aus.

»Du erlaubst es vor den versammelten Klatschbasen der Pfarrgemeinde; aber wenn wir allein sind, gehört sich das nicht? Du bist schon ein komisches kleines Ding – weißt du das?«

»Ich bin nicht scharf darauf, daß du mich vor Dritten so nennst; aber da hat es keine Bedeutung.«

»Und das soll es wohl auch nicht haben?«

»Nein, Mark.«

Er verließ seinen Schemel am Klavier, kam zum Kamin und stellte sich neben sie. Das war nicht mehr dieser scherzende Plauderton, mit dem er sie fragte:

»Sag mal, Cis – wie lange soll das so weitergehen?«

»Wie lange soll was so weitergehen?«

»Diese Ehe. Warum befreist du dich nicht davon?«

»So leicht ist das nicht, nicht wahr?«

»Nun hör mal – jeden Tag werden Dutzende von Leuten geschieden.«

Cicely sagte nichts.

»Nun? Ist es etwa nicht so?«

Da sagte sie, den Kopf auf die Seite gelegt, damit sie zu ihm aufschauen konnte: »Ich rede nicht über meine Ehe. Die geht nur mich allein etwas an.«

»Der beste Weg, um dir eine Neurose anzuzüchten! Wenn du nicht über das, was dich belastet, reden willst, machst du dich damit nur kaputt. Zivilisierte Menschen setzen sich zusammen und reden über ihre Probleme – sie sitzen nicht darauf und brüten eine Tragödie aus. Ich weiß nicht, warum ihr euch getrennt habt – du und Grant; aber es ist nun mal eine Tatsache, daß du in diesem Haus lebst und er in einem anderen. Und du sprichst nicht darüber. Aber du kannst nicht erwarten, daß die anderen Leute vor dieser Tatsache die Augen verschließen. Wenn du dich mit ihm wieder versöhnen möchtest, dann tue das, und ich werde mit euch beiden befreundet bleiben wie bisher. Aber wenn du dich nicht mehr mit ihm versöhnen willst, hat es keinen Zweck, so weiterzumachen wie jetzt. Befreie dich von dieser Farce und gib dir – und mir – eine Chance.«

Cicely hob die Augenbrauen. Ihre Stimme war spröde wie Eis.

»Ist das ein Antrag?«

»Cis!«

»Ist es das?«

»Mein Gott, bist du hart!«

»Du hast es heraufbeschworen.«

»Ich habe dich lediglich gefragt, warum du dich nicht scheiden läßt.«

»Schön, ich werde dir darauf eine Antwort geben. Sie ist ganz einfach – Grant will nicht mitspielen. Ich kann mich nicht von ihm scheiden lassen, wenn er mir keinen Grund dafür gibt, und den wird er mir nicht liefern. Er könnte sich in drei Jahren von mir wegen böswilligen Verlassens scheiden lassen; aber das wird er nicht tun. Das ist die Lage.«

Er starrte sie an, überrascht und zugleich erschrocken.

»Gibt es keinen anderen Ausweg?«

»Nein.« Sie fuhr im gleichen Atemzug fort. »Ich glaube, der Schluß war ein bißchen abrupt. Ich denke, ich habe eine bessere Lösung.« Sie ging zum Klavier und spielte ein paar Akkorde. »So etwa . . . Ja, das wäre ein gelungener Abschluß.«

Er folgte ihr zum Klavier. Sie standen nebeneinander und blickten auf die Tasten hinunter.

»Ich weiß nicht – ich möchte es lieber so abrupt haben. Tatsächlich würde ich die Dissonanz sogar noch betonen. Cis, du glaubst, es hätte keinen Sinn – mit dir und mir, meine ich?«

»Ja, das glaube ich. Und nun hör auf, davon zu reden, oder ich werde übellaunig. Wenn du unbedingt eine Dissonanz am Schluß haben willst, meinetwegen – aber ich halte sie für verkehrt. Das Zeug ist viel zu leicht dafür – du solltest es so leicht und flott lassen.«

KAPITEL 25

Du kannst einen langen, schweren Weg gehen, ohne deinen Körper zu bewegen. Grant Hathaway stand immer noch am Kamin, die Hand, die soeben noch auf dem Klingelknopf gelegen hatte, tief in der Hosentasche vergraben. Agnes Ripley hatte sich überhaupt nicht bewegt. Sie klammerte sich an den Rand der Tischplatte, gegen die sie sich lehnte, als wolle sie diese nie mehr loslassen. Doch sie war sich dessen wohl gar nicht bewußt. Sie war viel zu aufgewühlt, um noch etwas anderes wahrnehmen zu können als die qualvollen Spannungen ihres Geistes.

In der kurzen Zeit, die sie nun beisammen waren, hatten sich die Beziehungen zwischen Grant und ihr unermeßlich verändert. Sie waren nicht länger Arbeitgeber und Arbeitnehmer: sie waren jetzt Mann und Frau. Und sie waren auch nicht mehr die Frau, die den Mann anbetete, und der Mann, der keine Veranlassung sah, Notiz davon zu nehmen. Auch das war vorbei – unwiderruflich und unwiderbringlich. Zwischen ihnen war nun diese uralte, urtypische Feindseligkeit aufgeflammt, die in jeder Beziehung zwischen Mann und Frau schlummert. Die Zivilisation hatte sie mit Anstandsregeln überdeckt, die Religion sie gezähmt und die Poesie sie sublimiert; aber deswegen war sie dennoch vorhanden, ein Phänomen, mit dem man rechnen mußte und das mit primitiver Urgewalt ausbrechen konnte, wenn keine Barrieren es mehr niederhielten.

Jezt waren die Barrieren niedergerissen. Die Worte, mit denen Agnes ihn überschüttet hatte, konnte sie nicht mehr zurücknehmen. Sie hatte sie herausgeschrien – hemmungslos, mit nackter Schamlosigkeit. Und ein schreckliches Lustgefühl dabei empfunden, als sie so dastand und rief: »Du hast sie beide getötet; aber ich liebe dich – mir ist es egal, wie viele du umgebracht hast, ich liebe dich!« Das war die Befreiung, nach der sich alles in ihr gesehnt hatte. Es war nicht ihre Liebe, es war nicht ihre Wut, die aus ihr sprachen. Es war etwas, das durch sie hindurchbrauste, sie als Sprachrohr benützte und sie berauschte mit seiner Macht. Sie hörte ihre eigenen Worte, als stammten sie gar nicht von ihr.

»Louise Rogers – das war ihr Name. Wie könnte ich ihn wissen, wenn ich ihn nicht aus ihrem Mund gehört hätte? Vielleicht kennt nicht einmal die Polizei ihren Namen. Aber ich könnte ihn ihr verraten – ich könnte ihr eine Menge erzählen – alles, was ich weiß. Ich könnte ihr erzählen, was sie am Telefon sagte. Ich könnte ihr erzählen, wie du auf sie gewartet und ins Haus gelassen hast. Ich könnte ihr Dinge erzählen, die sie zu dir sagte, weil ich mitgehört habe.«

Grant betrachtete sie mit einem abschätzigen Blick und stellte im nüchternen Ton fest:

»Sie sind verrückt.«

Ein neuer heißer Strom von Worten brach aus ihr heraus:

»Ja, das ist wahr – verrückt nach dir. Von Anfang an – aber du hast mich nie beachtet. Und was ist *sie* denn, daß du keine andere außer ihr sehen wolltest? Ein kleines braunes Ding, an der nun wirklich niemand etwas finden kann. Und als sie aus dem Haus ging, dachte ich: ›Vielleicht beachtet er mich jetzt!‹ Aber nein, keine Rede davon!«

»Agnes, Sie sind verrückt!«

Nur einen Moment lang legte sich ihre Wut, wie jedes Feuer, das aufflammt, wieder in sich zusammenfällt. Sie bettelte:

»Ich verlange nicht viel; aber nett könntest du wenigstens zu mir sein. Warum bist du nicht nett zu mir?«

Ein Ausdruck äußersten Widerwillens huschte über sein Gesicht, und sogleich loderte die Flamme wieder hoch. Mit kreischender Stimme warf sie ihm die Worte an den Kopf:

»Ich könnte dich ins Zuchthaus bringen. Lebenslänglich! Wenn ich zur Polizei ginge und ihr erzählte, was ich weiß, werden sie dich sogar hängen! Weil du diese Louise Rogers umgebracht hast! Und weil du Mary Stokes umgebracht hast, da sie von diesem Mord wußte! Du hast beide getötet! Du hast sie getötet – du hast sie getötet – du hast sie getötet!«

Und nicht weniger wütend wie sie, brüllte er nun ebenfalls:

»Halten Sie endlich den Mund, verdammt noch mal!« Er machte einen langen Schritt auf sie zu und sah, wie sie zurückzuckte. Er ging weiter zur Tür und riß sie auf. »Gehen Sie! Lassen Sie sich hier nicht mehr blicken! Und morgen früh verlassen Sie dieses Haus!«

Sie hatte sich aufgerichtet. Ihre Hände waren abgestorben, als sie die Tischkante losließ – sie hatte kein Gefühl mehr darin. Die heißen Worte waren aufgebraucht. Sie hatte sie hinausgeschrien, und sie hatten etwas bewirkt – nur wußte sie nicht, was. Sie waren aufgebraucht, und nun wurde ihr kalt. In ihrem Zorn hatte sie sich großartig gefühlt; aber dieser Zorn war mit den heißen Worten verraucht. Und nun war ihr kalt. Er hatte sie angesehen, als wäre sie ein Häufchen Schmutz auf der Straße, und sie fror. Worte reihten sich in ihrem Geist aneinander: »Bitterkalt – bitter . . .« Die Kälte und die Bitterkeit beherrschten sie nun, so wie der heiße Zorn sie vorher beherrscht hatte.

Er hatte ihr gesagt, was sie tun mußte. Sie ging an ihm vorbei aus dem Zimmer, ohne ihn anzusehen, und tat es.

KAPITEL 26

Chefinspektor Lamb saß im Polizeirevier von Lenton; bei ihm Inspektor Smith, der ihm Gesellschaft leistete, und Sergeant Abbott, der sich Notizen machen sollte von dem, was Albert Caddles Mädchen sagen würde, sobald Constabler May sie aufgetrieben und zur Polizeistation gebracht hatte. Albert Caddle war zwar kein offiziell Beschuldigter – noch nicht –, saß jedoch in einer Zelle. Ob er dort bleiben würde, hing zu einem erheblichen Teil von der Aussage dieser Miss Maisie Traill ab.

Da sie auf diese Dame erst warten mußten, beherrschte Inspektor Smith inzwischen die Szene. Es war ihm klar geworden, daß Scotland Yard nicht das Monopol für glänzende Ideen besaß. Inspektor Smith hatte auch welche. Er hatte sie schon den ganzen Nachmittag hindurch gehabt. Hinter einem hölzernen Gesicht seine Überzeugung versteckend, daß Harold Smith ein sehr heller Kopf war und zweifellos dazu ausersehen, eines Tages eine Spitzenposition im Polizeiapparat einzunehmen, trug er nun diese Ideen vor, nicht dogmatisch; aber doch in dem Bewußtsein, daß es sich lohnte, sie anzuhören.

»Da ist mir ein Gedanke gekommen, Sir – ich weiß nicht, ob er Ihnen nicht auch schon gekommen ist –, diesen Mr. Ferrand betreffend.«

»Was ist mit ihm?« Lambs Stimme hätte kaum weniger ermutigend klingen können.

Frank Abbott lehnte sich bequem in seinem harten Holzstuhl zurück, schlug lässig die Beine übereinander und genoß seine Rolle als unbeteiligter Zuschauer. Dem Chef schmeckte dieser Fall nicht. Er fühlte sich gefoppt, gefuchst und geladen, um nur einige seiner Lieblingswörter aus seinem umfangreichen Vokabular zu gebrauchen, und wenn er sich in so einer Verfassung befand, mußte jemand als Blitzableiter herhalten. Diesmal würde nicht Sergeant Abbott der Blitzableiter sein. Smith wußte es zwar nicht; aber er benahm sich wie ein Mann, der sich bei einem Gewitter auf den Kirchturm setzt. Er fuhr mit einer Stimme fort, die sich mit seinem Gesicht deckte.

»Dieser Mr. Ferrand – ich weiß nicht, ob es Ihnen aufgefallen ist; aber wir haben doch nur sein Wort als Beweis für seine Geschichte, daß Mrs. Rogers ein Vermögen an Juwelen gestohlen worden sei und sie hierhergekommen ist, um nach dem Dieb zu suchen. Mir kam diese Geschichte sehr dünn vor, Sir.«

Lamb hielt sich zurück; aber es war kein wohlwollender Blick, mit dem er den Inspektor ins Auge faßte.

»Haben Sie sich mit dem Hotel in Ledlington in Verbindung gesetzt?«

»Ja. Sie wohnte dort, wie er uns erzählt hat. Da hat er sich auch gehütet, uns zu beschwindeln, weil er wußte, daß wir das nachprüfen würden. Sie hat sich vom 2. bis zum 7. Januar dort aufgehalten. Ich sprach mit dem Hotelportier, und er sagte, er könnte sich nicht daran erinnern, ihr eine Adresse auf einem Kuvert gegeben zu haben. Ja, wenn sie das Kuvert selbst verloren hätte, hätte er das natürlich aufgehoben und ihr zurückgegeben. Aber ein fremdes Kuvert – nein, warum sollte er ihr das überlassen? Was zwei Gentlemen betrifft, die zu einem Glas Bier in die Hotelhalle kamen, da würde er sich eher an einen Abend erinnern, an dem die Herrn ausblieben – was bisher noch nie passiert war. Also hat er Mr. Ferrands Aussage in wesentlichen Punkten nicht bestätigt, und da kam mir der Gedanke, daß Mr. Ferrand das Ganze nur erfunden haben kann.«

»Weshalb?«

»Also, nach meiner Theorie könnte er das Mädchen doch selbst umgebracht haben. Er ist in sie verliebt, sehr eifersüchtig – und was es eben noch so alles gibt zwischen Mann und Frau. So etwas erleben wir ja täglich. Wer sagt, daß sie sich seinen Wagen geborgt hat und allein hierhergefahren ist? Mr. Ferrand sagt das. Nehmen wir einmal an, sie war nicht allein – nehmen wir an, er begleitete sie oder hat sich irgendwo hier mit ihr getroffen. Dann kam es zwischen ihnen zu einem Streit, und er tötete sie. Anschließend fuhr er mit seinem Wagen nach Basingstoke, ließ ihn dort stehen und stieg in einen Zug nach London.«

Lambs Augen quollen fast aus den Höhlen.

»Und wer trug dann am Samstagabend die Leiche in das Försterhaus und hat sie dort im Keller begraben? Glauben Sie, daß Ferrand noch einmal hierhergefahren ist? Und wenn ja, woher kannte er das Försterhaus und wußte von dem Keller darunter? Wir mußten lange suchen, bis wir den Eingang zum Keller entdeckten. Und ein ortsunkundiger Franzose, der im Dunkeln eine Leiche verstecken will, findet diesen Keller auf Anhieb? Pah!«

Und während der Chefinspektor diesen Explosivlaut noch mit einem Faustschlag auf den Tisch unterstrich, öffnete sich die Tür, und Constabler May trat mit lebhaft gerötetem Gesicht ins Zimmer.

»Miss Traill ist hier, Sir.«

Maisie Traill kam mit einem billigen, die Taille betonenden Mantel, kniefreiem Rock und hochhackigen Schuhen, auf denen sie wippte wie eine Bachstelze, ins Zimmer. Von Natur aus albinoblond, hatte sie sich offensichtlich sorgfältig für dieses Interview vorbereitet. Kohlschwarz getuschte Wimpern flatterten über blaßgrauen Augen unter unglaublich hohen Bögen bleistiftdünner Augenbrauen. Der etwas zu dünn geratene Mund war kunstvoll zu einem herzförmigen scharlachroten Gebilde erweitert. Sie warf sich auf einen Stuhl, rollte mit den Augen und sagte:

»Sie wollen was von mir?«

Frank Abbott setzte sich auf und nahm den Bleistift zur Hand.

Lamb sagte: »Wir haben nur ein paar Fragen an Sie, Miss Traill.«

»Na, dann schießen Sie los.« Ihre Stimme war wie ihre Erscheinung – dünn und etwas laut.

Lamb, der zu Hause unter dem Einfluß dreier ihn liebevoll umsorgender Töchter stand, hatte eine Schwäche für Mädchen. Aber diesmal schien er ausnahmsweise geneigt, diese Schwäche zu verleugnen. In etwas unwirschem Ton fragte er:

»Vielleicht könnten Sie uns sagen, was sie am Freitag, dem 8. Januar, abends zwischen fünf und zehn Uhr gemacht haben, Miss Traill.«

Miss Traill kicherte.

»Ich habe zwar keinen Kalender im Kopf; aber – warten Sie mal – Freitag, der Achte –, das muß in der vorletzten Woche gewesen sein. Um fünf Uhr? Ich arbeite bei Browen und Felton. Die machen im Winter um Viertel nach fünf dicht, also habe ich gleich danach meinen Freund getroffen. Und dann haben wir 'ne Kleinigkeit gegessen und sind ins Kino gegangen.«

»Ich fürchte, ich muß Sie nach dem Namen Ihres Freundes fragen.«

Sie starrte ihn mit harten Augen an.

»Weshalb? Er hat doch wohl nichts verbrochen, oder?«

»Sein Name, Miss Traill.«

Wenn Albert in Schwierigkeiten war, war sie erledigt. Eine verschlagene, kleinliche Denkungsart setzte sich bei ihr durch: Es konnte ihr nur schaden, wenn sie sich weigerte, der Polizei entgegenzuarbeiten. Sie warf den Kopf in den Nacken und sagte:

»Albert Caddle. Kennen Sie ihn?«

»Sie sagten, Sie haben sich am Freitag, dem Achten, nachmittags um Viertel nach fünf Uhr mit ihm getroffen?«

»Das stimmt.«

»Wie lange war er mit Ihnen zusammen?«

Sie kicherte.

»Wir gingen ins Kino, wie ich schon sagte – haben vorher was gegessen –, und die Vorstellung war so gegen halb elf Uhr zu Ende.«

»War er die ganzen fünf Stunden hindurch mit Ihnen zusammen?«

»Na, ja – hin und wieder waren wir mal fünf Minuten lang getrennt.«

»Kennen Sie ihn schon lange?«

»Na, so lange noch nicht.«

»Wie lange?«

»Ein paar Wochen sind es jetzt schon.«

»Wissen Sie, daß er verheiratet ist?«

Ihre hellgrauen Augen starrten ihn wieder an.

»Was hat denn das mit mir zu tun?«

Da vertrat Lamb ja nun ganz andere Ansichten. Sie mußte eine sehr schlechte Erziehung genossen haben. Er hätte sie übers Knie gelegt, wenn sie seine Tochter gewesen wäre. Und so schnaubte er und trommelte mit den Fingern auf seine Kniescheiben.

»Also – wie sieht es mit dem darauffolgenden Tag aus – mit Samstag, dem Neunten? Haben Sie sich da ebenfalls mit ihm getroffen?«

»Ja.«

»Um welche Zeit.«

»Er kam so gegen fünf zu mir. Samstags arbeiten wir nur halbtags . . .«

»Ist er bei Ihnen geblieben?«

»'ne Weile, ja.«

»Und dann?«

»Gingen wir ins Kino – ins zweite Lichtspieltheater. Da waren wir bis halb elf.«

»Und vorgestern – am Samstag, dem Sechzehnten –, haben Sie sich da wieder mit ihm getroffen?«

»Sollte ich das nicht? Ich sagte Ihnen doch, samstags arbeiten wir nur halbtags. Wir gingen eine Weile zu mir, und dann haben wir im ›Rose and Crown‹ mit Pfeilen auf die Scheibe geworfen.«

»Um wieviel Uhr sind Sie ins Gasthaus gegangen?«

»Muß so gegen acht gewesen sein. Und gegen zehn gingen wir wieder fort.«

Lamb fuhr mit der Befragung fort und bekam immer eine von diesen trockenen, kurzen Antworten, die zuweilen von einem Rollen der Augen und zuweilen von einem mechanischen Kichern begleitet waren. Da fanden sich keine Widersprüche oder Umstimmigkeiten. Wenn man der Aussage von Miss Maisie Traill Glauben schenkte, konnte Albert Caddle weder am Freitag, dem Achten, bei einbrechender Dunkelheit Louise Rogers ermordet noch anschließend ihren Wagen nach Basingstoke gebracht haben. Er konnte am Samstag, dem Sechsten, abends um sechs weder ihre Leiche aus dem Wald getragen noch sie im Keller des Försterhauses begraben haben. Und er konnte auch unmöglich Mary Stokes ermordet haben, nachdem diese sich am Samstag, dem Sechzehnten, um Viertel nach neun Uhr abends von Joe Turnberry getrennt hatte.

Wenn man, wie bereits gesagt, Maisie für glaubwürdig hielt, hatte Albert für die kritischen Zeiten drei einwandfreie Alibis. Er hatte nur das Pech, daß die Polizei den Worten von Miss Maisie Traill nicht recht trauen wollte.

KAPITEL 27

Sobald Maisie Traill das Zimmer verlassen hatte, kam Constabler May mit der Meldung herein:

»Da ist jemand aus Deeping hier, Sir. Eine Frau, die

sagt, sie wüßte, wer der Mörder ist. Ihr Name ist Ripley, Sir.«

Frank Abbott spitzte die Lippen zu einem lautlosen Pfeifen. Er hatte in den letzten Stunden schon einmal ihren Namen getippt und eine unglückliche Erinnerung an seine Bedeutung. Er blickte zum Chefinspektor hinüber, als May sich wieder zurückzog, und murmelte:

»Hathaways Zimmermädchen . . .«

Sie kam in ihrer Hausuniform, über die sie einen Wintermantel geworfen hatte. Sie hatte die dreieinhalb Meilen von Deepside nach Lenton auf ihrem Fahrrad zurückgelegt. Wie Miss Maisie Traill trug sie keine Kopfbedeckung; aber der Unterschied im Auftreten und in der Erscheinung konnte nicht größer sein. Sie waren beides Frauen – das war offenbar das einzige sie verbindende Merkmal. Die Nachtluft hatte das straff zurückgekämmte Haar mit Feuchtigkeit durchzogen, so daß es an manchen Stellen am Schädel klebte. Ihre vom Nebel beschlagene bleiche Haut wirkte gespenstisch. Die blauen Augenringe waren die einzigen farbigen Akzente in ihrem Gesicht. Sie setzte sich und sagte mit harter, beherrschter Stimme:

»Ich weiß, wer die beiden Mädchen ermordet hat. Wollen Sie, daß ich Ihnen den Namen des Mörders verrate?«

Lambs leicht hervorquellenden Augen nahmen Maß. Sie war offenbar überstürzt zu Hause aufgebrochen – darauf deuteten ihre Hausschuhe, das Hauskleid und der Mantel hin, bei dem sie einen Knopf beim Zuknöpfen ausgelassen hatte. Hatte, einer plötzlichen Regung folgend, alles liegen- und stehenlassen und war hierhergeeilt – so sah sie aus. Er nahm sich Zeit, ihre Frage zu beantworten, und sah, wie sich ihre rechte Hand zu einer Faust zusammenkrampfte. Dann sagte er bedächtig:

»Wollen Sie eine Aussage machen?«

»Ich weiß, wer die Mädchen ermordet hat.«

»Schön. Dann können Sie bei uns eine Aussage machen. Wollen Sie uns bitte erst Ihren Namen und Ihre Adresse angeben?«

Sie tat das beides mit ungeduldiger Stimme:

»Agnes Ripley – Deepside – Gemeinde Deeping.«

»Das ist doch Mr. Hathaways Haus, nicht wahr? Und ich habe auch Ihren Namen schon einmal gehört. Sie sind doch – Zimmermädchen dort, nicht wahr?«

»Ich war . . .«

Ihre Lippen zuckten. Die Dinge entglitten in die Vergangenheit und gingen dort verloren. Man konnte sie nie mehr zurückholen. Man mußte in die Zukunft blicken.

Sergeant Abbott schrieb auf seinen Block den Namen und die Adresse. Der Chefinspektor sagte:

»Nun, Miss Ripley?«

Sie fuhr fort:

»Am vorletzten Freitag . . .« die gleichen Worte, die Maisie benützt hatte – nur mit dem ganzen Unterschied, der zwischen ihr und Maisie Traill bestand – »am Freitag der vorletzten Woche rief eine Ausländerin bei Mr. Hathaway an. Das war um zehn Minuten nach vier . . .«

Lamb unterbrach sie.

»Nachmittags?«

»Ja.«

»Woher wußten Sie, daß es eine Ausländerin war?«

»Sie sprach wie eine Ausländerin.«

»Sie nahmen das Gespräch entgegen?«

»Nein – ich hatte eigentlich meinen freien Tag. Ich hörte am zweiten Apparat.«

»Warum?«

»Ich wollte wissen, wer ihn anrief. Ich dachte, es könnte Mrs. Hathaway sein.«

»Und warum interessierte sie das?«

Ihre Augen sagten ihm, warum. Es war ein Funke, der gleich wieder erlosch. Ein Schimmer enttäuschter Leidenschaft. Sie sagte:

»Ich wollte wissen, ob sie ihn anrief.«

»Aber es war eine Ausländerin am Telefon – sind Sie sich dessen ganz sicher? Hat sie sich mit ihrem Namen gemeldet?«

»Sie sagte: ›Mr. Hathaway – ich möchte mit Mr. Hathaway sprechen.‹ Und als er sagte, er wäre am Apparat, sagte sie: ›Mein Name ist Louise Rogers; aber Sie werden mich nicht kennen. Ich habe etwas, das Sie verloren haben, und ich möchte es Ihnen gern zurückbringen.‹«

»Sie sind sich sicher, daß sie ihren Namen genannt hatte?«

»Woher sollte ich den Namen kennen, wenn sie ihn nicht am Telefon genannt hat? Schließlich stand er nicht in der Zeitung – noch nicht.«

»Fahren Sie fort.«

»Sie sagte: ›Sie waren am Abend des vierten Januar in Ledlington im Hotel ›Bull‹. Sie haben dort ein Feuerzeug fallenlassen.‹ Darauf sagte Mr. Hathaway, da müsse sie sich getäuscht haben; er habe dort kein Feuerzeug verloren. Und sie sagte: ›Vielleicht war es auch etwas anderes – es könnte ein Brief gewesen sein.‹ Und dann sagte sie, sie riefe aus Lenton an, habe einen Wagen, und ob er ihr den Weg zu seinem Haus beschreiben möchte. Und er antwortete, er glaube, sie verwechsele ihn wohl mit einem anderen; beschrieb ihr aber den Weg.«

Sie machte einen Punkt und starrte Lamb an, aber so, als sähe sie ihn gar nicht. Als er sagte: »Ist das alles?«, schrak sie zusammen und fing wieder zu reden an.

»Ich hörte den Wagen so gegen halb fünf die Auffahrt heraufkommen. Und ich hörte, wie er an die Tür ging und sie ins Haus ließ. Mrs. Barton, die Haushälterin, hatte ebenfalls ihren freien Tag und war ausgegangen. Auch ich sollte eigentlich nicht im Haus sein. Er ließ sie also herein und führte sie in sein Arbeitszimmer. Und ich ging die Treppe hinunter und öffnete leise die Zimmertür, damit ich hören konnte, was die beiden redeten.«

Lamb schnauzte.

»Sie sind also hinuntergegangen und haben vor der Tür gelauscht. Warum?«

Ihre Augen bekamen wieder diesen flackernden Schimmer.

»Sie kannte ihn nicht. Sie hatte ihn im Hotel ›Bull‹ gesehen. Es mußte jedem sofort einleuchten, daß sie nur einen Vorwand benützt, um seine Bekanntschaft zu machen. Ich mußte hören, was die beiden miteinander redeten.«

Lamb trommelte mit den Fingern auf seine Kniescheiben. Verrückt vor Eifersucht – das sah ein Blinder mit dem Krückstock. Zuweilen rückten eifersüchtige Frauen mit der Wahrheit heraus; doch wenn die Wahrheit nicht schädlich genug war, schreckten sie nicht davor zurück, mit Lügen nachzubessern.

Er brummte: »Fahren Sie fort.«

»Ich konnte nicht alles verstehen, was sie sagte – sie sprach rasch und mit ausländischem Akzent –, aber es handelte sich da um irgendwelche Diamanten. Ich hörte nicht so genau hin. Ich dachte, sie benützte das nur als Vorwand, um in sein Haus gelangen zu können. Für mich war wichtig, was er sagte – und er wies sie gleich in ihre Schranken – antwortete, er wisse nichts von diesen Diamanten. Sie war ganz aufgeregt und redete furchtbar schnell in ihrem fremdländischen Akzent. Sie rief: ›Zeigen Sie mir Ihre Hand – dann werde ich es wissen!‹ oder so etwas Ähnliches. Und er sagte: ›Sie müssen sich irren.‹ Und sie rief noch einmal ganz laut: ›Ihre Hand!‹ Und Mr. Grant ging zur Tür, und ich dachte, er wollte sie ganz aufmachen, und deshalb konnte ich nicht länger zuhören.«

Da – nun war es gesagt. Mr. Frank Abbott, der Neffe

von Colonel Abbott, der zur Zeit in Abbottsleigh wohnte, hatte es niedergeschrieben, und niemand konnte diese Worte mehr zurücknehmen. Das, was sie hierhergetrieben hatte, schien nun seine Wirkung zu verlieren. Sie fror, fühlte sich müde, und ihre geballte Hand lockerte sich wieder. Dieser große, breitschultrige Polizist aus London fragte sie, ob das alles wahr wäre. Sie nickte. Sie fühlte sich sehr schwach. Sie wußte nicht, wie sie den Rückweg mit dem Fahrrad bewältigen sollte. Und dann kam es ihr, daß sie ja gar nicht mehr dorthin zurückfahren würde und keinen Platz hatte, wo sie hingehen konnte. Sie hatte ein Gefühl, als wäre sie tot. Doch wenn man tot war, kümmerte sich immer jemand um die Leiche und deren Begräbnis. Da war aber niemand, der ihr diesen Gefallen tun würde. Sie saß da und starrte den Chefinspektor an.

Lamb ergriff wieder das Wort: »Sie sagten, Sie wüßten, wer Mary Stokes und die andere Frau, deren Leiche wir inzwischen gefunden haben, ermordet hat. Wollten Sie damit andeuten, daß Sie Mr. Hathaway für den Täter halten?«

Sie starrte ihn immer noch an.

»Sie wissen, daß Sie da eine schwerwiegende Beschuldigung vorbringen, Miss Ripley.«

Mit einer Stimme, die wie ein Echo klang, sagte sie:

»Er hat sie getötet.«

»Wie kommen Sie auf diese Idee?«

Sie starrte ihn an:

»Er brachte sie wegen dieser Diamanten um. Sie fing immer wieder damit an – sagte, man habe ihr die Diamanten geraubt. Ich konnte nicht alles verstehen; aber doch soviel, daß sie Mr. Grant für den Räuber ihrer Diamanten hielt – damals im Krieg in Frankreich, als sie vor den Deutschen floh.«

»Haben Sie genau gehört, wie sie sagte, daß Mr. Hathaway der Räuber ihrer Diamanten sei?«

»Ich habe nicht alles mitbekommen. Warum ist sie denn überhaupt ins Haus gekommen, wenn sie ihn nicht für den Räuber ihrer Diamanten hielt? Es ist doch allgemein bekannt, daß er einige Diamanten verkauft hat, um die Hypothekschuld bezahlen zu können, mit der sein Besitz belastet ist.«

»Und das halten Sie für ausreichend, ihn als Mörder dieser Frau beschuldigen zu können? Haben Sie auch gehört, wie sie das Haus wieder verlassen hat?«

»Ich hörte die Haustür gehen und den Wagen wegfahren. Das war kurz nach fünf.«

»Haben Sie Stimmen gehört? Haben Sie gehört, wie sie sich von ihm verabschiedete – ihm einen guten Abend wünschte oder dergleichen?«

»Nein, das habe ich nicht.«

»Haben Sie gehört, daß Mr. Hathaway in sein Arbeitszimmer zurückging, nachdem der Wagen wieder weggefahren war. Oder haben Sie überhaupt etwas von Mr. Hathaway gehört? Denken Sie genau nach, Miss Ripley. Es ist wichtig!«

Warum war das wichtig? Sie tastete blind in ihrem Geist umher, um einen Grund zu finden. Und dann hatte sie ihn. Wenn der Wagen fortgefahren war und sie hörte, wie Mr. Grant sich danach im Haus bewegte, konnte er Louise Rogers nicht getötet haben. Er konnte sie unmöglich getötet haben, wenn sie in ihrem Wagen wieder fortgefahren war und ihn in seinem Haus zurückließ, damit er umherging und Agnes Ripley ihn hörte. Sie starrte Lamb an und sagte:

»Nein, ich habe nichts mehr von ihm gehört. Es war ganz still im Haus.«

Es folgten noch viele Fragen; aber die waren nun keine Hürde mehr. Nichts konnte sie jetzt noch erschüttern. Er fragte sie, wo sie sich am nächsten Tag zwischen halb sechs und halb acht Uhr abends aufgehalten und sich Mr. Grant zu dieser Zeit befunden habe. Jeder wußte, daß es samstags kurz nach sechs war, als Mary Stokes schreiend ins Küsterhaus gelaufen kam, und da hatte sie sich bei Mrs. Barton in der Küche aufgehalten. Was Mr. Grant um diese Zeit gemacht hatte? Nun – vielleicht war er zu Hause, vielleicht aber auch nicht. Er konnte um diese Zeit im Galgenwäldchen gewesen sein, um die Leiche von Louise Rogers zu verstecken, die er am Abend vorher getötet hatte – vielleicht saß er aber auch in seinem Arbeitszimmer und schrieb Briefe. Jedenfalls hatte sie ihn zwischen fünf und halb acht Uhr abends nicht gesehen und konnte daher dazu nichts sagen. Auch was er am letzten Samstag abends gemacht habe – am Sechzehnten, als Mary Stokes getötet wurde –, entzog sich ihrer Kenntnis; denn da war sie nachmittags um drei mit dem Bus nach Lenton gefahren und erst um zehn vor zehn wieder mit den Hausmädchen der Abbotts zurückgekommen. Nur ging sie mit ihnen nicht die ›Lane‹ hinunter, sondern zum Haus der Postschaffnerin, da Mrs. Barton abends nicht gern im Dunkeln allein nach Hause gehen wollte. Es mußte halb elf gewesen sein, als sie dort ankamen. Und sie könne nicht sagen, ob Mr. Grant zu Hause war oder nicht. Sie sah ihn jedenfalls nicht und hörte ihn erst, als er so gegen elf in sein Schlafzimmer hinaufging.

Es folgte eine Pause. Sie glaubte, das Verhör sei nun zu Ende. Dann stellte ihr dieser stattliche Polizist aus London doch noch eine Frage:

»In welchem Verhältnis standen Sie zu Mr. Hathaway?« Einfach so.

Ihr Herz klopfte, und eine tiefe Röte überzog ihr Gesicht. Ihre Zunge stolperte, als sie das Wort wiederholte:

»Verhältnis?«

»Sie wissen doch, was ich meine. Hatten Sie ein Verhältnis mit ihm – waren Sie seine Mätresse?«

Sie zuckte zurück, als habe er sie ins Gesicht geschlagen. Ihre Wangenmuskeln zuckten. Sie brach in ein bitteres Weinen aus.

»Nein – nein – das hat er nicht – das war ich nicht! Glauben Sie, ich würde hier sitzen, wenn ich so etwas gewesen wäre? Er hat mich nie angesehen – hat gar nicht gewußt, daß ich existiere! Ich hätte alles für ihn getan – hätte ihm geholfen, wenn er das verlangt hätte! Und er ließ es zu, daß ich aus dem Haus gejagt wurde. Mrs. Barton hat mir gekündigt, und er ließ mich einfach gehen. Ich habe gebettelt; aber es half nichts – er wollte ihr nicht sagen, daß sie die Kündigung zurücknehmen soll. Ich konnte ihn einfach nicht dazu bewegen – und so blieb mir nichts anderes übrig, als zu Ihnen zu kommen. Man kann doch nicht untätig dasitzen und zusehen, wie solche schlimmen Dinge passieren. Ich sagte ihm, daß ich wüßte, was er getan hat – mit diesen beiden Mädchen –, und er sagte, ich solle morgen früh sein Haus verlassen. Aber ich habe nicht bis morgen früh gewartet, habe nicht mal meine Sachen gepackt, sondern bin sofort hierhergekommen . . .«

Ihre Wortflut riß plötzlich ab, als habe sich plötzlich ein Wehr dazwischengeschoben, und sie starrte Lamp mit entsetzten Augen an. Sie starrte ihn an und sagte mit schwacher, bebender Stimme:

»Was habe ich nur getan . . .«

KAPITEL 28

Es war sieben Uhr abends, als Mrs. Barton mit besorgtem Gesicht in Mr. Hathaways Arbeitszimmer kam.

»Mr. Grant, ich weiß zwar nicht, was vorgefallen ist – aber Agnes ist verschwunden.«

Er blickte von dem Katalog auf, in dem er gerade

dieses und jenes angekreuzt hatte – landwirtschaftliche Geräte und Maschinen, von denen er einige leider wegen Finanzierungsschwierigkeiten erst im nächsten Jahr anschaffen, einige jedoch sofort bestellen konnte, sobald ihm das Geld zur Verfügung stand, das ihm James Roney für den Unterhalt und die Ausbildung seines Sohnes bezahlen wollte.

»Verschwunden?«

Sie antwortete ihm mit einer zugleich besorgten und vorwurfsvollen Stimme:

»Ich weiß nicht, was ich davon halten soll. Sie kam kurz nach dem Tee in ihrem Mantel in großer Eile an der Küchentür vorbei und fuhr auf ihrem Fahrrad davon. Ich dachte, sie wollte noch einen Brief zur Post bringen, und habe seither auf ihre Rückkehr gewartet; aber es schlug sieben, und das Teegeschirr war immer noch nicht abgeräumt worden. Ich weiß nicht, was über sie gekommen ist, Mr. Grant; aber die Sache gefällt mir nicht. Schließlich sind hier ja erst kürzlich zwei junge Mädchen ermordet worden.«

Grant Hathaway wußte sofort, was Agnes so eilig aus dem Haus getrieben hatte. Er saß einen Moment, halb weggedreht vom Schreibtisch, unter dem Licht, und wartete, bis Mrs. Barton das Tablett mit dem Teegeschirr vom Schreibtisch genommen hatte. Dann sagte er trocken:

»Ich glaube nicht, daß Agnes ermordet wurde; aber ich wage zu behaupten, daß sie nicht mehr ins Haus zurückkommt. Sie befand sich in einem ziemlich hysterischen Zustand – wegen der Kündigung, die Sie ihr ausgesprochen haben. Hat sie irgendwelche Freunde oder Bekannte, bei denen sie übernachten könnte?«

Da wurde es Mrs. Barton klar, daß sich Agnes noch schlimmer vergessen haben mußte als am Morgen in Mr. Grants Schlafzimmer. Sie machte ein schockiertes Gesicht.

»Ich wüßte nicht, daß sie hier Freundinnen oder Bekannte hätte. Manchmal trinkt sie mit einer gewissen Mrs. Parsons Tee, wenn sie nach Lenton fährt. Soll ich Ihnen das Abendessen hier am Kamin servieren, Sir? Da hätten Sie es schön warm.«

Er sagte: »Ja«, und als sie mit dem Tablett hinausgegangen war, zog er das Telefon auf dem Schreibtisch zu sich heran und wählte die Nummer von Abbottsleigh. Cicely meldete sich, wie schon vor einer Stunde, am Apparat. Auf ihr »Hallo!« hin sagte er:

»Ich bin's noch mal. Ist Frank schon zurück?«

»Nein, noch nicht – ich habe dir doch gesagt, daß ich durchrufen werde, sobald er da ist.« Sie klang ein bißchen atemlos.

»Tut mir leid, daß ich dich gestört habe.«

»Grant, was geht da eigentlich vor?«

»Das würde ich selbst gern wissen.«

Während er das sagte, hörte er ein schwaches vibrierendes Geräusch, und als Cicely fragte: »Was meinst du damit?«, kam etwas die Einfahrt herauf, das nur ein Auto sein konnte. Es schien zu wenden und dann anzuhalten. Eine Wagentür flog zu. Da waren Stimmen und Schritte.

»Gute Nacht«, sagte er, »ich glaube, ich bekomme Besuch.« Und legte auf.

Als er zur Haustür ging, fragte er sich plötzlich, ob, wann und wo er Cicely wiedersehen würde. Und als er Chefinspektor Lamb die Vordertür öffnete, überlegte er, ob dieser ihn wohl erst einmal mit Handschellen Bekanntschaft machen ließ.

Sie kamen aber nur durch die Tür und brachten eine sehr kalte, mit Nebel vermischte Luft ins Haus; voran die hünenhafte Gestalt des Chefinspektor Lamb aus London und dahinter die schlanke elegante Erscheinung von Frank Abbott – Cicelys Vetter bei der Polizei. Nun, vielleicht würden ihm nicht sofort die Handschellen angelegt – vielleicht wurde vorher noch ein bißchen höfliche Konversation gemacht. Das Leben war sicherlich reich an neuen Erfahrungen. Wer hatte gesagt, daß die Nachkriegsjahre langweilig sein würden? Selbst in der wildbewegten Zeit dieser europäischen Völkerschlacht wäre für manchen von blutigen Ereignissen übersättigten Zeitgenossen diese Situation noch ein Nervenkitzel gewesen. Er hatte keinen Grund daran zu zweifeln, daß Agnes zum Revier gefahren war und dort ausgepackt hatte, und wenn sich seine Vermutung jetzt bestätigte, mußte er sich etwas wirklich Überzeugendes für die Herren von der Polizei einfallen lassen.

In Gedanken mit diesem Vorhaben beschäftigt, führte er die beiden Besucher in sein Arbeitszimmer und sah zu, wie der Chefinspektor sich seines Mantels und Huts entledigte und einen Lehnstuhl, der ihm angeboten wurde, ablehnte. Er setzte sich statt dessen auf den ungepolsterten Drehstuhl vor dem Schreibtisch. Dann, erst dann, sagte er:

»Ich frage mich, ob Sie uns bereits erwartet haben, Mr. Hathaway.«

Grant stand noch. Er sagte mit einer ganz normalen, alltäglichen Stimme:

»Also, ich wollte eigentlich Sie aufsuchen. Ich habe zweimal in Abbottsleigh angerufen und gefragt, ob Abbott schon dort eingetroffen sei. Ich wollte mich über ihn mit Ihnen in Verbindung setzen.«

»Setzen Sie sich doch, Mr. Hathaway«, schnaubte Lamb. »Ich komme gerade vom Polizeirevier in Lenton. Sie werden sich wohl schon gedacht haben, warum. Wir hatten einen Besuch von Ihrem Zimmermädchen, Agnes Ripley. Sie hat eine für sie nicht unbedenkliche Aussage gemacht, und ich bin gekommen, um Sie zu fragen, ob sie dazu Stellung nehmen wollen.«

Grant hatte sich einen Stuhl an den Tisch herangezogen. Sie saßen nun alle um den Schreibtisch herum – der Chefinspektor mit einem breiten, ernsten Gesicht, Frank mit kalter, unbeteiliger Miene und Grant Hathaway mit der Absicht, sich seiner Haut zu wehren. Das Ganze erinnerte fast an eine Gerichtsverhandlung, nur daß die Parteien viel enger beisammen saßen und der Angeklagte keinen Verteidiger hatte. Wenn er mit seinen Erklärungen nicht überzeugte, war er geliefert, und wie es dann am Ende auch ausgehen mochte – diese Vereinbarung mit James Roney würde platzen. Niemand zahlt eine Menge Geld dafür, seinen Sohn bei einem Mann unterzubringen, der soeben, zweier brutaler Morde beschuldigt, in Untersuchungshaft genommen wurde. Und er brauchte das Geld. Das gehörte zu dem Spiel, es »Cicely zu zeigen«. Er brauchte es dringend. Er sagte:

»Darf ich die Aussage erst mal sehen, ehe ich dazu Stellung nehme?«

Er nahm die getippte Kopie der Aussage entgegen, die ihm Frank Abbott über den Tisch reichte, und runzelte ein wenig die Stirn, als er das Protokoll las. Dann sah er hoch und sagte:

»Ich glaube, bei ihr muß irgendwo eine Schraube lokker sein. Meine Haushälterin hat ihr heute morgen gekündigt. Agnes kam nach dem Nachmittagstee in mein Arbeitszimmer und machte mir eine Szene – wollte, daß ich ihr sagte, sie könne dableiben.«

»Warum hat Ihre Haushälterin ihr gekündigt? Was war der Grund für Miss Ripleys Entlassung?«

»Da müssen Sie schon Mrs. Barton fragen – solche Entscheidungen überlasse ich ganz ihr.«

»Sie wissen den Grund nicht?«

»Nein. Ich hatte den Eindruck, daß Mrs. Barton ihn nicht gern verraten wollte.«

»Nun – Sie haben ja jetzt Miss Agnes Ripleys Aussage vor sich. Wollen Sie sich dazu äußern?«

»Ja. Zunächst eine Frage: Ist Ihnen bekannt, daß ich verreist war?«

»Ja. Von Sonntag, acht Uhr dreißig, bis Montagvormittag, elf Uhr.«

»Sehr exakt. Ich will damit sagen, daß ich von diesen beiden Morden nichts wußte, bis Agnes sie heute so gegen fünf nachmittags mir gegenüber erwähnte.«

»Sie kamen heute morgen um elf Uhr von Ihrer Reise zurück und trafen Inspektor Smith vor Ihrer Haustüre an, mit dem Sie anschließend ein Gespräch führten. Dabei fragte er sie, wo Sie sich am Freitag, dem Achten – also am vorletzten Freitag – abends aufgehalten haben, und bat Sie um Ihre Fingerabdrücke. Aus welchem Grund, dachten Sie, hat er Sie wohl darum gebeten?«

»Ich wußte – das heißt, ich habe davon gehört –, daß irgendeine verrückte Geschichte im Dorf die Runde machte. Jedenfalls glaubte ich heute morgen noch, daß Mary Stokes' Geschichte von der Leiche, die sie gesehen haben wollte, frei erfunden ist. Daß die Polizei keine Leiche an der Stelle fand, wo Mary Stokes sie angeblich beobachtet hatte, bestärkte mich in dieser Annahme.«

»Hm. Sie kannten also diese Geschichte?«

»Ja – Mrs. Barton erzählte mir davon; und meine Frau erwähnte sie, aber sehr oberflächlich – nicht so, wie sie geredet hätte, wenn sie von einer Sache überzeugt ist.«

»Sie dachten, Inspektor Smith kam wegen dieser Geschichte zu Ihnen? Sie wußten nicht, daß Mary Stokes ermordet worden war?«

»Davon wußte ich nichts.«

»Oder daß wir die Leiche von Louise Rogers im Försterhaus gefunden hatten?«

»Ich hatte keine Ahnung davon.«

»Was haben Sie gemacht, als Inspektor Smith Sie wieder verließ?«

»Ich kümmerte mich um den Hof. Die meiste Zeit war ich mit meinem Schweizer im Stall. Nach dem Mittagessen habe ich eine Scheune draußen auf den Weiden ausgebessert – es gibt eine Menge zu tun auf so einer

Farm. Dann ging ich nach Hause und habe in diesem Zimmer gearbeitet – es gibt auch eine Menge Schreibkram auf so einer Farm. Dann kam Agnes herein und machte mir ihre Szene.«

»Und in dieser Zeit hat Ihnen niemand etwas von diesen beiden Morden erzählt?«

»Mein Stallaufseher, der Schweizer, hat mir kein Wort davon gesagt, und die anderen beiden Männer, mit denen ich dann noch gesprochen habe, auch nicht. Und Mrs. Barton ebenfalls nicht. Sie können sie ja selbst fragen, wenn Sie möchten.«

Lamb trommelte mit den Fingern auf seinen Kniescheiben.

»Kehren wir zu der Aussage zurück. Wie steht es damit? Geben Sie zu, daß die Angaben in diesem Protokoll richtig sind?«

»Einiges davon.«

»Könnten Sie mir auch sagen, welche Angaben richtig sind?«

Grant blickte auf die getippten Seiten hinunter und blätterte darin.

»Das Telefongespräch – das ist sinngemäß richtig.«

»Diese Louise Rogers hat Sie also angerufen und Ihnen gesagt, daß sie zu Ihnen ins Haus kommen möchte?«

»Ja.«

»Sie ist hierhergekommen und hat Sie besucht?«

»Ja.«

»Und wollen Sie sich auch zu dem Gespräch äußern, das Agnes Ripley belauscht hat?«

»Ja, natürlich. Das hat sie hier sehr entstellt wiedergegeben. Ich glaube, ich sollte Ihnen lieber erzählen, wie es wirklich abgelaufen ist. Die Frau, die mich damals besuchte, war sehr erregt – sprach fließend Englisch; aber mit starkem ausländischem Akzent und, wie ich schon sagte, sehr aufgeregt. Ich bin nicht überrascht, daß Agnes alles durcheinandergebracht hat. Diese Frau erzählte mir eine lange Geschichte von ihrer Flucht aus Paris und einer Bombardierung auf der Landstraße – ich weiß wirklich nicht genau, wo. Sie sagte, sie habe eine Menge wertvoller Juwelen bei sich gehabt und diese seien ihr, wie sie behauptete, von einem Engländer gestohlen worden. Wenn sie mich mal zu Wort kommen ließ, sagte ich zu ihr, das täte mir ja alles sehr leid; aber das wäre ja eine ziemlich alte Geschichte, und ich wüßte nicht, was ich damit zu tun hätte. Nicht in so dürren Worten wie jetzt; aber unmißverständlich. Und da erzählte sie mir eine noch verrücktere Geschichte, daß sie die Hand des Räubers gesehen hätte, als er in ihren Juwelen wühlte. Sie behauptete, sie würde diese Hand wiedererkennen. Nun – ich wußte immer noch nicht, was ich damit zu tun haben sollte, und da sagte sie, sie wolle meine Hände sehen. Also legte ich sie auf den Schreibtisch, und sie schaute sie sehr genau an. Das schien sie zu beruhigen, und kurz darauf ging sie wieder.«

Abbott schrieb mit ausdruckslosem Gesicht mit, wobei er eine sehr große Ähnlichkeit mit Lady Evelyns Porträt in Abbottsleigh hatte. Grants Geschichte war seiner Meinung nach dünn – so dünn, daß sie fast wahr sein konnte.

Lamb verlagerte sein Gewicht im Drehstuhl. Er hatte bisher sehr gerade gesessen, die Hände auf den Schenkeln. Er beugte sich nun vor und legte die Hände auf die Tischplatte.

»Sie sagten, die Frau ging wieder weg. Was haben Sie danach gemacht?«

Grant lächelte schwach.

»Nach fünf Uhr nachmittags? Das haben Sie doch schon schriftlich, oder nicht? Wenigstens glaube ich mich erinnern zu können, daß Inspektor Smith mich heute morgen dasselbe fragte und in sein Notizbuch schrieb. Vermutlich hat er Ihnen meine Angaben schriftlich weitergegeben. Ich habe nicht die Absicht, Ihnen das Geschenk widersprechender Angaben zu machen. Ich ging gegen fünf Uhr nachmittags aus dem Haus und blieb eine Weile weg.«

»Haben Sie das Haus zusammen mit Louise Rogers verlassen?«

»Nein.«

»Wie lange war sie schon fort, als Sie das Haus verließen?«

»Ich verließ es ein paar Minuten später.«

»Wie erklären Sie sich, daß Agnes Ripley Sie nicht fortgehen hörte?«

»Ich fürchte, ich habe keine Erklärung für das, was Agnes gehört oder nicht gehört haben will.«

»Sind Sie zu Fuß, mit dem Fahrrad oder mit dem Wagen unterwegs gewesen?«

»Zu Fuß.«

»Wohin sind Sie gegangen?«

Lamb, dessem anscheinend unbeteiligten Blick nichts entging, bemerkte ein kurzes Zucken in Mr. Hathaways Wange. Eine kaum wahrnehmbare Muskelkontraktion, daß er fast glaubte, sich getäuscht zu haben.

Doch Grant hatt diese unwillkürliche Muskelanspannung gespürt. Er hatte blitzschnell eine Entscheidung getroffen und gab sich nun sichtlich entspannt. Es ist besser, sich als Narr hinzustellen, als sich als Mörder festnehmen zu lassen. Und wenn er sich schon als lächerliche Figur darstellen mußte, sollte er das besser mit guter Miene und nicht zähneknirschend tun.

»Ich ging bis zur Kreuzung und dann um Tomlins Farm herum nach Deeping.«

»Haben Sie sich mit Mary Stokes getroffen?«

»Nein – natürlich nicht. Ich wollte spazierengehen und hatte nicht die Absicht, jemanden zu treffen.«

»Sind sie jemandem in Deeping begegnet?«

»Nein.«

»Wie lange sind Sie spazierengegangen?«

»Ich kam um« – Grant schwieg einen Moment und runzelte die Stirn – »so gegen halb acht wieder nach Hause.«

»Hm. So lange braucht man doch nicht für einen Weg von – warten Sie mal – drei oder vier Meilen?«

»Es sind ungefähr drei. Nein, da haben Sie recht.«

»Also eine Stunde, gut gerechnet. Bleiben noch anderthalb Stunden. Was haben Sie in dieser Zeit gemacht, Mr. Hathaway?«

Grant lächelte.

»Ich war in der Kirche.«

»An einem Freitagabend?«

Grant nickte sorglos.

»Ich kam an der Kirche vorbei und hörte die Orgel. Demnach wußte ich, daß meine Frau in der Kirche übte – sie spielt außerordentlich gut Orgel. Die Seitentür war offen. Also ging ich in die Kirche und hörte zu.«

»Anderthalb Stunden lang?«

»Nicht ganz. Sie verließ um sieben die Kirche, und von dort brauche ich zu Fuß zwanzig Minuten bis nach Hause.«

»Hm. Mrs. Hathaway kann diese Angaben bestätigen?«

»Oh, nein – sie wußte gar nicht, daß ich ihr zuhörte.«

»Können Sie uns einen Zeugen nennen, der Ihre Angaben bestätigen kann.«

»Ich fürchte, nein. Mrs. Barton und Agnes hatten Ausgang – das heißt, Agnes hätte außer Hauses sein sollen. Ist sie weggegangen, nachdem es nichts mehr zu belauschen gab?«

»Ja, sie hat danach Ihr Haus verlassen.«

»Dann, fürchte ich, müssen Sie sich ganz allein auf mein Wort verlassen.«

Lamb trommelte mit dem Finger auf die Tischplatte. Er hielt Mr. Hathaway für einen abgebrühten Kunden.

Erzählte ihm da eine eigenartige Geschichte von seiner Frau, die in der Kirche auf der Orgel übte, während er Mäuschen spielte. Wollte ihm wohl kein besseres Alibi einfallen – kam damit vielleicht sogar bei den Geschworenen durch, falls es soweit kommen sollte. Mochte sogar die Wahrheit sein. Lamb runzelte die Stirn und fragte, was Mr. Hathaway am Samstag, dem Neunten, zwischen halb sechs und, sagen wir, neun oder zehn Uhr abends gemacht habe.

Mr. Hathaway gab ihm darüber bereitwillig Auskunft, die jedoch weder der Polizei nützte noch ihm etwas half. Er blieb bei den Angaben, die er bereits Inspektor Smith gegenüber gemacht hatte. Er wäre kurz nach vier Uhr nachmittags mit dem Fahrrad von zu Hause weggefahren. Er habe unterwegs seine Frau getroffen, die gerade ihre Hunde ausführte, habe kurz mit ihr gesprochen und sich danach entschlossen, wieder umzukehren, statt nach Deeping weiterzufahren. Den Rest des Abends habe er dann zu Hause verbracht.

»Sie waren also um halb fünf wieder in Ihrer Wohnung?«

»Ja, das würde ich sagen.«

»Und Sie sind nicht mehr ausgegangen?«

»Nein – ich hatte eine Menge Briefe zu schreiben.«

»Könnte Ihre Haushälterin diese Angaben bezeugen?«

»Ich habe um halb acht Abendbrot gegessen. Das können beide bezeugen, Mrs. Barton und Agnes. Darf ich fragen, weshalb dieser Zeitpunkt für Sie so wichtig ist? Ich hoffe doch, daß an diesem Abend nicht noch jemand ermordet wurde, oder?«

Lamb antwortete mit ausdruckslosem Gesicht:

»Zwischen halb sechs und sechs an diesem Abend wurde die Leiche von Louise Rogers in das Försterhaus geschafft. Mary Stokes sah dort die Leiche und rannte schreiend zum Küsterhaus. Wenn Mary Stokes uns damals die ganze Wahrheit erzählt hätte, hätten wir vermutlich den Mörder gefaßt, und sie wäre noch am Leben. Aber sie wollte nicht zugeben, daß sie im Försterhaus gewesen war, und erzählte uns, sie habe die Leiche woanders gesehen. Inzwischen konnte der Mörder die Leiche in den Keller des Försterhauses schaffen, und dort hat er sie dann sofort oder später vergraben.«

Grant war ein bißchen bleicher geworden – nicht viel; aber wahrnehmbar blasser. Er sagte:

»Ich habe mich zum Abendbrot nicht umgezogen. Mrs. Barton wird sich daran erinnern, nehme ich an – und daß ich verhältnismäßig sauber und ordentlich wirkte. Ganz bestimmt hatte ich kein Grab in einem seit Jahrhunderten nicht mehr verwendeten Keller ausgehoben, was meines Erachtens eine recht schmutzige Beschäftigung gewesen sein muß. Aber ich hätte mir natürlich danach, worauf Sie kurz hingewiesen haben, entsprechende Kleider anziehen und die Sache später erledigen können. Das wollten Sie doch gerade sagen, nicht wahr?«

Im gleichen Moment befiel ihn ein nagender Zweifel. Sein Temperament und sein Instinkt hatten ihn zu diesem Angriff verleitet. Das Temperament war in solchen Augenblicken ein schlechter Ratgeber.

Lambs Stimme fiel in seine Gedanken hinein. Er sagte im gemütlichen, ländlich breiten Ton:

»Ich wüßte nicht, daß ich etwas in diesem Sinne sagen wollte.«

Grant lachte.

»Aber Sie hatten daran gedacht – nicht wahr? Nun?«

Lamb sagte: »Können Sie mir sagen, was Sie am Samstag, dem Sechzehnten, abends ab halb sieben gemacht haben?«

Bisher hatte Grant bequem dagesessen, die Beine übereinandergeschlagen, die Hände ruhig auf dem Tisch. Doch nun bewegte er sich plötzlich, als strengte ihn das Sitzen an. Oder vielleicht war es sein Geist, der ungeduldig wurde und dieses Spiel nicht mehr ertrug. Seine Stimme klang gereizt, als er erwiderte:

»Ich fürchte, ich kann Ihnen da nicht viel bieten, Mrs. Barton und Agnes waren beide ausgegangen. Ich vermute, sie kamen so gegen halb elf wieder nach Hause; aber ich sah sie nicht, und sie haben mich ebenfalls nicht gesehen. Agnes setzte mich davon in Kenntnis, daß Mary Stokes vermutlich so gegen Viertel nach acht Uhr abends ermordet wurde. Alibis scheinen nicht meine starke Seite zu sein, nicht wahr? Ich war hier in diesem Zimmer; doch dafür gibt es leider keinen Zeugen. Was kann man da machen?«

»Im Augenblick nichts«, antwortet Lamb. »Aber ich hätte da noch eine Frage, die diese Louise Rogers betrifft, Mr. Hathaway. Sie sagten, Miss Ripley habe das Telefongespräch mit Louise Rogers korrekt wiedergegeben.«

»Sinngemäß richtig.«

»Dann waren Sie am Abend des vierten Januar in Ledlington im Hotel ›Bull‹. Vielleicht könnten Sie mir aus Ihrer Sicht schildern, was sich dort zugetragen hat.«

»Eigentlich gar nichts, wenn Sie mich fragen. Ich war in Ledstow gewesen und habe dort einen Freund von mir, James Roney, besucht. Seine Postadresse ist Passfield, wenn Sie dort nachfragen wollen. Es ist der gleiche Mann, bei dem ich gestern übernachtet habe. Er brachte mich mit dem Wagen nach Ledlington, damit ich noch den Achtuhrzwanzig-Zug nach Lenton erreichte. Er setzte mich am Bahnhof ab; aber der Zug war schon weg – seine Uhr mußte nachgegangen sein. Der nächste Zug fuhr erst in anderthalb Stunden, und daher beschloß ich, inzwischen im ›Bull‹ ein Bier zu trinken. Als ich aus dem Bahnhof trete, sehe ich dort einen Bekannten. Er war aus London gekommen und wartete auf seinen Chauffeur, der ihn vom Bahnhof abholen sollte. Er bot mir an, mich in seinem Wagen mitzunehmen. Kurz darauf kam sein Chauffeur und sagte, er glaube, daß einer der Reifen Luft verliert, und er müsse ihn wechseln und flicken lassen. Also gingen wir beide in den ›Bull‹ und tranken ein Bier. Der Wagen stand dort auf dem Hof.«

»Wer war dieser Bekannte, Mr. Hathaway?«

»Mark Harlow. Er ist mein unmittelbarer Nachbar auf Gut Mainfield.«

Es gab eine kleine elektrische Entladung in der gespannten Atmosphäre am Tisch. Frank Abbotts Gesicht blieb unbewegt. In seinem Kopf lärmten die Gedanken. Caddle war also auch in Ledlington gewesen . . . Er war im ›Bull‹, als Louise Rogers aus dem Fenster ihres Hotelzimmers schaute und die Hand erkannte, die damals in ihren Juwelen wühlte.

Lamb dachte wohl an das gleiche, als er sagte:

»Sie gingen also mit Mr. Harlow in das Hotel ›Bull‹. Wie lange sind Sie dort geblieben?«

»Ungefähr eine halbe Stunde.«

»Sind Sie die ganze Zeit mit Mr. Harlow zusammengewesen?«

»Fast die ganze Zeit. Wir saßen an der Theke, und dann sah ich einen Mann, der mit meiner Einheit in Frankreich gewesen war, und ging zu ihm, um ihn zu begrüßen. Harlow sagte, er wolle mal nachsehen, ob der Reifen schon fertig sei, und ich folgte ihm ein paar Minuten später.«

»Sie gingen auf den Hof hinaus?«

»Ja – der Wagen stand ja dort.«

»Besitzen Sie ein Feuerzeug?«

»Ja; aber das ließ ich dort nicht fallen.«

»Sind Sie sich da sicher?«

»Absolut. Ich ging zum Wagen und sah, daß er fahrbereit war. Harlow wartete dort bereits auf mich. Wir stiegen ein, und er brachte mich bis vor die Haustür.«

»Sie sagten, ›er brachte mich vor die Haustür‹. Meinen Sie damit, daß Mr. Harlow den Wagen gefahren hat?«

»Nein, ich meinte damit nur seinen Wagen. Der Chauffeur ist gefahren.«

»Der Chauffeur war Albert Caddle?«

»Ja.«

»Mr. Hathaway – Sie haben in diesem Zimmer ungefähr eine halbe Stunde lang mit Louise Rogers geredet. Ich nehme an, dabei war das Zimmer genauso beleuchtet wie jetzt – Sie konnten sie also gut sehen. Können Sie mir eine genaue Beschreibung von ihr geben?«

Bisher hatte Grants Gesicht immer den gleichen Ausdruck beibehalten. Jetzt blickte er Lamb überrascht an.

»Wie sie damals aussah, meinen Sie? Schwarz. Schwarzer Mantel und so ein schwarzes Käppi. Ziemlich attraktiv. Gute Fesseln, gute Strümpfe, gute Schuhe . . .«

»Alles schwarz?«

»Die Strümpfe nicht.«

»Aber sonst kein Aufheller in diesem schwarzen Aufzug?«

»Oh, doch – die Ohrringe – recht auffällig, würde ich sagen – wie diese Freundschaftsringe, nach denen Frauen aus mir unerfindlichen Gründen immer so verrückt sind.«

»Hm – ein Paar Ohrringe. Sind Sie sicher, daß sie zwei Ohrringe getragen hat?«

Grant sah Lamb wieder überrascht an.

»Oh, ja – ein Paar Freundschaftsringe im Ohr – sehr auffällige Dinger, wie ich eben schon sagte.«

Damit schien eine Frage geklärt zu sein.

Lamb fuhr mit seiner Vernehmung fort. Auf welcher Route in Frankreich war der Rückzug seiner Einheit erfolgt? Wo war er auf die Straße von Paris zur Küste gestoßen? Und wo hatte er diese Straße wieder verlassen? Alle Antworten wurden genau protokolliert; würden aber kaum beweisdienlich sein, da Michel Ferrand nicht genau hatte angeben können, wo der Juwelenraub passiert war. Es war nur die Möglichkeit nicht auszuschließen, daß der Fluchtweg von Louise Rogers teilweise mit der Rückzugsroute von Mr. Hathaways Einheit in Frankreich identisch gewesen war.

»Können Sie sich noch an den genauen Wortlaut erinnern, als Sie von Louise Rogers dazu aufgefordert wurden, Ihre Hände vorzuzeigen?«

»Also – sie sagte, sie habe die Hand des Räubers gesehen, als er ihre Juwelen in ihrem Koffer umdrehte. Sie sagte, sie würde die Hand wiedererkennen. Sie bat mich, ihr meine Hände zu zeigen, was ich tat.«

»Hand oder Hände?«

»Hände, glaube ich. Jedenfalls habe ich sie beide hier auf den Tisch gelegt.«

»Wären Sie bereit, sie mir ebenfalls zu zeigen?«

»Warum nicht?«

Mr. Hathaway legte beide Hände ausgestreckt auf die Schreibtischplatte. Im Licht der Stehlampe waren sie deutlich zu sehen – große, wohlgeformte, von schwerer Arbeit schwielige Hände mit einer dünnen Narbe über den Knöcheln des Zeige- und Ringfingers an der linken Hand. Wenn die Hand nicht so braun gewesen wäre, hätte man die Narbe wohl kaum sofort bemerkt.

Lamb fragte unverblümt: »Wo haben Sie sich diese Narbe geholt, Mr. Hathaway?«

»Als Vierzehnjähriger, als ich mit einem Messer herumspielte. Ihre Mrs. Rogers muß verdammt gute Augen gehabt haben, wenn sie diese Narbe auf dem Hof des Hotels ›Bull‹ gesehen haben will – falls das der Grund Ihrer Frage war.«

Lambs Gesicht blieb so undurchdringlich wie bisher.

»Wenn sie mit Ihnen darüber gesprochen hat, Mr. Hathaway, hat sie doch wohl auch erwähnt, daß der Mann, der sein Feuerzeug fallen ließ, eine Taschenlampe benützte, als er es wieder aufhob. Im konzentrierten Lichtstrahl einer Taschenlampe könnte man so eine Narbe durchaus sehen.«

Grant erwärmte sich nun für dieses Spiel. Es gab sogar Momente, in denen er Spaß daran hatte. Dieser war einer davon. Er lächelte.

»Nur hat sie gar nicht von einer Narbe gesprochen. Sie sagte nur, daß sie die Hand wiedererkennen würde. Als ich ihr meine Hände zeigte, verlor sie jedes Interesse an unserem Gespräch und empfahl sich.« Hathaway legte seine Hände wieder zusammen. »Ich möchte Sie auch noch darauf hinweisen, daß es an jenem Abend ziemlich voll war im ›Bull‹, Chefinspektor. Es standen mindestens zwanzig Leute an der Theke, als wir in den Schankraum kamen. Und jeder von diesen Männern konnte sein Feuerzeug unter dem Fenster von Louise Rogers' Zimmer verloren und dabei eine Hand im Licht gezeigt haben, die sie wiederzuerkennen glaubte.«

Lamb schlug zurück – hart zurück:

»Aber Sie waren es, dem sie nach Deeping gefolgt ist, Mr. Hathaway. Es ist bewiesen, daß sie zu Ihnen wollte, mit Ihnen in diesem Raum ein Gespräch führte und Sie aufforderte, Ihre Hände vorzuzeigen. Es ist außerdem erwiesen, daß sie noch am gleichen Abend ermordet wurde, und zwar unmittelbar nach dem Gespräch mit Ihnen. Und es ist ferner erwiesen, daß ihre Leiche zunächst im Galgenwäldchen versteckt und am darauffolgenden Abend in das Försterhaus gebracht wurde, wo sie dann im Keller verscharrt wurde. Wollen Sie mit diesem Hinweis behaupten, daß die anderen zwanzig Männer, die mit Ihnen zusammen vor vierzehn Tagen in der Bar des Hotels ›Bull‹ ein Bier getrunken haben, für diese Kette von Ereignissen in Frage kämen? Ich stelle fest, daß Sie kein Alibi für die Zeiten haben, die in diesem Fall von Bedeutung sind.«

Grant schob die Hände in die Hosentaschen und spielte mit seinem Schlüsselbund.

»Sehr nachlässig von mir – wie? Aber ich konnte ja auch nicht wissen, daß jemand ermordet werden sollte. Ich möchte annehmen, daß selbst Sie nicht für alles und jedes ein Alibi haben. Schön – ich habe kein Alibi. Und was beweist das?«

Lamb erhob sich aus dem Drehstuhl.

»Wir erwarten, noch weitere Beweise zu finden. Ich möchte Sie bitten, bis auf weiteres diesen Landkreis nicht zu verlassen, Mr. Hathaway.«

Grant war erstaunt, wie erleichtert er sich fühlte.

KAPITEL 29

Maggie Bell, die angestrengt lauschte, hatte bisher nichts Aufregenderes gehört als Mrs. Abbott, die Miss Cicely anrief und ihr mitteilte, sie würde nicht zum Abendessen kommen, weil Colonel Abbott und der Pfarrer in eine Schachpartie vertieft seien, die vermutlich die ganze Nacht dauern würde – »Du mußt also nur Frank und Miss Silver verköstigen.«

Mr. Frank war aber nicht in Abbottsleigh. Maggie hätte das Mrs. Abbott sagen können, weil Mr. Hathaway zweimal Miss Cicely angerufen und nach Mr. Frank gefragt hatte. Da – Miss Cicely sagte es ihr gerade:

»Frank ist noch nicht zurück.«

»Dann eßt ihr beide wenigstens – Miss Silver und du. Und *iß* was, Darling!« Damit legte Mrs. Abbott wieder auf.

Der nächste Anrufer war Mr. Frank – sagte, er komme erst spät nach Hause, und sie sollten seinetwegen keine Umstände machen.

»Unsinn – du mußt doch was essen!«

»Ich muß mit dem Chef nach Lenton zurück – ich werde dort einen Happen essen.« Damit legte er auf.

Maggie Bell hielt das alles für ziemlich langweilig.

Der nächste Anruf für Miss Cicely kam von Mr. Mark Harlow. Maggie spitzte jedesmal die Ohren, wenn die beiden miteinander verbunden waren. Der Schlingel wollte wohl was von ihr – das hörte man schon an seiner Stimme. Und sie fertigte ihn jedesmal kurz ab – meistens wenigstens –; aber er hatte vielleicht eine Chance, wenn es zu einer Scheidung kam. Miss Cicely machte nichts, was andere Leute nicht wissen durften. Nein, dazu war sie viel zu stolz. Nicht hochnäsig – sondern innerlich stolz. Da konnte sich mancher eine Scheibe von ihr abschneiden.

Also, da war Mr. Harlow in der Leitung und sagte: »Cis . . .« Und sie ein bißchen barsch wie jemand, der dauernd ans Telefon laufen muß.

»Was ist denn?«

»Kann ich einen Sprung vorbeikommen?«

»Nein, das glaube ich nicht.«

»Warum nicht?«

»Meine Eltern sind nicht zu Hause.«

»Was haben deine Eltern damit zu tun, daß ich mit dir reden möchte?«

»Du würdest mit mir und Miss Silver reden müssen. Möchtest du das?«

»Wir könnten doch woanders hingehen.«

»Nein.«

Davon war Mark Harlow offenbar gar nicht entzückt. Seine Stimme war so laut, daß Maggie den Hörer vom Ohr weghalten mußte.

»Wie du das sagst! Man könnte glauben, du hättest ein Herz aus Stein.«

Sie lachte, als fände sie seine Antwort lustig.

»Was würde mir ein weiches Herz nützen?«

»Cis, ich bin außer mir – diese verdammten Morde! Und die Polizei fällt einem dauernd mit der Tür ins Haus! Man möchte es nicht glauben; aber sie ist doch tatsächlich eben schon wieder bei mir gewesen! Offenbar wollten sie alles wissen, was ich in den letzten vierzehn Tagen gesagt, gedacht oder getan habe. Als ob sich jemand das alles merken würde, als ob jemand – außer der Polizei – von dir erwarten würde, daß du dir das alles merkst! Und was ist das Ergebnis? Meine ganzen guten Einfälle sind weg! Ich war gerade dabei, den richtigen Ansatz für das Quartett zu finden – du weißt schon . . .« Er pfiff eine Melodie, die Maggie nicht sehr beeindruckte. Miss Cicely wohl auch nicht. Sie sagte es ihm auch sofort.

»Das reißt mich nicht vom Hocker.«

Mr. Mark hörte sich ziemlich verärgert an:

»Das sagst du immer; aber diesmal hätte ich schon den richtigen Ton gefunden, wenn nicht dieser ganze Trubel wäre! Ich kann nicht arbeiten in so einer unguten Atmosphäre. Wenn man hier keine Ruhe und keinen Frieden mehr findet – was für einen Sinn hat es dann, auf dem Land zu wohnen? Es ist feucht, es ist dunkel, es ist kalt, es ist trübsinnig und es ist langweilig. Das einzige, was man wenigstens erwarten könnte, ist, daß sie einen in Ruhe lassen. Ich meine, wenn sich die Leute schon umbringen lassen, warum nicht dort, wo sie eigentlich hingehören, statt hierherzukommen und unser Leben zur Hölle zu machen mit Hausbesuchen von diesen Scotland-Yard-Menschen!«

Miss Cicely sagte ein paar Sekunden lang nichts. Dann so ganz obenhin:

»Ein bißchen egozentrisch, nicht wahr, Mark?«

Mr. Harlow explodierte fast:

»Ich und egozentrisch – was für ein verdammter Blödsinn! Als würde nicht alles, was man tut, bei einem selbst beginnen! Das Ich ist das Zentrum, wo alles anfängt und alles endet. Wenn dein Ich nicht dein Mittelpunkt ist, dann bist du doch nichts! Dann hat dein Ich keinen Sinn, kein Ziel – es ist nur ein Spielball der äußeren

Umstände. Die Arbeit jedes Künstlers muß von seinem Zentrum ausgehen, sonst verliert er sich.«

»Das halte ich nun wieder für Blödsinn.«

Er lachte.

Das hatte Maggie nicht erwartet. Das war ein bißchen komisch, nachdem er erst so wütend gewesen war. Er lachte, und er sagte:

»Du bist die egozentrischste Person, die ich kenne.«

»Das bin ich nicht.«

»Das bist du doch.«

Miss Cicely knallte den Hörer auf die Gabel.

Selten hatte Maggie einen Anruf so genossen wie diesen.

Cicely kehrte in das Morgenzimmer zurück, wo Miss Silver über ihrer Strickarbeit saß. Das blaue Wolljäckchen, das sie während der ersten beiden Tage ihres Besuchs beschäftigt hatte, lag nun in ihrem Schlafzimmer in der linken oberen Schublade der Mahagonitruhe. Ein Jäckchen aus hellrosa Wolle nahm nun rasch Gestalt an. Cicely, die sich immer abgestoßen fühlte, wenn Frank von seiner unverwüstlichen Miss Silver schwärmte, hatte inzwischen einen weiten Weg in die entgegengesetzte Richtung zurückgelegt. Es fiel einem nicht schwer, den unerwünschten Besuch als gouvernantenhaft und verschroben abzutun. Allerdings nur in den ersten fünf Minuten oder so. Danach konnte man nur noch an dieser Meinung festhalten, wenn man sehr dumm war oder sich nicht von seinen Vorurteilen zu befreien vermochte. Cicely war aber nicht dumm. Ganz gegen ihren Willen war sie von Miss Silver beeindruckt. Sie spürte eine Intelligenz, die sie respektierte, und sie hatte bemerkt, daß Frank diese zierliche ältliche Person nicht nur respektierte, sondern – was sie baß erstaunte – sogar eine echte und fast an Ergebenheit grenzende Zuneigung für sie empfand. Sie fand das seltsam, unterhaltsam und eindrucksvoll.

Als sie nun ins Morgenzimmer zurückkam und Miss Silver lächelnd zu ihr aufsah, geschah etwas Merkwürdiges. Cicely hörte sich mit betroffener Stimme sagen:

»Sind Sie auch der Meinung, daß ich egozentrisch bin?«

Miss Silver fragte, immer noch freundlich lächelnd:

»Hat jemand Sie so genannt?«

Cicely nickte.

»Ja – Mark Harlow. Er sagte, ich wäre die egozentrischste Person, die er kenne. Sind Sie auch dieser Meinung?«

Miss Silver setzte ihre Stricknadeln wieder in Gang. Und fragte lächelnd:

»Wie denken Sie denn darüber?«

Cicely saß nun vor dem Kamin auf dem Boden, die Hände im Schoß, den Kopf ein wenig auf die Seite gelegt, die Augen weit aufgesperrt und ein wenig ängstlich wie ein Kind, das nicht recht weiß, ob es seine Aufgabe an der Tafel richtig löst.

»Ich weiß nicht – ich habe darüber nie nachgedacht.«

»Und wenn Sie jetzt darüber nachdenken?«

Cicely sagte leise: »Ich denke – vielleicht – bin ich es sogar.«

Und dann: »Es ist schwer, nicht egozentrisch zu sein, wenn alles schiefgeht. Man kann gar nicht anders – man muß immer daran denken, und das bedeutet, daß man auch über sich selbst nachdenkt.«

Miss Silver war daran gewöhnt, von ihren Mitmenschen ins Vertrauen gezogen zu werden. Im Verlauf ihrer beruflichen Karriere hatten die unwahrscheinlichsten Personen ihr die unwahrscheinlichsten Dinge enthüllt. Es überraschte sie also nicht, daß Cicely, die sich sonst vor jedermann verschloß, bei ihr jetzt eine Ausnahme machen wollte. Dagegen kam das für Cicely selbst überraschend, als sie im Nachhinein darüber nachdachte. In diesem Moment schien es aber die natürlichste Sache der

Welt zu sein, und es linderte den Schmerz, der an ihrem Herzen nagte.

Miss Silver sagte nichts, blickte sie nur ernst und verständnisvoll an. Ein Wort von ihr, und Cicely hätte ihrem Impuls vielleicht nicht nachgegeben. Aber nun bremste sie nichts. Cicely fuhr fort:

»Wenn einem selbst etwas schiefgeht, muß das nicht bedeuten, daß man immer nur an sich denkt. Aber ich habe das getan. Ich glaube, damit habe ich meinen Eltern einiges zugemutet.«

Miss Silver sagte: »Es ist nicht einfach, einem Menschen, den man liebt, in seinem Unglück nicht helfen zu dürfen.«

Die dunklen Brauen zogen sich über grübelnden Augen zusammen.

»Mama vergöttert Grant. Das scheint mir nicht fair zu sein.«

»Von ihr? Oder ihm gegenüber?«

»Beides, denke ich – und mir gegenüber auch nicht. Es gehörte sich doch für eine richtige Schwiegermutter, ihn zu hassen und meine Partei zu ergreifen. Aber das hat sie nicht getan – sie macht nie das, was andere Leute tun würden. Deshalb wurde es nur noch schlimmer für mich. Und Daddy konnte ich in diese Sache nicht hineinziehen – er haßt Streitereien. Männer sind in dieser Hinsicht viel empfindlicher als Frauen – meinen Sie nicht auch? Nicht, daß sie selbst nie streiten würden – das tun sie durchaus; aber sie sind der Meinung, Frauen würden sich zu leicht aufregen und zuweilen ohne jeden Grund, was natürlich richtig ist, aber nicht immer. Und sie glauben, daß Frauen meistens dazu neigen, im Unrecht zu sein. Daddy schätzt Grant auch sehr. Er würde nur gedacht haben, ich regte mich grundlos über Grant auf.«

Die Nadeln klapperten sacht und beruhigend.

»Tun Sie das?«

Cicely blinzelte. Sie hatte ein Gefühl, als hätte sie unvermutet eine ziemlich heftige Ohrfeige bekommen. Das Blut schoß ihr in die Wangen, und sie sagte mit einem Schluchzen in der Stimme:

»Nein – nein – so ist es nicht! Es gibt nichts Grausameres als die Entdeckung, daß jemand, von dem du glaubtest, er würde dich lieben, nur dein Geld liebt.«

Sie blinzelte wieder heftig, um die Tränen niederzuhalten, die der Zorn ihr in die Augen trieb.

»Nicht, daß ich nicht gewarnt worden wäre. Gran hat das getan. Mein Großvater hat sie nur ihres Geldes wegen geheiratet, und Sie wissen ja, wie schlecht ihr das bekommen ist. Ich glaube, mich mochte sie zwar ein wenig, obwohl ich nicht weiß, warum; aber sonst hatte sie nicht einen Funken Gefühl für jemanden übrig. Sie lag mit ihren beiden Söhnen im Streit und konnte ihre Schwiegertöchter nicht ausstehen. Komisch, daß sie Mama nicht mochte – aber es war eben so. Sie glaubte, alle wären sie nur scharf auf ihr Geld. Alle außer mir. Und bei mir machte sie nur eine Ausnahme, weil sie glaubte, ich sei noch zu jung, um schon ans Geld zu denken. So stand es auch in ihrem Testament: ›Meiner Enkelin Cicely, die vorläufig noch zu jung ist, um käuflich zu sein.‹ Natürlich mußte jemand, der von Daddy denken konnte, er habe irgendwo irgendwelche selbstsüchtige Absichten, nicht alle Tassen im Schrank gehabt haben. Aber so war sie eben. Sie erzählte mir, daß ich ihr ganzes Vermögen erben würde, und warnte mich, daß jeder versuchen würde, mir mein Geld abzujagen.«

Plötzlich und auf erschreckende Weise verlor sie wieder alle Farbe aus dem Gesicht. »Sie sagte, ich sei nur ein unscheinbares kleines braunes Ding, und die Männer würden sich nicht in mich verlieben, aber mir dennoch den Hof machen, weil sie mich meines Geldes wegen heiraten wollten.«

Miss Silver hüstelte.

»So etwas zu sagen, ist unentschuldbar.«

»So etwas frißt sich ein. Es fällt einem gerade dann wieder ein, wenn man am wenigsten daran erinnert werden möchte. Man glaubt schon, man habe es vergessen, und da kommt es aus irgendeinem Loch heraus und grinst einen an.«

Sie hielt inne und holte tief Luft. »Da war diese arme Ellen Caddle. Gran hat ihr fünfhundert Pfund hinterlassen, und sie heiratet diesen feurigen Albert, dem jeder ansehen konnte, daß er sich nicht das geringste aus ihr machte. Warum auch – sie war mindestens fünfzehn Jahre älter als er.«

Miss Silver hüstelte leise.

»Das war ein beklagenswerter Fehler. Eine Frau sollte mehr Selbstachtung haben.«

»Nun, die hatte sie nicht. Und natürlich lockte das Großmutters Schlange aus ihrem Loch; doch nicht so weit, daß ich sie nicht mit einem Fußtritt wieder in ihr Versteck zurückbefördern konnte. Denn als sie starb, wollte ich, daß Daddy das Geld bekommen und Frank etwas davon abgeben sollte. Ich wollte, daß sie mir versprachen, das Geld anzunehmen, sobald ich volljährig wurde – vorher konnte ich an das Vermögen ja nicht heran. Aber sie weigerten sich. Und da dachte ich, nun bist du die Schlange endgültig los. Ich dachte, wenn Großmutter sich in diesem Punkt geirrt hatte, brauchte ich mir keine Sorgen mehr zu machen.

Wir kamen nach Abbottsleigh und richteten uns hier für die Dauer ein. Ich lernte Grant kennen, der auch eben erst Deepside geerbt hatte. Ich dachte, er hätte sich in mich verliebt. Ich war furchtbar glücklich – und vergaß, was Großmutter zu mir gesagt hatte. Wir heirateten, und dieser Zustand des Glücks dauerte noch drei Monate an, bis ich feststellte, daß es doch nur mein Geld gewesen war. Großmutter wußte, wovon sie sprach – es war nicht ich, sondern mein Geld, das er liebte. Also kehrte ich nach Abbottsleigh zurück.«

Sie sprang mit glühend roten Wangen auf die Füße.

»Ich habe bisher keinem ein Wort davon gesagt – ich weiß nicht, warum ich es Ihnen erzählt habe. Vermutlich muß man es einfach jemandem erzählen – irgendwann.«

Sie ging zum Klavier und schlug den Deckel zurück.

»Haben Sie was dagegen, wenn ich ein bißchen Dampf ablasse?«

KAPITEL 30

Es war schon nach zehn, als Frank Abbott ins Morgenzimmer trat, wo Miss Silver über ihrem Strickzeug saß und Cicely stürmisch in die Tasten griff. Sie beendete ihr Spiel mit einem klirrenden Akkord, ließ ihn verhallen und rutschte vom Schemel.

»Ist irgend etwas passiert?«

»Nein.«

Bramble erhob sich von seinem Platz vor dem Kamin und beschnüffelte Franks Fußknöchel.

»Hast du etwas gegessen?«

»Danke, ja.«

»Soll ich dir einen Kaffee machen?«

»Oh, bemühe dich doch nicht.«

»Ich werde in die Küche gehen und dir einen Kaffee aufbrühen.«

Sie ging, gefolgt von Bramble, aus dem Zimmer.

Frank ließ sich vor dem Kamin in einen Sessel fallen. Ihm war kalt, er war müde und hatte ein miserables Dinner gehabt. Noch keinen Fall hatte er so gehaßt wie diesen. Er begann Miss Silver davon zu erzählen, während das Kaminfeuer ihn wärmte, das leise Klappern der

Nadeln ihn beruhigte und er sich auf einen heißen Kaffee freute.

Cicely, die mit einem Tablett aus der Küche zurückkam, hörte das Stimmengemurmel schon vor der Tür des Morgenzimmers. Sie stellte das Tablett auf einen dieser unbequemen geschnitzten Stühle, die ihre Mutter klugerweise in die Halle verbannt hatte. Dann tat sie, was Agnes schon vor ihr an anderer Stelle gemacht hatte – sie drückte die Klinke ganz sachte, ganz langsam nieder, bis der Riegel sich löste und die Tür ein bißchen nach innen schwang. Wenn die beiden dort drinnen das bemerkten, kam sie mit dem Tablett hinein. Wenn sie es nicht bemerkten, wollte sie wissen, was in Deeping vor sich ging. Jemand, der wie sie eine gute Erziehung genossen hatte, lauschte nicht an der Tür. Dagegen sträubte sich alles in ihr. Aber sie würde es trotzdem tun. Etwas, das viel stärker war als alles, was sie gelernt hatte und als moralisch verbindlich betrachtete, schrie förmlich danach. Sie hatte Angst. Etwas tat sich da, und sie mußte wissen, was.

Sie wußte sofort, was es war, weil sie Frank sagen hörte: »Ich werde morgen früh meine Zelte hier abbrechen. Sie konnten mir heute abend noch kein Zimmer im Hotel geben. Der Chef machte mir das Angebot, mich ablösen zu lassen und nach London zurückzuschicken; aber ich sagte, ich stehe die Sache bis zum Ende durch.«

Miss Silver hüstelte leise.

»Ich halte das für eine vernünftige Entscheidung. Wenn Sie sich von dem Fall zurückgezogen hätten, wäre das einem öffentlichen Eingeständnis gleichgekommen, daß Sie Mr. Hathaway für schuldig halten.«

Cicely hielt sich mit der linken Hand an der Klinke fest, während sie sich mit der Rechten an den Türpfosten klammerte. Frank Abbott sagte:

»Ich kann hier nicht bleiben. Er ist Cicelys Mann.

Wenn er es getan hat, ist es furchtbar für sie – und für Monica.«

»Glauben Sie, daß er es war?«

»Er könnte es gewesen sein. Ich bin noch nicht so weit gekommen, darüber nachzudenken, ob er es wirklich ist. Albert Caddle könnte es auch gewesen sein. Diese kleine aufgedonnerte Schnepfe, die er in Lenton aufgetan hat, hat ihm drei wunderbare Alibis verschafft; aber ich glaube nicht, daß die Geschworenen viel darauf geben werden – jedenfalls nicht mehr, sobald sie diese Maisie zu Gesicht bekommen.

Und dann ist da noch Mark Harlow. Alle drei waren an jenem Abend zusammen im Hotel ›Bull‹ gewesen, als Louise Rogers dort die Hand eines Mannes im Licht einer Taschenlampe sah und daran den Räuber ihrer Juwelen erkannte. Nur wissen wir leider nicht, an welchen Merkmalen dieser Hand sie den Räuber wiedererkannt hat. Dieser Ferrand, der uns die ganze Lebensgeschichte von Louise Rogers erzählt hat, vermochte uns über diesen Punkt auch nicht aufzuklären. Er konnte uns lediglich sagen, daß sie sich absolut sicher war, den Räuber an der Hand erkennen zu können, und diese Hand dann auch erkannt hat. Der Mann, zu dem sie gehörte, hatte ein Feuerzeug im Hof des Hotels ›Bull‹ fallen lassen und dann eine Taschenlampe eingeschaltet, um das Feuerzeug wiederzufinden. Louise sah die Hand im Lichtkegel und war bereit, zu schwören, es sei die des Räubers gewesen. Sie war aber schon im Nachthemd. Als sie sich ein Kleid übergezogen hatte und in die Hotelhalle hinunterkam, waren gerade zwei Männer mit einem Chauffeur aus dem Hof gefahren. Einer von ihnen hatte ein Kuvert fallen lassen mit dem Namen und der Adresse von Grant Hathaway darauf. Deshalb ist sie hierher nach Deeping gekommen.

Wir wissen inzwischen, daß sie am Achten dieses Monats zwischen halb fünf und fünf Uhr nachmittags ein

Gespräch mit Hathaway führte – also kurz vor dem Zeitpunkt, an dem sie ermordet wurde. Agnes hat einen Teil dieses Gesprächs belauscht, und als Mrs. Barton ihr heute kündigte, machte sie erst Hathaway eine Szene und kam dann ins Revier nach Lenton, um ihn zu denunzieren. Sie war offenbar verrückt nach ihm und . . .«

Miss Silver hüstelte und bemerkte, die Hölle kenne keinen größeren Schrecken als eine verschmähte Frau.

»Sie sagen es. Also – für die kritischen Zeiten kann Grant kein Alibi vorweisen. Er könnte Louise gleich in seinem Arbeitszimmer umgebracht haben, obwohl das ein sehr riskantes Unternehmen gewesen wäre. Agnes hat nur einen Teil ihres Gespräches mitbekommen; aber sie hörte dann, als sie sich schon auf ihr Zimmer zurückgezogen hatte, noch die Haustüre gehen und den Wagen wegfahren. Grant könnte mit dem Wagen gefahren sein und Louise entweder noch lebend neben ihm oder schon tot im Kofferraum. Oder seine Angaben könnten wahr sein, wenn er sagt, Louise wäre mit ihrem Wagen weggefahren, und er habe ein paar Minuten später einen Spaziergang um Tomlins Farm herum gemacht und dann in der Kirche gesessen, um Cicely beim Proben auf der Orgel zuzuhören, bis er dann nach anderthalb Stunden wieder nach Hause gekommen sei.«

Cicely schob mit der flachen Hand die Tür auf, drehte sich nach dem Tablett um und kam mit blassem Gesicht und blitzenden bernsteinfarbenen Augen ins Zimmer. Sie stellte das Tablett mit dem Kaffee neben Frank auf den Tisch, marschierte zurück zur Tür, machte sie zu und baute sich dann vor Frank auf. Sie sagte:

»Ich habe gelauscht. Wenn es um Grant geht, betrifft es auch mich. Ich will jetzt den Anfang wissen, der mir entgangen ist.«

Frank schob die blonden Brauen in die Höhe.

»Mein liebes Kind . . .«

Sie sagte langsam und betont:

»Ich bin nicht dein liebes Kind – ich bin Grants Frau. Wenn du es Miss Silver sagen kannst, kannst du es ebensogut auch mir sagen. Ich kann meinen Mund halten; aber ich muß es wissen.«

Unwillkürlich blickte er zu Miss Silver hin und empfing ein leichtes, zustimmendes Nicken.

Cicely stampfte mit dem Fuß auf.

»Wenn du es mir nicht sagst, fahre ich nach Lenton und spreche mit dem Chefinspektor!«

Er beugte sich vor, faßte nach ihrer Hand und fand sie eiskalt.

»Also gut, Cis – setz dich erst mal. Ich weiß nicht, wieviel du mitgehört hast; aber das ist der Stand der Dinge.«

Sie hörte ihm zu, sehr gerade auf ihrem Stuhl sitzend, und wandte kein einziges Mal die Augen von seinem Gesicht ab. Miss Silvers Nadeln klapperten unentwegt. Den größten Teil dessen, was Frank berichtete, kannte sie bereits; doch es war interessant, alles noch einmal zu hören. Ihre Gedanken gingen so exakt hin und her wie ihre Nadeln, entdeckten hier eine Lücke und dort ein Schlupfloch, da eine Unstimmigkeit und hier eine mögliche Variante. Frank hatte einen methodischen Verstand und das Talent, die Dinge klar und übersichtlich darzustellen.

Cicely hörte zu – nicht mit den Ohren, sondern mit dem ganzen Körper. Alles andere war ausgeblendet, während sie zuhörte: das Zimmer; Bramble, der sich unerlaubterweise in Monica Abbotts Sessel räkelte; das Feuer im Kamin; die Wärme; Franks Griff zur Kaffeekanne; das Klicken von Miss Silvers Nadeln. Jeder Kontakt zu diesen Dingen war unterbrochen. Kein Geräusch drang zu ihrem Bewußtsein vor, kein Bild, kein Empfinden. Nur Franks Stimme und das, was diese sagte, nahm sie wahr – kristallklar.

Er erreichte den Punkt, wo sie mit dem Tablett ins Zimmer gekommen war.

»Also haben wir einmal Caddle mit drei Alibis, die falsch

oder wahr sein können, und Grant ohne jedes Alibi. Das gilt auch für Mark Harlow.«

Cicely ergriff zum erstenmal das Wort:

»*Mark*?«

»Er war einer der drei Männer im ›Bull‹. Wir fuhren nach Grants Vernehmung zu ihm. Am Freitag, sagt er, wäre er spazierengegangen und habe unterwegs niemand getroffen. Natürlich könnte er dabei Louise begegnet sein und sie ermordet haben. Er sagt, er wäre bis nach Lenton marschiert und dort ins Kino gegangen. Am Samstag, als Louises Leiche ins Försterhaus gebracht wurde, sei er ebenfalls spazierengegangen, ohne unterwegs jemandem zu begegnen. Am Samstag, dem Sechzehnten, habe er zusammen mit anderen Leuten in Lenton zu Mittag gegessen und sich anschließend einen anderen Film angesehen. Dann fuhr er mit dem Wagen wieder nach Hause – steuerte ihn selbst. Das Personal hatte Ausgang – also kaltes Abendbrot. Er wäre um halb acht Uhr abends zu Hause eingetroffen, sagt er, so daß er genug Zeit hatte, sich auf ein Fahrrad zu schwingen, zu Tomlins Farm zu fahren und Mary Stokes umzubringen. Den Wagen zu nehmen, konnte er meiner Meinung nach nicht riskieren.

Wenn ich zusammenfassen darf: Grant und Harlow hatten beide Zeit und Gelegenheit, Louise am Freitag umzubringen, am Samstag ihre Leiche ins Försterhaus zu schaffen und am darauffolgenden Samstag Mary Stokes zu töten. Wir haben zwar Maisie Traills Aussage, daß Caddles für die in Frage kommenden Zeiten ein Alibi habe; aber der Dame trauen wir nicht ganz. Von diesen drei Verdächtigen hat zunächst Grant einen kleinen Vorsprung, weil wir wissen, daß er eine Unterredung mit Louise hatte, und es gibt kein Indiz dafür, daß das auch für die anderen beiden gilt. Aber wenn wir von den Händen ausgehen, ist Caddle wieder unser Favorit. Louise Rogers erzählte Ferrand, daß sie die Hand des

Mannes, der ihre Juwelen raubte, auf jeden Fall wiedererkennen würde. Caddle hat das oberste Glied an seinem linken Zeigefinger verloren – so ein Merkmal vergißt man natürlich nie. Grant hat eine kleine Narbe, die sich weiß von der übrigen Haut abhebt, und Harlow hat kein besonderes Merkmal an beiden Händen. Zwar hatte er ein Heftpflaster auf dem rechten Handrücken, aber er entfernte es, um uns zu zeigen, daß darunter nur eine frische Hautschramme war. Er sagt, er habe sich die Hand an einem Stacheldraht verletzt, und es gibt keinen Hinweis darauf, daß er damit eine alte Narbe tarnen wollte. Doch hat er recht seltsam geformte Hände. Der Zeigefinger ist länger als der Mittelfinger; und die Daumen – also . . .«

Cicely sagte mit steifen Lippen:

»Damit kann er auf dem Klavier besonders weit greifen – sie haben doppelte Gelenke.«

»Ich frage mich aber, ob man diese Besonderheiten sekundenschnell im Licht einer Taschenlampe wahrnehmen und sich einprägen kann. Nein – nach meiner Meinung hat Albert hier einen deutlichen Vorsprung. Ein fehlendes Fingerglied sieht man auf den ersten Blick.«

Cicely stand auf. Sie sagte: »Vielen Dank, Frank«, und ging aus dem Zimmer.

Nach kurzem Schweigen sagte Frank:

»Eine verflixte Sache. Der Mörder muß ein Mann aus diesem Dorf sein; denn ein Ortsfremder hätte nichts von dem Försterhaus gewußt und schon gar nichts von dem versteckten Keller darunter. Kein Fremder hätte ein Motiv für den Mord an Mary Stokes gehabt. Als Täter der beiden Morde kommt logischerweise nur einer der drei Männer in Frage, die am vierten Januar abends gemeinsam das Hotel ›Bull‹ aufgesucht haben – also Albert Caddle, Grant Hathaway oder Mark Harlow. Eine verfluchte Geschichte.«

Miss Silver hustete.

»Was halten Sie von Mark Harlow?«

Frank musterte sie mit einem kühlen, abschätzenden Blick.

»Oh, Rom kann brennen, solange ihn niemand bei seinem Geklimper stört – seine Musik zählt und sonst nichts. Er komponiert Lieder für Revuen, und diese blutrünstigen Morde haben ihm eine seiner Melodien verdorben. Was für eine Katastrophe! Wenn er Beethoven, Bach und Brahms in einer Person wäre, würde ich immer noch meinen, er übertreibt ein wenig. Wir haben ihn dabei gestört, als er seinem Klavier grauenhafte Töne entlockte. Er bekam einen artistischen Wutanfall; beruhigte sich aber wieder hinreichend und bot uns freundlicherweise seine Unterstützung an.

Da er zu jener Sorte von Menschen zu gehören scheint, die nie wissen, wieviel Uhr es ist oder was sie gestern getrieben haben, kam bei dieser Unterstützung nicht viel heraus. Ehrlich – Sie hätten den Chef erleben müssen. Sein Blutdruck muß einen absoluten Spitzenwert erreicht haben, und ich fürchtete schon, ihm fielen die Augen heraus, als Harlow ganz ungeniert sagte, er wisse nicht, welches Lichtspieltheater er an dem überaus wichtigen Freitag, dem Achten, besucht und was für einen Film er dort gesehen habe. Sagte, er würde oft überhaupt nicht auf die Leinwand schauen, sondern nur dasitzen und sich Melodien ausdenken. Der alte Knabe fragte mich hinterher ganz ernsthaft, ob ich glaube, daß Harlow nicht ganz dicht sei da oben.

Ich sagte ihm, solche Leute wie ihn gäbe es dutzendweise in der Branche, aus der Harlow käme, und das meiste sei nur Pose. In diesem Fall ganz gewiß; denn als wir ihn etwas eingehender befragten, gelang es ihm, sich auf das Rex zu besinnen und sogar auf wesentliche Teile des dort gezeigten Films, einschließlich der Tatsache, daß sie dort eine neue Platzanweiserin hätten mit fabelhaften

Beinen. Sie werden von diesem Mädchen noch nichts gehört haben – aber er hat recht!«

Miss Silver lächelte.

»Perdita Payne?«

Er brach in ein Gelächter aus.

»Sie wissen also doch alles! Also, er stieg von seinem Pegasus herunter und erinnerte sich sogar an Perditas Beine – und es lohnt sich, sich an diese zu erinnern.«

Ein leichtes Stirnrunzeln verdrängte das Lächeln aus Miss Silvers Gesicht. Sie fand, diese Beine seien nun oft genug betont worden. Sie sagte:

»Ich hörte die Durchsage im Rundfunk, die nach den Nachrichten um sechs kam. Sie haben die Bevölkerung um Mitarbeit gebeten?«

Frank setzte sich gerade.

»Oh, ja, das wollte ich Ihnen gerade erzählen – gleich nach den Nachrichten rief ein Café in Ledlington bei uns an. Dort hat Louise ein spätes Mittagessen eingenommen – verließ das Lokal erst gegen halb drei – fragte, wie sie mit dem Wagen nach Lenton käme. Sie war allein, und damit ist Smiths geniale Theorie geplatzt, daß sie einen Mitfahrer hatte, der sie dann in Deeping umbrachte – vermutlich dieser unglückliche Ferrand.«

»Was für einen Eindruck hatten Sie von Ferrand, Frank?«

»Wollen Sie sich auf die Seite von Smith schlagen? Ich halte ihn für einen harmlosen jungen Mann – Louise sehr zugetan, sehr betroffen über ihren Tod. Ich glaube nicht, daß er irgend etwas mit diesen Morden zu tun hat.«

»Vermutlich nicht.«

Miss Silver hüstelte, wollte gerade in ihrer Rede fortfahren, als die Tür aufging und Cicely ein Stück weit ins Zimmer kam. Ihr Kopf war unbedeckt; aber sie trug einen Pelzmantel. Hinter ihr, wo sie ihn gerade abgesetzt hatte, stand ein Koffer. Bramble sprang aus Monica

Abbotts Sessel, rannte zu ihr, hüpfte in die Höhe und setzte sich dann mit zur Seite geneigtem Kopf vor sie hin. Sie bückte sich und kraulte ihm das Fell hinter einem Ohr.

»Wollen Sie meinen Eltern sagen, sobald sie heimkommen, daß ich wieder nach Hause gegangen bin?«

»Du meine Güte!« sagte Miss Silver.

Frank drehte sich in seinem Sessel um.

»Cis!«

Sie stand da, mit hochrotem Gesicht und glühenden Augen.

»Du hast ja gehört, was ich eben sagte – ich gehe nach Hause.«

Nach seinem emphatisch geäußerten einsilbigen Wort kehrte Frank zu seiner unpersönlichen Haltung zurück.

»Darf man fragen, weshalb? Monica wird es wissen wollen. Die Heimkehr der Tigerin: ›Wo ist mein Junges?‹«

Cicely stampfte mit einem Fuß auf den Teppich.

»Du brauchst ihr nur zu sagen, daß ich heimgegangen bin.«

»Ein bißchen eintönig, diese Wiederholung, meinst du nicht auch? Solltest du nicht lieber auf sie warten und es ihr selbst sagen?«

Sie wanderte langsam bis zum Kamin, bückte sich, legte ein Scheit nach und sagte:

»Nein, das halte ich nicht für gut. Ich möchte nicht, daß sie sich zu sehr ereifert.« Sie richtete sich wieder auf und blickte von ihm zu Miss Silver. »Sagen Sie es ihr, bitte. Es ist ganz einfach. Grant und ich haben unseren Streit – er hat mit keinem anderen etwas zu tun, geht nur uns beide etwas an. Wenn er verdächtigt wird, diese Morde begangen zu haben, kehre ich zu ihm zurück. Wir können unseren Streit danach fortsetzen. Ich möchte nicht, daß die Leute glauben, ich hielte ihn für einen Mörder oder so etwas Ähnliches.«

Miss Silver setzte ihre Stricknadeln wieder in Gang. Rosa Wolle reihte sich in Maschen.

Frank Abbott stand auf. Man konnte Cicely nicht zu etwas zwingen – nicht einmal als Baby hatte sie sich das gefallen lassen. Aber Monica würde von ihm erwarten, daß er wenigstens einen Versuch machte. Er verfluchte den Pfarrer, des Pfarrers Schachbrett und Onkel Reg. Sollte Monica ihre Schmutzarbeit doch selber machen und sich von ihrer Tochter beißen lassen! Er sagte:

»Cis, einer von den dreien ist der Täter. Solltest du nicht doch lieber erst abwarten?«

Sie blickte ihn fest an.

»Grant ist es nicht gewesen.« Sie wandte sich Miss Silver zu. »Wollen Sie uns helfen?«

»Meine Liebe . . .«

»Frank sagt, Sie wissen immer, wer es war. Sie übernehmen doch private Ermittlungsaufträge, richtig? Ich möchte, daß Sie diesen Fall für mich übernehmen – und für Grant.«

Die Nadeln blieben eine Sekunde lang still. Miss Silver blickte hoch, und Cicely blickte zu ihr hinunter.

»Meine Liebe, ich kann keinen Fall für diesen oder für jenen übernehmen. Ich kann mir nur ein Ziel dabei setzen – die Wahrheit herauszufinden.«

»Aus eben diesem Grund möchte ich Sie engagieren«, sagte Cicely.

»Sie sind sehr zuversichtlich, wie?«

»Ja.«

»Nehmen wir aber mal an, daß Ihr Vertrauen enttäuscht wird. Nehmen wir einmal an, ich übernehme den Fall, und die Wahrheit wäre für Sie sehr unangenehm . . .«

Aus Cicelys Gesicht war wieder alle Farbe gewichen. Unter ihrer braunen Haut war eine tödliche Blässe. Sie sagte:

»Lügen nützen keinem. Ich will die Wahrheit wissen. Wollen Sie den Fall übernehmen?«

»Ja«, sagte Miss Silver.

KAPITEL 31

Frank Abbot sah zu, wie die Rücklichter zu einem Funken zusammenschrumpften und erloschen. Er kehrte in das Morgenzimmer zurück und sagte:

»Nun – mein Chef möchte von mir ein ›Precis‹; nur muß ich dafür ein einheimisches Wort finden, oder er geht mir an die Decke. Er hatte sich zwar mit den französischen Ausdrücken von Ferrand abgefunden, da dieser Franzose ist; aber von mir läßt er sich das nicht gefallen. Wie kann ich ›Precis‹ mit einem einheimischen Worte umschreiben?«

»Mit ›Zusammenfassung‹«, half ihm Miss Silver aus seinen Nöten, und er bedankte sich dafür.

»Also – ich ziehe mich einstweilen in die Bibliothek zurück. Sie können ja dann Monica von Cis' Schritt informieren, wenn sie nach Hause kommt.«

Miss Silver lächelte und sagte: »Ich glaube, sie wird sich darüber freuen.«

Er hielt auf seinem Weg zur Tür kurz inne.

»Sie hätte sich darüber gefreut – aber ob jetzt noch, da bin ich skeptisch. Das Ganze ist ein bißchen heikel, finden Sie nicht auch? Nun ja, ich hätte sie sowieso nicht aufhalten können.«

Er ging aus dem Zimmer.

Miss Silver saß strickend in ihrem Sessel, und ein tiefes Schweigen senkte sich auf das Zimmer herab. Bramble und Cicely schienen eine absolute Stille im Haus zurückgelassen zu haben. Der alte Spaniel hatte sich offenbar in die Küche zurückgezogen, wo es streng verboten war, den Hunden Speisereste zu verabfolgen; aber vielleicht wurde dieses Verbot nicht immer so streng beachtet.

Es mußte schon nach halb elf gewesen sein, als sie Geräusche in der Halle hörte – das Klappen der Eingangstür, dann eine Männerstimme: »Ich bin's nur; ich finde den Weg schon selbst« –, worauf der dramatische Auftritt von Mark Harlow mit windzerzausten Haaren und aufgeregter Miene im Morgenzimmer erfolgte. Irgendwo hinter ihm zeigte sich das Zimmermädchen Ruth, murmelte etwas und zog sich dann wieder zurück, um ihre Schwester und Mrs. Mayhew davon zu informieren, daß Mr. Harlow sie einfach übergangen habe und sie das nicht für richtig hielte.

Mark Harlow machte die Tür hinter sich zu, starrte umher und sagte:

»Wo ist Cis?«

Unter normalen Umständen würde Miss Silver dieses unförmliche Verhalten durch eine kleine, aber charakteristische Veränderung von Miene und Haltung geahndet haben, die keinen Zweifel daran ließ, daß hier ein Verstoß gegen Sitte und Anstand erfolgt war. Doch diesmal ließ sie sich das Mißvergnügen, das sie vermutlich empfand, nicht anmerken. Statt dessen lächelte sie und sagte:

»Kommen Sie doch herein und nehmen Sie Platz, Mr. Harlow.«

Er kam ein, zwei Schritte näher und wiederholte seine Frage:

»Wo ist Cis? Ich möchte mit ihr sprechen.«

Miss Silver hob ihre Augen zu seinem Gesicht empor. Das artistische Temperament, auf das Frank Abbott vorhin angespielt hatte, war offenbar noch im Aufbrausen begriffen. Sie sagte mit ruhiger und freundlicher Stimme:

»Mrs. Hathaway ist nach Hause gegangen.«

»*Was*?«

»Sie ist nach Deepside zurückgekehrt.«

Diese Nachricht schien in ihm den Rest von Benimm ersterben zu lassen. Er sagt noch einmal »*Was*!«, aber erheblich lauter und rüder als vorher. Und dann:

»Sie wissen wohl nicht, wovon Sie sprechen!«

»Mr. Harlow . . .«

Etwas in ihrem Ton und ihrer Haltung brachte ihn ein wenig zur Besinnung. Er fand sich sogar bereit, wenn auch ungeduldig, Abbitte zu leisten.

»Oh, Sie müssen entschuldigen; aber da kann nur ein Mißverständnis vorliegen – nach Deepside würde sie niemals gehen – und jetzt schon gar nicht.«

Miss Silver hüstelte.

»Und warum sind Sie davon so sehr überzeugt, Mr. Harlow?«

Er warf sich in den Sessel, in dem vorher Frank Abbott gesessen hatte.

»Wofür wohnt eigentlich dieser Bursche Abbott im gleichen Haus? Warum ist er nicht eingeschritten und hat sie zurückgehalten? Wissen Sie denn nicht, daß Grant Hathaway bis zum Hals in dieser Sache steckt? Das weiß Frank Abbott doch ganz genau! Sie hätte niemals nach Deepside zurückkehren dürfen! Er hätte sie aufhalten müssen!«

Miss Silver fuhr mit ihrer Strickarbeit fort. Von ihrem Fransenschnitt mit dem darübergespannten Haarnetz bis hinunter zu den mit schwarzen Glasperlen bestickten Pantoffeln bot sie das vollkommene Bild einer ältlichen englischen Jungfer, deren Mittel – wie Ideen – so beschränkt sind und deren sozialer Status so gering, daß man sie ruhig übersehen oder als so selbstverständlich hinnehmen konnte wie eines der Möbelstücke im Zimmer. Für Mark Harlow war sie lediglich jemand, an dem er seine Gereiztheit auslassen konnte. Sie sagte mit mildem Vorwurf in der Stimme: »Du meine Güte!«, und er polterte los:

»Man hätte ihr niemals erlauben dürfen, dieses Haus

zu verlassen! Nehmen wir einmal an, er wird verhaftet, während sie bei ihm ist!«

Miss Silvers Miene zeigte Überraschung.

»Gibt es denn einen Grund, anzunehmen, daß er verhaftet werden könnte?«

Er fuhr ärgerlich fort:

»Das möchte ich aber meinen!«

Sie starrte ihn mit – wie sie hoffte – ungläubigen Augen an. Das lockte ihn aus der Reserve:

»Ich bin überzeugt, daß er jeden Augenblick festgenommen werden kann! Was sagen denn die Eltern dazu, daß sie nach Deepside zurückgekehrt ist?«

Miss Silver fuhr fort, ihn anzustarren.

»Sie sind zum Dinner ausgegangen und noch nicht zurückgekommen.«

Er gab einen unartikulierten, wütenden Laut von sich.

»Und dieser Nichtsnutz von Vetter, dieser Abbott – er muß doch am besten wissen, was sie alles gegen Hathaway in der Hand haben!«

»Oh«, hauchte Miss Silver, »was haben sie denn gegen ihn in der Hand, Mr. Harlow?«

Das Tablett mit Kaffeetasse und Kännchen stand immer noch auf dem Tischchen neben dem Sessel. Offenbar ohne zu wissen, was er tat, goß Mark Harlow den Rest des Kaffees aus dem Kännchen in die Tasse und schluckte die vermutlich lauwarme Brühe ohne Sahne und Zucker in einem Zug hinunter. Dann setzte er die Tasse so heftig ab, daß der Löffel vom Unterteller sprang.

»Eine Menge, möchte ich sagen. Ich würde ja nicht darüber reden; aber daß Cis zu ihm zurückgeht – einfach so – das ist zum Verrücktwerden! Hat sie Ihnen nicht erzählt, daß ich angerufen habe? Ich wollte nur auf einen Sprung vorbeikommen und mit ihr reden; aber sie sagte nein, und ich Narr habe mich damit zufriedengegeben! Ich hätte nicht auf sie hören sollen. Ich hätte einfach herkommen sollen – hatte ja große Lust dazu –; aber ich wollte sie auch nicht beleidigen.«

Er blickte Miss Silver düster an. »Ich liebe sie nämlich, müssen Sie wissen. Aber das spielt jetzt keine Rolle – daran denke ich in diesem Moment nicht. Es geht allein um Cis – und diesen verdammten Kerl, diesen Grant.«

Miss Silver bewegte wieder ihre Stricknadeln. Nach kurzem Schweigen sagte sie:

»Was bringt Sie denn auf die Idee, daß Mr. Hathaway diese beiden Morde verbrochen haben könnte?«

Er starrte sie immer noch düster an.

»Es ist nicht meine Idee, sondern die der Polizei. Ich mache mir Sorgen um Cis – daß sie mit hineingezogen wird.«

»Wie denkt denn die Polizei über Mr. Hathaway?«

Er zuckte die Achseln.

»Das sagt sie mir natürlich nicht; aber das liegt doch klar auf der Hand! Hätte ich ihm damals nur nicht angeboten, ihn mit meinem Auto mitzunehmen! Dann wäre ich auch nicht mit ihm zusammen in dieses Hotel ›Bull‹ gegangen. Was habe ich jetzt davon? Ich mußte der Polizei erzählen, daß ich ihn in der Bar zurückgelassen habe und daß er uns ziemlich lange warten ließ, ehe er auf den Hof zum Auto kam. Dabei steckte er etwas in die Manteltasche. Ich habe nicht den geringsten Zweifel, daß es das Feuerzeug war, das er, wie diese Rogers behauptete, auf dem Hof verloren und dann mit der Taschenlampe gesucht hat. Und dann folgt sie ihm auch noch hierher nach Deeping! Na, wie soll die Polizei wohl darüber denken?«

»Sie ist ihm hierher nach Deeping gefolgt?«

»Das sieht doch ganz danach aus, nicht wahr? Caddle und ich dürfen froh sein, daß sie sich ein Kuvert mit Grant Hathaways Namen und Adresse geben ließ und nicht meiner; sonst würde die Polizei vielleicht versuchen, die Morde mir oder Caddle anzuhängen. Wir waren ja beide mit ungefähr einer Million anderer Soldaten in Frankreich, und wir waren beide an jenem Abend im Hotel ›Bull‹. Aber sie kam hierher, um Grant Hathaway zu besuchen, und damit sind Caddle und ich aus dem Schneider.«

»Das ist ja schrecklich!«

Miss Silver sah tatsächlich so aus, als habe sie soeben einen Schock erlebt. Sie hatte sogar einen Moment mit dem Stricken aufgehört. Ihre Hände ruhten regungslos auf einem Berg von blaßrosa Maschen.

»Jetzt werden Sie wohl verstehen, warum ich mir wegen Cis Sorgen mache!«

Selbst inmitten dieser betrüblichen Gedanken, die nun auf sie einstürmten, konnte Miss Silver noch einen Widerwillen vor diesem fortgesetzten Gebrauch der Verkleinerungsform empfinden. Daß die jungen Leute heutzutage jeden gleich mit Vornamen anredeten, mochte ja noch eine sympathische Modeerscheinung sein; aber dieses intime »Cis« am laufenden Band verletzte ihr Gefühl für Sitte und Anstand. Selbst Monica Abbott verwendete es nicht so hemmungslos wie Mr. Harlow. Sie sagte:

»Du meine Güte! Sie denken also wirklich, daß Mr. Hathaway . . .«

»Es ist nicht mein Geschäft, über Grant nachzudenken. Ich mache mir nur entsetzliche Sorgen um Cis.«

»Sie glauben also, daß Mr. Hathaway mit dieser – dieser Mrs. Rogers zusammengetroffen ist, als sie ihm hierher nachreiste?«

Er blickte sie an. Er versuchte gar nicht erst, seine Verachtung zu verbergen.

»Nun, das muß er doch wohl! Wie sollte er sie denn sonst ermordet haben können, wenn er sich nicht mit ihr getroffen hat?«

»Aber Sie wissen nicht, ob er sie tatsächlich gesehen hat?«

Er lachte verärgert.

»Es gibt so etwas wie Vermutungen! Vermutungen, mit denen man ins Schwarze trifft!«

KAPITEL 32

Cicely fuhr die dunkle ›Lane‹ hinunter. Sie fuhr im Schrittempo, weil sie zwar Abbottsleigh hinter sich gelassen hatte, jedoch noch nicht so ganz dazu bereit war, in Deepside anzukommen. Sie hatte das Haus verlassen wollen, ehe die Eltern heimkamen, weil sie ihnen nicht Rede und Antwort stehen wollte. Doch nun wußte sie nicht, wie sie Grant gegenübertreten sollte – und dann, als dummer Antiklimax, Mrs. Barton. Was half ihr der innige Wunsch, ihre privaten Affären in einem Vakuum abzuwickeln: Sie lebte in einem Dorf, wo hinter jeder Hecke die Spione lauern, und an allen vier Wänden, in die man sich zurückzieht, fremde Ohren lauschen. Verwandte und Bekannte erwarten, daß man ihnen jeden Schritt, den sie nicht begreifen, erklärt; und wenn man eine Haushälterin hat, muß man ihr zumindest sagen, wo man heute nacht zu schlafen gedenkt.

Cicely kroch die ›Lane‹ hinunter und wappnete sich innerlich. Ihre Gedanken an die unmittelbare Zukunft füllten sie so aus, daß kein Raum mehr blieb für so makabre, aber naheliegende Vorstellungen, daß hier oder nicht weit von hier Louise Rogers gewaltsam zu Tode gebracht und ihre Leiche nur wenige Schritte vom linken Straßenrand entfernt unter einem Blätterhaufen von einem Freitag- bis zu einem Samstagabend versteckt worden war.

Und wenn sie schon etwas von der Aufmerksamkeit ablenkte, mit der man als Wagenlenker auf die Straße zu achten hat, dann war es Bramble, der auf seinen Hinterbeinen stand, sich aus dem Fenster am Beifahrersitz lehnte und aufgeregt winselte oder jaulte. In kurzen Abständen sagte sie: »Nein, Bramble!« und er drehte sich um, schlapperte rasch ein paarmal in die Richtung ihrer linken Schulter, ehe er den Kopf wieder zum Fenster hinaussteckte, um den Leuten mitzuteilen, was er über diese Heimfahrt dachte. Denn daß sie wieder nach Hause fuhren, brauchte man ihm nicht erst zu sagen. Sein Schlafkorb mit Matratze und Decken stand ja auf dem Rücksitz. Er hatte nicht den geringsten Zweifel, wo die Fahrt enden würde, und seine bibbernden Erwartungen schienen grenzenlos zu sein.

Das Gattertor der Hofeinfahrt stand, wie immer, offen, und sie bog von der Straße ab und näherte sich langsam der Rückseite des Hauses, vor der sie dann anhielt. Sie würde sich den Schlüssel für die Garage besorgen müssen. Sie kurbelte das Fenster hoch und stieg an ihrer Seite aus, wobei es ihr gerade noch gelang, die Tür zu schließen, ehe ihr Bramble durch die Beine schlüpfen konnte. »Nein!« sagte sie ein paarmal sehr bestimmt und ließ ihn dann winselnd, die Nase fest gegen die Scheibe gepreßt, im Wagen zurück. In diesem Moment wollte sie ihn nicht um ihre Beine herumtanzen oder mit freudigem Bellen vorauslaufen lassen, wo er sich vermutlich mit voller Wucht gegen die Hintertür werfen würde. Es war ihr eben klargeworden, daß sie gar nicht gewußt hatte, wie spät es schon war, und daß Mrs. Barton vielleicht schon ins Bett gegangen sein konnte. Angenommen, sie schlief, und Grant schlief ebenfalls. Es würde der schlimmste Flop ihres Lebens werden, wenn sie nun auf dem Hof wenden und nach Abbottsleigh zurückfahren mußte. Natürlich mußte sie nicht umkehren; denn sie hatte immer noch den Haustürschlüssel im ›Geheimfach‹ ihrer Krokodilledertasche; nur – wenn Grant den Riegel innen vorgeschoben hatte, würde ihr dieser Schlüssel auch nichts helfen.

Sie ging an der Ostseite des Hauses entlang, passierte den Haupteingang, zu dem drei Stufen unter einem von Säulen gestützten Vordach hinaufführten, bog um die nächste Hausecke und befand sich nun an der Westseite mit den Fenstern von Grants Arbeitszimmer. Wenn Grant noch auf war, befand er sich bestimmt in diesem Zimmer, und wenn er sich dort aufhielt, würde sie das Licht hinter den Vorhängen brennen sehen. Vielleicht konnte sie sogar in das Zimmer hineinschauen, denn diese Vorhänge hatte der Teufel produziert. Man hatte nicht nur windigen Stoff gekauft – viel zu dünn für Vorhänge –, sondern auch am Material gespart. Wenn man sie so weit zuzog, daß sich die Schals in der Mitte trafen, galt die Wette zehn zu eins, daß an den Seiten Lücken entstanden; und wenn diese Schlange Agnes es so eilig gehabt hatte, nach Lenton zu fahren und ihren Arbeitgeber zu verpetzen, hatte wohl keiner im Haus so recht die Muße oder Lust dazu gehabt, die Vorhänge ordentlich zuzumachen.

Sie holte erleichtert Luft. Im Arbeitszimmer war Licht. Beide Fenster waren sanft erleuchtet, und das linke, zugleich eine Terrassentür, warf einen langen goldenen Streifen. Ihr Herz fing an zu pochen, als sie nun näherschlich, um hindurchzusehen. Was für ein seltsames Gefühl, vor seinem eigenen Haus zu stehen und durch die Fenster zu schauen. Das war so gespenstisch wie in einem Traum; und dann kam sie sich gar nicht mehr wie ein Geist vor, sondern wie eine sehr warme und lebendige Cicely Hathaway.

Grant war im Zimmer. Er mußte eben erst hereingekommen sein; denn er trug seinen alten Regenmantel. Was sie soeben gesehen hatte, war ein Stück vom Ärmel, der sich bewegte, als er durchs Zimmer ging. Der Spalt, den die Vorhänge freiließen, zeigte ihr nur eine Handbreite von der gegenüberliegenden Wand und was sich zwischen ihr und dem Fenster befand. Sie konnte einen

Streifen der dunklen alten Tapete sehen, den Rand eines vergoldeten Bilderrahmens, den Vorsprung der Kaminplatte aus schwarzem Marmor und – genau in der Mitte des handbreiten Blickfeldes – die blaue chinesische Porzellanschüssel, die sie mit ihrem *Potpourri* gefüllt hatte: einer Mischung aus Rosenblüten. Sie sah sich wieder durch den Garten gehen und Blütenblätter von Rosen sammeln – jedoch alle nur von einer Sorte, der ›Hugh Dickson‹, weil diese ihren Duft viel länger behielt als jede andere Rosenzüchtung. Sie hatte die Blütenblätter getrocknet und damit zwei Porzellanschüsseln gefüllt, die sie dann links und rechts auf den Kaminsims stellte, um ein freundliches Gegengewicht zu den düsteren Tapeten und dem dräuenden Blick von Mr. Hathaways Großvater zu schaffen, dessen Porträt über dem Kamin hing. Sie konnte das Porträt nicht sehen, nur den Rand seines vergoldeten Rahmens, und die blaue Schüssel mit ihrem *Potpourri*. Und dann konnte sie auch die Schüssel nicht mehr sehen, weil eine Schulter, ein Arm und eine Menge Regenmantelstoff sich zwischen Fenster und Schüssel schoben. Die Schulter bewegte sich, der Arm bewegte sich und der Regenmantel bewegte sich. Da war ein Flicken knapp über dem Ellenbogen – ein recht neuer Flicken, denn er hob sich dunkel von dem vom Wetter ausgebleichten Mantelstoff ab. Sie wunderte sich über den Flicken und darüber, was denn Grant dort am Kaminsims zu schaffen haben mochte. Sein Arm war erhoben, als wollte er etwas in die Schüssel mit ihrem *Potpourri* hineintun. Aber sie konnte nicht sehen, was er da wirklich machte; denn seine Hand befand sich außerhalb ihres Blickfeldes.

Und dann überkam sie plötzlich ein schrecklich kaltes Gefühl. Sie wollte nicht länger dort stehen und durch die Scheibe schauen. Sie wollte nicht, daß Grant erfuhr, daß sie dort gestanden und ihm zugesehen hatte. Sie trat rasch vom Fenster zurück und rannte wieder zur Hausecke zurück. Da war ein Blumenbeet, das bis zur Hausmauer reichte. Sie lief auf dem schmalen Grasstreifen, der es begrenzte, so daß sie keine Geräusche machte; aber sie zitterte am ganzen Körper, als sie nun wieder an der Vorderfront des Hauses anlangte und in ihrer Handtasche nach dem Schlüssel suchte. Mrs. Barton mußte bereits zu Bett gegangen sein; aber die Vordertür konnte noch nicht verriegelt sein. Denn das war Grants letzte Verrichtung im Haus, ehe er sich schlafen legte. Sie stand nun unter dem Vordach und suchte nach dem Schlüssel; aber er war nicht da.

Das konnte nicht sein, denn sie hatte ihn immer in diesem Fach an der Innenseite der Taschenklappe aufbewahrt – es wurde für gar nichts anderes verwendet! Sie konnte sich zwar nicht mehr daran erinnern, wann sie ihn dort zuletzt gesehen hatte; aber er war immer in diesem Fach gewesen. Dort hätte er auch jetzt sein müssen; aber er war nicht dort.

Sie hatte ein Gefühl, als habe sie im Dunkeln eine Stufe übersehen. Kein angenehmes Gefühl. Und schon erfüllte sie wieder dieses befremdliche, traumhafte Empfinden, sie sei ein Gespenst, das zurückgekommen war – ein ausgesperrtes Gespenst.

Nun, noch standen ihr zwei Möglichkeiten offen. Falls Mrs. Barton noch nicht schlief, würde an der Rückseite in einem der Fenster Licht brennen – entweder in ihrem Schlafzimmer oder im Wohnzimmer oder in der Küche. Wenn im Erdgeschoß Licht brannte, mußte sie die Türglocke hören können. Wenn aber im ersten Stock ein Fenster erleuchtet war oder gar kein Licht brannte, mußte Cicely wieder ans Fenster des Arbeitszimmers gehen und dort klopfen, was sie nicht wollte. Aus einem unerklärbaren und jeder Vernunft widersprechenden Grund wollte sie das nicht tun. Sie scheute sich sogar, noch einmal an den Fenstern des Arbeitszimmers vorbeizugehen; wozu sie sich aber zwang, weil sie sonst den

Weg um die Westseite herum nehmen und an ihrem Wagen vorbeigehen mußte, was vermutlich bei Bramble ein lautes Heulen ausgelöst hätte. Sie wählte also den Weg an der Westseite entlang, wobei sie sich immer auf dem Rasen am Rand der Beete hielt.

Als sie gerade die Fenster des Arbeitszimmers passieren wollte, ging dort das Licht aus. Sie rannte jetzt den Rest des Weges. Idiotisch, sich so zu erschrecken, wenn im eigenen Haus ein Licht ausging – aber sie rannte trotzdem, bis sie schweratmend an einem mit Efeu überwucherten Laubengang anlangte, der, mit einem Tor versehen, den Zugang zum Küchengarten bewachte. Sie tastete im Efeu, bis sie den Torpfosten und den Riegel fand. Dann war sie hindurch und mußte noch ein paar immergrüne Büsche hinter sich bringen, ehe sie mit einem Blick die Fenster an der Hinterfront übersehen konnte. In der Küche war es dunkel; doch da war ein Lichtfleck am Rand des Wohnzimmerfensters – ein über alle Maßen willkommener Anblick. In einem Umschwung ihrer Gefühle war sie nun erbost auf sich, weil sie sich so idiotisch verhalten hatte, ging energischen Schrittes weiter zur Ostseite, um dort ihren Koffer und Bramble einzusammeln.

Nachdem er ein paarmal in die Höhe gehüpft war in dem Versuch, ihr das Gesicht abzuschlecken, lief er freudig bellend voraus, verschluckte sich dann japsend und kam zurück, um sie in die Knöchel zu kneifen. Dieses Gefühl, sich wie ein ausgesperrtes Gespenst vorzukommen, war inzwischen so lächerlich, daß man das keinem erzählen durfte. Bramble jedenfalls ließ nicht den geringsten Zweifel aufkommen, daß es sich hier um ein freudiges Ereignis handelte. Als sich von innen Schritte der Haustüre näherten, warf er sich von außen dagegen und bellte wie ein Verrückter.

Mrs. Barton zögerte nun keine Sekunde länger. Sie mochte zwar allein im Haus sein, und nach den beiden

Morden hier in der Nachbarschaft würde es sich jeder zweimal überlegen, ob er zu so später Stunde noch einmal die Haustüre aufsperrte: Aber wenn das Bramble war, der da kratzte und bellte, als wollte er im nächsten Moment die Tür niederreißen, dann durfte sie sich nicht länger taub stellen. Schließlich hatte sie ein Herz für Tiere.

Sie öffnete die Tür und sah sich den ungestümen Angriffen eines schwarzen Dackels ausgeliefert, der sie in die Knöchel zwickte, an ihren Röcken zerrte und einen Lärm wie sechs Hunde machte. Und als sie dahinter noch einen Koffer und die Gestalt von Mrs. Grant Hathaways im Türrahmen sah – in dieser Reihenfolge –, war sie von dem allen so überwältigt, daß sie keinen Ton über die Lippen brachte.

Es war Cicely, die sehr deutlich und nicht ohne jugendliche Würde sagte:

»Guten Abend, Mrs. Barton. Ich fürchte, es ist schon spät; aber ich habe eben erst die Geschichte mit Agnes erfahren, und da dachte ich, ich sollte am besten gleich nach Hause fahren.«

Mrs. Barton dankte noch einmal ihrem Schöpfer, nur konnte sie sich später nicht mehr so genau erinnern, ob sie es diesmal mit lauter Stimme tat. Aber eines wußte sie genau: So ein großer Stein wie in diesem Moment war ihr noch nie vom Herzen gefallen. Nichts konnte die Leute gründlicher von der Haltlosigkeit ihrer Gerüchte überzeugen als die Heimkehr von Mrs. Grant – und zugleich war es die richtige Antwort auf das verrückte Verhalten von Agnes.

Doch ehe sie nun ein paar passende Worte zusammensuchen und in die Reihe bringen konnte, sagte Cicely:

»Mr. Grant wird noch Brambles Schlafkorb aus dem Auto holen müssen, ehe er es in die Garage stellt. Ich werde zu ihm gehen und ihm sagen, daß wir hier sind.«

Mrs. Barton blickte sie unglücklich an.

»Aber er ist ja gar nicht hier! Eines von diesen Jersey-Kälbern – es geht ihnen nicht gut. Er sagte zu mir, es könnte heute sehr spät werden. Deshalb liege ich ja auch noch nicht im Bett. Ich könnte keinen Schlaf finden bei dem Gedanken, daß das Haus nicht ordentlich verriegelt ist.«

Cicely starrte sie an.

»Aber, Mrs. Barton, da brannte doch eben noch Licht in seinem Arbeitszimmer! Ich bin gerade erst an seinem Fenster vorbeigegangen!«

Und dann ging sie an Mrs. Barton vorbei in die Halle und stellte dort ihren Koffer ab, rannte plötzlich los, um die Ecke herum und den Korridor zu seinem Arbeitszimmer hinunter. Denn wenn sie jetzt anhielt, um nachzudenken, würde es gar nicht so einfach sein, Grant zu sagen, daß sie zurückgekommen war. Sie hielt nicht an, um nachzudenken. Sie rannte den Korridor hinunter und öffnete die Tür zu einem leeren, dunklen Zimmer.

KAPITEL 33

Cicelys Heimkehr war eher ein Reinfall als ein Erlebnis. Sie hatte sich für eine Szene gewappnet; und es gab nicht einmal einen Empfang, da Grant gar nicht zu Hause war – eine Möglichkeit, mit der sie überhaupt nicht gerechnet hatte. Es hätte eigentlich zu einer Szene kommen müssen, für deren Ablauf sie eine Reihe verschiedenartiger Denkmodelle vorbereitet hatte.

Grant hätte sehr wütend sein können: Dann wären die Fetzen geflogen, was nach einem monatelang aufgestauten Groll eine große Erleichterung gewesen wäre. Oder er wäre sehr gerührt und dankbar gewesen für ihre überraschende Rückkehr in einer für ihn kritischen Situation. Ein kleiner geschwänzter und gehörnter Kobold schoß aus einem dunklen Winkel ihres Geistes hervor, machte ihr eine lange Nase und keckerte: »Bilde dir doch so was nicht ein!«

Dann eben nicht. Es blieb also bei der Szene mit Wutausbruch oder – nein, dieses ›Oder‹ hätte ihr am wenigsten gepaßt: ein oberflächlich höflich bleibender Grant mit unterschwelligem Sarkasmus. Dann hätte sie ebenfalls oberflächlich höflich bleiben und unterschwellig sarkastisch sein müssen, was sie lange nicht so gut konnte wie er.

Aber jetzt würde es überhaupt keine Szene geben. Grant würde einfach nach Hause kommen, ins Bett fallen und schlafen wie ein Toter. Und Szenen vor dem Frühstück sind nur möglich zwischen kalten, rachsüchtigen und notorischen Nörglern. So blieb nur noch die Alternative übrig, daß Grant die Brauen hob und sagte: »Du bist wieder da?«, sie ihm mit einem: »Wie du siehst« antwortete und dann aus dem Zimmer ging, um Mrs. Barton beim Bettenmachen zu helfen. Während sie Brambles Schlafkorb ins Haus brachte und den Wagen in die Garage stellte, hätte sie sich ständig in den Hintern beißen mögen, weil sie einen Zeitpunkt für ihre Rückkehr gewählt hatte, wo Grant gar nicht zu Hause war. Dieses seltsame Gefühl der Erleichterung, das sie dabei empfand, wollte sie einfach nicht wahrhaben.

Aber es half nichts, die Erleichterung blieb, ließ sich nicht verleugnen oder unterdrücken. In dem Moment, wo sie durch die Lücke im Vorhang gespäht hatte, hatte sie kalte Füße bekommen. Hätte sie die Uhr eine halbe Stunde zurückdrehen können, wäre sie bestimmt nicht hierhergekommen. Oder doch? Sie wußte es nicht. Das heißt, sie wußte es sehr wohl: Sie wollte Grant nicht sehen. Aber man kann Uhren eben niemals zurückstellen. Auch die ihre nicht, wenn sie dann Mrs. Barton erklären müßten, warum sie einen Rückzieher machte, und danach auch noch Miss Silver, Frank und ihren Eltern.

Sie kam mit Brambles Schlafkorb in die Halle und ging damit die Treppe hinauf, Mrs. Barton folgte ihr auf den Fersen.

»Mr. Grant muß kurz hier gewesen sein und gleich wieder gegangen sein. Wahrscheinlich brauchte er etwas aus seinem Arbeitszimmer, und deshalb haben Sie dort auch Licht brennen gesehen. Er hat ja seinen eigenen Schlüssel, und im hinteren Wohnzimmer höre ich nicht, wenn vorn die Haustür aufgesperrt wird. Ich habe inzwischen Teewasser aufgesetzt und zwei mit heißem Wasser gefüllte Wärmflaschen bereitgelegt. Das Bett dürfte eigentlich nicht feucht sein, denn ich habe es regelmäßig gelüftet. Und Agnes habe ich erst gestern, noch ehe sie das Haus verließ, angeschafft, Feuer in Ihrem Zimmer zu machen und die Matratze vor den Kamin zu stellen, damit sie nicht anfängt zu muffeln. Und das Laken und die Überzüge habe ich eben in der Küche über dem Herd aufgehängt.«

Cicely hätte lieber in einem anderen Zimmer geschlafen; aber die Matratze verhinderte das. Man kann einer wohlmeinenden Haushälterin, die dreißig Jahre länger im Hause ist als man selbst, unmöglich eine täglich von ihr gelüftete Matratze an den Kopf werfen.

Sie ging in das große Zimmer mit der niedrigen Decke, dem Erkerfenster und dem großen gestreiften Plumeau und fand es über alle Maßen düster. Die hellen Chintzvorhänge waren zugezogen. Alles war schrecklich sauber, aufgeräumt und kahl. Nichts auf der Frisierkommode, denn sie hatte sie vor Monaten mit wütenden, bebenden Händen leergefegt. Nichts im Kleider- oder im Einbauschrank, wo sie ihre Schuhe aufbewahrt hatte. Nichts in den beiden Wäschetruhen. Nicht ein Hinweis darauf, daß Cicely Hathaway einmal als Braut hier gewesen und eine Zeitlang schrecklich glücklich gewesen war.

Keinen Hauch von Glück gab es mehr in diesem Zimmer. Aber auch keinen Hauch von Unglück – nur ein Gefühl von Leere.

Mrs. Barton ging nach unten, um das Laken und die Bezüge zu holen.

Sobald der Schlafkorb in der gewohnten Ecke stand, warf sich Bramble hinein und mußte am Genick wieder herausgehoben werden. Das war ein sich allabendlich wiederholendes Ritual. Er warf sich auf den Rücken, strampelte mit den Pfoten und blickte sie mit schmelzend dunklen Augen an. Sie mußte in das Fell in seinem Genick fassen und ihn herausheben wie ein totes Kaninchen, worauf er dastand und zuschaute, wie sein Bett gemacht wurde – erst zerknülltes Zeitungspapier als Unterlage und dann eine Decke als Auflage darüber. Nun durfte er wieder einen Hechtsprung machen und sich auf seinem Bett zusammenrollen. Dann kam eine kleine Decke, die locker über ihn gebreitet wurde, so daß er sich darin wälzen konnte, ohne sich abzudecken.

Nachdem er mit einem ekstatischen Seufzer die Augen geschlossen und sofort eingeschlafen war, erhob sich Cicely aus der Hocke und ging zur Tür von Grants Ankleidezimmer. Sie erinnerte sich an das kalte Gefühl, das der Schlüssel, als sie ihn im Türschloß drehte, auf ihrer Handfläche hinterlassen hatte. Das war ihre letzte Handlung damals gewesen, ehe sie das Haus verließ. Sie drückte auf die Klinke. Die Tür war immer noch verschlossen. Sie zog rasch die Hand zurück und ging Mrs. Barton entgegen, die mit dem Laken und den Bezügen von der Küche heraufkam.

Grant kam erst um Mitternacht nach Hause. Sie hörte ihn durch die Halle und dann die Treppe heraufkommen. Seinem Gang nach zu schließen, schien er sehr müde zu sein. Sie fragte sich, was er wohl sagen würde, wenn sie die Tür öffnete und den Kopf hindurchsteckte. Vor ihrem großen Knall würde sie jetzt zur Tür gerannt sein und zu ihm gesagt haben: »Oh, Darling, so spät – was willst du haben – Kaffee oder Kakao?« Und wenn es so eine kalte Nacht wie diese war, pflegte er ›Kakao‹ zu sagen. Und sie würde darauf antworten: »Das Wasser ist noch heiß, wenn du ein Bad nehmen möchtest.« Alles solche Sachen, die man eben so sagt zwischen Eheleuten.

Sie hörte ihn in sein Zimmer gehen und seine Stiefel ausziehen. Die Männer konnten schon ungewöhnlich viel Lärm machen beim Stiefelausziehen. Bramble gab ein leises Wuff von sich – offenbar träumte er lebhaft. Aber Grant machte viel zuviel Lärm, um das hören zu können. Und überdies war die Verbindungstür abgeschlossen.

Schließlich kehrte Stille hinter der Durchgangstür ein. Cicely lag in dem großen Bett mit zwei Wärmflaschen an den Füßen. Bramble schlief. Hinter der Verbindungstür schlief Grant Hathaway ebenfalls. Die Nacht war kalt und still, das Bett warm, es lag überhaupt kein Grund vor, warum Cicely nicht auch schlafen sollte. Doch der Schlaf wollte nicht kommen. Sie hörte die Uhr in der Halle eins schlagen, und zwei, und drei.

Dann, ohne offensichtlichen Übergang, ging sie eine lange gerade Straße hinunter, die durch ein weites, leeres Moor führte. Es war dunkel, doch das spielte im Traum keine Rolle. Sie konnte die Straße vor sich sehen, die endlos so weiterging. Da war kein Haus, da war kein Licht, da war nicht einmal ein Stern. Da war nur Cicely Hathaway – Cicely Evelyn Hathaway –, und sie war ganz allein. Etwas blies ihr ins Gesicht, und sie wußte, daß es ihr Brautschleier war, doch er war so unglaublich lang und breit im Traum, daß er sich in erstickenden Falten über ihr Gesicht legte. Sie sollte sagen: »Ich, Cicely Evelyn, nehme dich, Edward Grant zum Mann und werde bei dir bleiben, in guten und in schlechten Tagen, bis daß . . .« Aber der Schleier hinderte sie daran. Sie konnte nicht sprechen und bekam keine Luft mehr.

Sie erwachte schweißgebadet, die Zudecke auf ihrem Gesicht, und ein scheußlich kalter Morgen dämmerte hinter bleifarbenen Wolken herauf. Sie drehte sich vom Fenster weg und schlief wieder ein.

KAPITEL 34

Es war heller Tag, als sie zum zweitenmal erwachte, und Grant war fort.

»Würgte nur rasch sein Frühstück hinein und lief wieder aus dem Haus.«

Cicely saß im Bett und betrachtete düster Mrs. Barton in ihrem dunkelblauen Overall mit weißen Pünktchen.

»Weiß er, daß ich hier bin?«

Mrs. Barton schüttelte den Kopf.

»Nicht, wenn Sie es ihm nicht gesagt haben.« Sie ging in die Zimmerecke, wo der mit einer Decke umhüllte Korb stand. »Ich hätte gedacht, Bramble würde wenigstens nachsehen, was sich da schon so zeitig tut im Haus.«

Cicely fühlte sich klein und kalt und verlassen. Sie murmelte:

»Er ist kein Frühaufsteher – so etwas liegt ihm nicht. Aber er müßte jetzt Gassi gehen. Würden Sie ihn wecken?«

Sie zog sich an, frühstückte und stürzte sich dann in die Hausarbeit. Der Morgen dehnte sich vor ihr aus wie die endlose Straße in ihrem Traum.

Monica Abbott rief an, offensichtlich hin- und hergerissen zwischen ihrem Verlangen nach Vertraulichkeiten und ihrer Angst vor einer lauschenden Maggie Bell.

»Darling, wie plötzlich! Ich hoffe nur, daß du nicht

in einem feuchten Bett geschlafen hast. Ich könnte mir vorstellen, daß man die Bezüge erst auswringen mußte!«

Wie typisch für Mama: Sie hatte immer etwas an den Betten auszusetzen. Cicely sagte:

»Sag so etwas ja nicht zu Mrs. Barton. Meine Matratze hat vorgestern den ganzen Tag vor dem geheizten Kamin gestanden.

»Cis . . .«

Cicely hatte das ganz obenhin gesagt. Nun wurde sie schrecklich höflich, als redete sie mit einer fremden Person:

»Hast du etwas Dringendes mit mir zu besprechen? Falls nicht, hältst du mich nur von einer wichtigen Arbeit ab.«

Sie hörte, wie Monica um Fassung rang.

»Nein – nein, nichts Wichtiges. Ich wollte nur . . .« Der Satz ging in ein Murmeln unter, und dann war die Leitung wieder tot.

Cicely schnaubte aufgebracht in den Hörer. Warum konnten die lieben Angehörigen sie nicht in Ruhe lassen? Sie stürzte sich wieder in die Hausarbeit und ging daran, im Salon die Polstermöbel von den Schonerüberzügen zu befreien. Die Jalousien waren halb heruntergelassen. Das Zimmer war seit ihrem Auszug nicht mehr benützt worden und erinnerte Cicely an ein Leichenschauhaus. Nicht, daß sie schon mal ein Leichenschauhaus gesehen hätte; aber dort hätte sie sich auch nicht anders gefühlt als hier. Es gab eine Menge zu tun.

Grant kam um ein Uhr nachmittags nach Hause. Er begrüßte Bramble auf der Türschwelle und traf Cicely in der Halle an. Sie hatte eben die Treppe gekehrt, die sie sich bis zuletzt aufgehoben hatte, weil es nicht so wichtig war, wie lange sie dafür brauchte, und stand nun blaß auf der zweitletzten Stufe, die Kehrichtschaufel in der Linken, den Handbesen in der Rechten. Einen Augenblick lang hätte keiner ein Wort verstanden, wenn sie gesprochen hätten, und dann hörten die ekstatischen Willkommenschreie von Bramble einen Moment auf.

Grant stand stirnrunzelnd da und blickte sie an. Dann sagte er:

»Was soll das alles bedeuten?«

»Ich bin das Zimmermädchen.«

»Und was willst du mir damit sagen?«

»Daß Agnes nicht mehr da ist. Oder etwa nicht? Ich habe das gestern abend erfahren. Ich dachte, ich sollte lieber zurückkommen und Mrs. Barton bei der Arbeit helfen.«

»Wann bist du gekommen?«

»Oh, gestern abend.«

Er warf ihr einen langen, harten Blick zu. Etwas in ihr zitterte. Am liebsten hätte sie sich auf die unterste Stufe gesetzt und losgeheult. Natürlich wäre sie lieber gestorben, als so etwas zu tun. Zum Glück klingelte in diesem Moment das Telefon. Grant hörte auf, sie anzustarren, und ging, gefolgt von Bramble, in sein Arbeitszimmer. Cicely legte die Kehrschaufel auf die unterste Stufe und begann die vorletzte Stufe abzukehren.

Nach ungefähr zwei Minuten kam Grant mit einem düster-verdrossenen Gesicht aus dem Arbeitszimmer zurück. Seine Stimme war schneidend wie ein Nordostwind.

»Du solltest lieber wieder nach Abbottsleigh zurückkehren. Du hättest nicht hierherkommen dürfen.«

»Warum nicht?«

»Weil ich das sage.«

Sie sagte zum zweitenmal: »Warum nicht?«

Ihr Ton wurde ein wenig hitziger. Wenn er wütend war, konnte sie das auch sein. Aber als er wieder das Wort ergriff, fiel der Zorn von ihr ab wie ein welkes Blatt.

»Weil in den Karten steht, daß ich jeden Moment verhaftet werden kann.«

»Grant!«

»Das war eben die Polizeistation Lenton. Sie haben mich hinbestellt. Ich sagte, vor zwei schaffe ich es nicht. Ich bin die Nummer eins von den Verdächtigen. Joe Turnberry lungerte den ganzen Morgen vor dem Haus herum – sollte vermutlich aufpassen, daß ich ihnen nicht durchbrenne. Ich vermute, sie werden mich heute nachmittag auf dem Revier festhalten oder sogar in Untersuchungshaft nehmen. Deshalb solltest du lieber wieder gehen. Und wegbleiben.«

Sie richtete sich auf der vorletzten Stufe auf und sagte:

»Deswegen bin ich doch zurückgekommen.«

Er brach plötzlich in ein bitteres Lachen aus.

»Ich bin zwar ein Mitgiftjäger; aber kein Mörder – ist es das? Eine großartige Geste, Cis; aber ich kann sie nicht annehmen. Geh lieber wieder nach Hause – hier ist für dich nichts zu holen. Hättest du etwas dagegen, Mrs. Barton zu sagen, daß ich vorher noch eine Kleinigkeit essen möchte – irgend etwas, das gerade fertig ist? Ich muß noch mit Johnson sprechen, ehe ich nach Lenton fahre. Möglich, daß er eine Weile lang ohne mich auskommen muß.«

Und das war alles. Der Rest war eine grauenhafte Mahlzeit, ein paar Worte, das Kalb betreffend, das sich an den Beinen verletzt hatte; aber schon wieder stehen konnte – jedoch nichts, was sie irgendwie berührte, bis er am Ende noch einmal unter der Tür stehenblieb und zu ihr zurückblickend sagte, ehe er das Eßzimmer verließ:

»Geh nach Abbottsleigh zurück, Cis. Mrs. Barton kann sich jemand aus dem Dorf kommen lassen, wenn sie Gesellschaft braucht in der Zeit, wo ich weg bin.«

»Ich bleibe lieber hier.«

Sie stand zwischen dem Tischrand und ihrem zurückgeschobenen Stuhl. Sie sah, wie er die Stirn runzelte.

»Es wäre mir lieber, du bliebest nicht hier. Kehre nach Abbottsleigh zurück, ehe es dunkel wird.«

Und damit ging er hinaus und machte die Tür hinter sich zu. Dann fiel die Haustür ins Schloß.

Als sie mit Mrs. Barton das Geschirr abgewaschen hatte, zog diese ihren Mantel an, setzte ihren Hut auf und ging zur nächsten Ecke, um auf den Bus nach Deeping zu warten – eine Wegersparnis von einer Dreiviertelmeile auf der ›Lane‹. Sie lehnte Cicelys Angebot ab, sie mit dem Wagen ins Dorf zu bringen.

»Nein, Mrs. Grant, so bin ich unabhängig und kann mir Zeit lassen. Und der Regen macht mir nichts aus; ich ziehe meine Galoschen an und nehme den Schirm mit. Annie Stedman wäre ein hervorragender Ersatz für Agnes – und ich weiß, daß sie gern hier arbeiten würde. Sie ist eine Kusine zweiten Grades von mir – Lydia Woods Tochter – und in einem vernünftigen Alter. Im Augenblick geht sie Mrs. Martin in der Poststelle ein bißchen zur Hand. Sie würde nicht in jedem Haushalt arbeiten; aber erst am letzten Samstag hat sie zu mir gesagt, wie schade, daß bei uns keine Stelle frei wäre. Aber nicht daß Sie denken, daß ich Agnes ihretwegen gekündigt hätte. Was recht ist, muß recht bleiben, ihre Arbeit hat sie immer gut gemacht. Aber sie nahm sich zu viel heraus, und das konnte ich nicht durchgehen lassen. Ich habe zu oft erlebt, wohin das führt. Deswegen habe ich ihr gekündigt.«

Cicely sagte: »Sie hatten vollkommen recht damit«, und Mrs. Barton schritt von dannen – erfüllt von der Gewißheit, daß sie recht getan und guten Gewissens ihre Fürsorge für ihre Familie mit der Treuepflicht gegenüber ihrem Arbeitgeber verbinden konnte.

Cicely sah ihr nach und kehrte dann in das leere Haus zurück. Sie hatte keineswegs die Absicht, nach Abbottsleigh zurückzukehren. Wenn Grant zurückkam, würde sie das klarstellen. Wenn er nicht zurückkam – sie stockte einen Moment und zwang sich dann, ihren Gedanken auszuformulieren –, wenn es zu einem schrecklichen Mißverständnis kommen sollte und sie ihn nicht mehr zurückkehren ließen, dann war es ihre Pflicht, hierzubleiben und nach dem Rechten zu sehen, bis er wieder da war.

Nachdem Mrs. Barton gegangen war, fühlte sie sich wieder besser. Sie hatte das Haus für sich allein. Sie konnte gehen, wohin sie wollte, und tun, was ihr gefiel – und niemand, außer Bramble, schaute ihr dabei zu.

Sie wanderte durch alle Zimmer. Agnes mochte eine Schlange sein; aber gearbeitet hatte sie. Das Haus war eines von diesen weitläufigen, planlosen Gebilden, wo man einfach immer wieder, wo gerade Platz gewesen war, ein Stück angebaut hatte. Da war ein ganzes Stockwerk, das seit zwei Generationen nicht mehr benützt worden war: fünf Zimmer, die ineinander gingen, und das letzte Zimmer ein Lager von alten Möbeln, die sie schon längst mal hatte durchsehen wollen, aber nie dazu gekommen war, weil es viele andere Dinge zu tun gab und sie noch so sehr viel Zeit vor sich hatte. Sie stand da und sah sich das gestapelte Zeug an. Sie hatte immer noch unendlich viel Zeit vor sich, und etwas in ihr sagte: »Nein.« Sie zog den Fuß von der Schwelle zurück, schloß die Tür und lief wieder die steile Bodentreppe in den ersten Stock hinunter.

Selbst hier oben hatte sie keinen Staub gefunden. Agnes hatte wirklich gute Arbeit geleistet. Cicely fragte sich neugierig, wo Agnes jetzt stecken mochte, in welcher Hinsicht sie sich zu viel herausgenommen hatte und warum sie nach Lenton gefahren war, um Grant zu denunzieren. Und plötzlich wurde ihr deutlich und schmerzlich bewußt, wie wichtig Agnes für die Polizei war. Wenn sie beharrlich dabei blieb, daß Louise Rogers hierhergekommen sei, um Grant zu besuchen und ihn des Raubes zu beschuldigen – wenn sie immer wieder versicherte, sie habe Grant weder gesehen noch im Haus gehört, nachdem Louise Rogers wieder gegangen war, dann mußte die Polizei und auch jeder andere annehmen, daß Grant diese Louise Rogers umgebracht hatte. Bis zu diesem Moment hatte der Schock und die Entrüstung ihren Verstand so getrübt, daß er die eigentliche Gefahr gar nicht erkannt hatte. Grants Situation hatte sie nur insoweit beschäftigt, wie sie ihre ehelichen Beziehungen berührte. Doch nun wurde ihr scharf und deutlich bewußt, daß die Polizei Grant tatsächlich einen Mord zur Last legen konnte, wenn Agnes bei ihrer Aussage blieb.

Und im gleichen Moment konnte sie diesen Zustand, einfach hierzubleiben und zu warten, kaum noch ertragen. Mrs. Barton würde noch vor Einbruch der Dunkelheit zurückkommen; aber das war jetzt nicht wichtig. Wann würde Grant zurückkommen? Warum hatte sie ihn nicht aufgefordert, sie mitzunehmen? Sie hätte ja so lange draußen im Auto warten können. Wenigstens hätte sie dann gewußt, was lief. Wenn sie Grant verhaftet hätten, wäre doch bestimmt jemand aus dem Revier zum Wagen gegangen und hätte ihr Bescheid gesagt. Man läßt doch keine Frau draußen im Wagen sitzen und verschweigt ihr, daß man eben ihren Ehemann verhaftet hat. Was hätte es ihr genützt, Grant aufzufordern, sie mitzunehmen? Gar nichts. Man konnte Grant zu nichts zwingen – ebensogut hätte man mit dem Kopf gegen eine Mauer rennen können. Und der Gedanke, sie im Wagen vor einem Polizeirevier warten zu lassen, hätte diese Mauer noch mit Eisenbeton verstärkt. Sie wußte sehr genau, daß sie ihn nie dazu gebracht hätte, sie nach Lenton mitzunehmen.

Der Nachmittag schleppte sich unglaublich langsam dahin. Sie hätte mit Bramble spazierengehen können, brachte es aber nicht fertig, sich zu weit vom Telefon zu entfernen. Grant hätte ja anrufen können. Oder Frank.

Wenn Frank anrief, war das ein böses Zeichen. Sie ließ Bramble vor die Haustür und holte ihn nach einer Minute wieder herein. Es war fast eine Erleichterung, als er an der Küchentür kratzte. Sie öffnete sie für ihn und sah zu, wie er es sich dort in Mrs. Bartons Lehnstuhl bequem machte. Wenn Mrs. Barton nach Hause kam, würde sie ihn deswegen schelten, bis er den Kopf auf die Seite legte, eine Pfote hochhob und sie mit feuchten Augen ansah. Sehr unterminierend. Mrs. Barton wurde von Bramble systematisch unterminiert. Man hatte sie sogar in ein paar schwachen Momenten zu ihm ›Liebling‹ sagen hören.

Cicely überließ ihn Mrs. Bartons Lehnstuhl und begab sich in Grants Arbeitszimmer. Wenn das Telefon läutete, hatte sie nur ein paar Schritte zu gehen. Sie dachte, es müsse jeden Moment klingeln. Es schien schon so lange her zu sein, daß die Uhr in der Halle drei geschlagen hatte.

Sie schürte das Feuer im Kamin auf. Grant würde halb erfroren nach Hause kommen. Als sie einen Kloben Holz auf die Glut gelegt hatten, richtete sie sich auf und begegnete dem düsteren Blick des Porträts – des Großvaters vom alten Mr. Hathaway. Komisch, daß sie ihn immer so nannte, obwohl er doch Grants Urgroßvater war. Manchmal, wenn Grant wütend war, hatten sie dieses Stirnrunzeln gemeinsam. Das ganze Porträt bestand nur aus Stirnrunzeln. Alles andere wurde von diesem Stirnrunzeln verschlungen.

Das Stirnrunzeln beherrschte das Zimmer. Sie blickte vom Porträt weg auf die blaue Porzellanschüssel mit ihrem *Potpourri*. Sie erinnerte sich, wie sie die Schüssel im August mit frischen roten Rosenblütenblättern gefüllt hatte, so daß es schon nach Rosen duftete, wenn man zur Tür hereinkam. Sie steckte nun ihre Nase in die Schüssel hinein, die links auf dem Kaminsims stand. Genau das mußte Grant getan haben, als sie gestern nacht durch das

Fenster geblickt hatte. Die getrockneten Rosenblätter waren zwar nicht mehr rot; dufteten jedoch immer noch süß. Sie steckte die Hand in die Schüssel, um die Rosenblätter umzurühren, und spürte etwas Hartes. Einen Moment lang kam alles ins Stocken – ihre Gefühle, ihr Puls, ihr Atem, ihr Verstand. Dann schlossen sich ihr Daumen und ihr Zeigefinger um den harten Gegenstand, den sie soeben berührt hatte. Sie zog die Hand wieder zurück, und aus den Rosenblättern tauchte ein rundes, schimmerndes Etwas auf – ein Freundschaftsring.

KAPITEL 35

Chefinspektor Lamb saß in der Polizeistation von Lenton im Büro des Superintendenten und las die Protokolle durch. Wenn man ihn gefragt hätte, wo denn der Superintendent sei, hätte er gesagt, er läge zu Hause mit einer Erkältung im Bett, was dieser persönlich sehr bedauerte; aber in dienstlicher Hinsicht vermutlich nicht; denn es entband ihn der Pflicht, in einer Affäre tätig zu werden, in die zwei der angesehensten Familien seines Dienstbereiches verwickelt zu sein schienen.

Lamb ging die von seinem Sergeanten sauber getippten Seiten mit ausdruckslosem Gesicht noch einmal von Anfang bis Ende durch. Er ließ sich Zeit dabei. Als er die letzte Seite mit seinen dicken Fingern umgeblättert hatte, blickte er hoch und sagte in gemessenem Ton:

»Ich dachte, ich sollte lieber zu ihm gehen, solange mir noch alles frisch im Gedächtnis steht. Aber ich hätte ihm ebensogut die Protokolle schicken können – schlimmer wäre es dadurch auch nicht geworden. Der

Präsident war überrascht, daß wir noch keinen verhaftet haben. ›Worauf warten Sie noch?‹ sagte er. ›Auf einen Augenzeugen? In einem Mordfall ist so was eine Rarität.‹«

Er saß da, die graue Melone fast im Genick, den dicken Wintermantel neben sich über der Sessellehne. Er war gleich nach dem Frühstück nach London gefahren und seit einer halben Stunde wieder von dort zurück. Ein kalter, grauer Tag ging draußen in Regen über. Aber die Polizei weiß, wie man ein gutes Feuer macht. Das Zimmer des Superintendenten erinnerte Lamb an die Küche seiner Mutter an Backtagen. Er nahm seine Melone ab und warf sie auf den Mantel, der über der Lehne hing.

»Nun«, sagte er, »wir sollten ihn also lieber festnehmen. Ich begreife zwar nicht ganz, warum Sie ihn hierherbestellt haben; aber das spart uns jetzt einen Weg.«

Frank Abbott: »Einen Moment, Sir . . .«

»Was? Haben Sie vielleicht inzwischen was Neues ausgegraben?«

»Nur etwas, das ich Ihnen weitergeben soll. Miss Silver hat mich darum gebeten.«

Frank Abbott fing einen mißtrauischen Blick auf und dann ein rasches: »Nun – dann rücken Sie schon raus damit! Mit einem Haufen Unsinn vermutlich!«

»Das müssen Sie entscheiden, Sir. Mark Harlow kam gestern noch spät abends nach Abbottsleigh – was er in letzter Zeit häufig tut. Er pflegt meiner Kusine Cicely Hathaway immer seine frisch komponierten Sachen vorzuspielen – sie ist sehr musikalisch, müssen Sie wissen. Also – gestern abend konnte er ihr nichts vorspielen, weil sie bereits ihre Koffer gepackt hatte und wieder nach Hause gegangen war.«

Lamb spitzte die Ohren.

»Was meinen Sie damit – sie ist wieder nach Hause gegangen?«

»Eine Geste von ihr. Es ist ihr nämlich zu Ohren

gekommen, daß sich die Lage für Grant Hathaway bedrohlich zuspitzt, und da packte sie ihre Sachen und fuhr nach Hause.«

Das war sehr dünnes Eis, und er beeilte sich, darüber hinwegzuschlittern.

»Und statt sich nun ans Klavier zu setzen, führte Mark ein sehr offenes Gespräch mit unserer Miss Silver. Wenn Sie wissen wollen, warum, kann ich Ihnen meine ganz persönliche Meinung dazu sagen.«

Lamb räusperte sich heftig und schnauzte:

»Und hat dieses Geschwätz etwas gebracht?«

»Das will ich Ihnen ja gerade erzählen, Sir. Harlow schien sehr aufgebracht gewesen zu sein, weil Cicely zu ihrem Mann zurückgegangen war – sagte, daß Grant bis zum Hals in dieser Mordgeschichte steckte, was ich wüßte; und deshalb wäre es unverzeihlich von mir, daß ich sie nicht daran gehindert hätte, an den häuslichen Herd zurückzukehren. Niemand hätte sie daran hindern können, wenn Sie mir diese Bemerkung gestatten wollen, Sir. Miss Silver fragte Mark Harlow nun, wie er auf die Idee käme, daß Hathaway jeden Moment verhaftet werden könne, und er gab ihr nun seine Version von der Geschichte, die sich im Hotel ›Bull‹ zugetragen hat, die er noch mit dem Zusatz ausschmückte, daß Hathaway etwas in seine Manteltasche steckte, als er zu Mark Harlows Wagen kam, wo Mark und dessen Chauffeur schon ungeduldig auf ihn warteten. Mark sagte, er hätte nicht den geringsten Zweifel, daß Hathaway das Feuerzeug weggesteckt hatte, was ›diese Dame Rogers‹, um Mark Harlow zu zitieren, ›ihn auf dem Hof mit einer Taschenlampe suchen sah.‹ Und, ich zitiere ihn wieder: ›dann folgt sie ihm auch noch hierher nach Deeping! Na, wie soll die Polizei wohl darüber denken?‹

Miss Silver wiederholte dann, gewissermaßen als Echo, diese Worte, um ihn zu weiteren Erklärungen anzuregen. Das tat er dann auch, indem er ausführte –

ich zitiere wieder: ›Caddle und ich dürfen froh sein, daß sie sich ein Kuvert mit Hathaways Namen und Adresse geben ließ und nicht mit meiner; sonst würde die Polizei vielleicht versuchen, die Morde mir oder Caddle anzuhängen. Wir sind ja beide mit ungefähr einer Million anderer Soldaten in Frankreich gewesen, und wir waren beide an jenem Abend im Hotel ›Bull‹. Aber sie kam hierher, um Grant Hathaway zu besuchen, und damit sind Caddle und ich aus dem Schneider.‹«

Frank Abbott legte eine eindrucksvolle Pause ein.

Dem Chefinspektor quollen fast die Augen aus dem Kopf.

»Und was haben Sie und Miss Silver daraus für Schlüsse gezogen? Scheint genau das zu sein, was ich eingangs vermutete – ein Haufen Geschwätz!«

»Jawohl, Sir. Aber wer hat denn Harlow erzählt, daß Louise hergekommen ist, um Grant Hathaway zu besuchen? Wie viele Leute wissen denn davon? Sie und ich und Smith, Hathaway natürlich, und Agnes Ripley – fünf Personen. Wer von ihnen hat es Mark Harlow erzählt? Sie nicht, ich nicht, Smith auch nicht. Miss Silver fragte mich natürlich sofort, ob wir Harlow verraten haben, wie Louise Rogers zu Grants Namen und Adresse gekommen sei. Und daß sie mit dem Wagen hierhergefahren ist und kurz vor ihrer Ermordung eine Unterredung mit Grant Hathaway hatte? Ich versicherte ihr, daß er das von der Polizei unmöglich erfahren haben kann.

Aber ob Agnes Ripley ihm das vielleicht erzählt hat? Sie hatte gestern abend gegen fünf Uhr ihre Szene mit Grant Hathaway und ist anschließend sofort hierhergefahren, um ihn anzuschwärzen. Kaum anzunehmen, daß sie vorher noch bei Mark Harlow Station gemacht hat, um dort ihren Auftritt vor der Polizei zu proben. Höchst unwahrscheinlich. Sie war in Grant Hathaway vernarrt und hat ihn nur angezeigt, weil er ihr einen Korb gegeben hat. Sie stand unter Schock und war halb ohnmächtig, als ich sie nach ihrer Aussage zu ihrer Freundin Mrs. Parson brachte. Also bliebe nur noch Grant Hathaway als Informant übrig. Warum sollte der sich aber die Mühe machen, Harlow davon zu informieren, daß er soeben ein höchst kompromittierendes Gespräch mit Louise Rogers geführt habe? Und wenn Hathaway es ihm nicht gesagt hat, kommt nur noch eine Person dafür in Frage – und das ist Louise Rogers selbst.«

Lamb saß mit vollkommen ausdruckslosem Gesicht im Sessel des Superintendenten. Zumeist war diese Miene nur eine Tarnfassade, hinter der, wie Frank wußte, jedoch jetzt der Verstand seines Vorgesetzten energisch und zuverlässig arbeitete. Er schwieg und wartete gelassen das Ergebnis ab.

Nach einer ziemlich langen Denkpause gab er es mit grollender Stimme bekannt:

»Da könnte etwas dran sein – könnte aber auch nicht. Wir kennen diese Agnes Ripley zu wenig, um zutreffend sagen zu können, wie sie sich wirklich verhalten hat. Wenn Harlow für sie ein total fremder Mann ist, halte ich es für unwahrscheinlich, daß sie ihm etwas von Louise Rogers' Besuch bei ihrem Arbeitgeber erzählt hat. Aber ganz ausschließen können wir es auch nicht. Sie befand sich in einer abnormen seelischen Verfassung, in der ihr alles zuzutrauen war. Ich glaube nicht, daß normale Maßstäbe auf sie anwendbar sind. Sie wollte es Hathaway heimzahlen, daß er sie als Frau gedemütigt hatte. Der gleiche Grund, der sie zu uns getrieben hat, kann sie vorher noch zu Harlow gebracht haben: Vielleicht wollte sie Hathaway auch bei seinen Freunden unmöglich machen. Aus dem gleichen Motiv schreiben manche Leute anonyme Briefe. Sie kann Harlow ja auch angerufen haben; obwohl ich das für unwahrscheinlich halte. Aber, wie gesagt, diese Ripley dürfen wir nicht mit normalen Maßstäben messen.«

Lamb bewegte sich schwerfällig im Sessel und fuhr dann mit langsamer, nachdenklicher Stimme fort:

»Ich möchte auch Hathaway als Informant nicht ganz ausschließen. Warum sollte er nicht gleich ans Telefon gegangen sein, um Harlow anzurufen? Nehmen wir einmal an, Louise Rogers erkundigt sich bei Hathaway nach den beiden anderen Männern, die sich damals mit ihm zusammen im Hotel ›Bull‹ aufgehalten haben. Wenn sie Hathaway nicht als Räuber ihrer Juwelen identifizieren konnte, müßte sie ihn doch eigentlich nach der Adresse der beiden anderen Männer gefragt haben, nicht wahr?«

Ein schwaches Glimmern zeigte sich in Frank Abbotts Augen.

»Sie nehmen also an, daß Grant unschuldig ist, Sir?«

»Ich nehme gar nichts an – ich konstruiere nur. Nehmen wir also an, sie fragt ihn, wer die anderen beiden Männer waren, und er sagt es ihr. Sie fährt mit ihrem Wagen wieder weg. Hathaway geht ans Telefon, um einen Nachbarn zu informieren, daß etwas Unangenehmes zu ihm unterwegs ist. Wenn sie den Weg durch die hintere Gartenpforte zum Haus nahm, mußte sie an der Garage vorbei und könnte dort auf Caddle gestoßen sein. Oder Harlow hat sie schon an der Gartenpforte in Empfang genommen, weil er telefonisch vorgewarnt war.«

»Und Alberts Alibi, Sir?«

Der Chefinspektor machte eine wegwerfende Handbewegung.

»Ihre Theorie ist von Miss Silvers Hypothese gar nicht so weit entfernt, Sir. Wenn Grant der Mörder von Louise Rogers gewesen ist, kann er Harlow wohl kaum angerufen haben. Also sind wir wieder bei Harlow gelandet und der Frage, wieso er wußte, daß Louise Rogers eine Unterredung mit Grant Hathaway in dessen Haus hatte. Die Kenntnis eines Schuldigen.«

»Da gehen Sie aber ein bißchen zu weit, Sergeant.«

Frank beugte sich vor.

»Sir – Harlow weiß etwas, das eigentlich nur die Polizei, der Betroffene, also Hathaway, und die Polizeiinformantin wissen können. Das ist das Wissen eines Schuldigen, weil er es verwendete, um den Mordverdacht auf einen anderen zu lenken. Sonst wäre er doch mit seinem Wissen zur Polizei gegangen, nicht wahr? Er hat ja gar nicht gewußt, daß wir von Louise Rogers' Besuch bei Grant Hathaway bereits Kenntnis hatten!«

Lamb brummelte:

»Er ist mit Mrs. Hathaway befreundet. Und viele Leute behalten ihr Wissen für sich, statt zur Polizei zu gehen. Und wenn er wirklich schuldig ist – warum vertraute er sich dann Miss Silver an?«

»Er war sehr erregt – und Sie wissen ja, wie es ist, wenn einer sie nicht kennt: vermutlich glaubte er, sie wäre eine zu vernachlässigende Größe. Ja, wenn er mit Ihnen geredet hätte, wäre das etwas anderes gewesen; und auch bei mir hätte er sich noch zusammengenommen. Aber es war ja nur Miss Silver, die im Zimmer saß und strickte, und da ließ er sich gehen und machte einen Fehler. Er wollte Miss Silver Grant Hathaway als Mörder verkaufen, und dabei sagte er ein paar Sätze zuviel.«

»Hmm . . .«, brummelte der Chefinspektor, ließ einige Sekunden verstreichen und fuhr dann fort: »Wenn wir Agnes Ripley einen Moment beiseite lassen, läßt sich Harlows Kenntnis schwerlich mit Hathaways Schuld vereinbaren. Wenn Hathaway schuldig ist, würde er niemals Harlow angerufen und ihm etwas von Louise Rogers' Besuch erzählt haben. Aber falls er unschuldig ist, könnte er ihn davon informiert haben.«

Der Chefinspektor drehte sich seinem Sergeanten zu.

»Wir werden Hathaway gleich fragen, ob er Harlow angerufen hat oder nicht. Und anschließend werden wir Harlow noch einmal zu dieser Frage vernehmen, wieso er eigentlich weiß, daß Louise Rogers Grant Hathaway besucht hat. Wir können uns nicht darauf verlassen, daß uns die beiden Herrn die Wahrheit sagen. Aber auch Lügen sind manchmal sehr aufschlußreich. Also gehen Sie, Sergeant, und bitten Sie Mr. Hathaway herein . . .«

KAPITEL 36

Als Cicely ihre Hand wieder aus der Schale zurückzog, drehte sie sich automatisch und instinktiv dem Licht zu. Es war ziemlich dunkel im Arbeitszimmer: graue Wolken hingen niedrig am Himmel, und es regnete – nicht heftig, sondern dieses Nieseln, das die Luft mit einem Nebel durchzieht. Noch ehe sie sich ganz umgedreht hatte, konnte sie schon sehen, was sie in der Hand hielt: Einen Ohrring – nicht oval, sondern vollkommen rund – aus Platin und ganz mit kleinen, aber offenbar lupenreinen Brillanten besetzt. Sie sah das; aber es hatte noch keine Bedeutung für sie. Der Fund war ein Schock, und der Teil von ihr, der ihn gedanklich verarbeiten sollte, sträubte sich noch, seinen Dienst zu tun. Er überließ ihn ganz ihren Augen, die das runde glitzernde Kleinod betrachteten. Irgendwo tief in ihr rührte sich die Angst.

Sie betrachtete den Ring, der einen Durchmesser von Dreiviertel Zoll haben mochte. Da war eine fast nicht erkennbare Schließe an dem Ring – eine Befestigung, die nicht zu sehen war, wenn der Ring am Ohr getragen wurde.

Mit einer fast explosionsartigen Gewalt setzte ihr Denkvermögen wieder ein. Das war der Ohrring, der vermißt wurde. Louise Rogers hatte ein Paar solcher Freundschaftsringe als Ohrschmuck getragen, und Mary Stokes hatte gesehen, wie der Mörder im Haar des toten Mädchens wühlte, um nach dem Ring zu suchen, der an einem Ohr fehlte. Er hatte ihn nicht gefunden. Langsam und schleppend setzte ihr Verstand das Wort ›damals‹ hinzu. Er hatte ihn – damals nicht gefunden. Hatte er ihn später doch noch entdeckt? Die Leiche war im Wäldchen versteckt gewesen. Sie hatte dort von Freitag- bis Samstagabend gelegen. Sie überlegte, daß der Mörder wohl noch einmal den Platz abgesucht hatte, wo die Leiche versteckt gewesen war, und im Laub wühlte wie zuvor im Haar der Toten. Solange wühlte, bis er ihn wiederfand.

Ihre Gedanken hielten hier an – beschworen dunkle Bäume herauf, einen dunklen Wald, und eine Hand, die hin- und herglitt, um Blätter umzudrehen.

Wessen Hand?

Er würde eine Taschenlampe benützt haben – dunkle nasse Blätter, die im Licht silbern aufblitzten – ein glitzernder Reif . . .

Er mußte ihn gefunden haben; denn nun war er hier – hier in ihrer Hand. Die Angst, die sich tief in ihr rührte, begann zur Oberfläche ihres Bewußtseins hinaufzusteigen wie eine Blase im Sumpfwasser. Plötzlich begann sie zu zittern. Sie hatte Grant gestern nacht in diesem Zimmer gesehen – Grant, der mit dem Rücken zu ihr am Kamin stand, seinen Arm hob, etwas in die Schüssel mit ihrem *Potpourri* tat. Sie hatte sich gefragt, ob er die Blütenblätter umrührte. In Erinnerung an diesen Gedanken gestern nacht hatte sie soeben die Blätter umgerührt. Das Bild sprang ihr vor die Augen – der Regenmantel mit dem frischen Flicken am Ärmel, die Bewegung der Schulter und des Arms.

Etwas in ihr sagte: »Nein!« Das war etwas, das sie nicht glauben konnte. Es gibt Dinge, die man glaubt, und Dinge, die man nicht glauben kann. Sie hörte auf zu zittern. Da gab es nichts zu zittern. Dieses Ding, das ›nein!‹ gesagt hatte, meldete sich wieder. Es sagte laut und deutlich: »Grant ist nicht so ein Narr.« Natürlich hätte es heißen sollen: »Grant ist kein Mörder.« Vielleicht setzte diese Stimme das voraus, weil sie immer wieder zornig wiederholte: »Grant ist nicht so ein Narr.« Würde er – würde jemand so einen Gegenstand in sein eigenes Haus bringen und ihn dort aufbewahren? Er war erst gestern nacht hierhergebracht worden. Die Leiche war längst entdeckt, der andere Ohrring in der Hand der Polizei – welcher Narr würde den anderen Ring, der vermißt wurde, nach Hause tragen und ihn dort in seinem eigenen Zimmer verstekken? Wo er ihn doch nur auf der ›Lane‹ verlieren oder in den Wald werfen mußte, und er war das belastende Stück los?

Sie betrachtete noch immer den Ohrring in ihrer Hand. Das Licht darauf veränderte sich, wurde schwächer. Mit einem leisen Klicken schwang das rechte Fenster, das eigentlich eine Tür war, nach innen. Sie blickte hoch und sah Mark Harlow ins Zimmer kommen. Sein Regenmantel schimmerte feucht, und kleine Regentropfen glitzerten in seinen dunklen Haaren. Er sagte:

»Ich habe geläutet; aber offenbar hat es niemand gehört.«

Sie sagte: »Nein – Grant ist in Lenton, und Mrs. Barton ist ins Dorf gegangen.«

Er wirkte aufgeregt.

»Cis – ich mußte dich einfach sehen . . .«

Beim ersten Geräusch in ihrem Rücken hatte sie die Hand geschlossen. Der Ring drückte gegen ihre Handfläche. Ihr »Oh!« war nur ein überraschtes Ausstoßen von Atemluft.

Er sagte: »Ich bin ganz naß – ich will nur rasch meinen Mantel ausziehen«, und ging zur Tür.

Und in diesem Augenblick sah sie den neuen dunklen Flicken auf seinem Ärmel. Sie sah ihn, als er ihr den Rücken zudrehte – die Schulter, den Ärmel und den neuen Flicken über dem Ellenbogen. Alles in ihrem Verstand wurde sehr klar und einfach. Sie hatte im Dunkeln herumgetappt; doch nun war da ein sehr kaltes, helles Licht. Sie sagte:

»Nein, Mark – warte! Es stört nicht, wenn der Boden naß wird. Ich will mit dir reden!«

Er drehte sich um. Sie glaubte, Überraschung in seinem Gesicht zu sehen. Vielleicht war ihre Stimme die Ursache dafür. Sie blickte ihn an und erinnerte sich, daß sie Freunde gewesen waren; daß er gesagt hatte, er liebe sie. Die Worte, die sie sich zurechtgelegt hatte, wollten nun nicht kommen. Sie bemühte sich; aber sie wollten nicht. Sie hörte ihn sagen:

»Du hättest dir doch Einlaß verschaffen können – mit meinem Schlüssel. Den hast du doch, nicht wahr? Kann ich ihn wiederhaben?«

Er sah aus wie immer. Wie brachte man das nur fertig – so auszusehen, als wäre nichts geschehen? Er sah sie an und sagte:

»Deinen Schlüssel?«

»Du hast ihn aus meiner Handtasche genommen. Ich möchte ihn gern wiederhaben.«

»*Ich*?«

»Ja, Mark. Du hast dir damit gestern nacht Zutritt zu diesem Haus verschafft. Ich kam nämlich gerade in dem Moment zurück, als du hier im Haus warst. Ich habe dich gesehen – in diesem Zimmer.«

»Cis!«

»Ich wollte die Haustür aufsperren; aber mein Schlüssel war nicht mehr in meiner Handtasche. Also tat ich, was du eben getan hast – ich ging ums Haus zum Fenster von Grants Arbeitszimmer. Dort brannte Licht. Der Vorhang hängt immer schief über der Terrassentür; also blickte ich durch die Scheibe. Ich sah dich – und was du gerade im Zimmer machtest.«

Sein Gesicht veränderte sich. Es verwandelte sich. Die

Farbe verlor sich daraus und dieser unbekümmerte, selbstbewußte Ausdruck. Er sagte mit einer Stimme, die sie noch nie bei ihm gehört hatte:

»Da gab es nichts zu sehen.«

»Oh, doch. Ich sah dich. Du standest gerade hier am Kamin und hast etwas in die Schüssel auf dem Kaminsims getan – in die linke blaue Porzellanschüssel. Ich konnte sehen, wie du den Arm hobst – ich konnte den Flicken auf deinem Ärmel sehen. Ich wußte, daß du etwas in die Schüssel legtest. Ich habe gerade eben gefunden, was du hineingelegt hast.«

»Ich weiß nicht, wovon du sprichst.«

Ihr war übel. Sie empfand keine Angst, nur Übelkeit. Weil sie Freunde gewesen waren. Der Gedanke drängte sich in ihrem Bewußtsein an die Oberfläche.

»Die Polizei muß das erfahren. Ich werde es ihr sagen müssen; aber ich sage es dir zuerst. Ich dachte, wir wären befreundet – deswegen erfährst du es zuerst.«

Sie öffnete ihre Hand und hielt den Ohrring auf der Handfläche.

Er blickte darauf, blickte sie an, blickte auf den Ohrring zurück. Schließlich sagte er:

»So steht es also? Und du willst es der Polizei erzählen?«

»Ich muß.«

Er nickte.

»Natürlich. Und Grant – du wirst es natürlich auch Grant erzählen müssen. Oh, Cis, was für eine Närrin bist du doch!«

»Ich muß«, wiederholte sie; aber ihre Stimme schwankte dabei.

Er bewegte sich ungeduldig.

»Habe ich nicht eben ›natürlich‹ gesagt? Das ist ja das Vertrackte daran – du hast gar nicht die Absicht, etwas zu tun; sondern alles geschieht wie von selbst. Die Dinge treten an dich heran, stoßen dich an, treiben dich in eine

Richtung, und du kannst nicht mehr anhalten. Und es war nicht so, daß jemand Schaden nehmen sollte. Es war alles nur eine Verkettung unglücklicher Umstände. Eine Frau mit einem Koffer voller Diamanten auf einer Straße, die im Bombenhagel feindlicher Flugzeuge lag – unmöglich, daß sie sich mit diesem Koffer irgendwohin retten konnte. Ihre Überlebenschancen waren gleich Null. Du hättest die Straße sehen sollen – ein Inferno aus brennenden Wracks, und ständig schlugen neue Bomben ein! Und sie hatte nur ihre nackten Füße, um sich daraus zu retten! Ich hatte ein Motorrad – was hatte es für einen Sinn, den Boches die Diamanten zu überlassen?«

»Und deshalb hast du sie dir genommen?«

»Natürlich! Das hätte jeder an meiner Stelle auch getan! Ihre Überlebenschancen waren gleich . . .«

»Null, ja. Das hast du schon einmal gesagt. Aber sie hat überlebt.«

»Da hatte sie aber einen unverschämten Dusel gehabt. Und dann, nach so vielen Jahren hierherzukommen und mich wiederzuerkennen! Sie hat mich doch nur einen Satz reden hören! Sie sagte, ich hätte geflucht, und als ich dieses verdammte Feuerzeug im Hof des ›Bull‹ fallen ließ, fluchte ich ebenfalls, und sie sagte, ich hätte die gleichen Worte benützt wie damals, und sie hätte mich an der Stimme wiedererkannt. Und meine Hände – also, du meine Güte, was ist an meinen Händen so Ungewöhnliches, daß eine Frau, die sie nur einmal gesehen hat, nach so vielen Jahren schwören könnte, es wären die gleichen wie damals?«

Er streckte ihr erregt seine zwei bebenden Hände hin.

Cicely, die sie ein paar hundertmal gesehen hatte, sah sie nun wohl zum erstenmal so, wie sie Louise Rogers wahrgenommen hatte – der lange dünne Zeigefinger ein Stück über die anderen hinausragend; die Daumen nach außen gerenkt, sich wieder einrenkend, ungewöhnlich weit ausgreifend. Es erschien ihr nun gar nicht mehr seltsam, sondern unvermeidlich, daß man sie auf einen Blick wiedererkannte.

Er mußte in ihrem Gesicht gelesen haben. Mit einer wütenden Drehung schob er die Hände tief in seine Manteltaschen.

»Wenn ich nicht den Kopf verloren hätte, würde ich zu ihr gesagt haben, daß sie doch zur Polizei gehen und mich anzeigen sollte. Sie hätte mir nichts nachweisen können – gar nichts. Und wenn Grant mich angerufen und mir gesagt hätte, daß sie zu mir unterwegs ist, hätte ich Zeit zum Nachdenken gehabt. Dann hätte sie mich nicht unvorbereitet überraschen können – und daß sie es konnte, ist nur seine Schuld. Vielleicht denkt er daran, wenn ich ihm das heimzahlen werde!

Es war alles nur eine unglückliche Verkettung von Umständen. Ich wollte gerade ein bißchen spazierengehen und meinen Kopf auskühlen, als sie mit ihrem Wagen die ›Lane‹ herunterkommt. Die Scheinwerfer erfaßten mich, und sie hielt an. Wenn sie mich nicht im Scheinwerferlicht gesehen hätte, wäre sie zum Haus gegangen und hätte mich dort nicht angetroffen. Aber man kann sich eben nicht wehren gegen sein Pech. Ich hatte das alles längst vergessen, – wie konnte ich ahnen, daß nach so langer Zeit diese verdammte Geschichte wieder aufgerührt wird? Ich schwöre, es wurde mir alles nur aufgezwungen.

Sie hielt mit ihrem Wagen und schaltete die Innenbeleuchtung ein. Alles, was ich sah, war eine hübsche Frau in Schwarz. Ich hatte nicht die leiseste Ahnung, daß ich ihr schon einmal begegnet war. Ich trat an den Wagen heran, und sie kurbelte das Fenster herunter und sagte: ›Das Tor, durch das Sie eben gegangen sind – zu welchem Haus gehört es?‹ Ich hörte, daß sie mit französischem Akzent sprach, aber dachte mir nichts dabei. Ich sagte: ›Das Haus heißt Mainsfield.‹ Sie sagte: ›Das ist der Name, den Mr. Grant Hathaway mir angegeben hat –

Mainsfield. Wohnt dort ein gewisser Harlow – Mr. Mark Harlow?‹ Ich sagte: ›Ja.‹ Sie fragte: ›Sind Sie Mark Harlow?‹ Und ich sagte, ja, der wäre ich.

Sie saß im beleuchteten Innenraum ihres Wagens, und ich stand draußen, ein Stück von der Wagentür entfernt, im Dunkeln, so daß sie mich nicht richtig sehen konnte. Sie sagte: ›Waren Sie mit Ihrem Chauffeur und Mr. Hathaway am Abend des achten Januar, abends um neun Uhr, im Hotel ›Bull‹ in Ledlington?‹ Und ich sagte: ›Und wenn ich dort war – was soll's?‹ Und sie lächelte ein bißchen eigenartig und sagte: ›Vielleicht habe ich Sie dort gesehen. Vielleicht haben Sie unter dem Fenster meines Hotelzimmers Ihr Feuerzeug fallen lassen, und vielleicht sah ich, wie Sie es wieder aufhoben.‹ Ich dachte, sie sei nur auf einen Flirt aus, lachte und sagte: ›Sie können mich gar nicht gesehen haben – dafür war es viel zu dunkel.‹

Und sie lachte ebenfalls und sagte: ›Sie hatten eine Taschenlampe bei sich – ich glaube, Sie sind es gewesen. Es war nicht Mr. Grant Hathaway, der einen Umschlag mit seinem Namen und seiner Adresse verloren hat – so habe ich ihn nämlich finden können.‹« Er äffte nun einen französischen Akzent und einen leichten, raschen Plauderton nach: »›Ich habe eben mit ihm in seinem Haus gesprochen, und er ist es nicht gewesen. Also denke ich, daß Sie es waren. Kommen Sie doch ein bißchen näher, damit ich Sie besser sehen kann.‹

Ich trete also ganz dicht an den Wagen heran. Sie hatte das Fenster heruntergekurbelt, und ich stützte meine Hände auf den Rahmen. Und sie starrte darauf und sagte: ›*O mon dieu* – Sie sind es!‹ Mir gefiel der Ton nicht, in dem sie das sagte. Da begann ich zu überlegen, ob ich sie schon einmal gesehen haben könnte, und in diesem Moment sprangen mir ihre Ohrringe in die Augen. Ich dachte: ›Das kann doch nicht möglich sein! Soviel Pech kann ein Mensch doch gar nicht haben!‹

Und da schrie sie plötzlich auf französisch, ich hätte ihre Diamanten gestohlen, und belegte mich mit den wüstesten Schimpfwörtern – ›*Infame – scélérat – assassin*!‹ Das konnte ich doch nicht zulassen, oder? Ich mußte sie zum Schweigen bringen. Man hätte das Geschrei in der ganzen Nachbarschaft hören können. Also schlug ich sie k. o. – was hätte ich sonst tun können? Und dann nahm ich einen Stein und brachte sie vollends zum Schweigen. Ich konnte nicht zulassen, daß sie wieder zu sich kam und das Schreien von vorne anfing. Es war der verfluchteste Zufall der Welt.«

Cicely sagte nichts. Ihre Hand hatte sich wieder über dem Ohrring geschlossen und hing jetzt locker herab. Sie stand ganz still da und lauschte dem, was sich wie Marks Stimme anhörte, die Dinge sagte, die unmöglich passieren konnten außer in Alpträumen. Nur redete er nicht so davon. Er redete so darüber, als wären sie ganz gewöhnlich und alltäglich, und das war das schreckliche daran.

Er fuhr fort:

»Ich schaffte sie von der Straße weg und trug sie in den Wald. Dann mußte natürlich auch der Wagen verschwinden, und ich brachte ihn nach Basingstoke, ließ ihn dort vor einer Autowerkstatt stehen, fuhr mit dem Sechsuhrzwanzig-Zug nach Lenton zurück und ging dort in das Empire-Kino. Um halb neun ging ich zu einem Münzapparat, rief die Werkstatt in Basingstoke an und sagte, sie sollten zwei, drei Tage lang auf den Wagen aufpassen, bis ich ihn wieder abholen würde. Ich weiß nicht mehr, was für einen Namen ich angab – meinen natürlich nicht. Ich wollte verhindern, daß sie der Polizei meldeten, vor ihrer Werkstatt stünde ein herrenloser Wagen. Du siehst, ich habe an alles gedacht. Ich ging in den Kinosaal zurück, schaute mir den Film zu Ende an und kehrte dann zu Fuß nach Hause zurück.

Dann mußte ich mir natürlich eine Methode überlegen, wie ich die Leiche am besten verschwinden lassen konnte. Da fiel mir das Försterhaus ein. Mein Onkel hatte ein Buch mit einer Geschichte über dieses Haus, die Miss Greys Vater, der ehemalige Gemeindepfarrer von Deeping, geschrieben hatte. Ich erinnerte mich, als Junge diese Geschichte gelesen zu haben. Und als ich meinen Onkel zum letztenmal besuchte, kamen wir auf dieses Thema zu sprechen. Er nahm mich mit in das Wäldchen und zeigte mir das Haus. Er zeigte mir auch, wo sich der Riegel zu dem geheimen Kellerzugang befindet. Er kannte dieses Geheimnis, weil seine Großmutter eine Tomalyn gewesen war, und mit ihr kamen alle Dokumente, die das Försterhaus betrafen, in den Besitz unserer Familie. Mein Onkel stritt mit den Abbotts um das Eigentumsrecht an diesem Haus; doch am Ende einigten sie sich gütlich. Ich vermute, du weißt das.«

Cicely sagte: »Ja.«

Man hätte fast glauben können, sie führten ein ganz normales Gespräch. Als sprächen sie über alte Familiengeschichten, die seine ihr vertrauten intoleranten Züge erklärten. Sie sprachen aber darüber, wie er Louise Rogers ermordet und ihre Leiche im Keller unter dem Försterhaus verscharrt hatte.

Er hatte seine Hände wieder aus den Manteltaschen genommen. Mit der linken schob er sich das nasse Haar aus dem Gesicht.

»Dann hatte ich zum zweitenmal so ein dummes Pech. Ich wartete, bis es dunkel war, öffnete den Keller und brachte die Geräte mit, die ich brauchen würde. Ich hatte alles sehr genau vorausgeplant; aber gegen sein Unglück ist man, wie gesagt, machtlos. Es war gar nicht so leicht, die Leiche von der Stelle, wo ich sie versteckt hatte, unbemerkt ins Försterhaus zu schaffen; aber es ist mir gelungen. Doch mußte ich dann die Taschenlampe anknipsen, weil ich sonst den Eingang nicht gefunden hätte, und als der Lichtstrahl auf die Leiche fiel, sah ich, daß einer der beiden Ohrringe fehlte. Das war vielleicht ein Schock, und ich fing an, nach dem fehlenden Ohrring zu suchen, als ich ein Seufzen hörte. Nun, ich wußte ja, sie war tot; aber trotzdem ist mir das ganz schön in die Glieder gefahren. Und dann hörte ich jemand rennen – ich sage dir, die lief wie ein Rennpferd. Als ich mich gefangen hatte und ihr nachrannte, wußte ich, daß ich sie nicht mehr einholen konnte. Ich kehrte um, brachte die Leiche in den Keller, verschloß den geheimen Zugang und ging nach Hause.

Wer das auch gewesen sein mochte, der vom Försterhaus weggerannt war – ich wußte, er konnte mich unmöglich gesehen haben. Ich wartete also erst einmal ab. Und nach ein, zwei Stunden gingen die wildesten Gerüchte im Dorf um. Mrs. Green und Lizzie kamen nach Hause und erzählten mir ganz aufgeregt, was Mary Stokes gesehen haben wollte und was die Leute im Dorf darüber dachten. Zum Glück hatte sie gelogen, was den Ort betraf, wo sie die Leiche gesehen hatte, und deshalb konnte die Polizei dort auch nichts finden. Ich ging gegen Mitternacht in das Försterhaus zurück und vergrub die Leiche unter den Fliesen im Keller. Ich glaubte, jetzt könnte mir nichts mehr passieren.«

Mit jählings veränderter Stimme sprach er Cicely direkt an. Sie war jetzt keine bloße Zuhörerin mehr. Er blickte sie an und richtete das Wort an sie:

»So ist es dazu gekommen.« Und dann: »Warum sagst du denn nichts?«

Ein schreckliches Echo des alten Mark. Er hatte eine Vorstellung gegeben und nun wollte er seinen Applaus. Wie und mit welchen Worten beglückwünscht man einen Mörder? Sie sagte:

»Du dachtest, jetzt könnte dir nichts mehr passieren.«

Sie sah, wie eine ärgerliche Röte sein Gesicht überzog.

»Und das hätte auch gestimmt, wenn dieses verdammte Mädchen nicht gewesen wäre! Jeder glaubte, sie hätte das Ganze nur erfunden, und manche meinten, sie habe ein Gespenst gesehen. Mich hatte sie jedenfalls nicht gesehen, und daher durfte ich annehmen, daß mir nichts mehr passieren könnte. Es war ein schlimmer Schock für mich, als sie an diesem Samstag morgens mit der Butter und den Eiern kam und mich zu erpressen versuchte.«

Samstag, der Sechzehnte – Samstag vergangener Woche . . . So war das also gewesen! Mary Stokes hatte versucht, ihn zu erpressen – und am Abend war sie dann tot . . .

Er machte eine ungeduldige Handbewegung.

»Natürlich war es eine Riesendummheit von ihr, so etwas zu versuchen. Ich ging gerade von der ›Lane‹ durch die hintere Gartentür, als sie vom Haus zurückkam. Sie blieb stehen und sagte guten Morgen. Ich blieb ebenfalls stehen. Ich sah, daß sie meine Hände anblickte. Ich hatte nichts getan, was sie auf meine Hände aufmerksam machen konnte, versuchte auch nicht, sie zu verstecken. Sie blickte sie an und sagte genau dasselbe wie das andere Mädchen – ›Sie waren es also. Dachte ich es mir doch.‹ Ich sagte: ›Mein liebes Mädchen, was meinen Sie damit?‹ Und sie sagte: ›Tun Sie doch nicht so unschuldig. Ich könnte schwören, daß Sie es waren. Wollen Sie das?‹ Ich sagte: ›Ich habe nicht die leiseste Ahnung, wovon Sie sprechen‹, und sie sagte: ›Schön, dann werde ich eben zur Polizei gehen und dort reden.‹ Dann ging sie weiter, blickte sich nach ein paar Schritten nach mir um und sagte über die Schulter: ›Die Polizei wird sehr neugierig werden, wenn ich ihr etwas von diesem Keller erzähle – meinen Sie nicht auch?‹ Da konnte ich sie natürlich nicht weitergehen lassen. Ich sagte: ›Hier können wir nicht reden‹, und sie sagte: ›Wo paßt es Ihnen denn?‹, und dann einigten wir uns auf einen Treffpunkt. Sie wollte den Nachmittag in Lenton verbringen, und Joe Turnberry würde sie anschließend wieder nach Hause bringen. Sie sagte, sie würde ins

Haus gehen und die Tür zumachen, und wenn Turnberry sich dann entfernt hatte, würde sie wieder herauskommen; aber nur zwei Schritte weit auf die Veranda.‹«

Er lachte böse. »Sie glaubte, furchtbar schlau zu sein, als sie diesen Treff mit mir vereinbarte. So, meinte sie, könnte sie immer den alten Stokes zu Hilfe rufen, wenn ich rabiat werden sollte. Was, dachte sie denn, haben wir eigentlich im Krieg bei der Armee gelernt?« Er lachte abermals. »Sie brachte nicht einen Ton über die Lippen. Sie hat nicht einmal gewußt, daß ich da war, bis ich ihr den Hals zugedrückt habe.«

Cicely erschauerte von Kopf bis Fuß – nur ein einziges langes Schaudern –, und dann war wieder diese Kälte und Starrheit in ihren Gliedern. Es war Mark, der ihr diese Dinge erzählte – Mark. Und er war immer noch nicht zu Ende damit.

»Ich konnte doch unmöglich zulassen, daß sie mich bei allen Leuten verpetzt, nicht wahr? Das mußt du doch einsehen. Von Anfang bis Ende wurde mir alles nur aufgezwungen. Da kann man mir doch keine Vorwürfe machen! Es war nichts als eine Verkettung unglücklicher Umstände – das siehst du doch ein, oder?« Er hielt einen Moment inne und fuhr dann im gleichen Tonfall fort: »Und nun mischst auch du dich noch ein.«

Cicely sagte: »Ja . . .«

Er warf die Hände in die Höhe.

»Warum, zum Kuckuck, mußtest du denn unbedingt zu ihm zurückkehren? Ich konnte unmöglich voraussehen, daß du dich dazu entschließen würdest! Die Polizei mußte Grant doch verhaften, sobald sie erfuhr, daß er mit dieser Rogers in seiner Wohnung zusammengekommen war, und das bedeutete, sie würden auch sein Haus durchsuchen. Und wenn sie das taten, hätten sie hier den vermißten Ohrring gefunden. Er löste sich vom Ohr, als ich die Leiche aus ihrem Versteck holte. Ich suchte ihn dort, nachdem ich die Leiche im Keller vergraben hatte, und da lag er unter den Blättern. Ich dachte, er könnte mir noch gute Dienste leisten – und das wird er auch.«

Cicely wiederholte seine letzten Worte.

»Und das wird er auch?«

»Natürlich! Sie werden ihn bei dir finden – in deiner Hand. Damit wird alles seine vernünftige Erklärung finden – du hast ihn zufällig entdeckt, und deswegen brachte er dich um.«

»Er?« sagte Cicely.

»Grant natürlich. Er hat die beiden anderen Frauen getötet, und er tötete dich, weil du ihm auf die Schliche gekommen bist. Und dann wird er baumeln. Das war ein Teil meines Plans. Ich mußte ihn aus dem Weg räumen. Ich wollte dich heiraten – ich wollte dich wirklich heiraten.«

Ein rasches, lebhaftes Kribbeln vertrieb die Steifheit und Kälte aus ihren Gliedern. Sie töten, Grant an den Galgen bringen – sie wegwischen und zerquetschen wie zwei Stubenfliegen . . . alles bäumte sich jetzt in ihr dagegen auf und machte sie kampfbereit. Sie war keine zwei Meter vom Schreibtisch entfernt. Er war groß und schwer. Wenn sie sich dorthin flüchten, sich dahinter ducken und dann die Terrassentür erreichen konnte . . .

Nein, draußen im Freien hätte sie nicht die geringste Chance gegen ihn. Zeit gewinnen – soviel Zeit gewinnen, wie nur irgend möglich – vielleicht kam jemand hierher zum Haus . . .

Sie sagte: »Ich finde nicht, daß das ein guter Plan ist.«

Sie sagte das in einem Ton, der ihn schon immer gereizt hatte, wenn sie verschiedener Meinung waren. Er reizte ihn auch jetzt. Sein Gesicht lief dunkelrot an.

»Warum soll das kein guter Plan sein, frage ich dich!«

»Es soll so aussehen, als hätte Grant mich getötet, weil ich den Ohrring gefunden habe? Also – Grant würde doch nicht so dumm sein, den Ohrring in meiner Hand zu lassen, damit die Polizei ihn findet. So dumm kann ja gar niemand sein!«

Er schien mit ihrem Einwand zu ringen. Er hatte es so geplant. Er haßte es, etwas aufgeben zu müssen, was er sich in den Kopf gesetzt hatte.

»Du hast deine Finger darum gekrallt – also konnte er nicht sehen, daß du ihn gefunden hast.«

»Warum tötete er mich dann?«

Es war eine verrückte Parodie ihrer früheren Streitgespräche. Er hatte keine rasche Auffassungsgabe – da war sie ihm stets überlegen gewesen, und das haßte er. Man hörte es seiner Stimme an.

»Du hältst dich wohl für sehr schlau, wie? Aber ich weiß eine gute Antwort darauf. Er bringt dich aus dem gleichen Grund um, der Mary Stokes das Leben kostete – weil du zu viel weißt. Du hast ihm den Ohrring nicht gezeigt – du hältst ihn in deiner geschlossenen Hand. Aber du hast es ihm gerade gesagt, und deswegen tötet er dich – um dir den Mund zu stopfen – so!«

Und in diesem Augenblick, wo sich sein Gesicht so schrecklich veränderte und er einen Satz auf sie zu machte, sprang Cicely hinter den Schreibtisch. Sie wußte nicht, daß sie geschrien hatte, bis sie den hohen, schrillen Ton hörte. Sie schrie noch einmal, viel lauter als zuerst.

Mark Harlow beugte sich mit gespreizten Fingern über den Schreibtisch und verfehlte sie nur um wenige Zentimeter. Sie legte noch einmal ihre ganze Kraft in den nächsten Schrei hinein. Dann hatte sie keinen Atem mehr. Sie duckte sich, wand sich, drehte sich, wich nach hinten und zur Seite aus; und er war nicht mehr Mark; sondern eine wilde, wahnsinnige Bestie, die fluchend mit seinen klauenförmigen Fingern nach ihr griff, nachstieß, wenn sie zurückwich, ihr den Weg versperrte, wenn sie zur Seite sprang – unerbittlich, nur noch darauf bedacht, sie zu töten. Er streifte ihren Arm und packte ihren Ärmel. Sie riß sich wieder los. Und während sie keuchend miteinander rangen, ihr Herz wie rasend pochte, ihr das Blut in den Ohren rauschte, nahm sie noch etwas wahr, was sie sich nicht zu deuten wußte – ein leises Pochen in der Luft, das nicht von ihren trappelnden Füßen stammte, sondern von draußen kam. Ob es ein Auto war?

Sie nahm noch einmal die ganze Kraft ihrer Lungen zusammen und schrie. Sie sah, wie er einen Stuhl in die Höhe hob und damit auf ihren Kopf zielte. Ihre Hand fand das schwere Tintenglas. Sie warf es ihm mit voller Wucht ins Gesicht. Dann rannte sie hinter dem Schreibtisch hervor, durch die Terrassentür und in Grant Hathaways Arme.

KAPITEL 37

Ungefähr zur gleichen Zeit, als Cicely dieser Nachmittag so unerträglich lange vorkam, ging Grant Hathaway in das Büro des Polizeichefs von Lenton und fragte sich, ob er diesen Raum auch wieder so verlassen durfte, wie er ihn betrat – als freier Mann.

Frank Abbott folgte ihm ins Zimmer, machte die Tür hinter sich zu und nahm Platz. Der Alte saß mit hochrotem Gesicht und offenem Jackett hinter dem Schreibtisch – kein Wunder bei der Bullenhitze, die hier herrschte. Grant schätzte die Temperatur im Zimmer auf gut vierundzwanzig Grad. Die richtige Temperatur, um ihn schmoren zu lassen. Das hatten sie sich vermutlich für diesen Nachmittag vorgenommen.

»Guten Tag, Mr. Hathaway. Wir haben da noch ein oder zwei Punkte, zu denen wir Sie hören wollten.«

»Ja, natürlich.«

»Hat Louise Rogers im Verlauf des Gesprächs, das sie mit Ihnen führte, erwähnt, wie sie zu Ihrer Adresse gekommen ist?«

»Ja. Sie sagte, ich hätte damals im Hotel einen leeren Briefumschlag verloren. Jemand hätte das Kuvert gefunden und es ihr dann übergeben, als sie Nachforschungen anstellte.«

»Und auf dieses Kuvert hin ist sie dann zu Ihnen gefahren?«

»So sagte sie wenigstens.«

»Hat sie auch danach gefragt, wer noch im Auto saß, als Sie damals mit dem Wagen vom Hotel wegfuhren?«

»Ja.«

»Haben Sie ihr die Namen und Adressen ihrer Begleiter genannt?«

»Ja.«

»Und dann fuhr sie wieder weg?«

»Und dann fuhr sie wieder weg.«

»Hatten Sie den Eindruck, sie wollte die Sache weiterverfolgen?«

»Das sagte sie mir nicht.«

»Sie haben ihr also Mr. Mark Harlows Namen und Adresse verraten. Haben Sie ihr auch den Weg zu seinem Haus beschrieben?«

»Sie fragte mich, wo er wohnt, und ich sagte es ihr.«

»Sie sagte nicht, daß sie anschließend dorthin fahren und ihn besuchen würde?«

»Nein.«

»Hatten Sie den Eindruck, daß Sie das wollte?«

»Ich habe mir darüber keine Gedanken gemacht – es interessierte mich nicht.«

»Haben Sie Mr. Harlow angerufen und ihm mitgeteilt, daß Louise Rogers vermutlich auf dem Weg zu ihm sei?«

Diese Frage schien den Befragten ein wenig zu verwundern. Er sagte:

»Ich – ihn anrufen? Nein.«

»Warum nicht? Sie hätten ihn doch anrufen können!«

»Das tat ich aber nicht.«

»Waren Sie denn nicht mit Mr. Harlow befreundet?«

»Es gab nie Streit zwischen uns.«

»Na – nach Freundschaft hört sich das ja nicht gerade an.«

»Ich habe nie mit ihm gestritten. Aber er ist nicht unbedingt mein Typ.«

»Trotzdem haben Sie am vierten Januar sein Angebot angenommen und sich von ihm heimbringen lassen.«

Grant lächelte.

»Sind Sie schon mal mit dem Bummelzug von Ledlington nach Lenton gefahren? Mit dem Wagen war ich ein paar Stunden früher zu Hause.«

Lamb brummelte etwas und schnauzte dann:

»Sie haben also Mr. Harlow nicht angerufen, um ihm zu sagen, daß ihm ein unangenehmer Besuch ins Haus stünde?«

»Nein.«

»Wem haben Sie erzählt, daß Louise Rogers Sie in Ihrem Haus besucht hat?«

»Ich habe es keinem erzählt.«

»Sind Sie sich dessen sicher?«

»Ganz sicher.«

»Auch nicht Ihrer Frau?«

»Warum sollte ich es meiner Frau erzählen?«

»Ich habe Sie gefragt, ob Sie es Ihrer Frau erzählt haben oder nicht!«

»Nicht.«

»Sie haben keinem gegenüber eine Andeutung gemacht?«

»Nein.«

»Warum nicht?«

Grant lächelte abermals.

»Aus dreierlei Gründen – guten Gründen. Ich war nicht interessiert. Ich bin ein vielbeschäftigter Mann. Ich hatte schon genug zu tun mit meiner eigenen Affäre.«

Es folgte ein längeres Schweigen. Lamb blickte Grant mit halbgeschlossenen Lidern an. Die Temperatur im Zimmer mußte inzwischen fünfundzwanzig Grad überschritten haben. In allen guten Kriminalromanen hat der Bösewicht beim Verhör Schweißperlen auf der Stirn. Grant spürte, daß sich dieses verräterische Anzeichen seiner Schuld zu entwickeln begann.

Das Schweigen dauerte an. Zwischen den Brauen des Chefinspektors zeigte sich eine steile Falte.

Er sagte: »Harlow weiß, daß Louise Rogers Sie besucht hat.«

»Nicht von mir.«

Lamb schob seinen Stuhl vom Tisch weg.

»Nun, ich denke, wir wüßten gern, von wem er es erfahren hat. Er weiß von dem Besuch, und Sie sagen, Sie haben es ihm nicht erzählt – Sie sagten sogar, Sie haben es niemandem erzählt. Ich denke, wir fahren jetzt alle zu ihm und fragen ihn, woher er es weiß. Wir nehmen Sie in unserem Wagen mit, Mr. Hathaway.«

Sie fuhren im Polizeiwagen die ›Lane‹ hinunter, mit Konstabler May am Lenkrad. Als sie die Grundstücksgrenze von Deepside erreichten, sagte Grant plötzlich:

»Wenn Sie sowieso schon vorhaben, mich in Haft zu nehmen – kann ich da nicht mal rasch ins Haus gehen und ein paar Sachen zusammenpacken?«

Niemand konnte in diesem Moment geahnt haben, daß die Antwort auf diese Frage über ein Menschenleben entscheiden sollte. Lamb dachte kurz nach. Er war versucht zu antworten: »Wer sagte denn, daß wir Sie festnehmen wollen?« Und dann war er versucht zu sagen: »Sie können Ihre Sachen ja auf dem Rückweg mitnehmen.« Er sagte keines von beiden, und es ist ihm auch nie klar geworden, warum nicht. Was er sagte, war folgendes:

»Nun ja – schaden könnte es nicht.«

Miss Silver erklärte später, hier habe die Vorsehung ihre Hand im Spiel gehabt.

Sie bogen in die Einfahrt ein und hörten schon aus der Entfernung das hysterische Bellen von Bramble in der Küche. Sie fuhren zur Vorderfront des Hauses. Und in dem Moment, als Konstabler May den Wagen abbremste und den Motor abschaltete, hörte Grant Cicelys Schrei. Drei Wagentüren flogen gleichzeitig auf, und im nächsten Moment rannten vier Männer los – Grant und Frank, weil sie den Schrei gehört hatten, Lamb, weil er glaubte, Grant wollte flüchten; und der Konstabler, weil er in einem Alter war, wo man rennt, wenn man andere Leute rennen sieht.

Der Schrei war aus dem Arbeitszimmer gekommen. Die Terrassentür stand einen Spalt breit offen. Als sie dort anlangten, wurde sie aufgerissen, und Cicely rannte aus dem Zimmer. Sie lief direkt in Grant Hathaways Arme, und er hob sie hoch, bis ihre Beine über dem Boden schwebten, und hielt sie so fest. Frank, der durch die Terrassentür ins Zimmer stürzte, sah zwei Dinge auf einmal. Erstens den Freundschaftsring, der hinter dem Schreibtisch, wo Cicely ihn hatte fallen lassen, auf dem Teppich lag. Und vor dem Schreibtisch Mark Harlow, halb unter dem Stuhl begraben, den er Cicely auf den Kopf schmettern wollte, und bemüht, sich von dieser hinderlichen Last zu befreien. Sein Gesicht war eine zerlaufende Maske aus Blut und Tinte. Seine Hände tasteten über Boden und Schreibtisch.

Frank ging auf ihn zu. Lamb, der eine Sekunde später anlangte, blieb unter der Terrassentür stehen. Er hörte Cicely zwischen keuchenden Atemstößen sagen: »Er hat sie beide umgebracht – jetzt versuchte er auch mich umzubringen!«

Sein Blick ging zuerst zu dem Freundschaftsring auf dem Boden und von dort zu Mark Harlow, der nun wieder auf den Beinen stand, sich gegen den Schreibtisch lehnte und sich mit beiden Handrücken das Blut und die Tinte aus den Augen wischte. Lamb brauchte noch zwei Sekunden, um all diese Eindrücke zu verdauen, und fragte dann:

»Was ist hier vorgefallen?«

Und im gleichen Atemzug wies er Harlow, wie es Vorschrift war, auf die gesetzlichen Folgen einer Aussage hin.

Mark Harlow kam das so vor, als würde ihm jemand mitten in einem Orkan eine Sturmwarnung zurufen. Das Blut rauschte in seinen Ohren, und ihm war ganz schwindlig vor Schmerzen. Wortfetzen drangen in sein Bewußtsein vor: ». . . alles, was Sie sagen . . . niedergeschrieben und verwendet . . .«

Er fuhr sich mit dem Ärmel seines Regenmantels noch einmal über die Augen, starrte Lamb mit seinem gespenstischen Gesicht an und sagte:

»Was soll das denn noch? Ich habe doch schon alles gesagt, oder?« Und dann verfluchte er Cicely und sein Pech, und wenn Louise Rogers diese Szene noch hätte miterleben können, würde sie Fluch und Stimme sofort erkannt haben.

Lamb sagte gelassen: »Nun, ich habe Sie lediglich auf Ihre Rechte hingewiesen. Mrs. Hathaway sagte eben, daß Sie versucht haben, sie umzubringen. Möchten Sie sich dazu äußern? Oder zum Mord an Louise Rogers? Oder zu dem an Mary Stokes?«

Mark Harlow sagte: »Oh, ich habe sie umgebracht. Ich bin fertig. Gegen sein Pech ist man machtlos.«

KAPITEL 38

Sie waren fort. Cicely hatte ihre Aussage gemacht, und dann waren sie gegangen. Eine halbe Stunde war es her, daß das Geräusch des Wagens auf der ›Lane‹ verhallte, der sie nach Lenton zurückbrachte, mit Mark Harlow in Handschellen neben Frank Abbott im Fond und dem Chefinspektor neben Constabler May auf dem Beifahrersitz.

Nach dieser gewalttätigen Unterbrechung begann das Leben in Deepside sich wieder zu normalisieren – Bramble wurde aus der Küche gelassen, wo er sich die Kehle wund bellte; Grant ging auf und ab, zog sich den Regenmantel aus und hängte ihn über den Bügel; Cicely brachte den Tee herein. Je rascher man sich wieder den Alltagsverrichtungen zuwendet, um so schneller wird ein erlebter Alptraum wieder zu einem wesenlosen Schatten, der nur noch in der Erinnerung ein gespenstisches Dasein findet.

Sie waren nun alle drei im Arbeitszimmer. Im Kamin loderte ein kräftiges Feuer, und die Vorhänge waren zugezogen. Cicely hatte sich sehr um sie bemüht, so daß die Schals sich in der Mitte trafen und dennoch am Rand keine Lücke klaffte. Wenn sie heute abend vor der Terrassentür gestanden hätte, hätte sie nicht durch die Scheibe einen handbreiten Ausschnitt des Zimmers sehen können.

Die Polizei hatte den zu einem Ohrschmuck umgearbeiteten Freundschaftsring mitgenommen, und Grant hatte die Glassplitter vom Teppich aufgesammelt. Da war ein dunkler Fleck auf dem Teppich, wo das Tintenfaß ausgelaufen war; aber gereinigt und getrocknet, würde man ihn kaum noch sehen können. Das Tintenfaß stand, mit frischer Tinte gefüllt, an seiner alten Stelle. Niemand sah ihm noch an, daß an der Unterseite ein Stück Glas abgesplittert war.

Cicely war froh über den heißen Tee. Sie wollte nur so

dasitzen, – nichts reden und nichts tun. Später mußte sie natürlich das Teegeschirr abräumen und abwaschen; aber nicht jetzt. Die brennenden Scheite machten kleine, heimelige Geräusche. Bramble lag vor dem Kamin, die Nase auf den Vorderpfoten, die Hinterbeine lang von sich gestreckt. Grant saß zurückgelehnt in seinem Sessel, den Kopf gegen eines der braunen gestickten Polsterkissen gelegt. In dieser befreienden Ruhe nach überstandener Gefahr weckte sein Anblick wieder ihre unüberwindbare Antipathie gegen braune bestickte Sofakissen. Gegen eine Überschwemmung mit derartigen Kissen, ganz besonders mit braunen Samtkissen. Die Leute schafften sich solche Dinger an, weil sie ewig hielten. Und da sie immer schmutzig aussahen, auch wenn sie frisch aus der Reinigung kamen, konnten sie immer so tun, als wären sie gerade gereinigt worden, wenn sie schmutzig waren.

Cicely glitt in eine Art Halbtraum hinüber, in dem sie damit beschäftigt war, das Arbeitszimmer umzugestalten. Die Tapete mußte mindestens dreißig Jahre alt sein: blaue und braune Chrysanthemen auf schmutzigbraunem Untergrund. Sie ersetzte sie durch kremfarbenes Papier ohne Muster und war gerade dabei, sich entweder für grüne oder bordeauxrote Vorhänge zu entscheiden, als Grant die Augen öffnete und sagte:

»Möchtest du reden?«

»Nein«, sagte Cicely.

Er streckte sich ein wenig und setzte sich auf.

»Ich glaube, das müssen wir aber.«

Sie schüttelte den Kopf.

Er stand auf, schob den Teetisch auf die Seite, kam wieder zurück, setzte sich auf seine Sessellehne und schaute auf sie hinunter.

»Wir müssen darüber reden, Cis. Es ist besser, das gleich hinter uns zu bringen. All dieser Blödsinn, daß du dich von mir trennen mußtest und die Scheidung verlangt hast, ist nie aufgeklärt worden. Meinst du nicht, daß es ratsam wäre, das jetzt nachzuholen?«

Sie schüttelte wieder den Kopf. Ein geradezu tödlicher Widerwille, ein Angewidertsein von den letzten paar Monaten machte sich in ihr breit wie die Symptome einer echten Krankheit. Als sie glaubte, man würde Grant verhaften, als sie glaubte, Mark würde sie töten und Grant dafür an den Galgen kommen – was kümmerten sie da noch die Dinge, die sich zu einer Barriere zwischen ihnen aufgebaut hatten? Sie waren plötzlich etwas, das auf einer anderen Welt geschehen war, in einem anderen Leben – sie hatten keine Bedeutung mehr. Sie schüttelte den Kopf.

Grants Stimme kam mit einem entschlossenen Ton zu ihr zurück.

»Ich fürchte, das müssen wir. Ich will wissen, was diesen Unfug ausgelöst hat. Eben war alles noch eitel Glück und Sonnenschein, und im nächsten Moment stürmst du aus dem Zimmer und gibst mir zu verstehen, ich hätte dich nur deines Geldes wegen geheiratet und du hättest meinen wahren Charakter entdeckt. Abgesehen mal von meinen Charakteranlagen, die du in mir zu entdecken glaubtest, möchte ich doch wirklich gern wissen, was dich auf die Idee gebracht hat, ich sei nichts als ein Mitgiftjäger.«

Cicely setzte sich nun ebenfalls gerade. Da war immer noch Glut unter der Asche.

»Du kannst nicht einfach so dasitzen und sagen, du wüßtest das nicht!«

»Ich sitze hier und weiß es nicht. Was sagst du nun?«

»Grant! Wo du mir selbst den Brief gegeben hast!«

»Welchen Brief?«

»Von deiner Kusine – die mit dir zusammen aufgewachsen ist – dieser Phyllis Shaw. Du sagtest: ›Hier ist ein Brief von Phil – wenn wir Glück haben, besucht sie uns zu Weihnachten. Sie ist ein gutes Mädchen. Ich hoffe, ihr werdet euch mögen‹, und dabei hast du die oberste rechte Schublade geöffnet, darin herumgekramt, einen Brief herausgezogen und ihn mir zugeworfen. Du warst gerade dabei, dich für den Rest des Tages zu empfehlen.«

Er nickte.

»Ja, ich hatte eine Verabredung mit James Roney. Und als ich wieder nach Hause kam, warst du ausgezogen, und auf dem Tisch lag ein Zettel, daß du nicht vorhättest, zu mir zurückzukehren. Worauf du dich geweigert hast, mit mir zu sprechen, meine Briefe zu beantworten oder dich auf eine vernünftige Weise mit mir auseinanderzusetzen.«

Cicelys Augen funkelten.

»Ich fühlte mich nicht dazu aufgelegt.«

»Nein – das habe ich bemerkt. Vielleicht ist der Moment gekommen, wo du mir Gründe für dein Verhalten nennen könntest.«

»Du erinnerst dich nicht mehr an den Inhalt dieses Briefes?« Die Entrüstung gab ihrer Stimme Schärfe.

»Ich kann mich nicht erinnern, daß etwas darin stand, was dein Verhalten rechtfertigen konnte.«

»Du hast ein verdammt kurzes Gedächtnis!«

Er saß sehr gelassen da, einen Fuß auf dem Boden, den anderen pendelnd über der Lehne. Auch seine Stimme bekam einen etwas härteren Klang.

»Ich kann mich sehr gut daran erinnern, daß nichts darin stand, was deine Reaktion mir gegenüber hätte erklären können. Vielleicht habe ich ihn nur nicht richtig verstanden. Wäre es nicht besser, du würdest mich aufklären, wenn es so ist?«

»Du kannst dich wirklich nicht mehr erinnern?«

»Wenn etwas in dem Brief stand, das dich auf die Palme bringen mußte, habe ich ihn vielleicht nicht ganz durchgelesen. Sei vernünftig – würde ich dir den Brief gezeigt haben, wenn ich etwas Anstößiges darin gefunden hätte? Und vielleicht sagst du mir nun, was dich so in Rage gebracht hat.«

Cicely saß kerzengerade in ihrem Sessel. Ihre Blässe war von einer flammenden Röte verdrängt worden. Sie sagte:

»Ich verstehe nicht, wie man so etwas vergessen kann! Ich verstehe nicht, warum du mir den Brief gezeigt hast. Ich habe mir wochenlang den Kopf zermartert und es dennoch nicht verstanden. Es stand auf der zweiten Seite oben. Du warst gerade gegangen. Ich kam vom Fenster zurück und begann den Brief zu lesen. Der Anfang war belanglos – etwas über das heiße Wetter. Dann blätterte ich um und kam zur zweiten Seite. Deine Kusine hat eine sehr deutliche Handschrift. Dort stand: ›Ein Jammer, was du mir über Cis Abbott schreibst. Ich meine, ich weiß ja, daß du sie blond magst. Dein ›sie ist nur ein kleines braunes Ding‹ klingt nicht gerade begeistert; aber wie ich hörte, soll sie sehr nett sein. Eine von Geralds Schwestern, die dicke meine ich – Mary –, ist mit ihr zusammen zur Schule gegangen. Von ihr erfuhr ich, daß Lady Evelyn Abbott Cis ihr ganzes Vermögen vermacht hat. Es gibt heutzutage nicht viele reiche Erbinnen, und du wirst dich an ihr Aussehen schon noch gewöhnen. Mary sagt, sie ist kein ausgesprochen hausbackener Typ.‹«

Grant Hathaways Miene, die so viel oder so wenig preisgeben konnte, wie es ihm beliebte, war in diesem Augenblick von einer rückhaltlosen Offenheit. Daß er sich an diese Passage des Briefes erinnerte, war deutlich zu sehen. Daß diese Erinnerung einen Schrecken und zugleich einen Reiz zum Lachen auslöste, war ebenso deutlich zu erkennen. Er sagte:

»Oh, Cis!«

Cicely preßte die Lippen zusammen, bis sie nur ein scharlachroter Strich waren.

»Mein armes Kind, es tut mir so leid. Es war der falsche Brief.«

»Ja? Das macht es auch nicht besser.«

»Darling, hast du auf das Datum geschaut?«

»Nein, das habe ich nicht.«

»Hast du das schrecklich belastende Dokument noch?«

Ihre Augen funkelten ihn wieder an.

»Natürlich habe ich es nicht mehr! Glaubst du, ich hätte es auch nur eine Sekunde lang behalten? Ich zerriß es in kleine Stücke und verbrannte es im Kamin.«

Er sagte mit lachender Stimme:

»Eine Lehre, nie im Affekt zu handeln, Cis! Wenn du auf das Datum geschaut hättest, würdest du gesehen haben, daß der Brief im Januar des vergangenen Jahres geschrieben wurde.«

Sie gab giftig zurück:

»Januar! Sie schrieb, wie heiß es bei ihr war!«

»So ist es in Südafrika. Haben Sie dir denn in deiner Schule gar nichts beigebracht?«

Sie sagte: »Oh!«

»Ja, mein Kind. Und nun hör mir mal zu! Als ich hierherkam, schrieb ich Phil einen Brief, daß ich nicht wüßte, wie ich die Erbschaftssteuer bezahlen könnte, ganz zu schweigen von den Aufwendungen, die nötig waren, um diese Farm wieder in Schwung zu bringen. Sie schrieb zurück, daß ich natürlich Geld heiraten müßte – es gäbe genügend nette Mädchen mit Geld. Dabei führte sie dich als Beispiel an – praktisch eine Nachbarin, eine alte Schulfreundin von Geralds Schwester Mary –, besser könnte sich das doch gar nicht fügen, nicht wahr? Als ich diesen Brief beantwortete, hatte ich dich gerade auf einer absolut schrecklichen Teeparty bei Mrs. Bowse kennengelernt, wo du in furchtbarer Laune am Tisch gesessen hast. Offensichtlich warst du dorthin verschleppt worden. Du hast mit niemandem ein Wort geredet.«

Cicely reckte das Kinn in die Luft.

»Ich hatte eine Wut auf Mama. Sie wollte mich nicht

einen Hut tragen lassen, den ich mir eben gekauft hatte. Es war ein ziemlich wüstes Ding; aber ich hatte ihn ganz allein gekauft, und du weißt ja, wie das ist – wenn du dich einmal ducken läßt, bleibst du dein ganzes Leben lang ein Sklave.«

»Arme Monica!«

»Nicht sie – ich war die Arme!«

»Also gut – arme, bedauernswerte Cis. Sagen wir, du hattest nicht gerade deinen besten Tag – der Haß macht die Menschen nicht schöner, sagt man. Ich schrieb Phil noch am gleichen Abend einen Brief, in dem ich feststellte, du wärst ein kleines braunes Ding, das kein Wort spricht, und noch einige solch freundlicher Worte mehr. Und nach dem Empfang dieses Schreibens verfaßte sie dann diesen fatalen Brief.«

»Und dann?« Sie hatte nicht genug Atem, die Worte laut auszusprechen. Aber sie waren gesagt. Das genügte.

»Dann, mein Kind, habe ich mich in dich verliebt.«

Er rutschte von der Sessellehne, stand über ihr, beugte sich hinunter und nahm ihre Hände.

»Cis – schau mich an! Es ist sehr wichtig. Wenn du mir nicht glaubst, ist es aus zwischen uns. Denke daran! Denke an uns! Bedenke das alles!«

Er zog an ihren Händen, und sie stand auf.

»Ich habe mich in dich verliebt. Und ich will vollkommen aufrichtig zu dir sein – wenn du keinen Penny besessen hättest, würde ich mich dagegen gewehrt haben, mich in dich zu verlieben, weil ich nicht in der Lage gewesen wäre, ein Mädchen zu heiraten, das keinen Penny besitzt. Ich würde mich von dir ferngehalten haben. Jedenfalls hätte ich es versucht – ob es mir gelungen wäre, steht auf einem anderen Blatt. Ich konnte schließlich die Erbschaftssteuer bezahlen, indem ich eine Menge alten Schmuck verkaufte, der ungefähr vierzig Jahre lang in einem Banksafe gelegen hat. Das war eines von den Dingen, die ich begreiflicherweise nicht an die große Glocke hängen wollte, als die Polizei einen Mörder suchte, der sich im Krieg an fremden Juwelen bereichert hatte.«

Cicely sagte: »Oh . . .«

Er brach plötzlich in ein Lachen aus.

»Wie du siehst, gab es Zündstoff genug, der mir um die Ohren fliegen konnte. Und nun, Cis, wollen wir der Wahrheit einmal offen ins Gesicht sehen. Wir stehen hier sicher und gesund beisammen; aber wir sind gerade noch mit knapper Not davongekommen. Wenn der alte Lamb ein bißchen später aufgetaucht wäre, oder sich überhaupt nicht eingefunden hätte, wo würden du und ich dann jetzt stehen? Überleg dir das. Es ist nicht angenehm; aber es ist . . .« Er hielt einen Moment inne, suchte nach einem Wort und sagte: ». . . ernüchternd. Du wärst jetzt tot, ich wäre im Gefängnis, und die Abendzeitungen brächten genüßlich die Schlagzeile von der Verhaftung eines dreifachen Mörders.«

Ihre Hände wurden kalt in den seinen, ihr Gesicht schneeweiß.

»Nicht so etwas!«

»Schau der Wahrheit ins Gesicht! Und nun schau mich an! Glaubst du, daß ich dich liebe? Sei ehrlich, Cis!«

Sie blickte ihn ernst und forschend an. Dann sagte sie: »Ja.«

»Und du liebst mich?«

Sie sagte abermals: »Ja.«

Er ließ ihre Hände los und hob sie so in die Höhe, wie er es getan hatte, als sie in seine Arme gelaufen war.

»Oh, Cis – wieviel Zeit haben wir beide nutzlos vergeudet!«

KAPITEL 39

Miss Silver absovierte ihre Runde, um sich zu verabschieden. Chefinspektor Lamb machte noch einen Staatsbesuch bei ihr, ehe er nach London fuhr, und bemerkte, daß sie in London doch gar nicht so weit auseinander wohnten, sich aber offenbar immer nur auf dem Lande treffen würden.

Miss Silver hüstelte, lächelte und erkundigte sich dann ausführlich nach seiner Familie.

»Ich hoffe, Mrs. Lamb ist wohlauf? . . . das freut mich. Als wir uns das letztemal getroffen haben, hatte sie doch so einen bösen Husten. Ich hoffe, sie muß nicht mehr darüber klagen?«

»Nein, Gott sei Dank nicht.«

»Und die Töchter? Wie ich hörte, ist Lily glücklich verheiratet. Und ihr Baby ist ein Junge, nicht wahr? Muß inzwischen ja schon sieben Monate alt sein.«

Lambs steife Förmlichkeit bekam rasch Sprünge. Seine Töchter hatten mit ihm immer gemacht, was sie wollten. Er sagte:

»Schon fast acht Monate; aber so kräftig, als wäre er bereits ein Jahr alt. Lil sagt, er sähe aus wie ich.«

»Wie schön für Sie! Und Violet?«

»Heiratet zu Ostern. Einen recht ordentlichen Mann – arbeitet in einer Häusermaklerfirma. Ist trotzdem nicht so einfach für sie, eine passende Wohnung zu finden. Ich finde es nicht gut, wenn sie fürs erste zu Mama und Daddy zögen, obwohl meine Frau sich darüber freuen würde.«

Miss Silver beeilte sich, dem zuzustimmen.

»Oh, nein – das ist ein sehr vernünftiger Standpunkt von Ihnen – junge Leute sollten unabhängig sein. Und Myrtle? Ist sie verlobt?«

Lamb räusperte sich. Myrtle war die Jüngste und sein

Herzblatt. Er wollte sich nicht von ihr trennen; und dennoch war ihm nicht so ganz wohl dabei. Und ehe er wußte, wie ihm geschah, vertraute er Miss Silver seine geheime Sorge an:

»Sie verlobte sich; aber wenn es dann soweit ist, daß sie das Aufgebot bestellen sollten, will sie nicht heiraten. Möchte sich nicht gern etwas sagen lassen – ihre Unabhängigkeit bewahren. Meine Frau kann das nicht verstehen – sagt, sie sollte einen netten jungen Mann heiraten, seßhaft werden und eine Familie gründen. Sie sagt, ich hätte sie verwöhnt.«

Miss Silver lächelte.

»Und haben Sie das, Chefinspektor?«

Er sagte: »Nun, nun . . .« Und dann: »Ein wenig schon. Aber sie ist ein gutes Mädchen, und wir sind ja nicht alle gleich gebaut.«

Er stand auf, um sich zu verabschieden.

»Ich bin froh, daß sich die jungen Hathaways wieder versöhnt haben. So viele Ehen gehen ja heutzutage in die Brüche, meistens nur wegen einer Kleinigkeit. Es ist schon komisch, daß die Leute zwar hart in ihrem Beruf und für ihr Vergnügen arbeiten wollen, aber keinen Finger krumm machen, wenn aus ihrer Ehe ein Erfolg werden soll. Nun ja – ich fürchte, ich muß jetzt aufbrechen. Ich möchte mich nur noch dafür bedanken, daß Sie im richtigen Augenblick zur Stelle waren, als Harlow hier hereinschneite und diesen Versprecher machte, der uns auf seine Spur brachte. Und die Hathaways sollten sich ebenfalls bei Ihnen bedanken. Sind mit knapper Not davongekommen.«

»Ein Akt der Vorsehung«, sagte Miss Silver.

Sie trennte sich mit aufrichtigem Bedauern von Monica Abbott und wurde von ihr mit herzlichen Worten aufgefordert, doch recht bald wieder auf Besuch zu kommen.

Sie weigerte sich, von Cicely ein Honorar anzunehmen.

»Nein, meine Liebe! Dieser Fall war bereits gelöst, ehe ich Gelegenheit bekam, für Sie tätig zu werden.«

Cicely betrachtete sie mit einem warmen Licht in ihren Augen.

»Ich glaube, Sie haben mir das Leben gerettet.«

Miss Silver lächelte.

»Ich hoffe, es wird ein glückliches Leben sein.«

Von Frank Abbott verabschiedete sie sich nicht. Als er sie zwei Tage später in London besuchte, packte sie gerade ein Postpaket aus. Es enthielt eine silberne Rosenschale, die groß genug war, einen großen Tontopf mit weißen und blauen Hyazinthen aufzunehmen, die ihr eine halbe Stunde vorher durch einen Boten zugestellt worden waren. Der Effekt der Blumen in der silbernen Schale war überwältigend. Frank fragte sich, ob es Grant oder Cicely gewesen war, dem der Einfall zu einem so ganz dem viktorianischen Geschmack entsprechenden Geschenk gekommen war.

Daß Miss Silver sich sehr darüber freute, war ihr deutlich anzumerken. Die Karte mit der bezaubernden Widmung: »Zum Zeichen unserer Liebe und unendlichen Dankbarkeit«, die edlen Proportionen der Schale, ihr Gewicht, die wunderschöne Kannelierung der Oberfläche, die bezaubernde Beigabe der blühenden Hyazinthen – das alles bewegte sie so, daß sie sich mit einem anerkennenden Hüsteln zu Frank Abbott umdrehte und sagte:

»So furchtbar nett von den beiden. Ich bin wirklich ganz gerührt. So eine schöne Schale, und die Blumen – ganz reizend. Und beides zusammen – so harmonisch. Würden Sie es für übertrieben halten, wenn ich dabei an Lord Tennysons Vergleich denke, daß Frau und Mann in der Ehe sich zusammenfinden ›wie eine vollkommene Musik zum edlen Wort‹? Diese Hyazinthen – so zerbrechlich. Und die Schale, die sie stützt – so stark.«

Frank Abbott hatte geglaubt, er würde Miss Silver in-

und auswendig kennen: ihre Intelligenz, ihre hehren Prinzipien, ihre beruflichen Fähigkeiten, ihre Empfindungen – doch diesmal machte sie ihn sprachlos. Für den Rest seines Lebens würde er sich Cicely immer nur als einen Tontopf voller Hyazinthen vorstellen, der von einer Schale aus dauerhaftem Metall mit hübschem Design gestützt wurde. Und er würde auch keine Skrupel haben, ihr das offen zu sagen. Er freute sich jetzt schon diebisch darauf, ihr Gesicht zu sehen, das sie dabei machen würde, verzichtete nun auf alle Ressourcen seiner Muttersprache und verfiel in das Französische, was ihm so oft den Tadel von Chefinspektor Lamb eintrug:

»*Le mot juste*!« sagte er.